U0899385

之谁人试手补天裂

著

中国青年出版社

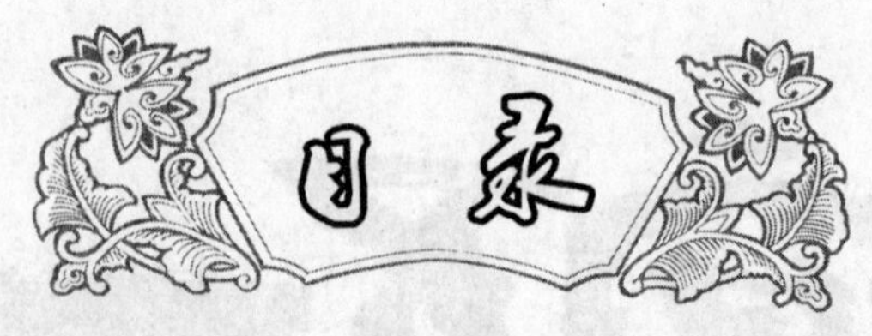

目录

目录

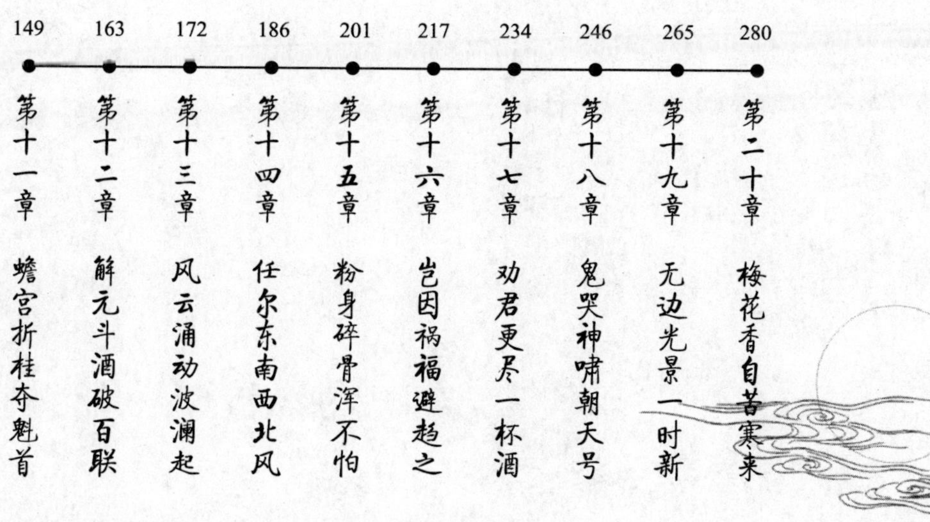

第一章
物是人非事不休

转眼间沈默已经回家几日了，一回来沈贺便病倒了，请来的大夫说这是“神破心伤，惊惧忧思之症”，主要是因为某事心恸过度，导致气血两亏，体虚乏力。

随后大夫也不客气，开出五钱银子一剂的药方，让沈默照方抓药，说每日早晚各服药一次，连服一个月便能痊愈。

沈默捻着方子冷笑道：“这方子这么贵？不如请济仁堂的大夫再来诊过。”

那医生登时紧张起来，一个劲儿地直朝沈贺瞅去。

见沈默还要说话，沈贺气急败坏道：“你爹我难得生次病，就让我花两个钱吧！”

老爹都这么说了，沈默只好把质疑憋到肚子里，让沈安跟着大夫回去抓药。待他俩一走，沈默也起身往外走，沈贺不由紧张地问道：“你要去哪儿？”

沈默说去徐渭那儿，沈贺面色惨白道：“你还要走吗？”说着使劲咳嗽起来道，“我都快把肺叶咳出来了，你就不能不走吗？”

沈默翻翻白眼道：“我总得取回行李吧？”

沈贺登时大喜过望，身子好似立刻就痊愈一般，使劲挥手道：“速去速回。”

沈默狐疑地看他一眼，沈贺立刻又剧烈地咳嗽起来。

沈默早已经猜出老爹的小把戏了，一片父爱拳拳，他又怎会不解人意地揭穿呢？

到了大乘弄里，沈默见了徐渭，便指指东厢道：“我家老爷子病了，哭着喊着要我回去，只好先把铺盖卷拿回去了。”

徐渭面露不舍道：“一看到你，还以为管饭的回来了，谁知连饭馆子一起搬走了。”

沈默哈哈大笑道：“欢迎随时去吃，就算长住也行。”

徐渭笑笑道：“少不得叨扰。”之后便拉着沈默在天井里坐下道，“快跟我说说化人滩用兵的始末，早就想去找你问问，这几天也没顾得上。”

沈默点点头，沉声道：“正想找你参详一下呢，看看病根到底在哪里。”便将俞大猷率军抵达化人滩以后，发生的种种情形讲给徐渭听，末了叹息道，“三千手持鸟铳弓箭的大明军士，被两百多倭寇撵得屁滚尿流，真是让人难以置信啊！”

徐渭面色凝重道：“这并不稀奇，倭寇能以一敌十打败官军，早已经成为公论了。”

“原因何在？”沈默叹息道，“我这些天想了很多，现在想听听你的看法。”

“抛去朝廷那些蝇营狗苟，单说军队的战斗力，我认为原因有三。”徐渭沉声道，“其一曰以文制武；其二曰卫所弊政；其三曰兵源不佳。”

“先说第一个‘以文制武’，是我太祖祖制，为的是防止武将坐大，实行起来效果也不错，却导致外行指挥内行，将领地位低下。”徐渭叹口气道，“我朝对武将防范太严，管训练的将领不带兵，临场指挥的将领不知兵，且还要受上级文官的掣肘。一个三品武将见了六品御史，说不得还要下跪，一旦有所忤逆，御史竟可当场命人将其打板子……试问武将地位如此之低下，除了那些世袭军户之外，有谁还愿意习武卫国呢？”

“没有，一个也没有！”徐渭使劲一拍桌子道，“青年俊彦全都挤在科场这一桥上，十几年寒窗苦读，把身子耗得弱不禁风，把脑子念得成了榆木疙瘩，只知道墨守成规，不知道兵无常形！让这样的一群书呆子做指挥，就是虎狼之师也得带成绵羊！”

“更何况我大明已经压根没有虎狼之师！”徐渭沉声接着道，“我大明兵制有两大特点，一是‘世兵制’，二是‘自给制’，太祖当年将全国军队编户，命其世代屯田以自给自足，世代当兵，以保家卫国。太祖尝云：‘吾养兵百万，要不费百姓一粒米。’确实在之后的许多年里，我大明的财政支出中，没有军费这一项，确实减轻了百姓和朝廷的负担。”

“但现在看来，这样的做法显然问题很大。首先，这使军队基本上成为一个封闭集团，不仅在组织上，生活上也基本是独立于普通大众的。当保家卫国不再是整个大明‘匹夫有责’，而是基本落在这个封闭集团身上时，显然是极端不公平的，他们肯定是有怨气的，时间一长就要想方设法逃脱了。”

“第二，当这个集团内部自给时，军官必然加重对屯军的剥削，也当然降低了守军的待遇。据我所知，我们绍兴卫所的军卒普遍衣不遮体、食不果腹。其生活不要说和咱们当地百姓比，就是比起西南内陆来，也要差很多。军队和邻近百姓的反差，使得军卒不安、骚动起来。他们想摆脱沉重的徭役，过上富裕的生活，唯一的办法就是脱离军队。”

“军官的腐败更加促进了这种逃亡。”徐渭义愤填膺道，“他们为了发财，将军屯变为私田，役使士卒耕种，使卫所粮饷供应不足；他们剥削军卒，使他们更加困苦；他们贪图贿赂，放纵士卒逃亡！他们贪图军卒月粮，逃亡也不予追报！

“日积月累下来，卫所军的缺额早已经令人发指！我大明建国七十年，也就是正统年间，逃亡官军竟达一百六十多万，占在籍的一半还多。到了现在嘉靖年间，大部分卫所的实有军士已经不足在籍的三成……而那些没逃亡的军士，也多为老弱病残不堪作战之辈。”徐渭双目通红，声嘶力竭道，“太祖时横扫宇内、威震八方的强大卫所军队，现已经沦为战不能战、守不能守、一群有百害而无一用的废物了。”

“将这种军队拉出来与强悍的倭寇作战，打败了不是笑话，打胜了才是！”徐渭一脸讥讽道，“而且因为缺额严重，朝廷以为派了三千人去作战，但实际上能拉出来的，也就是五六百人，还全是老弱病残，打败这五六百个半残疾，就相当于打败了三千人，这就是‘倭寇以一敌十’的原因。”

一直凝神倾听的沈默，终于插话道："那天俞将军的军队，虽然也不够数，但七成总是有的……而且俞将军说，他的部下基本上都是沿海地区的农民，生活优渥，当兵不过是为了混口饭吃，所以才不愿卖命打仗的。"

"他说的没错，但我说的更没错。"徐渭说得口干舌燥，咕嘟咕嘟饮了一肚子凉茶，擦擦嘴继续道，"卫所军逃了大半，剩下的小半又被倭寇基本消灭，以至于近些年来，沿海卫所已经是名存实亡了。可倭寇却益发兴旺起来，没有军队是万万不行的……所以从嘉靖二十七年开始，朝廷便命各省各府开始从民间招募兵勇，俞大猷的部队一准儿是募兵。"

"我记得你说过，原因之三便是兵源不佳。"沈默轻声道，"看来募兵也没做好。"

"嗯，倭患尽在沿海之地，所以募兵也尽在沿海。有道是仁者乐山，智者乐水，这话其实是有道理的。沿海兵性情伶俐，狡猾多端。这种兵驱之则前，见敌辄走；敌回便追，敌返又走。这种兵驱之以宽亦驯，驭之以猛亦驯，平时十分省心，却万万不可用来打仗。"说着冷笑连连道，"别说他俞大猷了，就是把常遇春从坟里挖出来，也一样白搭！"

话音未落，突然听门口有人道："一介书生也敢妄议军事，非把你抓去见官不可！"

这话可把沈默和徐渭吓得够呛，两人赶紧往门口看时，却见唐顺之领着一个身材魁梧的英俊青年站在门口，这青年望之不过二十五六，剑眉星目，相貌堂堂，身穿得体的雪白锦袍，脚踏黑面的斗牛快靴，更显得猿背蜂腰，体态修长。

徐渭还是老毛病，只跟唐顺之说话，他满脸惊喜道："义修哥，你回来了？"

唐顺之颔首道："绍兴出现倭寇踪迹，恐怕自此不再太平。正好俞将军已经带兵顶上去了，为兄便带着子弟兵回来了。"说着朝沈默拱手笑道，"绍兴知府感谢沈相公，消灭了入境倭寇，使我绍兴父老免遭无端祸害。"

沈默摇头苦笑道："感情只是代表官府感谢我，您自己就不谢我了？"

"咱们爷俩谁跟谁。"唐顺之眨眨眼笑道，说着对那同来的青年道，"元敬，来给你介绍一下咱们绍兴的两大才子，年纪大的这个叫徐渭徐文长，年轻的叫沈默沈拙言。"又对沈默两个介绍道，"这位是浙江都司佥事戚元敬。"

那青年朝两人一抱拳道："末将戚继光。"

四人坐下后，唐顺之道明了来意："我和元敬是在守卫宁波时认识的，十分谈得来。"说着对沈默两个道，"元敬是难得的文武全才，用了很长时间摸索出一套与倭寇作战的办法，特来请文长给参详一下，挑挑毛病。"

徐文长不由笑道："想不到我徐渭的刻薄之名，都已经传到山东老乡的耳朵里了。"

戚继光道："据说只要是徐先生挑不出毛病来的，那就一定没有毛病，所以还请您不吝赐教。"

徐渭微微点头，瞥他一眼道："好吧。"

戚继光很高兴，刚要从怀里掏出文稿开讲，却听徐渭先道："我先问一句，你准备用哪儿的兵来实施你的宏图大略？"

戚继光顿一顿道："总督府给末将什么兵，末将便用什么兵。"

"那你就不要讲了。"徐渭翻翻白眼道，"你就算计划得再完美无缺，靠那帮兵油子也是不可能实现的。"

戚继光呆一下道："此言何出？"徐渭却用鼻孔对着他。

沈默便将徐渭说的"兵源不佳"那条，温和地讲给戚继光听了。

戚继光感激地朝沈默笑笑，转对徐渭道："先生没带过兵，可能不知道，这兵原先什么样不重要，重要的是怎么练怎么带，只要为将者严格训练，赏罚分明，爱兵如子，持之以恒，再差的军队也会脱胎换骨，变成能打硬仗的劲旅。"为免讲空话之嫌，戚继光又举了自己在北地的例子道："末将初到蓟门时，面对的也是一群兵油子，最后还是将他们带出来，变成与蒙古人对阵毫无惧色的勇士了。"

"那我就拭目以待，"徐渭笑一声道，"看看戚将军如何将我浙江官兵，改造成与倭寇对阵毫无惧色的勇士！"

好在沈默和唐顺之都是能说会道之人，在他俩一番调节之下，才没有直接不欢而散。

但那戚继光到最后也绝口不提他的平倭之策，显然是被伤到自尊了。

唐顺之见谈不出什么东西来，笑骂一声，起身道："不在这干磨牙了，我们也该回去了。"

沈默道声谢，与徐渭将二人一道送去门口，临走时唐顺之突然对沈默笑道："这次你和那义士立了大功，府里、县里都会有所表示的……但都得先等着

上面的话下来以后。”说着眨眨眼道，“据可靠消息，钦使已经在路上了，你月底月初的就不要出门了，好生收拾一下屋子，等着接旨吧。”

有戚继光在边上，沈默也不好开玩笑，只是一脸为难道：“府学初一开馆，我总得去报到吧。”

“那个不影响。”唐顺之和戚继光上了马，丢下一句，“别离开绍兴城就行。”说完便告辞而去。

戚将军也很有礼貌地朝沈默拱拱手，跟着唐顺之走了。

转眼便到了七月初一，府学开馆的日子，一大早沈默便在沈安的陪伴下，带着学具书籍，往绍兴府学宫去了……

绍兴府学位于城南投醪河畔，本朝迭有兴修，以致现今占地百亩，壮丽宏伟，又聘有名儒为师，乃是公认的浙东第一。每年都有通过三级考试的本府俊才负笈来游，成为一名人人羡慕的府学生。

当然如沈默这般，以三试三魁的成绩考入的，更是如明星一般引人瞩目，刚刚走到学宫门前，便有一群等在门口的同年，一齐朝他拱手问安道：“师兄早……”

这些都是一船同去杭州考试的，现在齐刷刷地头戴儒生方巾，身穿宝蓝色直襦袍，却是都换成了生员服色。沈默与他们的穿着大致相同，只是一般生员的襦衫用绢，他却用绸，腰上悬挂的玉佩也较同年高一个档次，这当然不是他爱炫耀，而是院试第一就得这么穿，这是规矩。

其实按理说，小三元者应该在头巾边别簪花一支，沈默觉得像媒婆，横竖不答应，他老爹才怏怏取下来道：“可惜啊可惜，别人想戴还捞不着呢。”

与一干同学重见，沈默竟升起恍若隔世之感，不由连连拱手道：“险些就见不到诸位了。”

众同年也欷歔道：“若是知道会遇上倭寇，当时说什么也留下来等师兄。”

沈默便呵呵笑道：“若是知道会遇上倭寇，当时说什么也会跟你们一起走。”登时引得一片大笑。

一众新生进了学宫大门，只见面前广场上摆了一溜儿铜盆。

大伙知道入学仪式要开始了，便安静下来，由站在那边的司礼训导指挥着，依次在盆中净手，然后往鞋子上和帽子上掸了点水花，以表示对圣人之地的尊敬——府学宫之所以称为宫，因为供奉着孔子，所以府学又叫做孔庙。

待洗干净之后，便在那训导的带领下入池、跨壁桥，到了府学正殿孔子殿外。到这之后，大伙又一次在阶前重新列队，才在训导先生的引领下，进入了正殿之中。

大殿内的至圣先师像两侧，已经站满了往届的生员，站在最前面的是新生，人数最少，仅有四五十人，其中第一排便站着那诸大绶；中间的是增生，人数有两三百；最后面的是附生，人数与增生同，已经站到偏殿去了。

那引路训导命新生站在大殿中间，面朝至圣先师像站好，然后便匆匆去后堂报告去了……沈默被安排在第一排，左边两个是陶虞臣和孙鑨，右边两个则是另外两位五魁。

过了一炷香工夫，便听一声叫唤道："知府大人到！"

包括那些个训导在内，满屋子人一齐朝发声的方向躬身施礼道："恭迎先生！"

便见唐顺之着一身绯红官袍，在教授大人的陪同下，郑重地走入大殿，在孔子像前站定。

这时，那司礼训导又高声道："参拜先师！"众人在唐知府的率领下，毕恭毕敬地朝孔子像三叩首，然后知府大人和教授、训导起，往届生员也起，只有沈默他们这些新生还跪着。

"诸新生行拜师礼。"司礼训导继续唱道。

新生们便朝立在孔子像前的知府、教授和训导行礼，这才算完成了跪拜仪式。

待众人起身，司礼训导又道："请教授大人讲话。"

教授大人先给孔子上香，然后对着新生们背一段太祖圣谕，无非是"忠君爱国，刻苦读书，奉公守法，报效君父"之类的陈词滥调，然后才是真正有用的——

他说："入学后，生员要专治一经，以礼、射、书、数设科分教。"即是说课程分为四类：一是"礼科"，包括经、史、律、诰、礼、仪等，生员必须熟读精通。二是"射科"，乃是朔望日演习射法，由长官引导比赛。三是"书科"，要求生员练习书法，临名人法帖，每天练习五百字。四是"数科"，要求生员必

须精通九章算术。

然后教授大人又宣布了上课时间，每月上二十天课，再加上每月初五、二十的时文大考，初六、二十一的经解策论小考，也就是说一月有二十四天在校时间。不过学校并不要求生员务必出勤，但必须参加每月的大考小考，且诸生还需各列功课簿一本，各将每月所读何书、所作何文或所临某帖，逐一注明，以备掌院不时阅取。

啰啰唆唆讲完一通，教授大人这才喘口气道："请知府大人训话。"

唐知府也接过一束线香，给孔老爷子上了香，这才转身道："诸位生员，咱们明人不说暗话，你们进入府学求学是为了什么？"提问几个新生，有的说是"提高修养"，有的说是"报效大明"。

唐知府耐着性子听了几位的，淡淡一笑道："你们说的都很好，但都不是真心话，本官当着至圣先师的面，便说一句直白的，你们就是想学好举业，好像本官一样，金榜题名，红袍加身……谁敢说不是，本官立刻给他赔不是。"

满大殿人讪讪笑起来。

只听知府大人接着道："如果都认为是这样，本官就觍颜以前辈会元的身份，来给你们传授一下心得经验，愿意听吗？"这下不光是新生，满大殿生员都十分激动……

"方才教授大人介绍了府学课程，本官想你们中的不少人，已经在心中将其暗暗划分为两类，一类有用于科举的，一类无用于科举的……有用的就认真学，无用的就弃之如敝屣。"唐知府慢悠悠地说道，引来了生员们不由自主地点头。

"本官也将其分为两类，举业和德业，你们认为无用的，都被我划进了德业之中。"唐顺之沉声道，"慎勿以举业、德业为两类而偏废，你们学举业只是学了个制义的方法，学得再好，写出来的文章辞藻再妙，让人读起来仍觉着干巴巴、没滋味。这就是因为忽略了德业，只有在德业上也下功夫，才能让文章血肉兼备，有其灵魂！"

见生员们懵懵懂懂，只有十数人似懂非懂，了然顿悟者更是寥寥无几，不过沈默、诸大绶、陶虞臣等三五人而已，唐知府叹口气道："话是对你们所有人说的，但能不能有用，就看你们的造化了。"

知府大人训话结束，训导大人又让本次的三试案首上前，代表诸生向孔子上香，然后发言作保证。沈默老老实实地将府学提前给的词背一遍，便赶紧下台了事。

当仪式结束，大人们先行一步，走到门口时，知府大人突然回过头来道："沈拙言，你跟本官走，你的课业由本官亲授了。"

一片或是嫉妒或是羡慕的目光，登时落在沈默身上，饶是他脸皮赛过城墙，也微微觉着不好意思，赶紧应声出去，跟着老唐上了轿。

在轿子上两人还像正经人一样，说些今天天气真不错之类的话，但一到了知府衙门的内室书房之中，唐顺之便露出一副为老不尊的笑容道："怎么样，小子，有面子吧？师叔待你不薄吧？"

沈默翻翻白眼道："少来，你看多少人恨不得把我拖下来，换成他自己上这轿子？"说着伸手一比划道，"这下起码得罪了一百个。"

唐顺之哈哈大笑起来，捻着胡子道："我一直无法理解一件事，请你帮着解释一下……我师兄那个古板的道学先生，怎会教出你这么一个学生来呢？"说着不无遗憾道，"你应该是我唐荆川的学生才对。"

沈默耸耸肩膀道："我也一直深表遗憾。"

唐顺之却没有再跟他开玩笑，而是沉声道："我是真心实意想让你传我衣钵……不要让我平生所学失传。"

沈默轻声道："那我实话实说吧，我万分敬仰阳明公，十分敬重我师父，也比较佩服师叔您……"

"但是呢？"唐顺之似笑非笑地问道。

"但是我很看不上现在的王学门人。"沈默字斟句酌道，"我承认其中有许多真正体悟了心学，在为国为民操劳着。但大部分王学门人已经彻底流于清谈……甚至是空谈了，整日里夸夸其谈什么'花树我心'之类，大讲抱负理想，却对'知行合一'避而不谈。"说着语带讥诮道，"我觉着他们比程朱理学的书呆子更可怕……人家至少还知道修身齐家治国平天下，他们却已经直追那些米虫般的魏晋名士了！我敢负责地说，这些人将来一定会毁坏了阳明公的千古威名的。"

唐顺之仿佛不认识一般看着沈默，轻声道："你怎么学得如徐渭般尖锐了？"

"原因有二：一者我觉得自己缺少些棱角。"沈默直言不讳道，"现在不是太平盛世，还是有些棱角好出头。"说完又坦然望向唐顺之道，"第二，师叔乃是

百年奇才，学究天人，身后之光辉定然也千古不灭，何苦与那些人搅在一起，坏了自己的威名呢？”

沈默说完之后，内室里十分安静。唐顺之端坐在宽大的交椅上，平静地望着他，目光清澈无比，仿佛了无心机的孩童，又好似阅尽人世、了然悟透的老人。

一看到那目光，沈默心里便暗骂自己多事，他这才知道，唐顺之是个王阳明般的人物……虽不及亦不远矣，这种人有着超越凡俗的智慧，世间的一切都仿佛那林中花树一般，全在他的一念之间。试问还有这种人看不透的问题吗？他不是班门弄斧还是怎的？

果然听唐顺之淡淡道：“拙言，你有千般好，就是太在乎名……声了。”他本想说名利的，但有名就有利，名利不分家，所以话到嘴边，便换了个委婉的说法。

沈默身子微微一紧，却没有反驳。

唐顺之轻声问道：“你说是名声重要，还是做些实事重要？”

沈默还能说什么，只能说后者重要了。

“可如今这世道，单枪匹马能做出什么来？”唐顺之淡淡道，“你知道朝廷每一个决定背后，有多少人在角力吗？正反两方都不下百人，上至大学士，下至科道言官，全都是以团体的面目出现，他们有幕后策划的，有冲锋陷阵的，有摇旗呐喊的，甚至还有打入对方做卧底的，每个人极尽所能，目的却只有一个，那就是党同伐异！”

“地方上就更不用说，完完全全是朝堂斗争的延续和分支，完全没有例外。”说着他有些自嘲地笑道，“就像街上泼皮打仗，现在全都是群殴了，你小子若是非要单挑，就算是猛虎也敌不过群狼。”

“你没有走进王学的内部，所以不理解这个圈子有多大的实力。”唐顺之淡淡道，“即使是我，也只是接触到了一部分，但已知的王学一派官员，就有大学士两人，北京六部尚书侍郎共六人，南京六部的堂官则是一个不漏，封疆大吏中也至少占了三成，之下各色官员更是不计其数，以御史言官为最……而且还有不计其数的在野鸿儒、致仕官员，这些都是强大的力量。”

沈默震惊了，他没想到被嘉靖皇帝几次三番打压的王学一派，竟然如此昌盛……

看到他吃惊的表情，唐顺之笑道：“不过你也不用太害怕，王学门人虽多，却不如你想象的那么强大，要不然也不会连公开讲学也不被允许。因为王学本身就有好几个学派，比如说我师傅龙溪先生创立的南中学派，何心隐的师傅王艮创立的泰州学派，各自有各自的主张，之间并不团结……比如说他们泰州派便主张‘攘外必先安内’，所以应该先倒严后抗倭。”说着指指自己的鼻子道，“而我却主张先抗倭后倒严……本人为此还被扣上了严党的帽子。”

沈默轻笑道：“我听说师叔是赵文华举荐的？”

赵文华是严嵩的干儿子兼头号爪牙，跟这种人扯上关系，严党的污名是跑不了的。

唐顺之两手一摊道：“严党当权，而且老东西圣眷正隆，一时无法撼动，但倭寇却不会等，我大明国也等不起。如果我跟严党拉开距离，不接受朝廷的任命，就还得在乡下蹲着念书……那样倒是成全了我的名节了，可于我今日之大明又有何用呢？”

听唐顺之说完，沈默沉默良久才叹口气道：“我还没达到这种境界……”

“这个无妨，”唐顺之摇头笑道，“跟你说这么多，是不想让你误会我，并不是想拉你入伙……也许他们有这个想法，但我没有，我只是单纯地请你接我衣钵，将我的毕生所学传下去。”说着长长地叹口气，悠悠道，“你也知道我唐顺之削籍不仕十六年，这十六年里我居于山庄之中，僻远城市，杜门扫迹，昼夜研究，忘寝废食，遍览百子史氏，国朝典故，律历之书。学射学算！学天文律历！学山川地志！学兵法战阵！下至兵家小技，于学无所不窥。”

说着从桌下取出一个一尺厚的绸布包，一边缓缓打开，一边道：“不是我唐荆川自夸，管它什么天文乐律，地理兵法，弧矢勾股，壬奇禽乙！我都已经深通此中三味了。”绸包打开，是六本厚厚的手抄册。他爱惜地摸索着这六本凝聚着自己毕生心血的书本道，“这是我尽取古今载籍，剖裂补缀，融会贯通，编成的六册书——《左》、《右》、《文》、《武》、《儒》、《稗》，虽然囊括甚杂，却尽是经世致用之学。”

“六编传于世，学者不能测其奥也，唯有真英才才能看懂。”说着微微自傲道，“掌握其中一编者，便可建一番震古烁今的大功业也！”

沈默默默地接过六本书，轻声道：“我会的。”

传旨钦差是代表皇帝的，虽说是给沈默一家传旨，可绍兴城都得跟着忙活起来……将钦差所要经过的道路上全部张红挂彩。

所以初二这天开始，城里的衙役民壮木匠全部出动，从北城门开始，过府前街，一直到永昌坊，将十来条街道、六七里的路程，全部扎上彩棚，棚上糊上红色的纱绫。

翌日五更不到，城内便乡勇尽出，开始打扫街道，撵逐闲人。

到了卯时三刻，知府大人便携着同知、通判、推官，并两县县令、佐贰，共计十名有品有级的官员，在三班衙役的簇拥下，浩浩荡荡到了北门外，出城数里恭迎钦差大人。

紧赶慢赶行出十余里地，终于见河上泊着一艘高大楼船，旗、牌、伞、扇插列舱面，数排衣甲鲜明的亲兵护卫，拱卫着一个三品官员，他立在船头，朝着唐顺之遥遥地招手。

唐顺之赶紧下轿，率领众官俯首便拜道："恭迎钦差大人，吾皇万岁万岁万万岁！"

那白面长须的三品官员，便是钦命祭海大臣兼传旨钦差，通政使兼工部右侍郎赵文华，他先替皇帝受了三叩九拜的大礼，又接受众人的再次叩拜。

那楼船这才靠了岸，船板架好后，一队队持刀卫兵从上面下来，然后便是老长的钦差仪仗，最后才是八人抬着的绿围红障呢大轿，颤巍巍地从船上下来……

日近午时，钦差大人的仪仗终于到了，先有两队共两百人的卫士，穿着鲜亮甲胄，手持明晃晃的长枪在前面开路，后面又跟着一百兵士，打着刺绣绘画的各色旗帜，木雕铁打金装银饰的各样仪仗，以及回避、肃静、官衔牌、铁链、木棍、乌鞘鞭，一对又一对……过了好一会儿，才见到一柄题衔大乌扇，一张三檐大黄伞儿，罩着一顶八抬大轿缓缓过来。

三声炮响之后，钦差大人与知府大人下轿行在红毯之上，红毯的另一端，是沈贺与沈默父子俩。

两队人的中间，还摆着香案烛台。

沈默仍然穿着他在府学宫时的生员装束，沈贺也做秀才打扮，长子和他爹娘在他俩身后站着，再后面是会稽巡检吴成器和一身戎装的俞大猷，最后一排立着的是李县令。

他们站立的顺序，是即将传旨的顺序，并不是以尊卑而论的。

待众人见过钦差大人后，赵侍郎却不立即传旨，而是在侍从的指引下，去到正屋内更衣……

大伙足足等了小半个时辰，这才听到一声高叫道："钦差大人到！"便见赵侍郎换了一身簇新的三品朝服出来，与唐知府在府试时所穿大致相同，唯独所佩乃是蓝田玉，而唐知府佩的是药玉。

赵文华走到香案前，先将圣旨搁在架子上，接着向着北方上香叩首，最后才站起身来，重新拿起圣旨，目光环视四周，场中鸦雀无声。

"咳咳，"赵文华轻咳一声，打破平静道，"圣旨。"

包括唐知府在内的所有人，呼啦啦全部跪下，整个场中就他一个站立的。赵文华高声唱道："奉——天承运，皇帝敕曰：杀敌卫国固臣子之素心，加秩推恩乃朝廷之懿典，故兹义举须得不吝褒扬尔……"

顿一顿接着道："生员沈默，未及弱冠，未膺朝命，正在学中。当倭寇之内侵，虽书生之文弱，仍偕义勇而血战，勇谋兼备，出妙计歼灭顽敌于一旦，实乃天下诸生之楷模，匪嘉渥典，曷劝将来？兹特命尔为浙江抗倭安民靖海巡察使，赐'德才兼备'匾，赐穿忠静服，仪同正六品。有巡视察问浙江布政使司境内，一切军民抗倭事宜之权，更可风闻言事，直奏天听！"

"锡之敕命何求？尔唯有恪尽职守，忠君报国，方不负君父天恩，可为汝氏增光永世，钦此。大明嘉靖三十三年六月二十一日。"

沈默接旨之后，又有一道圣旨给他爹："奉——天承运，皇帝敕曰：良才总有母育，忠烈还需父训。尔会稽县主簿沈贺，乃钦命浙江巡察使沈默之父，素风长，庭训箕裘，以恩驰赠尔为绍兴府经历官。追赐尔之亡妻许氏为六品太安人，翼光深情，臣心弥励，钦此。三十三年六月二十一日。"

待沈贺泪流满面地抱着圣旨下去，赵文华又打开第三本道："姚长子上前听封。"待长子上前，便宣读道，"奉——天承运，皇帝敕曰：捐躯为国固臣子之素心，加秩推恩乃朝廷之懿典……"下面除了叙述功绩一段外，大致与给沈默的相同，直到最后的封赏，乃是赐他锦衣卫百户衔、"铁血丹心"匾。

锦衣卫百户衔与锦衣卫没有任何关系，只是一种武职待遇。就算长子什么都不干，这辈子也衣食无忧了，登时引来一片羡慕的吸气声。

然后他爹娘上前接受封赏。姚老爹被赐为卫所百户衔，姚大婶被封为七品孺人。

老两口到现在还如坠梦里，怎么也无法想象，自己竟然成了官身。这幸福来得太突然，让他俩一时无法接受，还是长子过来，将爹娘扶至一旁。

接下来的是会稽巡检吴成器，他从九品巡检，被擢升为正七品的杭州推官，一下子不知跨越了多少级。吴成器一时竟兴奋得举止失措，接过圣旨后连路都不会走了。

下一个受赏的俞大猷则沉稳如山，面上古井无波。他的封赏是晋升一级，成为苏松副总兵。

最后是李知县，他因为慧眼识珠，奖挹有功，再加上已经考满，被晋升为正六品户部四川清吏司主事，年内新官到任后上任。

一通传旨之后，赵侍郎指指兵士托着的一盘盘绫罗绸缎、玉器古玩道："另外还有些御赐之物，每人两盘，各自领下去吧。"又对那沈默笑道，"巡察使大人请更衣吧，穿上官服后本官还另有密旨传达。"

沈默赶紧应下，亲手接过盛官服的托盘，双手托着往后院着衣去了。

进到内室之中，自有沈府派来的几个奴仆帮他更衣，先除下身上的秀才行头，穿上白纱中单以及白纱罗袜，然后再穿上玉色深衣，系素带，着青、绿绦结的素履。

接下来才在玉色深衣外，罩上深青色的御赐忠静服，沈默摸一摸料子，乃是用丝纱罗为之，边缘是蓝青色，面料上还有淡青色的云纹。胸前背后竟然也有一块补子，补的不是代表品级的飞禽，而是代表风宪官的獬。

待将全身官服穿完，沈默最后在镜前亲自戴上了忠静冠，这种官帽与乌纱帽同材质，但两翅是竖在脑后的，类似于皇帝所戴的翼善冠，但冠顶是方的，中微起三梁，边以浅色丝线缘之。

最后将腰带玉佩挂好，钦命浙江巡察使便全副装备起来了。

沈安举着铜镜在他面前，激动万分道："公子爷，原来你最适合穿官服啊！"

沈默定睛一看，果然一身威严官服，压下了他身上稍显柔弱的书生气，让他显得更加成熟稳重，更加令人信赖。

这一切仿佛如梦一般，沈默被众人拥簇着到了钦差门外，通禀之后又迷迷糊糊地进去，直到看见唐师叔促狭的目光，沈默的脑子才恢复清明，朝着正在喝茶的两位大人躬身施礼道："学生沈默见过二位大人。"

赵文华打量他片刻，这才微笑一声道："你应该自称下官了。"说着从桌上拿起一份卷面角轴的敕书，递给沈默道，"这是你的敕书。"又拿出一方裹在红绸中的印信道，"这是你的大印。"再拿出一枚鸡血石的玉印道，"这是你的官防。"最后一指屋外道，"外面还有你的扈从。"说完笑眯眯地看着他道，"这下可以理直气壮地自称下官了吧？"

沈默这才改了口，说完小心翼翼地问道："敢问大人，下官隶属于哪个衙门？又是几品官呢？"

"这个嘛……"赵文华寻思片刻，呵呵笑道，"你是荆川兄的师侄，我就跟你直说吧，你哪个衙门也不隶属，你就隶属于陛下一个人。虽然给你六品官的待遇，但陛下说'还是考出来的进士站得稳'，所以就不实授你官衔了。"

一应印信交割后，赵文华一脸语重心长道："拙言啊，你能获此恩典，全靠严阁老的青睐，做人可要知恩哦。"

见沈默唯唯应下，赵侍郎笑吟吟道："你是朝廷的未来栋梁，但现在最应该做的是用功读书，争取早日中进士、点翰林。至于地方政务嘛，本就十分的复杂，又牵扯着抗倭大事，你一个小孩子就不要跟着乱搅和了，还是由我们这些老头子操心吧。"

沈默一脸谦逊道："学生谨遵大人教诲，一心只读圣贤书，两耳不闻窗外事。"说着很诚恳道，"不会给您添麻烦的。"

对他的态度十分满意，赵侍郎颔首笑道："很好很好。"话锋一转道，"当然了，陛下对你还是有期许的，如果一封奏折都不呈上去，圣上会失望的。"

沈默一脸惶恐道："请大人教我。"

"这个嘛……本官不好越俎代庖啊。"赵文华捻须为难道。

唐顺之在一边笑道："大人久在中枢，胸有千秋，还请帮帮我这小师侄吧。"

"那就这样吧。"赵文华这才一脸勉为其难道，"我每个月底，都会把一些该往上报的事情递给你，你整理一下，用自己的语气写成奏章发出去。"

沈默感激莫名道："多谢大人相助。"

唐顺之也笑道："大人提携后进，真有古仁人之风也！"

两人一捧一吹，登时让赵文华乐开了怀，忍不住笑道："别人都以为我赵文

华祭完海就要回去了，我偏要常驻浙江，做出点事情来给那些人看看！”

唐顺之和沈默的目光飞速对视一下，均从对方的眼里看到了惊诧……原本以为这家伙就是一阵刮过浙江的风，谁知他竟要变成一根烂钉，赖在这里不走了！

赵文华没有发现他们的异样，笑眯眯地起身道：“我们出去吧。”

两人分站左右，躬身道：“大人请。”便伴在他身侧出门入席了。

赵文华出门放眼一看，来的人还真不少。问了一下，一共是一千零八十四人。这些人里，一部分是城内致仕的官员，更多的是近郊有名望的儒生、仕子、乡绅、大户。

能把这些人凑起来，可见唐顺之是下了苦心了，这时没有人知道他的用意所在，只道是知府大人好大喜功，不愿意在钦差面前丢了面子呢。

钦差大人向大伙致意落座后，司仪这才高喊一声：“开席……”菜品流水般地上来，鸡鸭鱼肉之外，每人一份天香鲍鱼、一对琵琶大虾。

尤其让赵文华满意的是，桌上竟然有数道地道的云南菜，尽数摆在了他面前。赵文华夹一筷子干烧鸡，就着绍兴的女儿红，嚼着嚼着，便如坠仙境一般，差点连舌头也一齐咽下去。

待众人吃喝一阵，沈默便陪着沈贺挨桌敬酒，沈贺先敬了三十桌，然后转过头来对儿子道：“子承父业……”便醉倒过去，好在沈默眼疾手快，赶紧扶住，命沈安送到后院歇息。

沈默只好打起精神，从第三十一桌敬起，用了半个时辰的工夫，将余下七十桌全都敬了一遍。虽然他所饮的酒里，九成都是水，但也架不住喝得太多，只觉一阵天旋地转，便也醉倒了。

第二章

中华岂会无烈士

翌日一早，沈默醒来，院子里已经收拾干净，地面上看不见任何油污，只有空气中淡淡的酒味，能让人想起昨日的盛宴。

沈默深感自己被朝廷当成个标杆竖起来，恐怕会树大招风，引来倭寇的注意，但他没法抗旨不遵，那就只好加强自身护卫了……

虽然沈默这个浙江巡察没品没级，但贵在皇帝钦命，所以该给他配的一样没少，七个护卫，一个书吏，一个马夫，一个长随。这十位便是他的属员了，属于朝廷发给俸禄的。但是这些人用来对付倭寇还远远不够，他想了半天，决定让沈安出城走一趟："拿上这支火枪去鉴湖镇，找一个叫铁柱的黑大汉，跟他说：'沈公子当官了，请你去当亲卫队长，你要是有身手好的兄弟，不妨一起带来。'"

沈安是个机灵的家伙，登时从这话中嗅出危险的气息："公子，咱们在城里好生待着，似乎用不了这么多护卫吧？”

沈默苦笑一声道：“你以为朝廷每月二三百两的经费，是养着我在城里玩的？”

沈安缩缩脖子道：“我就知道皇帝的饭碗没那么好端……可这世道兵荒马乱的……”

“聒噪！”沈默瞪他一眼，沈安马上颠颠地开路。

沈安前脚刚走，沈京便急匆匆进来，对沈默道：“快去看看吧，长子他爹要打断他的腿了。”

沈默吃惊道：“怎么了？”

沈京告诉他，昨天长子见他爹十分高兴，便借机提出想跟俞将军当兵去打倭寇。姚老爹登时就不乐意了，把长子骂了一顿，关了一宿。今天早晨再问一遍，这小子却吃了秤砣铁了心，还是坚持要当兵！

沈京一脸后怕道：“我今早过去找他，便看见他爹拿着碗口粗的棒子，要把他的腿敲折了。我说你一定能劝住他，他爹才没有动手。”

两家离得不远，不一会儿两人便到了三仁商号外，急匆匆下了车，直接从店面穿到后院，就见长子光着脊梁跪在地上，姚老爹则气呼呼地坐在对面，看都不看他一眼。

听到脚步声，姚老爹才回过头来，一看是沈默，赶紧起身相迎道：“公子来了。”因为气急了，面上一时还挤不出笑容来。

沈默拉着姚老爹在凳子上坐下，朝长子递个眼色道：“长子，你家就你一个独子，你怎么会有当兵这种想法呢？”

长子眼圈乌黑，眼珠子也满是血丝，但面上的表情却极其坚定道：“我现在只要一闭上眼，满眼便是那一夜的场景，那些畜生在船上残杀奸淫，朝落水的人们射箭，血泊中他们大声地狂笑着，”长子紧紧攥着拳头道，“分明是在嘲笑我华夏无人啊！”

姚老爹第一次听他如是说，也是十分的震惊，但仍然不愿改变主意道：“太祖爷立下的规矩，打仗是卫所军户们的事儿，咱们这些民户只管服徭纳税就是……”

长子抗议道：“爹，您说的这都是老皇历了！潮生和俞将军都告诉我，咱们江浙一带的卫所已经十停去了九停，指望着这些人去和倭寇打仗，整个浙江都得丢了！”

姚老爹吃惊道：“那现在是什么人在打仗呢？”

“就是像你们一样的良善之民！”一个浑厚的声音响起，俞大猷那魁梧的身躯出现在院门口，他先朝沈默拱拱手，再对姚老爹道，“长子兄弟方才说卫所空虚，乃是实情。为了应对倭寇肆虐，朝廷特旨允许沿海各省督抚招募兵勇。”

“有什么不同吗？”姚老爹虽然被说晕了，但一日为兵，子子孙孙都得当兵的想法根深蒂固，让他依然无法接受！

俞大猷摇头笑道：“老哥你听我说，募兵和卫所军是绝不一样的。他们不是世袭的，是应募而来，身虽为兵，仍隶民籍，退伍仍为民，等打完了倭寇，他还可以回来当他的小老板，供养孩子念书进学……成为沈大人那样的人。”

姚老爹最担心的就是子孙的出路问题，闻言将信将疑道：“军爷您这不是……那啥，缓兵之计吧？”

“哈哈哈……”俞大猷爆发出一阵爽朗的笑声，伸手从怀里掏出一个木牌道，“不信您就看看吧。”

沈默便对着正面那密密麻麻的小字念道：“南京兵部尚书、总督浙直闽鲁两广军务张经谕：保家卫国为男儿之本，岂能尽委于军户？今国家有事，特招募我大明各籍丁壮抗倭，虽已明言事毕归农，但恐民人不能尽知，有后顾之忧，故本官别刻小票，以与民为质，凡应募者人给之，许其事平之后，执是为后信。”

再翻过来一看，写着一大一小两行字，小字是“应募之民”，大字是“姚长子”。

“还真是这么回事儿。”姚老爹这下信了。

俞大猷胸脯拍得山响道：“老哥甭担心，长子是去给本官当亲兵的，寸步不离我左右。”说着指指自己道，“我是堂堂参将……哦不，副总兵大人了，不到万不得已，是不会上战场的。”

此话听在姚老爹的耳朵里，这无疑是保证长子的安全了，他终于稍稍放心，可还是松不了那个口，最后一咬牙，对沈默道：“公子，您帮我出个主意吧，我听您的。”

沈默沉默了，他虽然在化人滩时答应长子会帮他说话，但现在让他亲手将

兄弟送上战场，真的很难下这个决定。

见他迟迟不说话，长子高声道：“潮生，你是最理解我的，不能不支持我呀！”

沈默终于缓缓点头道：“我知道了。”说着一掀袍子的下襟，便与长子并肩跪下道，“如果长子不回来，我便是您的儿子……”姚老爹慌不迭地去扶他，连声道：“公子万万使不得。”

说着看一眼长子道：“老汉还有一个儿子，这个就送给大明了吧。”脸上却已是老泪纵横。

长子一家人自有依依不舍，沈默三人便先行告辞。

送走了行色匆匆的俞将军，沈京便凑过来了，上下打量着沈默道：“要是长子有个三长两短怎么办？”这家伙还为这事儿生气呢，“你这辈子还能睡安稳了吗？”

沈默摇摇头，看他一眼道，“我也快走了，你就祈祷我俩都能平安回来吧。”

沈京一下子呆住了，吃惊道，“你你……你也要去从军吗？”

“不是。”沈默继续摇头道，“我要去各处转转，不会上战场的。”

“那也够危险的！”沈京大叫道，“能不去吗？”

“能抗旨吗？”沈默一句话便让沈京哑口无言，他轻轻搂住沈京的肩膀道，“兄弟，帮我照看一下家里。”沈京呆滞良久才缓缓点头。

第二天，沈安便领着那黑塔般的铁柱回来了。沈默和他也是共过生死的，见到他自然十分的亲热，铁柱却有些拘谨，不像原先那样豪气。

沈默知道是自己身份的转换，让铁柱心里产生了畏惧，使劲捏一把他的肉道：“不用拿我当什么大人，咱俩还是一起划船去化人滩的书生和乡勇，原来怎样对我，以后也怎样对我就行。”

铁柱呵呵笑道：“那哪行呢，既然来端相公的饭碗，俺就得有个规矩才行。”

沈默早就知道这是个粗中有细、心里有数之人，所以才巴巴地把他请来，给自己当亲兵队长，遂欢喜道：“我果然没看错人。”便将情况简单介绍一下，末了笑道，“说实在的，那七个兵油子我看着就头痛，你要能拾掇服帖了就留下，若是觉着棘手，就让他们滚蛋，咱们也不缺那几块料。”

铁柱从背上解下包袱，活动一下手脚道：“大人别出去，俺去会会他们。”

“可千万小心。”沈默的嘱咐还没送到，人家已经站到院子里了。

他便让沈安将窗子打开条缝，观看外面的情形……

那七个兵正在院子一角嗑瓜子、啃鸡爪……前几日大摆筵席，剩下太多的吃食，正好便宜这些家伙了。

铁柱过去便道：“我就是你们头儿了，以后你们必须听我的。”登时引来一片怪笑，有个兵头丢掉手中的鸡爪，在铁柱身上擦了擦油腻腻的手，突然想要一把将他推倒在地，却仿佛推到一堵墙上一般，对方纹丝不动，他的胳膊却震得发麻。

这才知道他是个高手，七个兵便围上来道：“就不信你一个能打得过我们七个。”

“谁说我是一个？”铁柱冷笑一声道，“都进来吧。”大门一下被推开，呼啦一声涌进来二十多条汉子，手持着板砖棍棒，将七个兵反包围上。

就在沈默以为要展开一场群殴时，铁柱却让那二十多人退开数丈，空出一片场地来。只见他紧一紧衣襟，活动一下手脚，浑身便噼里啪啦如爆豆一般响一阵，这才威风凛凛地望着那七个道：“一起上吧。”

那七个士兵仗着自己人高马大，又以多欺少，怎会轻易示弱，嗷嗷地叫着从各个方位冲上来……不过一盏茶的工夫，便哎哟哟地叫着，以各种姿势躺倒在地上。

铁柱活动一下手腕，意犹未尽道：“就这点本事还敢嚣张。”

轻轻关上窗，沈默放心笑道：“交给他我放心。”

沈安不解道：“公子，为何不直接把他们打发走了？”

“那里面有赵侍郎的眼线，我能打发走吗？”沈默淡淡笑道，“留着吧，说不定哪天还有用呢。”

一下子多了这么多人，自然不能住在家里，沈默便在县郊赁了个场院，既能住宿，又能训练。他还从俞大猷那里借了个百户过来做教官，帮着铁柱一起操练那三十个亲兵。

训练别人的同时，他也没忘了加强锻炼自己，在跟唐知府学习之余，他学会了骑马，枪法也比原先准了许多。到了金桂飘香时，他觉着自己必须出发了——因为呈报年前就得送到北京去。

他先去跟唐顺之说一声，唐知府早就知道他要走，所以毫不意外，且还给

他找了个保镖……有华北第一剑之称的何心隐大侠。据唐顺之介绍，这位何大侠随他在宁波前线抗倭时，曾经独斗十余名倭寇不落下风，在格杀数人后全身而退，且常年四处游荡，江湖经验十分丰富，实在是出门在外的最佳保镖人选。

请戴着斗笠背着宝剑的何大侠先行回家等着，他又去府学找掌院教授请假。

掌院问都没问他要去干啥，便很痛快地答应下来，只是嘱咐他别忘了念书，次年可就是大比之年了。

从掌院教授那里出来，快走出去时，有人在前面叫他，沈默抬头一看，是好久不见的陶虞臣，便笑道："怎么这么晚才来读书？"

陶虞臣笑道："我是来请假的。"

"你也要请假？"沈默轻声问道。

"我要回岳麓书院，再跟着师傅好生用功，争取明年乡试不再输给师兄。"陶虞臣笑道，"听师兄用'也'字，难道你'也'要请假？"

沈默摸摸脑袋，苦笑道："我可没你那么好命，我有差事要做的。"

陶虞臣轻笑道："那我就更有把握了。"说着压低声音道，"什么差事，能说吗？"

沈默摇摇头，笑道："读万卷书，不如行万里路，说不定到时候还是压你一头。"

陶虞臣便知趣不问，拱手笑道："青山不改。"

"绿水长流。"沈默也拱手笑道，"咱们科试再见。"

"科试再见。"

该交代的事情做得差不多了，定下了出发的吉日。

到了那日一早，沈默就来到了驻兵场院内，精神抖擞的三十名亲兵，穿着崭新的甲胄，牵着各自的马匹，整齐地在场院里列队，等待巡察大人的检阅。

沈默的脸绷得紧紧的，目光在每个人面前扫过，最终沉声道："拜托了！"

"誓死保卫大人！"在铁柱的代理下，亲兵们齐声高喝道。

"出发！"沈默一挥手，拨转了马头，辞别了老父，带着三十名亲兵就此上路……

八月初八出绍兴，向东北行，天气晴好，一路无事。

八月十一，抵乍浦，九丈倭船泊北新塘，皆为鸟音之真倭，有刀枪弓矢而无火器。

夜里五更时分，有军士名唤胡士澄，背负着数斗火药，摸到倭寇的大船上引燃，倭船大火四起，但胡士澄也被倭寇所杀。是役，格杀倭寇十二人，擒获伤者五人，找到被烧焦的尸体十八具，官军自身伤亡一百二十人。

九月初七，倭船近百艘，寇嘉兴府海盐县，其船相连如蔽天之山，其帆亦如浮空之云，城中军民骇惧万分。

是时苏松参将汤克宽为守将，号令军民道："尔众毋恐，此吾责也，吾为尔守；第遵吾约：毋梗毋惰。"

军民浴血整夜，倭寇三天后登船扬帆，离开海盐，往乍浦而去。

……

三个月下来，沈默亲历了无数场的战役，一队人终于在天蒙蒙亮之时抵达了几支军队的聚集地——龙山卫。

徐东望、卢镗和戚继光三位，率麾下军官早已在营外等候迎接巡察大人……虽然这位大人没品没级，但这几个月来在浙江，尤其是在战区，他的名字已经是尽人皆知了。巡察使大人的架势，显然是在完成一项重要的使命，所以将领们更是提起精神，好生应付着这位大人。

别人越是敬着，沈默就越不托大，他远远就跳下马，快步拱手走过去道："哎呀呀，徐大人和二位将军，真是折杀下官了。"他们三个都不是初识，在巡视浙江的过程中，沈默见过徐东望和卢镗，至于戚继光更是在绍兴时就见过。

此时在战场上重逢，大伙都十分高兴，放声说笑着便进了军营。

一进入主将大帐，这里面地位最高的徐东望便笑道："肚子饿了，咱们还是边吃边谈吧。"说着对戚继光笑道，"我说元敬啊，我们三个连夜赶来，你这个地主是不是该意思意思啊？"

戚继光闻言爽朗笑道："若是大人嘱咐才准备，岂是俺们山东汉子的待客之道？"说着双手一拍，亲兵将大碗大碗的菜肴端上来，不一会儿就摆满了一桌子。

四人先闷头吃一通，腹中感到暖了，便开始谈论军情……准确地说，是徐、卢、戚三人谈论，因为沈默严守自己的职权，只听不说，绝不掺和……

三人讨论的焦点，是到哪里截击倭寇……徐副使认为应该在西面的雁门岭一带设伏，戚继光则坚持应该在东南的高家楼一带，而卢镗迟迟没有表态。

因为是预判倭寇的下一步动作，所以谁也没法说服对方，最后快要崩了时，卢镗终于说了句公道话道："那就都设伏吧。"两人刚要说"你这主意可真馊啊"，却听卢镗又道："我在你们的中点埋伏，哪边有了敌情，我便从后面包抄，首尾相击，必能取胜。"虽然是和稀泥，但也是比较有水平的稀泥了，在双方争执不下的情况下，只能将就了。

像这样让人无奈的军事会议，沈默已经不止一次遇到，这几乎是一个困扰抗倭军队发挥的痼疾了。之所以造成这种谁也不服谁的局面，绝对是权责不明所致——比如说徐东望是浙江兵备副使，按理说一省的军务他都能管一管。可朝廷从来没有明文规定，兵备副使可以节制一省武将，所以戚继光虽然平时顺着敬着他，可一到了军机大事上，就理直气壮地和他顶起牛来。

这种拧巴在徐、戚这种高级将领还不要紧，因为他们都是统兵万千的大将，还能分得清轻重缓急，最终也总是会拿出一个协调各方意见的方案……比如卢镗提出来的这个。

反倒是在中下层军官身上体现时，其危害最为巨大。比如说各府的备倭把总，是在各卫所指挥使中考选产生的，却与指挥使仍是平级。这样一旦倭寇来袭，备倭把总不能约束指挥使，指挥使也不肯乖乖受其调遣，甚至连谁为殿后，谁为左右前后奇正之兵，谁为旗牌监督者都会吵个不休，以至于贻误战机，导致失败。

沈默正在出神，却听戚继光在边上问道："沈大人是愿意和徐大人同去，还是与末将，抑或是卢将军？"

沈默呵呵一笑道："让我掷枚钱币。"说着从怀里掏出一个西洋金币……那也是人家送给他的战利品……只见他念念有词几句，朝地下一扔，一看是字，便对戚继光歉意地笑笑道："给戚大人添麻烦了。"

其实他耍了个小把戏，那就是故意不说正面反面各代表什么，这样无论什么结果，他都可以在不损徐副使面子的前提下，跟着戚继光走人。

既然决定分头行动，众人纷纷回营准备，一个时辰后，戚继光便率先拔营出发了。

看着一眼望不到头的队伍，沈默心中难免激动……一路走来，这还是他第一次见到明军大部队主动出击……

“这得有五千人了吧？”与戚继光并骑而行，沈默轻声问道。

“五千三百一十七。”戚继光精确地报出数字后又说道，“是末将辖区内所有可抽调的兵力了。”

沈默兴奋地搓搓手道：“我还从没见过咱们与倭寇野战呢。”

戚继光沉默片刻，终于轻声道：“末将也没有。”

沈默笑道：“有道是一通百通，将军身经百战，区区野战定然不在话下。”

谁知戚继光闷声接着道：“这是末将第一次指挥战斗。”

沈默必须紧紧抓住马缰，才能让自己保持坐姿，使劲咽口唾沫道：“将军好像已经是正三品武将了。”

戚继光羞赧道：“末将是世袭登州卫指挥佥事，十一岁那年家父逝世，我就成了四品官。”

沈默瞪大眼睛打量着他，笑着安慰道：“那个……有些天才是无师自通的，我看戚将军你就像。”

哪知戚继光竟然认真地点点头道：“末将也这么觉着。”

事实证明，戚将军没有吹牛。虽然是第一次指挥战斗，但是他对斥候的安排，对行军节奏的把握都恰到好处，使部队在一种松紧适度的状态下前进，同时又对周围二十里内的情形了若指掌。

沈默问他是怎么做到的，戚继光笑笑道：“在一天以前，末将便已经把各种条件和可能发生的情况反复斟酌过了。”见他十分有兴趣，戚继光也不隐瞒，便一五一十地讲给沈默听。

除了地形、天气、士气这些为将者必需考虑的因素外，那些看起来很细微的小事，也在他的思考范围以内，例如士兵的饮食、武器装备的状况等，这些在戚继光看来，都是可以影响胜负的因素……

沈默听了不由大为赞服道：“那么说这一仗已经都在将军的掌握之中了？”

“恰恰相反。”戚继光摇摇头道，“不瞒大人说，末将心里没底。”

“这是为何？”

“末将到任还不满一月，对手下官兵实在是谈不上熟悉。”戚继光叹口气道，

“其实他们也都是守过宁波和台州的老兵了，让他们守城一点也没问题，可野战能打成什么样，末将一点也没底。”说着屈起手指道，“如果他们能表现出平日训练的三成，就能立于不败之地，要是能发挥出一半，就可以横扫倭寇了。”

未时左右，斥候飞驰来报，倭寇果然出现了！

既然敌人如预料中出现了，在戚将军看来，胜利便已经触手可及了——因为他已经预先观察了地形，进行了布置谋划，甚至连攻击队形都为手下编排好了，剩下的便是冲下去，打敌人个措手不及，将胜利攥在手中了！

半个时辰后，倭寇果真出现在眼前的山道上，戚继光狠狠一挥手中令旗，巨石隆隆而下，霎时间将倭寇的队伍裁为两段。

“杀！”他刷地抽出战刀，狠狠向前一指道。登时伏兵四起，官兵们叫嚷着朝倭寇杀了过去。

就在戚将军刚要松口气的时候，慌乱的敌群之中，忽然杀出几个红衣黄盖、手提倭刀的倭寇，如疯虎一般朝明军猛扑过去，转眼便连杀数人，周围的明军根本不敢招架，竟然转身就跑……

大明军队果然不同凡响，一人失利，万人奔溃。别说攻击了，就连逃命都顾不上。

前军溃败，中军也立刻跟着动摇起来，就连铁柱也拉着沈默的衣袖，小声道：“大人快走，再不跑就来不及了。”

沈默恼火地瞪他一眼，指一指不远处的戚继光道：“主将都没退，你慌个什么！”他站在山坡之上，俯瞰着眼前滑稽的一幕，人数占优势的明军抱头鼠窜，人数居劣势的倭寇却在后面穷追不舍，肆无忌惮，看来败局已定，神仙难救了。

戚继光已经快气疯了，他简直想活剐了这些不中用的部下，天时、地利、人和全占了，竟然还能一触即溃！

但此刻不是发泄的时候，他强迫自己迅速冷静下来，命亲兵将他的铁胎强弓取来——只见他凝聚全身的力道，将一张硬弓拉得如满月一般，怒火熊熊的双目紧盯着当先一个红衣黄盖的倭寇……

只听“嗡”的一声，弓弦响处，一道黑色的流星直射那倭寇的头颅，那倭寇甚至没有反应过来，便被直挺挺地射倒在地。

戚继光伸手又抽出第二支箭，毫不迟疑地射了出去，又一个红衣黄盖的倭寇应声倒地。

那几个红衣黄盖的家伙吓坏了，正当他们四处张望时，又一支利箭射来，又一个红衣黄盖的家伙被射倒在地，锋利的倭刀还划伤了身边同伴。

这下彻底吓破了红衣黄盖倭寇的胆，他们纷纷摘掉黄色的斗笠，脱下红色的袍子，仅穿着白色的“丁”字裤衩，撒丫子往后跑去。

一见最厉害的都跑了，倭寇们面面相觑，裹足不前。

在戚继光的破天三箭之下，奇迹终于发生了，只见那些原本鸟兽四散的官军，竟然转过身来，重新向倭寇冲去。

刹那之间，双方攻守易位，官军追着倭寇的屁股开始撵起来。

戚继光再也不敢托大，铁青着脸亲自率军追击。

追出二里地之后，卢镗的军队也赶到了，两帮人便合在一起。

于后来的战事，沈默是这样记载的：“二位参戎共同追击，后遇伏，卢部败走，戚部虽未败绩，然亦裹足不进，敌旋脱。”

其实他这是笔下留情了，因为当时遇上的只是叶麻子的接应部队，总共没有二百人——只要掩杀过去，明明可以将其一锅端了，然而堂堂大明军队，竟然一逃一停，不敢再追了。

这真是不可思议到了极点，他拦住一个掉头往回走的士兵，问他为什么不追了。那位士兵倒是个实在人，大大咧咧道：“多少年都是这样的，反正他们还是会回来的，赶跑了就行了，犯不着拼命去追。”

沈默默然了，他骑在马上半天回不过神来，直到看见一脸失落的戚继光从远处回来，两个年轻人对视一眼，都从对方目光中看到了深深的失望。

“怎么办？”良久，戚继光迷茫问道。

“另起炉灶自己练！”沈默斩钉截铁道，“这几个月来，我走遍了全浙，见识过许多可歌可泣的作战，那些仓促集合起来的乡勇，手无缚鸡之力的书生都能拼死杀敌，创造一个又一个奇迹。既然有那么多的热血男儿，我大明没道理组建不出一支铁血雄师！”

沈默这话让戚继光眼前一亮，他登时一扫满心的阴霾，双掌一击道：“对呀！既然这些人已无可救药，那就放弃他们，重新建一支新军，从头练起！”说完朝沈默一拱手道，“大人，请为继光指点迷津！”

沈默也展颜一笑道：“咱们还是回去静下心来，共同参详一番吧。”

“大善！”戚继光激动地点点头，伸手向前道，“大人请。”

“戚将军请！”沈默哈哈笑道。

两人便并骑往龙山卫方向去了，连手下的军队都不管了。

回到龙山卫之后，两个同样满腔热血，同样充满抱负，同样对军队情况有着深刻认识，同样底蕴深厚的年轻人，便在后山的一个僻静小院里住下了。

他们先讨论出一个研究方法——从目前军队现状开始，将其存在的问题一条一条地列出来，然后再摸索解决之道，最后再研究其可行性。

他们对坐在炕头上，先是一个对军队的现状进行批判，另一个持笔记录；然后当批判者词穷之后，两人便调换角色，由另一人展开批判，如是周而复始，循环不觉。

他俩谁也没想到，原本以为最简单的挑毛病环节，竟然用了整整一天时间，并把所有的病症整理贴满了一面墙。

戚继光望着那面墙壁沉声道：“能解决其中一成，那日的战斗便定然可以取胜；能解决两成，就可以和倭寇正面作战；能解决三成，就可将倭寇赶下海，平定东南之乱；能解决四成，我大明边境就此平定矣；能解决一半的话……”说着深吸口气道，“纵横天下，谁是敌手？太祖雄风复矣！”

“我们尽力去做吧。”沈默颔首道，“就像你说的，多解决一分，胜算就大一倍。”

“嗯！”戚继光郑重点头道，“能解决的都要解决！”

昏天黑地睡一觉之后，重新精神抖擞的两个年轻人，又开始研究解决之道。比如说这种军队没有经过训练，那就加强训练；不听上官节制，那就严格军法；没有作战能力，那就从难、从严、从实战出发训练；将领和士兵不合，那就命军官以身作则，不许欺压士兵；士兵冗杂不堪，那就严格募兵条件，将年龄、地域等因素统统考虑进去。

事实证明，找出路要比挑毛病困难多了，两人废寝忘食、夜以继日，穷尽智慧、呕心沥血，不知道用了多长时间，才把最后一条解决的方法列出来。

这时再看看对方，沈默见到了一个满脸都是胡子的野人，戚继光见到了一个须发凌乱的落魄书生，不由对视着放声大笑，心中却快意极了，仿佛大明军队的问题，就要在他俩手中迎刃而解一般……

他俩都是理想者与现实者的混合体，当然知道完全解决是不可能的，其中有很多法子不切实际……至少目前无法完成。不过在进行最后一步之前，大家还是先休息一下吧。

沈默洗了个澡，让沈安给收拾一下仪容，再问问外面的情形，百无聊赖的沈安告诉他，还有十天就进腊月了。

“原来已经过去八天了。”望着镜子里重新恢复清爽的自己，沈默轻声道，“有什么重要事情吗？”

“没什么大事。”沈安笑道，“除了前天就交给您的总督来信，就没别的了。”

沈默便不再问，让沈安出去玩去，说自己要睡一会儿。

待沈安走后，他又将那封张经给他的亲笔信拿出来，这封信主要有三个内容，一是热情洋溢的表扬，表扬他不怕危险，不怕辛苦，亲临抗倭第一线。虽然是废话，却占了三分之二的篇幅。二是言辞恳切的邀请，邀请他于腊月初八去杭州吃腊八粥。三是一个小小的请求，请他延期给皇帝呈送报告，至少要吃完腊八粥再说。

这封信他已经看了八遍，当然不是因为总督来信而受宠若惊。

之所以会反复地看，是因为这封信实在太不寻常了——言辞过于亲热，请求也太过直白——他在杭州右卫见过这位张总督，那是相当有官威的一位大员，虽然对自己还算可以，但那居高临下的气势，让沈默明白无误地感觉到，他张经就是东南唯一的大佬。

这样的大佬写出这样的一封信，只能说明一个问题，他被人挤对得方寸乱了——沈默很清楚自己在皇帝心中无足轻重，这位总督竟然要求到他的头上，不是“病急乱投医”又是什么？

想着想着脑子便有些发木，只好把信往边上一搁，咂咂嘴道：“算了，不想了，等去了杭州自然就明白了。”说完便倒头大睡起来。

睡一大觉，重新恢复精力的沈、戚二人，坐回到那间堆满稿纸的房间里，开始了最痛苦的一步——将那些不切实际、短期内无法实现的构思摘出来。

要知道每一条构思，都是两人心血凝集而成，而且往往那些看似不切实际的、与现实抵触的，才是真正智慧的体现，甚至是医治这个帝国的良药。

每删一条，戚继光的眉头就一阵阵颤动，一遍遍问沈默道：“能不能不删啊？”

沈默摇摇头，却又对他道：“这不是删除，只是暂时搁置起来，等将来时机

成熟，我们再一条条将其变为现实。”

“会有那么一天吗？”戚继光满眼向往地问道。

“会的，一定会。”沈默给他一个自信的笑容道，“我们还年轻，可以用一辈子去实现。”

舍得舍得，有舍才有得。真正成熟的人，是不会力求完美的。因为这世上有许多缺陷是无法弥补的。只有结合实际情况，拿出切实可行的方案，才是真正做事的态度。

比如说两人明明知道，倭寇的特长在于陆战肉搏，在海战中的技术反而低劣。因为这个年代的海上战无他术，大船胜小船，大铳胜小铳，多船胜寡船，多铳胜寡铳而已，个人勇武的作用，已经被限制到了最低。

若是可以将陆军的军费拨出一半用于建设海军，便可建立起一支退可以守卫海疆，进可以直捣倭寇巢穴的无敌水师!

戚继光对这条尤为狂热，他仿佛看到自己带领着强大的水师，将侵略者统统赶出去。他觉着如果能有那么一天，这辈子就算没有白活。

所以当沈默要将这条从墙上揭下来时，他按住了那张纸，用近乎哀求的语气道:“能不能再想想？”

沈默看看他，用一种近乎残酷的语气道:“如果这条不去掉，我敢打包票，我们的整篇计划都会被张部堂弃之如敝屣。”

“为什么？”戚继光紧紧盯着他。

“朱纨曾经提出过发展海军。”沈默轻声道，“他的遭遇就是前车之鉴。”

“也许他没有找对方法呢，总不能因为一个人噎死了，大家就都不吃饭吧？”戚继光可不是那么好说服的人。

沈默拍拍他的肩膀，轻声道:“来，坐下听我说。”

戚继光顺从地坐下，但面上倔犟依然。

整理一下思路，沈默轻声道:“古人云:‘国之大事，在祀与戎。’可见军事自古就是国家的根本之事，任何一个军事问题，都必须放进政治的环境中去考虑。政治环境允许你做的，那就可以去做，不允许你做的，就一定不要去做。现在为什么不能发展海军了？因为其所牵涉的问题和将要引起的后果，已经超出军备问题而及于政治。”

“其实我大明不是没有海军，只是规模太小，船也太差，根本不敢与倭寇对峙。如果想要达到御敌于国门之外，最少需要大船二百艘，小船四百艘，海军五万人……你想过没有，需要多少船厂，多少码头，多少人力为其服务？一年又要花多少银子呢？”

“最少也得五万人吧。”戚继光轻声道，“就算民夫可以征用，但仅官兵薪俸，也得至少一百万两……再加上造船和出海作战的花费，那就得再有一百万了。”说着自己也觉着这个数字有些不现实，便补充道，“但是这十万人可以从陆军中转移过去，不就不会产生新的军费开支了吗？”

“就按你的法子，让一部分陆军转业成海军。”沈默一拱手道，“请问戚将军，你准备从多少个省、多少个府里抽调这十万人？”

“这个……”戚继光也意识到问题的难度了，这相当于将各省各府的兵力割裂出一部分，同时各省各府的财政也要相应割除一块，由海军部门统一管理。

这在别的朝代也许不是难事，只要方法好，可以用中央财政统一调度一下。但在大明朝那是万万不可能的……因为大明朝没有中央财政。

想明白这一点，戚继光自己就放弃了，把每个省、每个府的财政统一起来，集中管理，那可是与全体地方官僚为敌啊……还不如让他单枪匹马去消灭所有倭寇来得现实。

高涨的热情刹那间低落许多，戚继光自己起身将那张纸从墙上揭下来，呆立良久才嘶声道:“难道，我大明的海军要永远无望了吗？”

沈默从他手中拿过那张纸，小心地叠好，沉声道:“相信我，我是这世上最希望大明朝有一支强大海军的人，我会用我的全部心力去实现这个梦想的。”说着再将其递到戚继光的面前，声音低沉而坚定，“收好我们共同的理想吧，等到可以实现的那天，你再将它还给我。”

戚继光郑重地点点头，将那张纸片贴身收好。

当这个问题揭过去，戚继光便极少对沈默的否决提出异议，进展无形中便快了许多。最终两人用了三天时间，甄选出了八十八条可行的方案。

接下来便是依照着这些珍贵的材料，写成最终的练兵大计，以及呈送总督衙门的报告了……很明显，前者是纯军事问题，后者则是以政治为主。

两人分了工，戚继光写练兵大计，而政治上的事情，还是由沈默来处理比较妥当。

对于沈默来说，他这份报告的重点，不在于要将建军思想阐述得多清楚，

而在于如何打动当权者，也就是张总督。

如何才能打动这位张部堂呢？首先得让他接受，也就是所说不要跟他的认识偏差太远；其次得有新意，得拿出些让人眼前一亮的东西来才行，拾人牙慧是不会得到认同的；最后便是让他觉着这样做对他只有好处，没有坏处。如果做到这三点，相信张经一定会被打动的。

想来想去，沈默觉着直接提出“编练新军”有些惊世骇俗了……因为招募兵士一直是督抚衙门的权力，现在一个参将也想掺和进去，显然是越雷池了。

在与戚继光商量之后，他将第一个字改为了“训”，训练新军，也就是说只要求将政府招募的新兵，划一部分给戚继光训练。为了不让张经觉着戚继光不务正业，沈默特意加了句“末将以为杀贼练兵，可以并行不悖”。

然后就是体现特色，让张经眼前一亮，觉着有益无害，沈默便从那些素材中，选取了两条比较独特的。一个是要求创立兵营，使部队“退则后有可恃以更番，进则对垒可恃以无虞”。另一个就更独特了，是要求设立专门火头军，士兵随身携带干粮，随时可以开伙，一来可以减轻战斗部队的负担，二来也能更好地补给部队。

待构思完毕，沈默便用戚继光的语气，写成了一篇绝不复杂的《新任宁绍台参将戚建言我军二三事》的文移，掩盖住了两人这十几天来构建的宏伟蓝图。

戚继光誊写一遍，签名用印，装进信封，火漆封口，再加盖自己的关防。

当天晚上，戚继光设盛宴为沈默饯行。

次日一早，戚继光将他送了一里又一里，一直送出十八里，沈默笑道：“元敬兄再送的话，就要送到杭州城了。”戚继光这才勒住马缰，拱手道：“继光静候拙言兄的佳音。”

沈默点头笑笑，也拱手道：“竭力而为。”两人这才依依惜别。

第三章
寒衣沙场征战苦

腊月初五这天，沈默一行人终于到了杭州城郊。

一直到了杭州城外，众人却看到城外驻着兵。

只见从城外三里到护城河，搭起了无数个竹制窝棚。窝棚与窝棚间，有数不清的身上穿着反膊无领的蓝布衣衫，下面穿着裤脚稍宽的黑布裤子，脚上踏着草鞋，头上还围着一层层黑布头巾的男子，许多人手里还拿着刀叉——弯刀和双股叉。看样子，这些人都是广西来的客兵，可不知为何会出现在这里。

沈默见城门已经快要关闭，也没心情打听，急忙让铁柱手持自己的官帖，赶紧先去将门叫住。

铁柱疾驰而去，终于在关门前的一刻，使那大门重新打开。

一行人便加快速度，鱼贯进了杭州城。

听着身后城门缓缓关闭的声音，沈默和他的亲卫们这才安下心来。

城门官过来给他磕头，然后起身笑道，“大人被门外的俍土兵惊到了吧？”

“俍土兵？”沈默这才有心情问道，“那是哪里的部队？”

“其实俍土兵是两支部队，一支是广西来的俍兵，一支是湘西来的土兵，因为都是土司兵，所以大伙都把他们合起来叫做‘俍土兵’。”城门官笑道，“咱们南门外驻扎的，便是广西俍兵。那俍兵的首领叫做瓦氏夫人，原名岑花，是广西田州土官岑猛之妻。嘉靖六年，她丈夫死了，瓦氏夫人就袭任田州宣抚使，管理一州事务，手下更有一支强大的族兵。”

“土司军队怎么可以离开领地呢？”何心隐插言道，“这可是我大明朝严禁的。”

那城门官骄傲地笑道：“放在别人那里，自然是办不到了。可这些兵是咱们张大帅要的，那自然另当别论了。”只有文官和高级武将才称呼总督为部堂，这些中下级的武官和一般士兵，都以大帅称之。只听那城门官满脸自豪地笑道，“张大帅可是咱们大明朝的第一重臣，万岁爷和朝廷里的大人们，都得靠咱们大帅守卫这万里海疆呢，他老人家想要什么，管它合不合规矩呢，还不是一句话的事儿？”

沈默微笑着听那城门官喋喋不休，终于等到他换气的工夫，笑着插言道：“请问这位兄弟，总督大人的府邸怎么走？”

城门官虽然意犹未尽，却也只好硬生生打住，向沈默指明了方向。

望着他们一行人远去的背影，这位城门官小声嘟囔道：“这么晚了去拜见大帅，一定会吃闭门羹的。”他嫌沈默没耐性听完自己唠叨，一生气就把这句话藏起来了。

沈默到了位于苏堤南段西侧的总督行辕时，只看到院墙上每隔数丈便有一个牛油灯笼在熊熊燃烧，将城墙下照得亮如白昼，一队队巡逻士兵往来如梭。

巡逻官兵远远便看见了沈默一行，呼啦一声涌上来，张弓搭箭，抽刀举铳，便将他们围了个插翅难飞。

“你们是哪里的部队，竟敢擅闯总督行辕，不要命了吗？”领队的千户看出这些人做官军打扮，倒也没有轻举妄动。

沈默让侍卫们闪开，亮出自己的一身官服，朗声道：“下官钦命浙江备倭巡察使沈默，特来拜见部堂大人，请这位大人代为通禀一声。”

那千户冷笑道："不知道总督大人申时以后不见客吗？"

沈默摇头笑笑道："下官第一次来，确实不知道。"

那千户挥挥手道："先去驿馆歇着吧，等明天白天再来。"

沈默笑笑道："身为下官，我必须先来拜过张部堂才能去驿馆下榻。"

千户不由讥笑道："不管你是巡察还是巡检，大帅都是不会见你的，快走吧。"

"见不见是部堂大人的事。"沈默淡淡道，"这位大人能替部堂大人做主吗？"

那千户被噎住了，愤愤道："那你就去拜门，尝尝总督府的闭门羹是不是别有滋味！"

"拜不拜是本官的事。"沈默翻身下马，整整衣襟，在众目睽睽之下，走到了总督府的正门前，握住门环，轻轻叩响了那道紧闭的大门。

片刻之后，总督府的大门、二门、仪门全部为浙江巡察大人敞开了。

令守卫兵丁更加瞠目结舌的是，总督大人竟然亲自出迎，亲热地揽着这位年轻大人的肩膀，哈哈大笑道："拙言啊，你可让老夫久等了。"

别说那些看热闹的兵丁，就连沈默也被这突如其来的热情弄得颇不自在，只好摆出一脸受宠若惊，一躬到底道："部堂大人要折杀下官了。"

张经伸手将他托起，笑道："拙言不必如此，你是圣上钦差。"

沈默只好顺从地起身，在张总督异乎寻常的热情迎接下，跟着他到了前厅门口。

只见这大厅极是轩敞，抬头迎面先看到一个青底大匾，上书"恪恭首牧"四个鎏金大字，后有一行小字："嘉靖三十三年九月书赐东南总督张经"，又有"万圣帝君之宝"的印玺，竟然是嘉靖皇帝所书。

匾额下是大紫檀雕螭案，地下是两溜十六张楠木交椅，中间是名贵的羊绒地毯。

至于一应摆设，皆是贵重莫名，无须赘述。

婀娜娉婷的侍女为二位大人上茶，便无声无息地退下了。

"明前龙井。"端起薄如蝉翼的茶盏，轻轻掀开杯盖，贪婪地嗅一下幽香四溢的味道，张部堂呵呵笑道，"拙言请用，这可是本官的珍藏哦。"

沈默依言端起茶盏，轻啜一口香茗，颔首赞道："初品时鲜醇柔和，细细啜

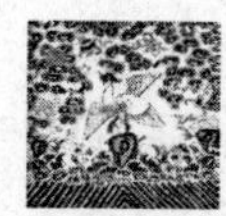

之，馥郁若兰，喝下一口，便已经满口生津了。”便由衷赞道，“下官虽然酷爱茶道，却也从未喝过如此珍品。”

听他的赞叹发自肺腑，张经竟如老顽童似的笑道：“这可不是一般的雨前，乃是狮峰最古老的几棵茶树上生的。就算老夫，也得可怜巴巴地向李天宠讨要，才得了这么几两，一般人来了我都不舍得拿出来。”

“我的老大人，您这唱的到底是哪一出啊？”所谓“礼贤下士，必有所求”，如果沈默再装傻，那非得被张经当成傻子，于是他干脆搁下茶盏，直截了当地问道：“这里没有别人，您就跟学生我直说吧，不然心里七上八下的，再好的茶叶我也品不出味道来。”

张经闻言面色一变，闷头喝几口茶，也搁下茶盏，再抬起头来时，已经恢复了当朝首牧该有的气度，他叹口气道：“年轻就是好啊，初生牛犊不怕虎，锐利。”

沈默恭声道：“大人误会了，学生不是有意冒犯，只是自觉才浅德薄，受不得您如此厚待。”

张经缓缓摇头，双眼如锥子般紧紧盯着沈默，沉声道：“你当得起……老夫的身家性命，我东南的抗倭大业，全在拙言你的一念之间了。”

沈默错愕，勉强笑道：“大人不是开玩笑吧？下官……”

“老夫不是开玩笑。”张经拢一拢花白的胡须，轻声道，“我拜托拙言一件事，请你务必答应。”

沈默起身拱手道：“请部堂明示。”

张经见他没有像想象的那般满口答应，心中微微一沉，一咬牙，竟然也巍巍起身，笔直的腰杆微微弯下，也向沈默拱手道：“请拙言务必等老夫打完下一仗后，再向陛下呈送你的禀报。”

沈默哪敢受他的礼，赶紧侧身让开，轻声道：“最晚腊月二十四。”

“还有不到二十天吗？”张经喃喃道，“就不能再晚点吗？”

“圣旨限我年前禀报，也就是最晚腊月二十七送到。这个季节里，八百里加急要用四天，”沈默恭声道，“也就是说最晚腊月二十四日一早，下官的禀报就必须发出了。”

失望的神色一闪而过，张经陷入了沉思之中，过了许久才微微颔首道：“二十四就二十四，总不能让拙言太难做了不是？”

待双方重新落座，沈默便将他写戚继光抄的那封信，双手奉给了张部堂道：“学生路过龙山卫时，戚元敬将军正要上书部堂大人，下官便顺道给他捎过来，敬呈部堂大人。”

张经接过那书信，撕开封口，当着他的面读一遍，玩味笑道：“想必这里面也有拙言的心血吧？”

沈默在龙山卫住了半个多月，这是谁也瞒不过的，还不如大方地承认，便点头害羞笑道：“学生向戚将军求教来着，他觉着也不全是胡说，便将学生的一些看法加了进去。”

张经呵呵笑道：“拙言啊，你还是太年轻了，被人家戚参戎当枪使了，以后可不要再干这种吃力不讨好的事了。”

沈默心里跟明镜似的……这封信由自己带来，上面又有自己的主意，无疑便挂上了他沈巡察的面子，让恰好有求于自己的张部堂难以开口拒绝，这恰恰是他主动给戚继光送信的目的所在……

话到这里，张经却也失去了谈话的兴致，起身笑道：“走，拙言，陪老夫吃饭去。”

到了饭桌上，几盅小酒下了肚，两人之间的尴尬便消失不见，仿佛地位也没那么悬殊了，感情上也亲近了许多。

酒过三巡，张经端起酒杯一饮而尽，一捋花白的胡须，双目满含着复杂的情绪，低声道：“你今年还不到二十吧？”

沈默点头道：“十七岁。”

“可真年轻啊。”张经满是感慨道，“老夫是正德十二年中的进士，至今已有三十八年了……”说着呵呵一笑道，“拙言你觉着，是本官大，还是首辅大？”

沈默轻笑道：“首牧是疆臣之首，首辅是京官之首，说不上哪个大。”

“滑头！生怕得罪了老夫。”张经笑骂一声道，“首辅是天下文官之首，我大明实际上的宰相，老夫可比不了。”

沈默笑笑没有说话，算是默认了这种说法。

“老夫经历了本朝至今的所有风雨，便给你数一数我印象中的历任首辅。”张经便屈指给沈默数道，“石斋先生杨廷和，乃是先帝托孤的首辅，嘉靖三年以大礼议黯然退隐；蒋文定公继之，亦因大礼议仅两月而去；毛文简公再继之，再因大礼议而去，在位仅三月；而后费文宪公、杨文襄公亦因大礼议与陛下交

恶，交替主政五年后，终为奸相张璁所代。再往后有翟銮、张孚、敬方、献夫、李时、夏贵溪、顾鼎臣，其间又有数人起起落落。如果不算当今首辅，我嘉靖朝在二十六年里换了二十一任首辅，几乎是一年换一个面孔。”

只听他黯然道：“我大明朝的首辅尚且如此，拙言啊，你说我这个尚书总督，会被当成柱石吗？老夫有‘任他风吹雨打，我自岿然不动’的底气吗？”

沈默轻轻摇头，没有说话，只见张经一杯接一杯地饮酒，便赶紧劝解道：“部堂大人，您的身体要紧，明日还有很多公务要处理……”

张经却已经听不进去了，他只想倾诉，将心里的郁闷、憋屈，统统发泄出来。便见他醉眼迷蒙地低声唱道：“滚滚长江东逝水，浪花淘尽英雄，是非成败转头空……”

唱着唱着，老总督终于醉了、累了、睡了，被家人搀扶着回后堂歇息。沈默静静地坐在饭桌前，感受着那仍然在屋中弥漫着的悲怆味道。他的眼神先是迷茫，长久的迷茫，但终于变得坚定起来，无比的坚定。

府中已经给沈默和亲卫们收拾出了住处，沈默也准备休息，走在后院的石径之上，他抬头望一眼满天的寒星，心中不由轻叹一声：“最近到底发生了什么，居然让堂堂六省总督如此的悲伤？”

几日之后，沈默便理清了其中的端倪……

刻着图形的景泰蓝博山炉，正袅袅地吐出缕缕淡薄的、若有若无的幽香，在房间里浮荡。

沈默坐在宽大舒适的太师椅上，修长的手指轻轻磕着桌面，正盯着桌上的一张打开的请柬出神……这是铁柱去门口取回来的，乃是浙江巡按胡宗宪，邀今夜泛舟断桥，为他接风洗尘，以叙别后之情。

沈默回想一下，自己跟那胡巡按只在徐渭家有过一面之缘，之间似乎还达不到需要叙旧的地步……他当然知道胡某人这是“项庄舞剑志在沛公”，肯定别有他图。

“想不到我这个小小的巡察，竟然被众位大人如此重视。”沈默自嘲地笑笑，又继续想他的心事……虽然这几个月都在前线巡视，但通过与众多文武官员的闲聊，他对浙江的官场恩怨也是有所耳闻的。

其实总督张经和巡抚李天宠的关系还是不错的，面对着日益严重的倭寇之患两人尽心竭力，日夜勤勉，倒没听说有什么钩心斗角。既然二位巨头一条心，浙江的官场起初就是铁板一块，基本没有什么波澜。

但情况在赵文华来浙江祭海之后，便悄悄发生了变化。

起初大家觉着，他应该祭海后就回京复命了，但是徐阶毫无征兆地崛起，风头一时压过了严阁老！这让严阁老十分的恼火，立刻将对付徐阶提升为第一要务……

一旦方针转变，严阁老便让府中幕僚以赵文华的名义写了一份《平倭六策》，呈给陛下御览。他则在一边对其大加褒奖，说："文华用心了，几个月便对东南形势认识这么深刻，实在是又忠心又肯干的人才啊。"

嘉靖也觉着写得不错，对赵侍郎的评价提高不少，便允了严阁老所请，让赵文华留在东南监军……当然更重要的原因，是烙在帝王骨子里的猜忌之心和平衡之道，他实在是不放心大权在握的张总督。

于是赵侍郎便在浙江常驻，首要任务就是扳倒张经，这也是最近张总督头疼的地方。

张经久经官场，知道这是皇帝不放心他，所以在自己身边安插了个眼线。他便派了专人全天候跟着赵监军，名义上是保护他的安全，实际上是监视他的动向，限制他的自由。

赵文华也有几分狠劲，就算如此不招人待见，也绝不轻言放弃。只是跟张经老狐狸比起来，他的水平还差得远，晃悠悠一月有余，孤立无援的赵监军还是一无所获。说一无所获也不对，至少他结交了个朋友叫胡宗宪。按说两人身份地位悬殊，但现在赵文华饱受白眼，遍尝炎凉，自然对这雪中送炭的友谊格外重视。

之后的形势便渐渐起了变化……也不知道是赵侍郎突然开了窍，还是背后有高人指点，反正他一下便找到了张经的弱点所在——张总督整天忙忙碌碌，四处调兵，但积极部署数月之久，仗也打了不少，却愣是没有一次主动出击！

所以倭寇的气焰不但没有减弱，反而愈发嚣张起来，随随便便就敢深入内地，如入无人之境。但这一切都被张经今天一个海盐大捷、明天一个台州大胜给掩盖住了。赵文华承认那些胜利都是真的，但那都是守城战而已，这就给了他进攻的余地。

大喜过望的赵侍郎便将这个情况汇报给他干爹，严阁老也察觉到皇帝因为

北京被围所带来的挫败感，对东南局势已经越来越没有耐心，便安排党羽跟随赵文华上书，参奏他“畏敌怯战、拥兵自重，坐观倭乱、图谋不轨”，众口铄金之下，嘉靖皇帝对此越来越在意。

皇帝便询问严嵩怎么看，严嵩早就准备好了说辞，就等着皇帝问这句了。他先涕泪横流地向皇帝控诉倭寇祸害百姓的惨状，说什么“千里无鸡鸣，白骨露于野”，把个嘉靖皇帝气得浑身发抖。这才露出毒刺，说没设六省总督时，各省、各府的卫所官军尚且英勇出战，保护一方百姓，怎么设了这权柄滔天的大总督后，反倒不敢出击了呢？

嘉靖皇帝道:“不是还打了些胜仗吗？至少这几个月来，再没有发生城池被攻破的惨剧。”

“这就更显得他可恶了！”严嵩痛心疾首道，“明明有实力击败倭寇，却偏偏不出击，他到底想干什么？”

嘉靖的怒气一下子无可遏制，怒叱徐阶，竟然下令缉拿张经回京问话。

而张经的反应却很奇怪，以他在朝中的人脉和地位，赵文华等人一上书他便得到了消息，可他既不上书辩解，也不找赵文华算账，除了喝多了偶尔发发牢骚之外，仿佛一切都没发生过一般。

但即使最不敏感的官员也察觉到，两方势力的对峙已经到了最后关头，只等决战那一刻到来！

一场毁灭性的暴风雨，就要在这风景如画的杭州城中形成了。

而此时的沈默，滞留在总督行辕，胡宗宪又送来了请柬，现在便是他亮明态度的时候了——是老老实实待在府里，跟着张部堂一条道走到黑；还是去断桥见一见胡宗宪，至少不要得罪严党呢？

沈默深知张经是君子，赵文华是小人，而宁可得罪君子，他也不愿意得罪小人。于是决定还是去一趟，因为他心里很清楚，如果拒绝了邀请，赵文华便会将自己视为张经一党，一旦把张经打倒，那是绝对不会放过他的。

两个侍女赶紧停下手上的活，过来帮年轻的大人换上出门的冬装。正在他准备出去时，前院管事的在门外求见。

沈默让他进来，便见那老管事抱着一件华贵的黑貂皮大氅，恭声道:“部堂大人说外面快下雪了，大人您要是出去的话，就把这件大氅穿上吧。”

沈默朝着前院方向拱手道："多谢部堂大人厚赐，学生铭感五内。"那老管事本以为他会因为总督的恩宠而不再出去，却见这年轻的大人仿佛没受到丝毫的影响，不由愣了一下，才为他轻轻披氅，恭声问道："大人，需要备几辆车？"

"两辆即可。"沈默轻声道，"麻烦老人家了。"

待沈默出去时，天空中已经飘起淡淡的雪花，落在纯黑色的大氅上，旋即变化为水滴，滑到地上。

两辆马车停在门口，何心隐和沈安一左一右，护着他上了后一辆马车，铁柱则带着七八个卫士上了头车，两辆车便一前一后出了总督的大门，行驶在长长的苏堤之上。

如果要问西湖十景中，哪一个距离花港观鱼最远，那一定是断桥残雪。马车从卢园出来，绕着西湖转了整整半圈，才到达对岸的白堤，再沿着白堤向东才远远看到断桥。

沈默觉着胡宗宪八成是为了表示与总督的对立，才选了这么个鬼地方，却让他跑了这么远的路，实在不是待客之道。

这时马车终于到了，铁柱打开车门道："大人，我们到了。"

沈默点点头，紧了紧大氅，便扶着铁柱的肩膀下了车。一看四周景色，他不由发出一声低低的惊呼。却见雪已经越下越大，把湖边的柳浪装点得银装素裹，再往湖上瞧去，却见一道白莹莹的玉带横架在浪澈幽深的湖面上，比起往日的瑰丽多彩来，更有一番迥异的冷艳味道。

"好一个断桥初雪。"沈默不由笑道，"果然是西湖之胜，晴湖不如雨湖，雨湖不如月湖，月湖不如雪湖啊！"

话音未落，便听湖上有人道："能真正领山水之绝者，尘世有几人哉！"

沈默循声望去，只见身披灰色大氅的胡宗宪，正在朝自己微笑。

沈默一边快步走过去，一边笑着手道："竟要胡大人亲候，实在是下官的罪过啊。"

听他叫自己"胡大人"，胡宗宪有些尴尬，因为他才是正七品，而沈默虽然没有品级，但一切礼仪视同六品，真要较起真来，该自称下官的是他胡汝贞，而不是人家沈默。但他不像一般人那样赶紧自谦，而是摇头笑道："兄弟这就不对了，现在又不是在场面上，用官称是不是太生分了？"便将等级带来的尴尬

不露痕迹地抹过去。

其实沈默自称“下官”便是在试胡宗宪的态度，想看看他是个什么样的人……如果装作若无其事，那就太无耻；如果非要按照朝廷礼制，让他改称“本官”，那就太迂腐了；如果一下子不知所措，那就太没用了。

但胡宗宪的表现却让他刮目相看，既有接受沈默的自谦，也没有表露出我不如你的意思。一句话便不动声色地化解了尴尬，还无形中拉近了双方的距离。

沈默便顺势一脸亲热地笑道：“那我就斗胆叫一声梅林兄了。”

胡宗宪哈哈大笑道：“那我就托大叫你声拙言老弟了。”

“本来就应该的。”沈默道。

待沈默上了小船，问题就来了——这艘小船上乘不下他那七八个护卫，胡宗宪笑道：“上了兄弟的船，还要带护卫做甚？”

沈默点头笑道：“那就索性只带个使唤人吧。”便叫沈安跟着上船，对何心隐和铁柱道：“在岸上跟着我们。”

胡宗宪拉开舱门，请沈默进了船舱。里面空间不大，铺一床厚厚的干净棉被，上面摆一个矮脚方桌，桌上是丰盛的茶点水果，因还有个铜火盆，比外面暖和多了。

待两人在柔软舒适的软榻上坐下，反倒不知从何说起了。

外面雪落无声，舱内安静无比，只有胡宗宪斟茶的哗哗响声。他为两人各斟一杯茶，略带歉意道：“不是兄弟我吝啬，实在是买不到明前，只能拿雨前龙井招待贤弟了。”

沈默摇头笑笑道：“我也不是什么金贵人，喝不出孬好来。”现在舱里明亮，他也看清对方的尊容了，只见他头上扎着黑色的平定四方巾，身上穿一件半旧的青缎面薄棉袍，极挺括的扎脚裤，白布袜，却与印象中那个锐气十足的胡宗宪不同……虽然眉目仍如往昔那般英俊，神态却显得十分安详，丰神潇洒，从头到脚都是家世清华的贵公子派头。

见他端详自己，胡宗宪不由笑道：“贤弟看出什么了？”

沈默笑道：“我就看出四个字，世、家、子、弟。”

胡宗宪小吃一惊，旋即有些黯然道：“算不得什么世家子弟，虽然祖上出过几位显官，但也是几十年前的事了。”说着叹口气道，“只是愚兄我落魄至斯，实在是辱及先人啊。”

沈默摇头道:“梅林兄春秋正盛，手掌一省监察，无论如何都跟‘落魄’二字扯不上关系吧？”

胡宗宪也摇头苦笑道:“哥哥我嘉靖十七年中进士，三甲榜下即用，当时便授了个七品知县，自问无论在何处任上都兢兢业业，却也不知什么原因，辗转十几年下来，居然还是个七品，不是‘落魄’还是怎的？”

沈默轻声劝慰道:“梅林兄历练南北，文武兼备，只差一个机遇，便能大展拳脚了。”

“起先我也是这样想的。”胡宗宪一边给他斟茶，一边平静道，“所以朝廷任命我为浙江巡按时，同僚都说此去凶多吉少，劝我称病推辞。但我觉着越是凶险的地方，机遇也就越多，所以我就来了。”说着坦然一笑道，“而且我已经平平淡淡过了这么多年，不想就那么平淡地致仕，平淡地死去。说出来不怕你笑话，我来浙江之前，曾立下十六字的誓言:‘此去浙江，不平倭寇，不定东南，誓不回京！’”

沈默佩服地赞道:“老兄好气魄！”

胡宗宪脸上的自嘲之色更重了，他无奈地摇摇头道:“来了之后，却发现这里是铁板一块了，我这个巡按御史纯属个多余的讨厌鬼，甚至没有人对我说，你该干点什么。我就这么空攥着一双拳头，一点劲儿也使不上。”

沈默静静地听着，他知道胡宗宪快要说到重点了，果然听他轻声道:“你是不是以为我在自辩？”

沈默不置可否地笑笑道:“我觉得梅林兄说的是心里话。”

虽然是答非所问，却比任何答案都让胡宗宪开怀，只见他舒展开紧锁的眉头，颔首道:“不错，我跟你说的是心里话……因为我想交你这个朋友，所以必须让你知道我是个什么样的人。”

“那是小弟的荣幸。”沈默笑道，“真的，我也懂一些望气之术，观老兄必定不是池中之物，只待风云际会，便可龙翔九天，成就一番事业。”

“这也是我想对你说的。”胡宗宪哈哈大笑，说着双目炯炯地盯着沈默道，“但咱俩的命运可不同，我是步步荆棘，如履薄冰。可你这位天下最幸运的读书人，只要别犯了不可饶恕的错误，便会一直走在金光大道上，将来入阁拜相，位极人臣，也是有很大可能的。”

沈默心中暗暗警醒，面上却一再谦逊道:“不怕梅林兄笑话，小弟我现在还

是生员身份呢，说什么‘出将入相、位极人臣’，似乎还太早了吧？”

“告诉个对你至关重要的秘密。”胡宗宪的身子微微向前，小声道，“陛下亲口说过，要将你树为天下读书人的楷模，你觉着这意味着什么？”

沈默还是第一次听到这种说法，难以置信地问道：“会有这种事？”

“当然是真的了，我会拿这种事开玩笑吗？”胡宗宪呵呵笑道，说着压低声音道，“但是你也不能大意……毕竟陛下操心的事情多，如果没有人时常在耳边念叨，可能没几天就把你忘得一干二净了。”这话说得隐晦，但两人都是聪明人，点到即止便可。

沈默缓缓点头道：“不错。”

“我再告诉你一个天大的消息。”胡宗宪轻声道，“但只是出于我口，入于你耳，不足为外人道。”

沈默点点头道：“放心就是了。”

“我相信你。”胡宗宪顿了好一会儿，才缓缓道，“捉拿张经的锦衣卫已经走到半路上了，说不得年前便到了。”

沈默这下坐不住了，一下直起身子道：“你到底什么意思？”

胡宗宪坦诚地望着他道：“请你把这个消息告诉他，并劝他千万不要轻举妄动。”说着压低声音，一字一句道，“不动可活，动则必死。”

沈默彻底糊涂了，干脆直接问道：“我说老兄啊，你到底是哪一边的？”

雪仍然静静地飘落在湖面上，船舱内的气氛却已经截然不同。

沈默问得直截了当，胡宗宪却有些招架不住，他端起茶盏，借着饮茶的动作挡住脸上的尴尬。等将茶盏搁下时，他的表情已经恢复了正常。

“不管别人怎么看，我胡汝贞都问心无愧。”胡宗宪淡淡道，“因为我知道自己在做什么。”

沈默沉默半晌，又问道：“请问梅林兄，张部堂因何事要被锁拿问罪？”

“畏敌，坐观倭乱。”胡宗宪低声道。

沈默的面色不由得有些难看，低声道：“既然如此，张部堂就更得将功折罪了，梅林兄为何还要我转告什么‘不动可活，动则必死’呢？”

仿佛没有感受到他的质疑，胡宗宪不动声色道：“如果不动的话，罪名也仅止于此，最多便是罢官解职，除籍还乡。但如果在这个节骨眼上轻举妄动，罪名可就大了，就算徐阁老也救不了他。”

“什么罪名？”沈沉声问道。

“欺君之罪。”胡汝贞压低声音道，“陛下的怒火将无可遏止。”

沈默觉得有些难以理解，他使劲摇摇头，艰难地问道：“我怎么无法理解呢？”

“有许多事你不知道，没法理解是正常的。”胡宗宪轻声道，“你只要把这句话转告给张部堂，他自然什么都明白。”

这时船身轻微一顿，重新回了断桥边，分别的时刻到了。

沈默和胡宗宪的书童捧来衣帽，给二位大人换上。沈默刚要往舱外走，却听身后的胡宗宪低声道：“一直是你问我，是不是也该我问问你了？你还准备站在张总督那一边吗？”

沈默用两指轻捋一下大氅的衣襟，动作不带一丝烟火气，只听他轻笑一声道：“下官奉的是皇命，办的是皇差，所以是站在陛下那一边。”说着朝他拱手道：“承蒙梅林兄厚待，小弟不胜感激，请梅林兄留步。”便在铁柱的接应下，飘然离去了。

神色复杂地望着很快消失在雪夜中的马车，胡宗宪并没有返回船舱，他扶着舱壁站在甲板上，任雪花将身体裹成白色，却仍在一动不动地想着心事。

身后的书童轻声问道：“大人，我们回去吧。”

好半天胡宗宪才缓缓点头，身上的落雪便扑扑簌簌下来，露出原本的灰色。他脸上自嘲的色彩越发浓重起来，轻声低叹道：“永远都洗不白了……”

胡宗宪回到钦差衙署时，赵文华正在花厅里听曲，他在外面等候半晌，直到听见曲子终了，这才让人通禀一声，迈步走了进去。

便见赵侍郎舒服地斜倚在软榻之上，周围还围拢着几个如花似玉的侍女，两女为他捶腿，两女为他捏臂，还有一女跪在他的背后，以双膝为枕，让赵文华躺在她的腿上，为他轻柔地按捏颈脖。所谓温柔乡、脂粉堆也不过如此吧。

胡宗宪对这一套已经习以为常了，对赵文华拱手道：“梅村兄，小弟回来复命了。”赵文华字元质号梅村，比胡宗宪大九岁。两人因为一个号“梅村”、一个号“梅林”，写起来极为相近，便拜了把子，称兄道弟，关系更胜寻常。

赵文华摸一摸身边侍女柔滑的大腿，这才缓缓坐起身来，招呼胡宗宪坐下道：“老弟快坐下暖暖身子。”便迫不及待地问道，“怎么样，那小子答应了

吗？”他恨不得将张经打入十八层地狱，不放过一切可以利用的力量，就连沈默这种人微言轻的小角色都要利用……却又自持身份，不屑与他交往，所以才派胡宗宪代为说和。

殊不知胡宗宪阳奉阴违，非但没有拉拢沈默，还让他给张经示警。胡宗宪不慌不忙道：“至少他的态度是好的，答应得也很痛快，但是人心隔肚皮，到底会不会跟我们弹劾张经，不到他上书的那一刻，谁也不敢打包票。”他说得似言之凿凿，实际上什么也没保证，到时候无论怎样都好摆脱干系。

赵文华却没想这么远，他有些郁闷道：“别看他屁大点官，毛权力都没有，可偏偏却有密折专奏权，奏章是由锦衣卫北镇抚司传递，而不经过我的通政司，要不哪还用老弟偏劳这趟。”

“为兄长分忧，是小弟应该做的。”胡宗宪谦逊笑道。

两人说了一会，话题便又转到张经到底会不会倒台上，赵文华忧虑道：“今儿个下午收到老爷子的报告，说是徐阶已经稳住了陛下，答应暂时不任命新的总督替代……这是不是说明，陛下还没有对张经死心呢？”

胡宗宪摇摇头说道：“无论如何，张经这个总督都做到头了。”

“老弟何以见得？”赵文华眼前一亮道。

“因为他的灭倭方针，与朝廷是拧着的。”胡宗宪轻声道，“陛下和内阁希望‘速剿’，他却主张‘缓剿’，在策略上与朝廷大政不一致，这才是导致陛下不满的根本原因。”说着十分笃定道，“就算这一关让他闯过去了，不久的将来，也依然会因此触怒陛下的，所以陛下一定会换人的。”他这话还隐含着一层意思，那就是皇帝刚愎自用，顺之者昌、逆之者亡的性格，是不会容忍张经的一意孤行的。

赵文华听了这层意思，拊掌笑道：“妙啊，汝贞，汝真乃大才也！不错，到时候扳倒了张经，我来做这个总督，汝贞你取代李天宠，咱们兄弟齐心，齐利断金，非要把前人干不成的事情给干成了！”

胡宗宪轻声道：“那小弟就等着仰仗兄长腾达了。”便也跟着笑了起来。

他们这边欢天喜地，总督行辕那边却如冰天雪地，沈默一回去便求见张部堂，在签押房中把胡宗宪的话全盘托出。

听完沈默所说，张经便一动不动地坐在那里，仿佛泥塑一般。其实他一早便收到徐阁老的来信，已经知道锦衣卫南下的事情，且徐阁老同样告诫他，不得轻举妄动。当时张总督还不太在意，他认为只要打一个大胜仗，便可一俊遮百丑，将这一页盖过去了。但现在胡宗宪又一次提醒自己，这让张总督不得不静下心来，好好权衡一下其中的利弊得失。

好在沈默极有耐心，索性闭目养神等着他。直到外面三更鼓响，张经才回过神来，两眼空洞无神道："半年的筹划隐忍，终于把敌人引诱出来。俍土兵已经到位，各路大军也已到齐，只等老夫一声令下，便要发动总攻。"说着目光渐渐坚定起来道，"现在已是箭在弦上，不得不发了！"

沈默轻声道："如果真如胡巡按所说怎么办？"

张经缓缓摇头道："小胜当然不行，但如果老夫取得一场决定性的胜利，就算那些人想要办我，也得先问过天下的百姓！"

见他心意已决，沈默便起身拱手道："学生静候大人的捷报！"

张经呵呵笑道："拙言，可想看一看那些不可一世的倭寇，是怎样全军覆没的？"

"求之不得。"沈默欢喜道。

"且耐心等着，这几日老夫便会唤你同去。"张经自信笑道，"绝对不会让你失望的。"

"下官深信不疑。"

第四章 假作真时真亦假

大战在即，总督行辕中的气氛，也渐渐紧张起来，各路文武官员络绎不绝，签押房中召开着一个接一个的会议。

对于军情机密，张经从来不避讳沈默，甚至有重大会议，还会预先通知他。在腊月十二这天早晨，便有人来告诉沈默，最后一次战前会议要开始了。

当沈默来到前院，只见府中三步一岗，五步一哨，到了签押房外，更是有密密麻麻的总督亲兵，将一切闲杂人等隔离在五丈之外，确保里面的会议不被任何人偷听。

等他进去签押房，便见到屋里坐满了浙江的官员，他看到唐顺之、谭纶等兵备知府，也看到了卢镗、汤克宽、俞大猷等领兵大将，以及甘陪末座的戚继光。除了张经、李天宠二位之外，抗倭的主要官员都已经到齐了。

监军赵文华和巡按御史胡宗宪也在其中。

在座的诸位沈默都见过并交谈过，还与许多人有并肩守城之谊，是以他一进来，众人便纷纷朝他点头微笑。沈默朝众人团团抱拳，便在府中佥书的指引下，坐在一个极靠前，却又不与文武同列的位置上。

沈默坐下不久，便听到三声鼓响，众官纷纷起立，又听有人高唱道：“总督大人到。”

在一片“拜见部堂大人”的山呼声中，一身戎装的抗倭总督张经，便从屏风后转出，径直在堂上后座坐下。与他一同出来的还有浙江巡抚李天宠，他在左首第一位坐下。

张经的目光缓缓扫过在场众人，尤其是在赵文华脸上停留了很久，一想到这一年来所付出的心血、所遭受的冤屈终于要在这一刻水落石出了，张总督的眼角竟有些湿润，他深吸口气道：“诸位同僚，请坐。”

待众人坐下，他那洪亮的声音继续响起：“今日召集诸位，目的不言而喻。现在时间就是胜利，本官直截了当地告诉你们，经过大半年的布置，各路大军已经准备就绪，并分批到达指定位置。倭寇也在我们的退避三舍之下，主力离开了海岛，在拓林、川沙洼一带盘踞。”

说着大手一挥：“上地图。”

便有两位佥书抬着一幅巨大的苏杭地图，放在部堂大人身后。

张经起身拿起一支短竹棍，指着地图最东侧的两个黑点道：“这里是拓林、川沙洼的贼巢穴，其中北面川沙洼是匪酋王直的一万五千余人，南边拓林是徐海的一万余人，两者相距不过数十里，互为犄角，遥相呼应。”

“部堂大人准备先对哪个动手？”赵文华开口问道。

张经冷笑道：“不劳监军大人费心。本官将亲率嘉兴、杭州兵马以及广西兵，大举进驻松江，作势进剿王直。徐海等闻知嘉杭兵调松江，必以为嘉杭空虚，肯定会率军突入嘉善，趁机劫掠嘉杭。”

赵文华一听就蹦起来道：“张大人，虽然本官一直逼你甚紧，却也不是让你破罐子破摔，一下招惹两大倭寇啊。”他也知道倭寇的厉害，以明军目前的实力是没法同时应付的。

“监军大人不要激动，听本官为你分解。”张经把脸一转，“王直和徐海虽然都是大倭首，但两人却有本质上的不同。王直虽然也抢劫，但他骨子里是个商人，徐海虽然也走私，但他却是个地地道道的强盗。所以王直会顾及本官的大军，算计成本得失。但徐海不会，他一看到空当，就一定会像头饿狼一样扑上

来的。”

赵文华还是担心道：“万一徐海不攻嘉杭，而是与王直前后夹击，那部堂大人岂不是要偷鸡不成蚀把米？”

张经笑一声道：“不可能！”便分解道，“这两大匪酋关系相当微妙，徐海的叔叔徐乾学，曾经是王直的合伙人，而徐海又是由其叔叔带入行的，所以王直一直以后辈待徐海，动辄呼：‘小和尚啊小和尚。’”此话引得众人一片低声哄笑……但这绝不是张总督开玩笑，而是确有其事，因为徐海在下海之前，曾经在杭州灵隐寺当过撞钟的和尚，法号普净，又称明山和尚。

但是人家徐海现在也是手下数万人，一方诸侯了，再这样称呼他，就算再好的脾气也会恼，更何况脾气暴躁、目中无人的“天差平海大将军”呢？所以张经很肯定道：“本官敢断言，如果徐海遭到攻击，王直很有可能会去救。但如果王直遭到攻击，徐海一定会幸灾乐祸。”

赵文华又冷笑道：“大人总是说徐海多么多么厉害，难道他连唇亡齿寒的道理都不懂吗？”

“本官不会引蛇出洞吗？”张经哈哈大笑道，“再说赵大人以为半年以来，本官约束部众，不许他们出战是为了什么？”说着剑眉一挑道，“示弱而已！”用竹棍一点那两个黑点，两眼一瞪道，“倭寇敢于上岸盘踞，就说明他们已经坚信我军畏敌怯战，早已不把我军放在眼里。”数月的憋屈今天终于吐出来，张经笑得极为畅快，竟有些不管不顾的意思。

待笑完了，张经便不再理会赵文华，一拍惊堂木道：“众将听令！”

众将领便轰然起身，只听部堂大人分派道：“俞将军，本官令你率本部五千健卒，督两千永顺土兵开拔进驻嘉善城内。你要注意保密，于子夜进城。一到城中即刻戒严，不许任何消息传递出城。倭寇过嘉善时你不得暴露行迹。但若是倭寇掉头东归，便立刻截断其后路！不惜一切代价，也要将其留下。”

俞大猷拱手领命，朗声问道：“敢问大人，如果倭寇没有掉头呢？”

“待会再说。”张经淡淡道，说着看一眼自己的爱将卢镗道，“声远，你率领两千保靖土兵，及本部五千兵马在城东双溪桥设伏，阻敌于石塘湾，此战务求必胜，绝对不能让倭寇南下杭州。”

张经这才对俞大猷道：“如果倭寇返回，你仍是要不惜一切代价阻击。”说着将两支令箭递给他俩，沉声道，“你们二位的目标，便是将倭寇往北撵去，倭寇一旦北遁，本官会立刻率军返还，与汤克宽的水军左右夹击，与尔等完成合围，力求一战全歼敌军！”

当众将纷纷领命之后，赵文华问出了今天最有水平的一个问题：“如果倭寇一路北逃，将各路大军都甩在后面呢？”

“本将自有安排。”张经也给出了最不负责任的回答，说完便朝满堂文武官员挥挥手道，“都回去各自忙活吧，本官只有庆功宴，没有饯行酒。”

一众官员笑道：“来日痛饮庆功酒！”便一齐向张部堂行礼，径直回营准备去了。

但也有几个没有走的，比如说巡按御史胡宗宪，他便来到张部堂的案前，拱手道：“请问部堂大人，卑职可以跟随部队出发吗？”

张经端详他片刻，终是点点头道：“你跟卢镗一路，他那边比较艰苦，你要帮他多出出主意！”

胡宗宪虽然知他这是投桃报李之举，但也十分激动，不由站直身子，高声道：“下官定不负大人所托！”

张经笑着颔首，胡宗宪这才转身昂首出去。

这时只剩下沈默没走了，张经笑道“拙言啊，跟老夫一路如何？”

沈默微笑道：“部堂的安排再好不过了！”

两天后，张经率领广西俍土兵五千，嘉杭兵马各五千，共计一万五千人，浩浩荡荡地开赴松江。这支队伍的先期任务是恫吓川沙洼的王直部，并造成嘉杭兵空的假象，引诱徐海部来攻。后期则将参与合围徐海部，并阻挡王直可能对徐海的救援。

沈默作为巡察使随军出征。

大军一路北上，终于在三天后抵达松江府。稍事休整后，便与闻讯赶来的王直大军对垒。倭寇确实被官军惯肥了胆子，竟然肆无忌惮地倾巢出动。

沈默已经不是第一次面对倭寇的大部队了，所以一点也不惊讶，唯一令他感兴趣的是，这些倭寇的头领人物中，有的穿盘领袍，一身宋朝官服；有的穿圆领襕袍，浑身唐装；还有乌纱帽、团领补服，完全是大明官服式样，往那一站，仿佛个戏台子一般。

他轻声问一边的戚继光道：“哪个是王直？”戚将军的部队因为在龙山卫一

战表现太过窝囊，所以并没有被张总督排入战斗之列。好在他的勇武也在那战之后传开，这才让张经没有连他一起放弃了，令他跟着观摩……同时负责为巡察使讲解战况。

好在心里已经有了练兵大计，戚继光并不算多么沮丧，他神色如常地摇摇头，轻声道:“王直向来龟缩在日本的老巢，现在领兵上岸的，是他的部属叶碧川和王清溪。”

这些倭寇虽然穿得千奇百怪，但打仗却不含糊。这年代也不兴叫阵了，令人毛骨悚然的海螺一吹，就那么漫山遍野地冲过来，足有七八千人之多。看上去倭寇是准备一上来就把明军乱棒打死了……

只听呜呜的牛角号毫不示弱地吹响，一队队身穿蓝布袍，手持长短兵刃，以黑布裹头的俍兵出现在战场上。

一位身穿亮银甲，背挂大红披风，手持一双长刀，面带狰狞鬼面的将领排众而出，口中发出一声尖利的啸声，立刻引起了士兵们山呼海啸的应喝声。在声音最高处，那将领便率先冲了出去，她的长刀所向，数不清的俍兵紧紧跟随，就像一道愤怒的海浪，迎着倭寇猛烈地反扑上去。

待俍兵冲上去一段距离，张经便命五千嘉兴兵向两翼移动，准备对倭寇实施包抄。

这边的命令刚刚下达，那边俍兵与倭寇已经厮杀在一起。刚一交手，倭寇便感觉出对手的不同，这些身穿蓝衣的俍兵个个悍勇无匹，打起仗来根本不顾自身安危，只求杀敌斩首。但这并不意味着他们杀敌一千，自损八百，因为俍兵“以七人为伍，每伍长短配合、攻守有序”，犹如刺猬一般，令倭寇无从下手。

倭寇的锐气一上来便被打压下去，冲在前面的几百人还没有反应过来，便被砍倒在地，践踏成泥。若不是后面红衣黄盖的日本浪人及时顶上来，便被俍兵一击而溃了。

沈默已经知道，并不是每个真倭都有武士刀，也不是每个都那么厉害。只有这些红衣黄盖的日本浪人才手持武士刀，他们自幼经过格斗训练，且在战场上百战余生，在倭寇中享有崇高声望。

果然这些浪人一加入，倭寇的士气为之一振，迅速以其为箭头，组成一个个战斗组，与同样以小组为单元的俍兵展开了激烈的搏杀。

倭兵这边也毫不示弱，那位将军披散头发，挥舞双刀，在战阵中身先士卒，将士们见统帅垂范，无不景仰随从，奋力冲杀，竟然丝毫不让。

这时官军从两翼杀出，严重扰乱了倭寇的阵脚。不多时，倭寇便吹响了收兵的海螺。

虽然最后的追击不太完美，但并不影响此役的大胜，明军斩首一千余级，取得了抗倭以来的第一个大胜，史称“川沙洼大捷”。

首战告捷的喜悦还没有消退，斥候便传来确切消息，盘踞在拓林的倭寇徐海部共八千人，分作四队，浩浩荡荡地扑向嘉善，果然如张部堂所料，根本没有救援川沙洼的意思。

见徐海中计，张经更不敢轻举妄动，他一面严密监视王直部倭寇，一面命斥候飞马传报，密切关注着嘉善方向的最新军情。

腊月十六日，徐海部到达嘉善，甚至没有尝试攻城，便向嘉兴直扑过去。于十七日凌晨，抵达嘉兴城东双溪桥附近。倭寇的速度太快，远远超出了卢镗的预计，他手下的保靖兵从睡梦中惊醒，仓促应战，反而被倭寇引至石塘湾一带，遇伏而败。眼看着张总督的破敌大计就要以一种可笑的方式破灭了，巡按御史胡宗宪挺身而出。

他对快要沮丧自杀的卢镗道：“不必担心，只要照我的吩咐做，必不负部堂大人所托。”这时候卢镗也没了门户之见，便将指挥权交给了他。胡宗宪镇定自如地分派任务，他一面精选勇卒百人组成敢死队，一面传令手下人取酒百余瓮，米五十包，打开酒瓮的盖子，把米包撕开口子，投泻药于其中，然后又把它们按原样封装起来，分载两船，让敢死队穿上老百姓的衣服，打着红牌子，敲敲打打地假装去犒劳军队。

船行到石塘湾，便被倭寇发觉，派兵前来抢劫，敢死队假作惶恐万状，丢下东西便四散逃了。倭寇一看很有收获，立即报告了倭寇头目，当时领军的是匪首陈东，此人嗜酒如命，一见到有好酒，不疑有他，便要分下去喝了。

被手下好说歹说拦住，先拿一条狗做实验，结果狗喝了没有事……陈东满心欢喜，大家也很高兴，便抱着酒坛畅饮起来。那些大米也全都被倭寇煮着吃了。

到了半夜里，整个倭营一片恶臭，所有吃过米、喝过酒的人都手脚无力、

腹泻不止，完全丧失了战斗力。

在下风处埋伏多时的胡宗宪，便下令土兵与官军出击袭营，这营中倭寇有两千多人，中毒的将近有一半，其余的也人心惶惶、无心恋战，结果被明军一战斩首七百多，剩下的人都跟着陈东仓皇东逃，与徐海会合去了。

此役众人推胡巡按的首功，但胡宗宪却对一位中年医生拱手道:“多亏李先生的药。”

那位李先生满脸严肃道:“我李时珍行医二十年，从未出手害过人。”

胡宗宪等一干众人满脸尴尬，呵呵笑道:“让先生破例了……”

谁知那李时珍哈哈大笑道:“但这次真是痛快啊！”

在当世名医李时珍的帮助下，胡宗宪一次毒翻了上千倭寇，最后斩首七百余人，极大地振奋了明军的士气。当陈东领着徐海的主力气势汹汹回来报仇时，胡宗宪出人意料地于石塘湾再次设伏……倭寇满以为此地经过两战，定然安全无比，结果被又一次杀出来的明军一下打懵了，一场厮杀下来，丢下四百多具尸首往北而走。

此战明军先败后胜，斩首千余，史称“石塘湾大捷”。

收到倭寇终于进入圈套的消息，张经如释重负，留下李天宠率领一万官军继续监视王直部，自己则率领俍兵趁夜色悄悄走了。

李天宠也是足智多谋的大将之才，他知道倭寇都怕了俍兵，便命令站岗的部下都穿上蓝色衣裳，缠上黑色头巾，造成俍兵仍在营中的假象，果然使倭寇畏惧不前，一直到战役结束都没有再来。

张经出发的同时，即刻命俞大猷督永顺兵出发，北上平望，以扼倭寇退路。又令胡宗宪、卢镗率保靖兵追敌于后，同时命汤克宽的水师中路迎击。四路大军齐头并进，将倭寇的东西南三面团团围住，只要其无法北上，便一定会被明军包围！

直到此时，徐海、陈东都没有意识到，自己已经被明军合围了……他们仍然以为，在石塘湾碰到的明军，乃是张经为了守备嘉杭所布置的重兵……两人是打劫而不是造反，对浴血攻坚没有兴趣。

腊月十八凌晨，倭寇从嘉兴逃至唐家湖，准备过吴江往北窜至苏州。

谁知唐顺之和谭纶已经恭候多时，两人率领两千吴江兵……以及两万当地民夫拦河蓄水，待倭寇抵达吴江时，先行决开堰堤，一时间水势汹涌，倭寇根本没法渡江。

谭纶惋惜道："可惜现在是枯水期，若是春夏汛，这一下就能把徐海喂了王八。"

唐顺之一身戎装披挂在身，轻轻笑道："足矣……"便亲率自己训练的绍兴水军，乘坐快船三十艘，趁水势袭夺倭寇舟船，倭寇长于陆战而不善水战，竟然被夺去船只十余艘，其余也被尽数焚毁。

倭寇无法渡江，只得退回平望，出兵以来接连受挫，其锐气已经尽丧。

但在平望没有休息多久，胡宗宪、卢镗的追兵终于到了，双方于十九日凌晨，大战于王江泾南的秋茂桥。

经过接连的胜仗，明军已经完全打出了气势，胡宗宪将倭寇已被各路大军合围的情况晓谕全军，众军无不欢欣鼓舞，尤其是麾下的保靖土兵，唯恐被人抢了战功，向着秋茂桥发动了一波又一波的疯狂攻击。

但倭寇岂是易于之辈？双方在这座九丈石桥上展开了反复争夺，残肢断体铺满桥面，鲜血将运河都染红了数里。

明军本来就只有六千多人，全凭着一股气势才撑了两个时辰，便渐渐泄了气。胡宗宪看出端倪，亲率一百刀斧手在阵后督战，不进攻者死，退者死，犹豫者同样死！这才勉强撑住了局势，但他也知道，如果其他部队再不来，防线崩溃是一定的了。

下午时分，俞大猷率军抵达，到了晚上，汤克宽的水师也到达，此时明军的数目是倭寇的三倍有余，且气冲斗牛，正是破敌良机！

经过一夜的布置，当号炮响时，胡宗宪、卢镗部仍由秋茂桥向北进攻，汤克宽和俞大猷从左右夹击。

前兵方锐，后阵乘之，大军从四面八方杀过来，喊杀声惊天动地……附近各县乡勇也赶来助阵，就像韩信的十面埋伏一般，令倭寇肝胆俱裂，完全丧失了斗志……他们既疲于奔命，又病于饥饿，再加上背水作战，三面受攻，于是大溃败！

寇首徐海一见大事不好，立刻带着他的两千精锐认准了东边就跑。

其余倭寇群龙无首便纷纷戈甲弃地，四溃而逃，多伏地受刃，或跪而乞哀者无数，明军斩获二千余级，俘虏八百多人。

但众将领丝毫不敢松懈，因为徐海带着余寇狗急跳墙，猛冲猛打，竟然真的冲出了包围圈。胡宗宪和三位大将率军穷追不舍，沿途又擒斩倭寇千余人，一直追出四十里外还不罢休。

当倭寇逃到一个叫周家浜的村子时，只听得一声炮响，一员银甲双刀的战将，率领五千兵挡住了徐海的去路。

一方是困兽犹斗的凶残倭寇，一方是气势如虹的勇猛俍兵，惨烈的厮杀又开始了！

现在还在作战的倭寇，都是徐海部的精锐，皆乃武艺高强的亡命之徒，确实要比俍兵强大许多，但瓦氏夫人率领子弟兵死战不退，付出一千人的代价，硬生生抵挡了倭寇半个时辰。

追在后面的"红头军"（永历八年的湖南红头军）终于杀了上来，俞大猷的永顺土兵从背后给予回光返照的倭寇最后一击，如沸汤泼雪一般消灭了所有倭寇。

战后清点战果，仅王江泾一役共斩首六千余级，俘虏近两千余人，缴获的倭刀便有五百余把。其中匪首陈东伤重被俘，但更重要的徐海却不知所踪……

沈默与戚继光在战场上并骑而行，满眼都是相拥欢庆的各族士兵，意气风发的各级将领。沈默第一次发现，血腥的战场也会激发人的豪情，他忍不住大笑道："痛快啊，痛快，我跟着上了这么多次战场，就属这次看得最痛快。"

戚继光也笑起来，只是笑容中还含着些许失落："是啊，此战过后，东南的抗倭局势将实现大转折，两军攻守易位，胜利终于可以期待了。"

沈默能体会这位年轻将军的心情，拍拍他的马头，轻声道："王直、徐海的老巢都在海里，要想消灭他们，路还长着呢。"说着笑笑道，"今天就尽情欢庆吧，让同僚看看你戚元敬的风度。"

戚继光呵呵一笑道："你明明比我小十岁，却总是一副大哥做派。"

沈默摇头笑笑，没有说话，因为他看到张部堂的帅旗了。

两人赶紧过去，下马行礼，齐声道："贺喜部堂大人，立此不世奇功！"张经淡淡笑道："多谢。"听声音却不甚欢愉。

沈默抬头一看，如果说戚继光的笑容只是掺杂着一点失落的话，那张总督的笑容就是强装出来的了。

"拙言，陪老夫走走。"张经也下了马，往远处的草荡子上走去。

沈默拍拍戚继光的胳膊，便快步跟了上去。一直走到江边，张经才负手站住，望着水流滚滚的江面，久久不言。

沈默安静地等着，心说："早晚是要说话的。"谁知张经在江边足足立了两刻钟才回过头来，深深地看他一眼，千言万语汇成一句话："我相信你。"便大步往回走去。

王江泾大捷的消息，仿佛插上翅膀一般，飞快地传向大江南北。东南军民得知之后无不欢欣鼓舞，喜极而泣，无论官绅贫富，一律张灯结彩，彻夜庆祝，以至于杂货店中的香烛彩灯、烟花爆竹全部一夜告罄。

身处水深火热中的东南民众，盼这一天实在是盼得太苦了，所以此刻他们心中的兴奋之情，与那些凯旋而归的将士别无两致，但凡王师所到之处，百姓无不箪食壶浆，夹道欢迎。又有乡绅富豪，奉上数不清的酒肉金银，犒赏大军……

庆祝活动在杭州达到了高潮。百姓们出城四十里，披星戴月地迎接张大帅和他的胜利之师。地上用黄土铺过，净水洒过，一路上鞭炮锣鼓齐鸣，就是过大年也没这么热闹的。

香花醴酒，望尘拜舞，这风光，这排场，这非同寻常的荣耀，自古以来的文臣，谁曾有过？

虽然周围嘈杂无比，但张经仍能清晰地听到自己剧烈的心跳，一直以来盘踞在心头的阴霾终于驱散，心中长啸道："'人生得意须尽欢，莫使良辰美景虚设！'大丈夫今生有此一回，死又何憾？"

凯旋的队伍还在浩浩荡荡地入城，人群也在尽情地欢呼庆祝着，谁也没有注意到几个虽然衣着普通，却浑身散发着阴冷气息的男子，悄悄离开了旁观的队伍。一直行到人声渐小处，其中一个阴惨惨的声音道："张总督真是好风光啊。"

"只怕是坐在火炉上风光。"一个年轻人操一口字正腔圆的北京话道，问中间首领模样的锦衣人道，"九爷，现在咱们怎么办，要不要抓人？"

那九爷是个身材普通的男子，见远离了人群，就摘下斗笠，露出一张白皙干净的脸。若不是眼角到嘴边的那一道可怖伤疤，便与私塾里的教书先生别无

二致。他双目低垂，低声道："还是再等等吧，张总督打了一场数年未有的大胜仗，谁知道是不是救命的稻草、解渴的甘霖呢？"

众人纷纷点头："是啊，万一咱们这边刚把人枷了，那边封赏圣旨再来了，咱们可就小寡妇改嫁，里外不是人了。"

九爷缓缓戴上斗笠，沉声道："相信督公很快会有指示下达的。"便带着几个手下从另一侧入城去了。

一驿过一驿，驿骑如流星。平明发咸阳，暮及陇山头。

此时，王江泾大捷的消息，被三方人马以十万火急的速度向北京传去，但同样是八百里加急，传递的速度却不尽相同。有一方专用最好的骑手，骑着驿站中最快的骏马，完全不顾惜马力，疯狂地狂奔，竟然在这寒冬腊月里，仅用三天半时间便抵达了北京城内的严府……而此时，另外两方的信使，才刚刚到达沧州，离北京还有半天的路程。

富丽堂皇的书房内温暖如春，须发皆白的严阁老躺在安乐椅上眯眼假寐，一个相貌堂堂的中年男子坐在锦墩之上，不轻不重地为他捏着脚，好一副父慈子孝的场景。

在严嵩的身边侍立着另一个身材发福的中年男子，此刻正拿着刚刚送到的战报，为他轻声诵读着。这才是严阁老的独子严世蕃，那个给他捏脚的，乃是与赵文华一样的干儿子，大理寺少卿鄢懋卿是也。

"至此三大战役结束，官军共歼敌一万余人，俘获两千余人并匪首陈东……"严世蕃足足念了一刻钟，才将这份详尽的战报读完，虽然字字皆是报捷，但他的脸上却没有一点喜色，反而忧心忡忡道："爹，此等大胜若是传到陛下耳朵里，足以冲消所有不快……就算陛下仍然不满，也会压下去的。"

严嵩没有说话，那给他捏脚的鄢懋卿轻言细语道："东楼兄，不满这东西压是压不住的，早晚还是会发作的。"

只听严世蕃继续道："咱们那位陛下，虽然喜怒无常，最爱评个人好恶决断，但是对祖宗江山看得比什么都重，若是这次大胜传到他耳朵里，必然给他造成一种——平定东南，非张经莫属的错觉。"说着把那捷报往桌上一拍道，"到时候张经只要别把南京孝陵给刨了，折腾出什么幺蛾子，陛下都会容忍他的。"

严嵩闭目轻声道："东楼说得不错，如果这次不扳倒张经，徐阶的位子就彻底牢固了。”说着双手一攥扶手，声音转冷道，“那徐华亭取为父而代之的日子，就不远了！”

听了这话，严世蕃对着那封信发呆半晌，严嵩便假寐半晌，鄢懋卿便捏脚半晌，都不敢打扰他的思路。

终于伴着一声灯花爆响，严世蕃击掌大笑道：“有了，爹，张经死定了！”

他又理了一下思路道：“其实很简单，只需把三战三捷的功劳记在梅村兄的名下，张经就铁定完蛋了。”梅村是赵文华的号。

严嵩一听，想也不想地摇头道：“不行，文华吃几碗干饭，陛下还是清楚的，是不会相信的。”

“爹你别急，听孩儿慢慢说。”严世蕃站起来道，“咱们可以把这份功劳分解开，把督战之功给梅村兄，再把那临阵指挥的功劳送给他的那个死党叫……胡宗宪。”

听了这话，严嵩沉思片刻，点头道：“陛下先入为主的毛病很重，心中既然存了对张经的偏见，两种说法摆在案头，还是会信我们的，值得一试。”

见老父拍了板，严世蕃兴奋地搓搓手道：“张经的奏折明天一早就该到了，我们今天晚上就得把文华的这份写好了，明天瞅准时间一起送上去。”说着对鄢懋卿道，“景卿兄，该你大显身手了。”

鄢懋卿笑道：“早就技痒了。”便从那千里送来的绣筒中，取出三样东西：一份空白奏章、一个官印和一个关防。空白奏章的外面已经写好了题款曰：“臣工部左侍郎、通政使、钦命东南监军赵文华谨奏。”

鄢懋卿麻利地研磨提笔，蘸一蘸笔尖道：“东楼兄请讲。”

严世蕃点点头，清清嗓子道：

东南总督张经，上任伊始畏敌怯战，退守城池。臣亲眼所见，江南水乡，赤地千里，沿海百姓，如坠地狱。微臣奉钦命视师，心存千万百姓，自是五内俱焚，羞愤欲死。数次与巡按御史胡宗宪，求见彼总督张经，求其为大明谋、为陛下计，出兵救民于水火之中。张经便曰：“东南兵不可用，待吾调俍土兵前来”，臣等思量，彼维时接任未久，尚可推诿，便暂且忍之让之。

至腊月进，倭寇之焰愈炽，仅盘踞于沙川洼、拓林一带，竟有数万之众，东南倭患之盛可见一斑，然彼总督张经，竟视而不见，整日与巡抚李天宠酒池

肉林、醉生梦死，任东南已成鬼哭狼嚎之地狱，不能稍减督抚二人之欢愉。左右或谏之，必遭其羞辱杖责，乃至贬斥阴害，东南文武惧其淫威，皆敢怒不敢言，更助其气焰之嚣张。彼张经曾对臣叫嚣曰："浙江乃老夫之浙江，汝黄口小儿安敢多言？"当时众多文武在列，陛下可查实一二。

后广西兵到、湘西兵至，臣满以为其再无托词，彼张经却曰："客兵新到，修养数月再说。"此时苏松一带倭患最重，然官军土军近十万人屯驻嘉杭却不救，是以百姓深恨之。

书房内，严嵩在闭目倾听，鄢懋卿在奋笔疾书，严世蕃在负手沉吟：

然十步之内、必有芳草，泱泱中华、岂无勇夫？有汤、卢、俞三总戎，率众兵宪暨田州土司瓦氏等将兵嘉杭，一时间"屯兵号十万，请战书如雪。"

其中有瓦氏土司，以妇人将兵，颇有纪律，自负粮草千里而来，沿途秋毫无犯，人皆称颂。及至嘉杭，彼瓦氏麾下锐欲建功，数请出战，然彼总督张经辄以固守为上策，坚决不允。腊月贼来，瓦氏愤而出战，众将皆被张经约束不前，以致瓦氏兵势单力孤，死伤惨重……更有其侄岑匡杀六贼而人马俱毙，瓦氏遂郁郁不得志，而思归焉。

臣试问彼总督张经，一夷族女子尚知与倭寇不共戴天，张总督一堂堂华夏男儿，为何畏敌怯战若斯焉？彼张经哑口无言，羞愧难当，兼此时风闻缇骑南来，欲擒之北归，其惊惧之下，为求自保，终允一战。

彼总督张经尽调嘉、杭官兵两万并瓦氏土兵一万，号称直捣敌巢，与敌决战，然大军囤于松江，除瓦氏首战之外，与川沙洼之敌遥遥相望半月，和平共处，分明是无胆鼠类、惺惺作态，以求蒙混过关！

然匪酋徐海、陈东侦知嘉兴、杭州城防空虚，即分兵四路，齐头并进，突入嘉善，拟先取嘉兴，后攻杭州。当是时，彼总督张经率大军居松江，微臣留守杭州，深知杭州城岌岌可危，嘉兴亦"无兵可待"，然微臣抱定决心"宁为玉碎、不为瓦全"，便欲亲率城中老弱前往嘉兴应战。此时浙江巡按胡宗宪曰："下官愿代监军出战。"臣素知其有管仲乐毅之才，且南征北战，久经沙场，于战阵之道远胜微臣甚矣，终欣然允之，为其召集城中精壮数千，并给予监军令牌派其出战嘉兴……时卢总戎镗以保靖兵四百守嘉兴城东双溪桥，首战石塘湾遇伏而败。

待宗宪驰援而至，倭寇前锋已逼嘉兴城下。宗宪秘密嘱人取酒百余瓮，投以毒剂，诱敌饮之，半夜敌腹泻不止，我军趁机杀出，斩首一千余级，大败倭寇前锋！后又设伏诱敌，与倭寇再战石塘湾，迫敌逃走平望。

宗宪遣信使飞马北上，先倭寇抵达吴江，以计授之。有司闻报，先期决去堰埂，至是两旁水涌，不能渡。倭寇只得自故道回。

当是时，宗宪率卢之保靖兵追敌于后；苏松副总兵俞大猷，因防区有警，督永顺兵从嘉善抵平望，恰与宗宪部合围倭寇于运河小镇王江泾。

次日宗宪率会剿，命丁仪父子为先锋。令牌至，率军起行，遇贼，丁仪及其子时，奋勇执牌而前，兵众从之，冒刃力战。前兵方锐，后阵乘之，须臾贼戈甲弃地，四溃而逃，多伏地受刃，或跪而乞哀者，于是大溃败。我军斩获二千余级。后宗宪率军乘胜追杀，又擒斩倭寇近两千人并匪首陈东，其溺水、走死者更是无数，是为王江泾大捷云，乃巡按御史胡宗宪筹略之也。

虽此役乃抗以来之最大胜，然则尽皆宗宪与诸位将帅之功，微臣与彼总督张经有罪无功，乞圣君明辨！臣之罪在擅权越权，先有鼓动瓦氏出兵在先，后有授权宗宪在后，此皆为监军分外事也。是以罪臣甘受陛下斧钺，但宗宪挺身而出，有功无过，伏请陛亲之信之，臣死而无憾。

然臣之罪虽重，却不及总督张经之万一，其身为封疆大吏，东南牧臣。当为国家守此疆域，保此黎庶，若其不堪重任，则当早自引去，以免误国误民。然其为一己私利，约束众将，只守不攻，所为何倭去，彼张经之总督亦去矣。其拥兵自重，结党营私，怠战养寇，以挟朝廷之心昭然若揭也！

后闻缇骑南来，惶恐间方作势出。其为求自保，尽调嘉杭之兵，却使嘉杭防御空虚。若非宗宪力挽狂澜，官兵临危舍死而战，嘉兴城破矣、杭州城破矣！然事定之后，彼总督张经，全无引咎之词！反倒处处以统帅自居，俨然此役首功，班师途中令百姓黄土垫道，杀鸡宰羊；更令官绅跪迎跪送、奉献程仪，所收金银堆积如山，盈屋充栋，至少百万两以上！百姓官绅俱皆苦不堪言。

臣上书时，彼总督张经必亦上书。陛下观其自吹自擂，与前度之畏敌怯战，不特大相矛盾，亦且判若天渊，其真乃颠倒是非。荧惑圣听，廉耻丧尽，恬不为怪！败坏纲纪！莫此为甚！

军兴以来，督抚抗命不战者皆获重谴。彼总督张经置圣旨连连于不顾，

畏缩经年，怠战养寇，方酿成东南之祸，岂宜逍遥法外？应请旨即将张经革职拿问，敕下九卿会同刑部议罪，以肃国法军纪而昭炯戒。或有以大捷之功为其辩护，臣却以为，更显张某人欺诞不忠……明明我强敌弱，战必胜之，为何闻缇骑方有仓皇一战？陛下英明果决，定然可明察于秋毫之末，辨此獠之鬼蜮用心！

臣职分所在，例应纠参，不敢因事涉己身而苟且迁就。是否有当，伏乞皇上圣鉴训示。谨附片具奏。

全文不到两千字，却字字如刀，将张经污蔑得面目全非！在他严东楼的文章中，张总督已经成为了"荧惑圣听，败坏纲纪"还"莫此为甚"的大逆不道之人！

并指出对其革职、拿问、议罪，是"肃军纪国法而昭炯戒"之举。话说得大义凛然，使自己立于不败之地……

但最能体现严世蕃水平的，乃是他在文中所说的每一件事，都是从那份捷报和赵文华原先的书信中看来的，件件属实，不怕查证……张经严禁部队出城是真！赵文华和胡宗宪反复催促出兵是真！张经和李天宠时常宴饮、责打部下也是真！至于对战局的描述，也基本上属实……只是隐去了张经的筹划之功，事情的结果，便完全地颠倒了黑白。

鄢懋卿咬牙写完最后一字，将笔一搁，才发现自己已是浑身冷汗，双手也忍不住微微发抖。

直到严世蕃不耐烦地咳嗽一声，他才满是畏惧地看他一眼，小声嗫嚅道："写完了……"

严世蕃哼一声，转身对父亲道："爹，您看这样行吗？"

严嵩嘴角扯出一丝淡淡的笑，轻声道："很好……只是你能保证万无一失吗？"

"咱们说的都是实情啊，没有一点孩儿凭空杜撰出来！"严世蕃自信道，"不信就派钦差去查呀，看看哪件事跟我说的不一样。"

鄢懋卿心说："是啊，可这版战报，比凭空污蔑要可怕一万倍。"

严嵩缓缓点头道："就算先前得知战报，可听了你这道奏折后，爹爹都要深信不疑是文华的功劳了。"闭目寻思一会儿，又问道，"万一张经也把奏折写得很出色，感动了陛下怎么办？”

“不可能！”严世蕃略略提高声调继续道，“张经这家伙半年来饱受责难，竟然不上一道奏章自辩，而是闷头憋出一场大胜，显然是想狠狠扇他的政敌一个耳光，可见此人是多么的傲慢自矜！殊不知这一巴掌连咱们那位极好面子的陛下也一起打了，您说他不是找死还是怎的？”说着冷笑连连道，“这个笨蛋以为打赢了这一仗，终于到了大吐苦水、道尽委屈的时候了，殊不知只要梅村兄这道苦情的奏章一上，他就是越描越黑，让陛下更加厌恶、憎恨、杀之而后快了……”

鄢懋卿赶紧拍马屁道：“万无一失，万无一失啊，这下从张经到徐阶，是一个也跑不了了！”

却听严世蕃又冒出一句道：“现在唯一所虑，是陆炳！这事儿瞒得了谁，也瞒不了他，如果这家伙脑子一热，把事情给捅上去……”

严嵩却不以为意地笑笑道：“这个不难，老夫去点一下他的哑穴便可。”

严阁老是当朝侍奉皇帝最久的大臣，久沐圣恩，便殿召对，西苑常侍，夜分始退。起先寓居城西四里，每遇皇上宣召，来不及乘轿，便“单骑疾驰”以赴。为了能够最及时地应召入见，后来他特在靠近西苑的西长安街营建宅第，以便趋入。

从他家到西苑门，不过半刻钟的时间，严阁老都是在卯时前一刻出门，到了宫门前等上半刻正好开门，既不耽误时间，也显得诚心可嘉。

今日虽然有点事情要操作，严阁老却不肯破例，大门在卯时前一刻准时打开，八抬暖轿便不疾不徐地向北行去，半刻钟后轿子落下，轿夫与护卫们便肃立在周围，一点声响不发出。

跟着老爷进宫的老家人严年，轻轻敲一下轿子的窗户，示意陆炳已经到了。

便听严年略提高嗓门道：“太保大人，我家老夫人今晨做了栗子桂花粥，惦记着您最好这口，特意让我家老爷给您捎一罐。”说着赔笑道，“老奴这就给您拿去。”

“还是老夫人最好啊，”便听一个爽朗的笑声道，“还是我自己跟阁老讨要吧。”

听到这个声音，严嵩命人将轿门打开，一个身材魁梧、相貌堂堂的大汉便出现在他的面前，滴水成冰的季节里，这人只穿一件红色的武士服……

这位正是有着一串炫目头衔的皇帝头号亲信，锦衣卫大都督，陆炳陆文明……但在严嵩严阁老的面前，陆都督还是要低头拱手，满面笑容地问好。

严嵩深深看他一眼，低声道：“拜托了。”便将一个陶罐子递给他。

陆炳道谢后便提着罐子上马离开了。严嵩的轿子也缓缓起驾，驶进宫门而去。

与此同时，两匹快马从刚刚开启的永定门外疾驰而至，驶向位于西苑对面的通政司衙门。小半个时辰后，又一匹快马从永定门驶进，向西华门外的锦衣卫衙门去了。

陆炳也回到了他的衙门，在签押房里吃饭，面对着严夫人亲手熬制的栗子桂花粥，却毫无胃口。

桌上摆着一张纸片，乃是从那陶罐底下取出来的，也是陆都督吃不下饭的原因所在。

与他同桌而食的，还有一个身穿七品官服、面色黝黑的中年官员，他虽然脸色阴得出水，却大口大口地吃饭。

看着这家伙吃得那么香，陆炳哭笑不得道：“青霞兄，别光顾着吃，倒是帮着想个办法呀？”

青霞是沈炼的号，这官员便是锦衣卫经历官沈炼沈纯甫，他好像被噎住了，使劲拍拍胸膛，吐出一口浊气道：“严嵩要对付张经，让大人您帮着说话……”

“不是说话，”陆炳苦笑道，“是保持沉默。”

“都是帮凶，没有区别。”虽然比在绍兴时老了许多，但沈炼的脾气没有一点改变，只听他沉声道，“您要是再帮他，身后的名声就彻底完了，说不得还会累及子孙。”

有道是卤水点豆腐，一物降一物，陆炳在手下面前官威极重、脾气颇大，但偏偏就吃沈炼这一套，不仅从来不恼，还一日比一日尊重。

陆炳举双手投降道：“我的沈先生啊，关键是现在该怎么办？”

“简单。”沈炼沉声道，“凭良心说话。”

陆炳沉默半晌，摇头苦涩道：“谈何容易啊？自从被严世蕃拉下水，我这些年来又自甘堕落，与他早已经瓜葛不清，被人视为‘严党’了。”就在这时，门外传来急促的脚步声，紧接着有人敲门道：“督公，东南急件！”

陆炳没好气道：“谁的急件？”

“浙江巡察使沈默，呈送陛下的浙江军情总报。”

“什么巡察使？”陆炳想了好一会，才恍然道，“是先生您的那位爱徒吧。”

沈炼的脸一下子拉下来，低声骂道：“臭小子，这时候蹚什么浑水？”他真想把那玩意儿抢过来撕了。

陆炳见他面色狰狞，笑着安慰道：“先生别担心，咱们先拿进来看看，要是有什么不妥，帮他改改就是了。”说着呵呵笑道，“保管他不会倒霉，反倒还会加官进爵。”变造文书对锦衣卫来说实在是小菜一碟，现在陆炳又决定着张经的命运，这样说一点都不夸张。

“拿进来吧。”

当陆炳打开那厚厚一摞的报告，不由感叹道：“都是心血啊。”但他现在不想看什么敌我形势、倭情深究，他只想知道一件事，那就是这小子是如何描述王江泾一战的……在吃饭以前，他已经得到了张经战报的副本。

出于对严世蕃颠倒黑白本事的了解，他自然相信张经的说法。但若是皇帝问起来，他可万万不敢这样说，因为严世蕃代赵文华拟的那篇奏章太绝了，简直是指鹿为马、登峰造极，不仅把张经咬得死死的，而且不留任何把柄，让人无从反咬，更别说扯到严家父子身上了。

胡思乱想间，陆炳翻到了最后几页，漫不经心地看几眼，便呆住了。他反复看了几遍，不由喃喃道：“我的娘啊，这才是真正的高手啊！”沈炼凑过去一看，面色变了数变，低骂一声道：“没了我的管教，这臭小子果然本性毕露啊！”但面上却是掩不住的欣慰之色。

两人正说话间，便听到外面又有脚步声，这次更急切，连门都没敲便在外面大声道：“督公，陛下让您赶紧去万寿宫，好像有要事相询。”

“知道了。”陆炳沉声道，“我就去。”

他转身风风火火地离去，不一会儿却又回来，不好意思地朝沈炼笑道：“忘了拿那救命的东西。”

沈炼把沈默的那份报告递给他……

第五章
别君去兮何时还

此时，嘉靖皇帝早已驾临万寿宫，批阅今日的奏章。

严嵩花了五千两白银，做了手脚，把赵文华的奏章摆在了第一份。

这五千两没有白花，皇帝看完第一份后，果然一脸的阴鸷，让诸位大臣在殿外等候，又宣了陆炳觐见。

阁臣和太监们哪敢多问，乖乖行礼退下，在大殿外等候。过不多久，陆炳便匆匆赶来，朝着众位大人点点头，说一声："不能多礼了。"就赶紧进去大殿。

见了陆炳，嘉靖脸上的表情终于生动了些，把赵文华和张经的那两份奏折给陆炳看。

在陆炳看奏章的时候，皇帝状若不经意道："栗子桂花粥还好喝吧？"

听了这话，陆炳的后背飕飕直进冷风，任他多高的功力，顿觉浑身冰凉。他知道这是皇帝在警告自己，便坦然笑道："什么桂花粥，是严阁老想让我帮他说说话。"

“说什么？”皇帝面色不愉道。

“他想提拔那个胡宗宪，让他来统筹抗倭。”陆炳心说，好在我备好说辞了，便放松下来道，“但此人现在才是七品巡按，一下子超擢起来，严阁老怕反对声太大。”

“所以他就给你送礼了？”嘉靖的眉毛终于舒展开了，笑骂道，“这个小气鬼，凭着一罐子桂花粥，就想让朕的奶哥哥帮忙，忒一毛不拔了吧。”

陆炳呵呵笑道:“他知道金银我也不敢要，还不如送点人情分儿呢。”

“很好。”嘉靖吐出两个来，也不知道具体指的什么，便笑道，“继续看吧。”

陆炳这才暗暗松口气，他便是严世蕃的后手，在东楼大师的设计中，这位皇帝无比信任之人，可以帮他把所有可能的漏洞补上。

这设想原本是没错的，然而就算他智比孔明也料想不到，一个千里之外、没品没级的芝麻官，竟然让陆炳改变了主意。

过了一会儿，陆炳对皇帝笑道:“看完了，陛下。”

“你锦衣卫有没有确切消息啊？”嘉靖问道，“是不是尽如赵文华所说啊？”

“微臣知道的也差不多。”陆炳含糊道，在皇帝发作之前，他献宝似的拿出沈默那份报告来，笑道，“但这里有份亲历现场的报告，应该是最中立的，请陛下过目。”

“谁的报告？”嘉靖果然有兴趣。

“陛下您钦命的浙江备倭巡察使，沈默沈拙言的。”陆炳恭声道。

“什么？沈默？”嘉靖帝已经淡忘了自已心血来潮时的任命，但是一听名字就什么都想起来了，微微颔首道，“朕让他写一份东南军情的禀报，就这么点小事，怎么到现在才呈上来？”

陆炳心里对沈默有了好感，自然要帮他解释一番:“陛下乃是天下之主，心怀山河，在您眼里的小事儿，在臣子们眼里可就是了不得的大事了。”

大殿里针落可闻，皇帝翻动纸张的沙沙声，听起来十分清晰。

过了很久很久，嘉靖才缓缓抬起头来，揉一揉发涩的眼睛……连午膳都没顾上吃，他终于看完了长长的数万字，东南沿海的一切，仿佛都活灵活现地展现在皇帝的眼前。虽然还是满眼的疮痍，但他的内心却前所未有地平静下来……之前长时间的暴躁不安，归根结底都源于他对这个国家的失控，且怎么也找不到解决之道。对于一个控制欲极强、自视极高的皇帝来说，是无论如何

也无法容忍的。

但是现在，他借着这篇有条不紊的禀报，终于把一团乱麻的东南局势，理出了一些头绪。相信再研究研究，心里终究会敞亮起来的。想到这里，那种可以掌握的力量感终于回来了！

嘉靖缓缓地闭上眼，感受着内心的激动……

想到这里，嘉靖的头脑中不禁浮现出一个念头“如果有这个小子在内阁，朕岂不是可以安心修炼了吗？”此念一出，他自己都失声笑了起来，如果没记错的话，那小子还不到二十岁，连乡试都没参加过呢。

听到皇帝笑出声，在边上穷极无聊的陆都督，赶紧趁机道:“陛下觉得这报告如何？”

嘉靖点点头，轻声道:“嗯，不错……”对于刻薄的皇帝来说，能给出这样的评价已经十分难得了。这才想起找陆炳来的初衷，嘉靖笑骂一声道:“你觉得这事儿该如何处置？”

“简在帝心，乾坤独断。”陆炳极为顺溜道。

嘉靖作势要扔出那份奏折，笑骂道:“你也要跟朕耍滑头吗？”

打定主意后，陆炳轻声道:“从沈默的禀报看，张经确实比较胆小，才能也一般，也有些贪图享受。但他着实也干了一些实事，比如说自他到任后，各府县都加固城防，再没发生过被攻破屠城的惨剧。而且军队虽然不是他亲自训练的，但毕竟是他下的募兵命令……”

一边说一边偷眼瞧着嘉靖帝，陆炳见他的面色阴晴不定，心里便害怕起来，声音也越来越小。

嘉靖似笑非笑地望着他道:“你到底想说明什么问题？”

陆炳咽口唾沫，小声道:“张经的问题……是能力问题，不是态度问题。”这就是他从沈默那里领会到的起死回生药。

天色渐渐暗淡下来，小太监将偏殿内的灯烛点燃，诸位大学士端坐在椅子上，有的在看书，有的在读奏折，有的在闭目养神，有的在黯然失神……皇帝没让走，他们就在这儿等了一天，也不知什么时候才能回家。

闭目养神的是严嵩，凭着对皇帝多年的了解，知道任谁也翻不起风浪来，所以放心神游去了。

黯然失神的是徐阶，他一醒来就看到那两份奏折的抄本，便知道张经完蛋了，自己的好日子也终于到头了……如果替张经喊冤的话，夏言就是前车之鉴。他清晰地记得天下都认为曾铣是被冤枉的，夏言更是无辜至极，然而刚愎自用的皇帝，不仅杀了曾铣，还杀了夏言。

他已经可以预见到，那些聚拢在自己身边的清流，会带着嘲讽与鄙视离开自己，不再与他为伍。更可怕的是，皇帝的恩宠也将转回严嵩身上，让他独自面对强大无比的严党，还有可怕的锦衣卫。

整整半天时间，徐阶滴水未进，整个人处于浑浑噩噩的状态，无助地等待着皇帝的宣判。

终于，面沉似水的陆都督从大殿中出来，低声道："诸位大人，陛下召见。"

严嵩向他投去询问的一瞥，陆炳微微点头，便转身离去了。

徐阶如行尸走肉一般，跟着严嵩进入大殿，便听到皇帝冷冰冰的声音道："原先的督抚都不堪重用，诸公还是推举一下继任吧。"

徐阶心中咯噔一声，知道方才所料果然不假，他简直快要难过死了，双手强撑着身子跪在地上，颤声道："陛下，是不是等张经回京之后，当面问过再做定夺？"能拖得一天算一天吧，这也是他最后能为张经做的了。

嘉靖冷哼一声道："看在你的面子上，朕已经不杀他了，难道还不知足吗？"

徐阶的嘴巴一下可以塞个鸭蛋进去，严阁老的嘴比较大，可以塞个鹅蛋进去，两人皆是一脸的难以置信……

毕竟还是徐阶年纪轻，脑子反应快些，趁着严阁老还没合拢嘴，便给皇帝重重磕头，泪如雨下道："陛下仁恕啊……"往板上钉了最后一颗钉，让严嵩没法再搅和了。

严阁老对皇帝的脾气一清二楚，一看到他眸子里幽幽的光，知道这就是最终决定了，只是心中不由奇怪："怎会未竟全功呢？"不过虽然没有像想象的那样，让他俩拉着手上刑场，但至少把张经拿下了，徐阶也会受到很大的牵连，也算是差强人意了。

至少徐阶是彻底蔫了，没人能和他争了，严嵩便慢悠悠道："老臣以为，此役赵文华有督战之功，胡宗宪有统筹之功，两人又相处得宜……不如就让他俩

继续干下去吧。”

“不行。”皇帝一口回绝道，他实在不敢想象，如果让赵文华当了总督，东南会变成什么样子。见严阁老望着自己，嘉靖便胡乱想个理由道：“京里离不开赵文华，过些日子等新总督上任后，就招他回来当大司空吧。”大司空就是工部尚书，主管全国各项工程……赵文华原先就是工部的侍郎，这下也算是扶正了。但扳倒了张经，赵侍郎便是实际上的东南老大了，却被调回京干这个，不是明升暗降又是什么？

严嵩心头突然一阵明悟，他感到有些沮丧，却不敢表现出来，而是呵呵笑道：“既然陛下舍不得赵文华，那微臣就实在想不出合适的人选来了。”

皇帝又看了看三位“站桩学士”，三人果然只是摇头，说也没有合适的人选，谁也不敢惹严阁老。

“徐卿家呢？”皇帝把视线投到徐阶身上，问铭感五内的内阁次辅道，“你可有合适的人选？”

面对第二次机会，徐阶深吸口气，努力镇定下来道：“苏松巡抚周琉，曾上疏言御倭有‘十难三策’，且久在东南抗倭前沿，经验也很丰富，微臣斗胆推荐之。”

“准了。”皇帝挥挥袖子道，“胡宗宪做他的副手，即刻晋升为左佥都御史巡抚浙江。”

“张经、李天宠贪生怕死，怠战养寇，本该斩首以儆效尤。但皇天有好生之德，念尔稍有苦劳，即可削籍为民，遣返原籍，永不叙用！”

“晋升卢镗为浙江总兵，俞大猷为苏松总兵，其余参战诸将官升一级，有大功者升两级。”

“浙江巡察使沈默不辞劳苦，勤勉任事，不避矢石，忠诚敏锐，朕心甚慰。特赐穿麒麟服，任浙江巡按兼监军道。”

金口玉言，便为圣旨。徐阶当即草诏，李芳代天用印，然后便快马送往东南，去造就一场超级大地震……

杭州的这个冬天特别冷，下雪比往常几年都多，甚至还结了冰。

在书房中，张经端着茶盏，轻啜一口明前茶，便淡淡道：“圣旨明天一到，我和李天宠都要滚蛋了。”正式渠道总是要慢一拍，事实上这个消息，整个浙江都知道了。

沈默低声道：“对不起，没有帮到部堂。”

张经反而神色安详，眉目间并没有沈默想象的沉重，只听他微笑道：“徐阁老来信，向我讲述了事情的来龙去脉。老夫便知道自己能落个‘永不叙用’的处分，已经是邀天之幸了……虽然他说是陆都督仗义相助，但直觉告诉我，你的报告才是主要推力。”说着看了沈默一眼，呵呵笑道，“我很好奇，能不能透露一下？”

沈默轻声道：“如果不是有大人物想救您，学生纵使写得天花乱坠，也没用。”

见他不肯多讲，张经知道其中必有隐情，也不再问，而是深深作揖道：“无论如何，都要谢拙言仗义相助。”

沈默赶紧侧身还礼道：“大人羞煞学生。”

两人重新落座，张经的表情愈发严肃起来，只听他沉声道：“拙言，你对浙江今后的局势有何看法？”

“急转直下。”这时候没必要藏拙，沈默道，“大胜之后主帅却惨遭罢免，这对抗倭形势是一个沉重的打击，尤其是大人您去后，满朝就再找不到一个可以镇住各路将领以及那些俍土兵的大员了。此消彼长，这无疑会大大稳定倭寇的军心，助长他们的气焰。”说着叹口气道，“明年开春，他们肯定会疯狂报复的……”

“你说的不错，明年的春天会比冬天还要难熬。”张经淡淡笑道，“但也不用太过悲观了。”

“大人请赐教。”沈默郑重道。

“其实没什么神秘的。”张经轻声道，“经过这一年的艰苦作战，浙江军民已经不再那么慌乱。尤其是王江泾一战，让他们知道原来倭寇的主力也是可以打败的，这种信心和经验的积累，才是这一战最大的收获。”说着定定地望向沈默道，“所以你得保护好参战的部队，尤其是领兵的大将，只要有他们在，浙江就乱不到哪里去。”

沈默闻言苦笑道：“大人，这话似乎应该跟周大人说吧。”

“只能跟你说。”张经沉声道，“周珫根本干不长久！”

对于他的斩钉截铁，沈默十分吃惊：“据我所知，当时严阁老举荐赵侍郎，被陛下一口否决，又让徐阁老举荐，这才轮到了周中丞，可见陛下是决意不让

严阁老染指这个总督了。”

张经笑着摇摇头:“知道我为什么被撤掉吗?”

“据说是因为上面斗争的结果。”沈默轻声道。

“别看严嵩权力滔天，但若是陛下要保我，他也不敢吱声。”张经压低声音道，“所以陛下对我的不满，才是根本原因。”

沈默默不作声，听他继续道:“不是为别的，就是因为我的抗倭策略与陛下的思路截然相反。”只听张经面色平静道，“陛下希望速战速决，而我却徐徐图之，自然会对我不满，也乐见严党把我整倒。”

沈默睁大了眼睛，有些不可思议道:“大人，如果真是这样，那这个东南总督，谁都干不了。”因为东南的形势摆在这里。

“这话不中听，事实确实如此。”张经不负责任地笑道，“只有等陛下多换几次，知道谁都没法速战速决，那位幸运的总督才能安心干活。”说着深深望沈默一眼道，“但你不一样，陛下这次任命你为巡按兼监军道。虽然官职不算高，却可以监察军政两界，比单单一个巡按要强太多……而且不让你做差事具体的正印官，这是对你的保护。”

“保护?”

“当前朝廷严党独大，偏偏名声又臭不可闻。”张经一脸默然道，“跟这些人混在一起，便如草生粪上，肥则肥矣，难脱自身之污。一旦严党倒台，就休想再立足朝堂了。”又呵呵一笑道，“不做差事具体的正印官，就可以超然于错综复杂的派系之外，却把监察权尽数交予，让他们对你既没法拉，也不敢打，这不是保护又是什么呢?”说着朝沈默拱拱手道，“恭喜沈老弟，现在整个浙江都知道你是陛下夹袋里的人，谁也不会跟你过不去的。”

话说到此，沈默沉声道:“只要我在浙江一天，就会全力完成您的嘱托。”

张经笑着点点头，又吞吞吐吐道:“还有一件事，就有些强人所难了，你答应也行，不答应也无所谓。”

“大人不妨先说一说。”

“俍土兵。”张经叹口气道，“就像你所担心的，我一离开他们必是个大问题……最后没法收拾了，朝廷肯定会把他们都打发走的。”

“那就太可惜了。”沈默见识过俍土兵的强大实力。

“所以拙言，你能想办法帮帮他们，把他们留下来吗?”

这个问题实在是太大了，沈默只能说：“我尽量去做，但没有把握。”

张经耐心劝他道：“俍兵都听瓦氏夫人的，土兵都听彭明辅的，我会跟两人打好招呼，只要你把这两位安抚好了，一切都没问题。”

第二天，圣旨到。

护着传旨太监进城的仪仗中，赫然有那天在城外的那帮神秘人物，只是今天一个个都挂上了纯黑色的披风，穿着大红色的飞鱼服，再看腰间佩着鲨皮金鞘竹春刀，便知是令人闻风丧胆的锦衣卫。

根本不理会城门前迎接的文武百官，锦衣卫便带着传旨太监直奔巡抚衙门，在香案前宣布了圣旨。虽然相关内容早就传开了，但到此刻才算真正生效……

从这一刻起，这座巡抚衙门的主人就换成了胡宗宪。

胡宗宪接了印信，赵文华早就等在后面了，一见他过来便笑道：“汝贞，你何以谢我？”

胡宗宪心中咯噔一声，暗道：“这是让我递投名状啊！”虽然与赵文华私交很好，但他毕竟没有见过严嵩父子，只能算是严党的外围人员。现在严阁老将这样重要的一个位置交给他，自然要他明确表个态了，这也是问题中应有之意，更何况又不是在大庭广众之下，算是很够面子了。

便毫不思索地答道：“梅村兄厚爱，谢不胜谢，唯有矢志追随而已。”

胡宗宪这是效忠的表示，赵文华颇为满意，他呵呵笑道：“追随不敢当！只要你好好干，再有一年半载，总督的位子非你莫属。”

胡宗宪的心里一片清明，赶紧谦逊道：“我还是给梅村兄打下手吧。”

“不必为我的事儿挂怀，据说陛下会升我为工部尚书，那是全天下最肥的一个差事，强过那整天担惊受怕的东南总督。”赵文华嘿嘿一笑道，“兄弟，还是那句话，好好干，哥哥我的前程就在你身上了，保准全力支持你！”

“那就多谢梅村兄了。”胡宗宪再一次拱手道，两人便哈哈大笑着相携往后堂饮酒庆贺去了。

几家欢喜几家愁，赵文华和胡宗宪在快乐庆贺，张经和李天宠却登上了归乡的客船，一刻也不眷恋这人间天堂。没有前呼后拥、百官送别的风光，除了几个从故乡带出来的老家人之外，就只有沈默、汤克宽、戚继光和俞大猷四个

人来码头相送。

瑟瑟的北风中，老总督站在江边，看着就这么几个人相送，心中不由暗叹道：“这人还没走，茶就凉了。”

看到老总督脸上的萧瑟之意，几人交换一下眼色，汤克宽便将一把倭刀双手奉上，轻声道：“这是王江泾一战，瓦氏夫人从匪首陈东手中缴获的倭刀，大人收下做个纪念吧。”

张经点点头，接过这柄有特殊意义的倭刀，朝众人拱手道：“本想跟诸位奋战到肃清倭患，无奈时不我与，老朽只能先行告退了。但倭情依旧严峻，请诸位以东南百姓念，不要太计较个人的荣辱得失，一定要把倭寇全部消灭，还我百姓一片安宁。”

四人一起拱手道：“大人叮嘱，没齿不忘。”

“等彻底胜利了，别忘了给老头子写封信，不然我死不瞑目。”张经转身上了船，朝他们摆摆手道，“好了，都回去吧。”

在四人的注视下，踏板缓缓收起，船老大用力撑起竹竿，客船便缓缓驶出码头，在运河上渐行渐远，江风却把张经那苍凉悲怆的歌声送了过来：

“滚滚长江东逝水，浪花淘尽英雄。是非成败转头空……”

一代巨擘就这样忽然陨落了，留下的人还要继续坚持。

待完全看不见张经的船，四人这才迈步离开码头。沈默轻声问道：“三位将军有何打算？”大家都是熟人，也没什么好隐瞒的，便听汤克宽道：“我已经向上面申请了，要去北边。”他是张总督麾下的头号大将，战功赫赫，受尽优容，早有一批人看他不顺眼。此刻遮风避雨的大树一倒，今后的日子肯定倍加艰难，所以沈默和戚继光都表示理解，没有多说什么。

沈默又看向俞大猷，俞大猷压低声音道：“不瞒老弟说，张部堂在几个月前，就已经同意我操练水军了，并为我从各省调集军船百余艘，已经在扬州集结了，等我一到便操练起来。”说着双拳一攥道，“我要练出来一支可以出海作战的水军。”

沈默闻言轻声道：“俞大哥终于可以得偿所愿了。”俞大猷笑道：“肯定还有麻烦一大堆。”说完朝他俩一抱拳，便也上马走了。

最后只剩下他和戚继光两个，沈默从怀里掏出一个厚厚的册子道：“这是你给我的‘练兵大计’，我已经仔细看过了，几点想法都写在空白的地方了。”

戚继光接过那册子，低声道：“这样我回去看看就可以定稿了……”顿一顿，才不好意思地笑道，“只是不知道，什么时候才能付诸实践呢？”

沈默轻声道：“条子早拿到手了，只是张部堂这一走，也不知道还有没有用，所以我干脆没拿出来……反正现在年底了，就是给你批文也得过了年才能办，不如等周总督上任后，我就立马去找他落实！”

“也只能如此了。”戚继光叹口气道，“那拙言兄呢？你接下来怎么办？”

沈默微笑道：“回家过年陪老爹去……”

从码头回到卢园，沈默有些意外地发现，那人数众多的巡逻队，仍然在守护着这座已经过气的总督行辕。

此时天色已黑，门房前的大红灯笼已经点亮，但“总督府”的字样却不见了。

“可真快呀。”沈安感叹一句道，“中午出去的时候还有呢。”

卫队簇拥着沈默过去，却被拦住了——有道是不是冤家不碰头，这次挡道的，仍然是上次拦住他的那个千户，只听他语带快意道：“钦差行辕，闲人勿近！”

望着那张可恶的马脸，铁柱怒道：“大胆，我家大人就住在里面，你难道不认得吗？”

那千户假模假样地端详沈默两眼，这才皮笑肉不笑道：“这不是张大帅的座上宾吗？失敬失敬。”说着把脸一板道，“但现在这里是赵侍郎的官邸，时下天色已黑，请恕小人不能放行。”这千户整天在官邸里巡逻，对张总督和赵侍郎的斗争略有所知，现在张败赵胜，所以他觉着沈默这种整天住在张经家里的家伙，一定会跟着倒霉的。

“你……”铁柱扬鞭就要打，那千户也不示弱，一招手他的手下便团团围上来。

沈默端详他一会，笑道：“你叫什么名字？”

“告诉你又怎样？”那千户道，“我姓周叫大定。”

沈默便让沈安给他一份名刺，微笑道：“麻烦这位周千总，帮着通禀一下，看看赵大人让不让我进去。”

“乐意效劳。”那千户便接过名刺，走到大门前，从门缝里塞进去。

一刻钟后，卢园的大门、二门、仪门全开，胡宗宪满面春风地出现在门口，亲热地笑道："拙言老弟，你怎么才回来，梅村公就等你吃饭了。"便与他携手进去院中。

望着缓缓关闭的大门，那千户大人两腿一软，便一屁股坐在地上，无力地呻吟道："完了，全完了。"第二天便收拾东西逃跑了，再也没人见过他。

跟着胡宗宪到了饭厅之中，就见赵文华正在和一个相貌俊美的青年男子对酌，一见沈默进来，赵侍郎便哈哈大笑道："拙言，你来迟了，先罚酒三杯再说。"那男青年便拿个空酒杯过来，给他满上道："沈大人请吧。"

虽然来了个不速之客，但逢场作戏的把戏大家都会，沈默也不例外，他痛快地干了三盅，这才在赵文华的右手边坐下，胡宗宪与他相对，那青年改坐了下首。

沈默坐定了才发现，桌上竟然摆满了福州菜，望着那些熟悉的菜肴，与上次的别无二致……看来赵侍郎一赶跑了死对头，便迫不及待住到人家家里，在张部堂吃饭的地方，吃他吃过的东西。让人忍不住笑话之外，更多的是不寒而栗……只能说他的报复心实在太变态了。沈默不由暗暗警觉，心说千万可别惹到这种人。

好在到目前为止，赵侍郎对他还是满意的，笑眯眯对沈默道："梅林老弟就不用介绍了，"指着那年轻男子道："这位姓罗，名龙文，字含章，乃是梅林老弟的同乡。"

沈默与罗龙文见了礼，便听赵文华举杯笑道："能扳倒张经老贼，拙言的奏章也是起了作用的，来，本公敬你们三位功臣一杯。"北京已经来信了，告诉他这次没能把张经置于死地，都是陆炳弄巧成拙，所以赵文华并不知道沈默的奏章暗藏着玄机。

听他这样说，沈默也是暗松一口气，打起十二分精神来，应酬着赵文华等人，只是与那日同样的菜肴酒水，为什么食之无味，饮之苦涩呢?

接下来沈默打起精神，谈笑自若，再没有露出一点破绽，终于坚持到宴席结束。

待回到自己住的院子，让铁柱关上门，沈默这才长舒口气道："这里非久留之地，明天咱们就回家过年去。"护卫们登时一片欢呼，迫不及待地打点起行装来。

第六章

一片冰心在玉壶

抵达绍兴时，已经是腊月二十七了。靠岸之前，沈默让沈安带着两个卫士，去他的房间取一口沉重的箱子过来，在甲板上打开，却是一箱白花花的银子，满船人直咽口水。

沈默笑骂一声道:“瞧这点出息。”便提高嗓门道，“弟兄们跟着我已经半年了，这几个月更是风餐露宿，出生入死，你们的付出我都是记在心里的……”说着豪气十足地一挥手道:“每人纹银百两，回去让你们爹娘高兴，过个好年去吧。”

亲兵们兴奋得嗷嗷直叫、语无伦次，一起给大人磕头拜了早年，这才各自领了银两，欢欢喜喜地回家过年。只有那几个北方兵，因为路远没法回家，抱着银子不知该去哪里……

沈默记得他们刚来时有七个人，几个月时间，就一死一伤残，现在只剩下五个，心里也不太好受，便强笑道:“走吧，跟我回家过年去。”

当沈默从码头下船时，另一艘客船也刚好靠岸，他一眼看到人群中一个鹤立鸡群的大个子，不由眼前一亮，脱口叫道:“长子……”

那穿着蓝布棉袍的大个子一回头，果然是长子。他一见是沈默也乐开了花，两人上了马车，沈默问道:“兄弟，你这是从哪里来?”

“军中。”长子赶紧道，“俞总戎放了我半个月的假。”

“不是说你们要去练兵吗?怎么俞将军反倒放假了呢?”沈默微笑问道。

“也不是都放假了。”长子自豪笑道，“立了功的才有假期。”

“这么说你立功了?”沈默不由欢喜道，“快给我讲讲。”

“也不是什么大功……”长子不好意思道，“就是上回王江泾一战，我有两颗首级，按说是斩首三颗首级才能回来，不过俞总戎格外开恩，把我放回来了。”

沈默笑道:“那一仗打得是真不错。”便跟长子聊起那一仗，两人虽然都是亲身经历过，但各自所处的位置不同，感受也自然不同，相互印证之下，倒是别有一番滋味。

在交谈中沈默发现，长子还不知道张经倒台的消息，言语中充满了对总督大人的钦佩，认为在这位大人的统帅下，抗倭的形势一定会越来越好的。

沈默心中暗叹道:“可惜你要失望了。”但大过年的也不能给他添堵，便没有提这一茬。

这时车外传来沈安的声音:“大人，宝佑桥街到了。”沈默便与长子下车，拜别后回到了家中。

沈贺早在家中备好了火锅，等沈默一回来，父子就开吃。

一阵饕餮之后，父子俩的对话又绕到了沈默的终身大事上。沈贺小心翼翼问道:“儿啊，最近吕县令也派人来提过亲，我也问问你，到底是怎么个打算?”

沈默苦笑道:“说实在的，孩儿我对婚姻一事，着实没什么要求，只要长得顺眼点，心地善良点，待人宽容点，最好再笨一点就行了，管她是谁都无所谓的。”

“这还叫没什么要求?”沈贺轻笑道，“其实平心而论，吕小姐也不失为佳偶良配啊。”

“现在的问题，不是什么驴小姐、马姑娘，而是我已经，已经……”沈默竟然罕见地难于启齿。

沈贺却一眼看出，不由失声叫道:“难不成你已经私定终身了？”

沈默满脸尴尬道:“也不能算是……只能说是，已经做出过承诺了。”

“哪家的姑娘？”沈贺对这个比较感兴趣。

都这时候了，沈默也没必要再守口如瓶，便将自己与殷小姐的那段经历，隐去了一些不该说的地方，简单讲给老爹听，把这个老头子听得两眼溜圆，迫不及待地问道:“你俩进行到哪一步了？已经如胶似漆了吗？”

“爹……您想到哪里去了？”沈默苦笑连连道，“除了那次之外，我和她甚至连话都没说过，可是……”不由叹口气道，“可是谁让我摊上了呢？”

沈贺却笑骂道:“看把你委屈的！满绍兴城，人家殷家小姐长得貌若天仙不说，还以一介女流，把偌大的家业打理得红红火火，”说着一脸佩服道，“更难得的是，人家还有颗菩萨心肠……就拿宝通源出事那次说吧，近二百名死难，她竟然一个人赔两千两银子，那就是四十万两白银啊。这不是假仁假义，而是真仁义啊！”

老头子最后总结道:“如果能有这样的儿媳妇，爹爹脸上就太有光了。”想了想，给沈默一个直观的比较道，“比当县太爷还有光。”

“想不到老爹你还挺满意。”沈默苦笑道，“可您老人家要怎么回了吕县令？”

“既然是殷小姐，老爹我就豁上这张老脸不要，也得把这一局挽回来。”沈贺一拍桌子，豪气干云道，“反正还差了三书三礼，咱们干脆不和他们玩了！”

父子俩在这里达成了一致，但是他们不知的是，吕县令的女儿要嫁沈默的消息却传了出去，一夜之间，这消息竟遍布了绍兴的街头巷尾。

这一下，沈默和沈贺就苦了脸。

这当头，要是反悔的话，在旁人眼里便成了拿婚姻大事当儿戏，恐怕再没有人会把闺女嫁给他家了。

往更深里讲，沈默现在也算是官场中人了，那士林风评就变得无比重要。若是落下个“荒唐”、“轻浮”、“言而无信”的恶名，以后的日子可怎么混？

到了腊月二十九这天，沈默正在家里发愁，便听到外面一阵鸡飞狗跳，接着是亲兵们的低呼声:“这位姑娘，你不能进去。”

“我不进去，那叫你家大人出来！”听到那带着愤恨的声音，沈默不由轻声道:“画屏！”便想从后窗翻出去。动作做出一半，却又停下道，“已经对不起

人家，再逃跑的话就太没品了。”

暗暗给自己鼓了鼓劲儿，沈默终于提起嗓门道：“让她进来，你们都离远点。”

外面传来亲兵稍显古怪的答应声，过不一会儿，帘子掀开，一脸怒气的画屏姑娘便出现在沈默面前。

半年不见，她更加清瘦，也更加有女人味了。

只看了沈默一眼，画屏便赶紧低下头去，质问的语气也变了味：“你……真的要娶吕家小姐吗？”

沈默却轻声道：“你瘦了……”

一句话便把画屏惹得眼圈通红起来，朱唇也轻微地颤抖起来，心里一下子有很多话想要对他讲，但说出口时却变成一句话：“你……要置我家小姐于何地？”显然殷小姐已经对这位闺中密友，讲了当日的事情。

沈默轻声道：“这话不该你来问……”

“我不问谁问？”画屏一下子愤怒起来，杏眼圆睁地瞪着沈默道，“你、你、你……始乱终弃，你不是好人，你这是要逼死我家小姐啊！”说着便数落起他来，“你知道我家小姐为什么豁出去砸锅卖铁，也要把那一船二百多人全赔上吗？是为了让良心上安宁些？不是！她是不想给你抹黑！不想让人家说你娶了个只认钱、不认人的冷血商人！”

“可怜她还没怎么样呢，一颗心就开始为你着想！你却倒好，前头说得好好的，到后面却又攀上高枝了！我们小姐知道了，五天五夜没有吃下饭去，后来又大病了一场，险些就香消玉殒了！”一想到当时小姐痛不欲生的凄惨模样，画屏便气得柳眉倒竖。

听到这儿，沈默手一挥打断她的话道：“什么都别说了，带我去负荆请罪吧。”

“已经太晚了！你早干什么去了！”画屏道，“我家小姐已经出家了。”

“什么？怎会如此想不开呢？”沈默难以置信道。

“我家小姐是冰清玉洁的好女子！”画屏气坏了，压低声音怒道，“被你那般轻薄过，怎么还能嫁人？她又不屑于以此要挟你，便遁入了空门……”

“她在哪个庵里修行？”沈默沉声道。

“这你管不着！”画屏瞪眼道，“我是来给你送信的，自己看看吧。”说着便从袖中掏出一封素色信笺。

沈默抽出一看，只见一张薛涛笺上写着数行娟丽的小字，乃是一首诗道：

皑如山上雪，皎若云间月。闻君有两意，故尔相决绝。

往昔不堪事，今日休再提，跻蹀御沟上，沟水东西流。

请君莫介意，嫁娶不须乞。愿君得一有情人，白头不相离。

干脆利索的一首诀别诗，只是告诉他两人没有一点关系了，既没有一点责备，也没有一点幽怨。

可越是这样，沈默的心里越像被刀割过一样，他现在真是恨透了那混账加三斤的吕窦印，当然还有他自己，若是当初早些对老爹说明，也就不会有今天的局面。

待他回过神来，准备给殷小姐写点什么时，却见画屏不知何时已经离去了。

沈默一脚踹翻了火盆，心里的纠结折磨得他仰天大叫，把外面的侍卫吓了一跳。他们跑进来一看，地毯都着火了，赶紧端水灭火，又用笤帚扑打，待把火灭掉，整个书房也变得乌烟瘴气，一片狼藉了。

沈默已经站在院子里，对闻声赶来的老爹道："无论如何，这个聘礼我是不去下了。"

"那怎么办？"

"不管了，爱谁谁吧！"沈默赌气道，"反正这个聘书我是不会给的！"

沈贺叹一声，拍拍他的肩膀道："孩子，你早就是大人了，爹爹相信你一定能处理好这件事的。"

沈默虽然心里没底，却还是点点头。

年三十那天，他谁也没带，单身出门赶去殷家，想要登门赔罪，门房却礼貌地告诉他，老爷和小姐去外地过年了，不知道什么时候回来。

就在沈默为自己的终身大事而纠结不已时，千里之外的北京城，发生了一件足以改变他人生轨迹的大事……

沈炼死劾了严阁老。

所谓死劾，并不见于《大明律》中的任何一条，也从来没有官方的承认。它弹劾的对象，往往是那种一言足以定生死的大人物，而弹劾的罪名也足以置

对方于死地，是身处弱势的弹劾者以生命为赌注，向不共戴天之仇的敌人，发起的最猛烈的攻击。

只是这种实力悬殊的较量，结果往往在一开始就注定——弱者九死一生，强者继续逍遥法外。

沈炼不是不知道这样做的后果，他那深通心学、熟悉斗争之道的师兄唐顺之，在张经出事后，还写信劝告："愿益留意，不朽之业，终当在执事而为。"苦口婆心相劝，希望他不要在严党如日中天的时候出头，以避祸患。

沈炼十分明白，唐顺之的话是对的。死劾确实不是好办法，自己倒霉不说，还会祸及亲友。但在一番痛苦的挣扎之后，他还是毅然决然地决定死劾严嵩！

因为他已看清楚，大明朝到了今天，这一切的罪魁祸首正是严嵩，不除严嵩，大明无望！但面对着这个庞然大物，自己实在是无能为力，只有献出自己的生命，用他的一腔忠魂，敲响严党覆灭的第一下丧钟，惊醒那沉睡在人们心中的良知。

明知道必死无疑，还会累及亲友，沈炼依然慷慨而行，在很多人眼里这简直是不可思议、愚蠢和不计后果的。然而对于虔诚信奉儒教、以天下道义为己任的士大夫来说，这是完全可以理解的，还有个专门的说法叫"明知不可为而为之"。

陆炳很想救他，但严阁老的权势非他能抵挡，更何况皇帝还在气头上，只能尽自己的能力，尽量去帮助他，却依然免不了一顿杖责。

就在沈炼遭受杖刑之时，千里之外的绍兴城也终于得到这个消息……

在短暂而巨大的震撼之后，人们的反应各不相同。

沈老爷在书房里待了半晌，而后在两个心腹管家的陪同下出了门。在他出门以后，沈家闭门谢客，不再发出一点声息，仿佛在安静地等待着大祸临头一般。

唐顺之却比沈老爷知道的还早，他是最清楚沈炼决心的一个，知道沈炼明知毫无胜利的希望，却不听自己的劝告，依然押上自己的一切是为了什么。

就像他的奏疏中所说，自嵩用事，士风败坏，皆以阿谀奉承为能事，以刚直不阿为迂介。所以严党才日渐坐大，正直才被人们掩埋心底。他就是要用生命来表达他的愤怒，用死来唤醒人们心底的正义，如同春秋时的铸剑师那样，用他的生命铸就那柄斩杀奸邪的利剑！

"青霞兄，荆川不如你啊……"朝北方郑重地拜上三拜，他便起身整好官服，命人备船往杭州去了。

沈京则一听到这个消息就毛了，赶紧跑去沈默家，冲进后院书房，对正在一边捻着花生米，一边看书的沈默大声道:"坏了，我二叔出事儿了。"

沈默点点头，眼睛却没有离开书本。

"你知道出的什么事吗？"沈京走到桌边，一把夺下沈默手里的书，大呼小叫道，"大事儿啊！"

"知道。"拍拍手上的花生皮，沈默轻声道，"昨天我就知道了。"

"那你还坐得住？"沈京瞪大眼睛道，"赶紧想想办法吧，怎么应对呀。"

"没什么好应对的。"沈默摇头道，"天要下雨，娘要嫁人，我都管不着。"

沈京端详着沈默那张稍显消瘦的面庞，小声问道，"你是不是生我二叔气了？"

"怎么会呢。"沈默抬起头来，与他四目相对道，"老师做了我想做而不敢做的事情，身为他的学生，我无比荣幸。"

来的路上，沈京设想过沈默的反应，可能是痛苦或者悲愤，也可能是慌张，却没想到他竟然如此的平静。

"早就在意料中的事了，有什么好激动的。"见沈京瞠目结舌的样子，沈默拍拍他的肩膀，轻声道，"兄弟，不必担心了，一切都会好起来的。"

沈京不知道他从哪里来的自信，反正心里便不再那么慌张。沈默拉着他在火盆边坐下，低声道:"早在半年前，你父亲和唐知府，便已经为今天作准备了……"

"半年前就知道要倒霉了？"沈老爷有事情都是与沈默密谋，向来不和沈京说。

"这就叫未雨绸缪。"沈默小声道，"记得当初赵文华来浙江吗？唐知府和咱们家出格地奉承他。你以为咱们姓沈的都是贱骨头，几辈子没见过圣旨吗？你爹和唐知府，一准已经去杭州了。能不能见到赵文华，全看那次的面子有多大了。"

"那你呢？"沈京关切道，"你是不是也该去求求他，把这一关给迈过去？"

"功课早就做下了。"沈默淡淡笑道，"只要上面没有指示，他是不会动我，

也没必要动我的……”

“那要是上面有指示呢？”

“他肯定会变本加厉执行的。”沈默低声道，“所以找都不必找他。”

其实沈默也知道自己现在很不牢靠，一旦上面有什么风吹草动，刮下来就是能把自己卷走的龙卷风，但他一时也找不到好办法，只有以不变应万变。

上午打发走了沈京，下午徐渭又急匆匆地来了，他不知从哪里也知道了情况，便一路跑着过来，累得满头大汗，上气不接下气。

沈默赶紧让他坐下，又给他倒一碗茶，咕嘟咕嘟喝下去，徐渭的脸色这才好看些。

沈默笑问道：“这么着急做甚？我又不给你说媳妇。”

徐渭没好气道：“我一听说堂姐夫出事儿了，生怕你小子想不开，赶紧就从家里跑过来。”

看着满脸油汗的徐文长，沈默心里十分感动……

见沈默一脸的欷歔，徐渭却以为他是在担心，便嘿嘿笑道：“放心吧，我已经有了锦囊妙计，管保兄弟你平安无事。”

沈默笑问道：“计将安出？”

“你看这是什么。”徐渭从怀里掏出一封书信，沈默接过去一看，原来是新任浙江巡抚胡宗宪写给徐渭的信，大意是我现在已经当上巡抚了，文长先生能不能再考虑考虑，助我一臂之力。

见沈默看完了，徐渭笑道：“我已经写了回信，让送信的带回去了，在信里我夸下海口，说经过咱俩多年的讨论，已经有一套对付倭寇的办法了，如果他胡中丞愿意听我们的，就亲自来绍兴见我们。如果不愿听，就当我什么也没说。”说着拍拍沈默的胳膊道，“就怕他不来……只要他一来，凭咱兄弟这嘴皮子，保管把他吹得找不着北，心甘情愿跟着咱们弟兄走。”

沈默听明白了，徐渭这是在给他找靠山呢……平心而论，以他现在如履薄冰的处境，也确实需要一个靠山。而且从整个浙江看，就没有比胡巡抚更合适的了，因为很显然，严阁老是准备用胡宗宪来应付东南的，至少在这个使命完成前，胡宗宪的话还是很管用的。

如果能让他觉着非得保住自己不可，那自己就可以睡个安稳觉了。

徐渭的眼光可谓毒辣至极，一下便找到了化解危局的关键所在，让沈默不禁眼前一亮。但再一想，这样做有个根本问题——投靠胡宗宪便可视为投靠严党，可不能当老师的刚拼上命，他这个学生就投敌呀。

沈默与徐渭的交情深厚，也没必要掩饰，就将这层顾虑讲给他听。便听徐渭笑道："没必要担心这个，你本来就是胡宗宪的下级，又是为了抗倭出谋划策，不必担心会被舆论当成严党的。"

沈默见他说得笃定，不由玩味地笑道："文长兄，看来你还有什么东西瞒着我。"

"本来就没打算瞒你，是你一直都不愿意靠过来。"徐渭淡淡一笑，说着神秘兮兮道，"知道胡宗宪为什么死乞白赖也要拉我入伙吗？"

"王学。"沈默一猜就中道。

"不错，就因为我是季长沙、王龙溪的嫡传弟子。"徐渭沉声道，"知道王学在浙江意味着什么吗？"

"舆论。"沈默联系上下文道。

"聪明！就是舆论！"徐渭双掌一击道，"我们王学门人虽然在朝堂上处于下风，但在野的力量却是极大的，至少在浙江这个地方，上至提学、布政使，下至一般士子童生，都以阳明公为尊，以季、王为师。"说着压低声音道，"记得那条游船吗？一点不夸张地说，在那条船上形成的看法，便会成为浙江士林的看法，最终化为浙江千百万父老的民意……谁想在浙江办好事，不拜这个船头是不行的。"

沉默了好长时间，沈默才轻声问道："你的意思是，想让我加入？"有道是不撞南墙不回头，他这次是真的意识到了，势单力孤是没法在险恶的浙江混下去的。

"什么加入不加入，你本来就是。"徐渭笑道，"你是沈青霞的弟子，王龙溪的徒孙，除非你自己不承认，否则就是最正牌的王学门人。"说着龇牙笑笑道，"你不会不承认吧？"

沈默苦笑道："事到如今，我还有别的选择吗？"

"不要那么不情愿嘛。"徐渭笑道，"有个组织也没什么不好的，至少你要是被逮进去了，还有人给你送饭。"

"说正经的吧。"沈默揉揉眉头道，"你们让何心隐陪着我到处巡视，恐怕不只是为了保护我吧。"

“还为了观察，”徐渭顿一顿道，“观察倭情，观察你。”

“我？”沈默笑道，“我有什么好观察的？”

“看看你够不够资格，承担振兴王学的重任。”徐渭说着嘿嘿笑道，“不必受宠若惊，因为单你这一代的观察对象，全国一共有二十多个。”

“我这一代？”

“祖师爷以下，季本、王畿、王艮等人是第一代。”徐渭得意非凡道，“你师父、师叔，还有我是第二代，也是我王学的中坚阶层，代表了现在；而你们第三代，代表了未来。”

“第二代也有二十多个候选人吗？”

“不，已经定下来了，只有一个。”徐渭沉声道，“现在大家都听他的调派，由他来代表我们王学，在朝堂进行斗争。”

“我明白了。”沈默心里闪过一个名字，轻声问道，“徐华亭？”

“对，是他。”徐渭有些意外道，“你怎么知道的？”

“除他之外，还有人能和严嵩斗一斗吗？”

徐渭讪讪笑道：“也是。”便肃容道，“今年第一次集会定在正月初十，希望你来参加……”说着挤挤眼道，“这次会议对你很重要，能获得他们多少支持，全看这次的了。”

沈默点点头道：“我会的。”

自从三年前沈贺发迹以后，一到逢年过节，什么远亲近邻，便全都上了门。尤其今年，沈默先中小三元，又官拜浙江巡按，沈家更是门庭若市，认识不认识的，八竿子打不着的都过来拜访，让沈贺又累又虚荣。

但这一切都以正月初五为界，从那天开始，上门的人便一日日地递减，等到了初十这天，就已经是门前冷落车马稀了，把沈贺气得大骂：“势利啊势利，等着我儿重新得势，管你们七大姑八大姨了，我一个都不待见！”

听老爹在外面气急败坏地吆喝，沈默只好搁下书，出来安慰道：“这有什么难的，装车送到咱们原先住的河边去，保准大伙都来吃。”

沈贺一跺脚道：“说不得就得这么办了……以后宁肯跟患难时的穷朋友玩，也不和那些白眼狼处了。”便果真让几个亲兵去装车。

见老爹去里屋换衣服准备出门，沈默道：“过会儿我也要出去，午饭就不回来吃了。”

沈贺问他去哪儿，沈默说去鉴湖，沈贺便一脸慈祥道：“去吧，散散心也好。”说着又关切道，“快点把那件事忘了吧。”

“哪件事？”

“就是沈炼出事后，吕家反悔了这门婚事……”

“嗨，我还正求之不得呢。”沈默眉开眼笑道，“如果他们没有这一出，我现在指不定已经回杭州了，现在多好，恶人由他们做，咱们却成了苦主。”

跟老爹说笑一阵，沈默便让人备车，先去山阴接了徐渭，然后一齐出城往鉴湖去了。此时正是一年中最为萧索的季节，湖面上绝少船只，只有那艘双层画舫，漂在湖心处。

跟着徐渭到了老地方，接他们的还是那个络腮胡的船夫，驾轻就熟地把小船划到湖心的画舫边。两人便攀着梯子上去了，上船后便仿佛昨日重现，季本、王畿、唐顺之、何心隐、诸大绶等人一个不缺，甚至连就座的次序都没变。

见他俩进来，众人都报以友好的微笑。

沈默恭敬地向二位师长行礼，胖胖的季本朝他慈祥地笑笑，瘦瘦的王畿则板起脸道：“臭小子，过年不知道去看看师公！”

临时抱佛脚就是这样尴尬，沈默正在搜肠刮肚找说辞，一边的季本笑着打圆场道：“龙溪兄自己居无定所，就是我想找你都不容易，却还好意思赖别人。”

王畿讪讪笑道：“反正是这小子不对。”说着瞪眼对沈默道，“明年老头子去你那过年，不许说不愿意。”语气虽然恶狠狠，但分明向船上人传递一个信号——我们是一家的。

沈默岂会不懂？赶紧笑着应下道：“师公您现在就搬到我家去，一直住着才好呢。”

王畿果然十分受用，笑骂一声：“小滑头。”便让他在上次的位子上坐下，然后开始讲课。

这次讲授“花树理论”之类的哲学命题，明显用时缩短了许多，大家大过年的不在家待着，显然不是为了来听这个。只见王畿放下书本，清清嗓子道：“诸位，我师阳明公一生主张知行合一，反对有言无行。而今东南有难，我辈岂能仅仅坐而论道，不顾黎庶之死活？”

众人便七嘴八舌道：“不行。”

王畿点点头道:“所以老夫倡议，今天咱们就讨论讨论，到底怎么为东南出力。”立刻引来一片附和声。事实上最近半年以来，这些人聚在一起，讨论最多的就是东南倭情……除了所谓的拳拳报国心之外，根本原因还是这些人的身份——他们是浙江王学一派的精英人物，在座的每一位，身后都有几十甚至上百的王学门人。

季本笑道:“龙溪公的建议很好，只是我等都不是地方大员，对浙江倭患的认识也如盲人摸象一般，不全面也很模糊，所以我建议，请曾经巡视过浙江全境的沈兄弟，给大家做一个简单的介绍……不知沈兄弟意下如何啊？”

沈默赶紧起身道:“乐意效劳。”他亲身到过浙江每一个府，又刚刚完成了给皇帝的全省军情报告，讲起来自然是头头是道，且全面易懂。用了一刻钟左右，便把浙江抗倭的情况，以及面临的现状概述一遍，听得众人一片欷歔，都大呼“想不到”，想不到倭寇的实力竟然如此强大，想不到官军竟然如此孱弱，想不到当前的形势居然如此严峻。

“以拙言看来，形势大概会在什么时候好转？”大伙还是最关心这个。

“如果张部堂不去，整个大环境应该会出现转折了。”沈默一声叹息道，“但他一走，军心就散了，那些打了胜仗的骄兵悍将就更不好带了，所以在下敢肯定，今年开春的倭患一定会比往年还要严重，这是无法避免的……”沈默顿一顿，接着道，“更让人痛心的是，倭寇之外也许还会有兵乱。”

“为什么？”众位王学门人的心已经被他揪起，纷纷问道。

“据我得到的情况看，年前就应该发下去的犒赏银两，现在还没有发。”沈默面色凝重道，“狼土兵都是冲着张大人的面子来的，现在张部堂突然被罢官了，朝廷又迟迟不发许诺好的银子，诸位说这些土司能服气吗？”

众人不由自主地摇摇头，王畿插言道:“听拙言的意思是，一旦那些狼土兵失去约束，就会从杀敌的利器，变成自伤的凶器。”

“师公所言甚是。”沈默点头道，“但要控制他们也不难，只需要足够的钱和一定的尊重。”

商讨的最后结果还令人满意，王学门人同意在留下狼土兵一事上，尽力配合沈默。王畿还代表众人，给周琉写了一封情真意切的劝说信。

从鉴湖回到城中，已经是下午时分了，沈默打算先送徐渭再回家，谁知到了大乘弄时，便见几个劲装汉子护着一位锦衣男子站在徐渭家门口。待看清那人的样貌时，沈默不由小声笑道：“文长兄，你果然把胡中丞给招来了。”

徐渭跳下车，朝那等候已久的胡宗宪点点头，便径直开锁进院去了，架子大得不得了。

沈默下车与胡中丞见礼，一见是他，胡宗宪颇为意外，片刻错愕后，才笑着还礼道：“原来是拙言老弟，真巧啊。”

沈默笑道：“下官与文长兄相携出游，却让中丞大人好等，实在是愧疚得很。”说着拱拱手道，“不耽误大人的正事，下官告退。”其实他这是欲擒故纵。

胡宗宪赶紧留住他道：“老弟既然来了，不妨也进去坐坐吧，”说着故作为难地压低声音道，“徐先生这脾气呀，我一个人可招架不了。”

沈默这才留步，呵呵笑道：“那下官就陪大人进去。”吩咐卫兵在外面候着，两人相视一笑，携手相让，进了院子。

两人进去时，徐渭已经把桌子收拾出来，见沈默也进来，没好气道：“怎么都进来了，我这儿不管饭。”

胡宗宪放声笑道：“不消文长兄准备，在下是自带酒食而来的。”说着便有几个亲兵提着食盒进来，将用油纸层层包裹的烧鹅酱鸭、烤鸡熏鱼，还有粉蒸肉打开，搁到桌上，还有几坛带着陈年泥封的女儿红。

看在酒肉的分儿上，徐渭才算是有了点好脸色，取来三只白瓷碗，对那在一边忙活的小兵道：“行啦，出去吧，人多了乱。”

胡宗宪点头道：“出去把门关好，不许任何人靠近这间屋子。”

徐渭给沈默倒酒，沈默给胡宗宪倒酒，胡宗宪也笑眯眯地给徐渭倒酒，一时间场面有趣极了。

徐渭不一会便微微醺醉，嘴巴终于没有那么紧了，他斜睥着胡宗宪道：“说实在的，你胡中丞的本事没话说，当得上文韬武略，勇冠三军……”胡宗宪刚摆上笑容，想要谦虚几句，却听徐渭话锋一转道，“可我就是不看好你。”

沈默偷偷擦汗。

只见胡宗宪勉强保持着笑容道，“文长兄何出此言啊？”

“不为别的，就因为你得听赵文华的。”徐渭冷笑连连道，“赵文华算什么东西？除了玩弄权术之外，就是一个酒囊饭袋，狗屁不会，还偏偏喜欢瞎指挥。有这种人骑在头上，你想要做一番事业，那是不可能的。”说着伸手抠出牙缝中的肉丝，随手一丢道，“所以我说，除非你能一脚踢开赵文华，否则什

么也别想干成。”

这话引起了胡宗宪的沉思，他岂能不知自己那位盟友的底细？现在胡宗宪还得靠赵文华这棵大树遮风挡雨呢，就算赵文华再胡来，他也得笑脸受着。胡宗宪幽幽叹口气道：“此事我也是有苦难言啊……”便别过话题道，“文长兄不是说有平倭妙计吗？现在我从杭州赶过来了，你是不是也该把谜底揭开了？”

徐渭却摇摇头道：“你上头有赵文华，说出来也没用，还不如不说呢。”

胡宗宪苦笑道：“莫非文长兄在消遣我？”

沈默忙打圆场道：“计策确实早就想好了，时机还不成熟。”

胡宗宪心说，那现在把我叫来做甚！便朝两人作揖道：“在下给二位高人行礼了，你们就行行好，别再卖关子了。”

徐渭道：“不卖关子也行。”

“但大人得答应我们一条，”沈默接着道，“不要告诉任何人，尤其是那位赵大人。”

胡宗宪算是明白了，原来两人是对那赵文华深具戒心，知道自己得表明一下立场，才好让他们放下戒心，想一想便沉声道：“这我当然知道……那赵文华好大喜功，做事顾前不顾后，而且有时候口没遮拦，不是可共大机密的人。”

两人一听，知道他不会一根筋地跟着赵文华傻干，便放下心来，对视一眼，由徐文长开腔道：“身为浙江巡抚，胡公对抗倭的情势有何判断？”

一听徐文长叫自己“胡公”，胡宗宪立马来了精神，便直起腰板，清清嗓子道：“王江泾一战，倭寇遭到重创，只要今年加力进剿，相信很快可以平息倭乱，还百姓以太平的……”

话音未落，便见徐渭哂笑道：“既然如此，大人还来找我们做甚？直接带着您的大军，秋风扫落叶去吧。”

胡宗宪脸一红道：“事实上，有些麻烦。”

徐渭翻翻白眼道：“今天就谈到这吧，拙言兄，你也回去睡觉吧。”

胡宗宪连忙拉住徐渭，一脸苦笑道：“以在下预见，这场祸患恐怕会愈加严重，”说着看向沈默道，“记得去年腊月，我让你知会张总督，请他千万不要出战吗？就是怕他一倒，东南的人心一散，俍土兵再废掉了，恐怕形势将一发不可收拾了……”

沈默点头道：“可惜在结果出来之前，张总督一直认为他是对的。”

“别说那些没用的了。”徐渭沉声道，“我看这东南，早晚还给胡公你来接手，应当早作打算，以免到时候措手不及啊。”

“请二位赐教。”在对待东南总督的问题上，胡宗宪向来态度鲜明。

沈默淡淡一笑，轻声道：“先定大局，谋而后动。”他和徐渭故意此起彼伏，就是要给胡宗宪造成一种“焦不离孟、孟不离焦”的错觉。

“大局？”胡宗宪轻声道。

“对，得先弄清楚倭寇难剿的原因，”沈默沉声道，“然后再根据这个原因去想办法。”

“什么原因？”

“简单说有三个原因。”徐渭笑道，“第一，沿海的许多大家族与倭寇相勾结，为他们收集情报，大打掩护，甚至直接参与抢劫，所以我们的一举一动都暴露在倭寇的眼皮底下，打起仗来岂能不被动？如果你想尽快扭转这种局面，一来，就得下重手打击这些大家族，让他们不敢勾结倭寇；二来，得给他们足够的好处，让他们反过来帮助咱们，这样倭寇一登陆，马上就陷入孤立无援的境地，咱们却能更快得到消息，剿灭起来就更简单。”

“这个嘛……真的很难。”胡宗宪点点头，苦笑道，“请说第二条吧。”

“第二，其实真正的日本倭人还没有开化，所以野蛮善战，但他们既不懂得战略，也不懂得计策。如果让他们单独上岸抢劫，迷路都有可能，哪能像现在这样来去自如，神出鬼没？”沈默微微一笑道，“他们之所以这么难对付，是因为那些原本是大明子民的‘假倭’，这些对大明知根知底、又精于谋略的假倭与真倭混杂，甚至成为倭寇的首领，如果能先除掉这些假倭首脑，那些真真假假的倭寇便绝难在我大明国土上立足！”

“这应该叫做‘打蛇打七寸’吧？”胡宗宪饶有兴趣道，“怎么打？”

“左手持着大棒，右手拿着鲜花。”沈默笑道。

“大棒是打，鲜花呢，是什么？”胡宗宪问道。

“招抚。”沈默目不转瞬道。

“招抚？”一听到这两个字，胡宗宪敏感地蹙起眉头，“招抚倭寇？大大不妥……这可是皇上十分痛恨之举啊！”说着连连摇头道，“就算没人怪罪，可那些倭寇头子一个比一个凶狠残暴，一个比一个狡黠奸诈，便是今日招抚，明天又会复反，招之何用？抚之何益？”

沈默摇头道:“中丞大人误解啦，我当然知道这些人言而无信，但我的策略有十六个字:‘名为招抚，实为诱捕;分化瓦解，进而剿杀。’”

胡宗宪略一沉吟，心里豁然明亮道:“明修栈道，暗渡陈仓?”

“正是!”沈默沉声道，“眼下敌强我弱，要想彻底平定倭患，就得用这种手段，只要能勾动其中几个，便可或施离间之计，使其互相猜疑倾轧，自相残杀，或用怀柔之计诱其上岸投诚，那时我为刀俎，彼为鱼肉，看他还怎么嚣张!”

胡宗宪沉吟半晌，却仍觉不甚乐观道:“想法是妙啊，可王直、徐海等辈本就是狡黠之徒，又处在得意猖狂之时，恨不能立时夺占杭州，北下金陵，占领半壁江山，称王称霸，岂能轻易受我等诱惑?万一不成还落个通倭的罪名，岂非狐狸没逮着，反惹一身臊?”

沈默笑道:“中丞大人过虑了。在下用了大量的时间，研究了倭寇头子的出身，发现他们有一个共同点。”沈默也不卖关子，直接道，“都是清一色的海商出身。”

“没错，这不难理解，”胡宗宪点头道，“倭寇中强者为尊，那些有强大船队的富有船主，便可以获得领导地位，成为众多小势力依附的对象。”

“中丞说得对。”沈默沉声道，“这些人跟朝廷没有仇恨，纯粹是因为发现抢劫比走私更赚钱，这才开始改行或兼职当倭寇的。”

徐渭接过话头道:“但即使成了倭寇头子，这些人还是带着商人的习气……重利轻义，一切都可以谈，就看能不能出得起价钱了。”说着挥挥手，很肯定地下结论道，“这是本性使然，永远不会变的。”

胡宗宪承认这法子很诱人，但这俩人光在那描绘美好愿景，就是不拿出点真东西，这让他心里依旧没底，便干笑一声道:“挺好，挺好。”

沈默和徐渭不禁暗自凛然，他俩之所以光讲方法不说细节，就是担心胡宗宪觉着俩人没了利用价值，关键时刻不肯下死力保沈默。

现在人家在给暗示了:若不拿出点真东西，那咱就敷衍敷衍……两人暗暗交换下眼色，还是由沈默解说道:“在学生看来，谈判的时机已经成熟，先看徐海这边……原本是由他和另外两大匪首陈东、叶麻三股势力合流而成，因为徐海的实力最强，所以他当了龙头。但王江泾一战后，陈东被俘，徐海也实力大减，而叶麻因为留守，反而安然无恙，中丞大人您看，他们会发生什么问题呢？”

胡宗宪连连颔首道：“这一群乌合之众，各个自私自利，肯定各打各的算盘……我听说他们在海岛上各有自己的领民和奴隶。现在徐海和叶麻两个，八成已经为争夺陈东的地盘，打得头破血流了。”

“大人英明。”沈默点头笑道，“有道是人为财死、鸟为食亡，更何况这些兼具强盗与商人性格的倭寇，更容易头脑发昏，扯破面皮。这岂不正是我们乘虚而入的绝妙时机？”

“说得好啊！”胡宗宪的脸上终于露出了笑容，抚掌笑道，“确实是个好主意！”便为沈默斟满酒，自个先一饮而尽，满脸兴奋地问道，“你准备派谁去，又怎么说服他们？”

沈默不想告诉他，但也不能一点风声都不漏，但又不能和盘托出，至少要隐瞒他准备用的人的名字。

沈默面不改色心不跳地编撰道：“男的叫梁汝元，女的叫王翠云，是两口子。”

胡宗宪十分感动道：“这对伉俪舍己为国，真乃义士也！”说着便得寸进尺道，“他们现在哪里，快快引荐给我，本官要好好地褒奖一番。”

“这真是与虎谋皮啊！”沈默和徐渭心中同时浮起一句话道，“恐怕见了人就会把咱哥们一脚蹬开。”

徐渭便冷笑道：“做卧底的从来最怕见光，倭寇又耳目众多，万一让他们发现，这两个人居然在投奔他们之前，先去见了朝廷官员，等着这两口子的是什么，胡公不会不知道吧？”

胡宗宪就吃徐渭这套，闻言讪讪笑道：“是我考虑不周啊……”

沈默又笑着将口子彻底堵死道：“这两口子说了，他们都是深受倭寇之害，与倭寇势不两立的，所以才愿意深入虎穴，为朝廷策反倭酋。不过纵有此心，也不可能是一朝一夕完成的。所以此去没有别的要求，只求我们能为其保守秘密，不要让任何人知道，怕的是徒劳无功，反受其害。所以他们说：‘即使不给记功，也请大人为我们保守秘密。’”

他都这么说了，胡宗宪只好连连摆手道：“算了算了，还是不要让他们露面了。”两人这才松了口气。

停一会，稍微消化一下，胡宗宪又问道：“那王直呢？他可是倭寇公认的魁

首，老奸巨猾，实力异常强大，拙言准备怎么对付他呢？”说着不好意思笑道，“别怪我问得太细，我还得去说服上面啊。”这事儿没有赵文华的支持和严阁老的首肯，根本别想做。

沈默苦笑道：“饭一口一口地吃，对于这位老船主，我只有一个思路，但在没有找到突破口之前，不说也罢。”

能有剿灭极端残忍、极端嚣张的徐海部的办法，胡宗宪觉着已经可以向赵侍郎交代了，便点头道：“等你有办法了，随时告诉我。”

“一定。”沈默笑道，顿一下又道，“不会让大人等太久的。”

胡宗宪感觉已经不虚此行了，心情格外舒畅，向两人又敬一圈酒道：“记得你们说，一共有三个问题要解决，现在说了两个，不妨让我猜猜最后一个是什么。”

见两人点头，他便笑眯眯道：“第三个是我们的军队对敌人的威慑太弱，这才助长了他们的嚣张气焰，对不对？”见他俩又点头，胡宗宪呵呵笑道，“不知二位有何良策？”

“三策。”徐渭道，“留住俍土兵，抓紧练新军，尽力建水军。”

天上明月高悬，星空灿烂，看时辰已经是下半夜了，但屋里却谈兴正浓，毫无停歇之意。

待徐渭说完，胡宗宪苦笑道：“都不是那么好办的。”

徐渭翻下眼皮道：“要是那么好办，倭寇能猖狂到今天吗？”

沈默笑道：“其实文长兄这三策都是势在必行的，从短期看，我们自己的军队还不堪大用，所以必须留下俍土兵，应付眼下的倭情；从长期看，要想彻底消灭倭寇，最终还是要反攻到海岛上去，捣毁贼巢穴，要做到这一点，没有一支过硬的水军是万万不能的。”顿一顿，他紧紧盯着胡宗宪道，“但最根本的，还是要全力练好我们自己的新军，不说来之能战、战之能胜，至少也要赢下该赢的仗！”

胡宗宪忍不住哂笑道：“浙江兵要是能练出来，倭寇早被赶到大海里去了。”

“十室之邑，必有忠信，堂堂全浙，岂无材勇！都是保家卫国，总有热血男儿。”面对他的质疑，沈默一字一句道，“如果能选用善于练兵的大将，把浙兵操练得足堪御敌，一来再也不用为兵源发愁，二来也可省客兵岁费数倍矣。”

胡宗宪动容了，沉吟片刻之后，终于点头赞许道：“说得不错，生丝只有练熟了，才能织成五彩云锦，以往我们光征兵而不练兵，即使乡勇们再怎么想报国，也没法形成战斗力。”接着却又蹙眉道，“但千军易得，一将难求。遍观抗倭诸将，除了正操练水军的俞大猷之外，却又去哪里寻找这等人才？”

沈默端起酒碗，颇有些羽扇纶巾的意味道：“在下可推荐一人，足以胜任此等重任。”

胡宗宪登时欢喜道：“何方神圣，快快讲来？”

“此人乃将门之后，文武双全，胆识超凡，又有满腹韬略。”沈默淡淡一笑道，“且正在中丞麾下任职。”

胡宗宪愕然道：“我麾下竟有此等明珠蒙尘？”说着朝沈默拱手道，“我的拙言老弟，你就别卖关子了，快说他是谁吧。”

“戚继光。”沈默轻声道。

“戚继光？”胡宗宪有些迷糊，想了一会才道，“便是那位宁邵台参将？”在去岁的连番大战中，戚继光没捞着露脸，是以胡巡抚对他印象不深。

“正是此人。”沈默赶紧为其加深印象道，“此人虽然年纪不大，但相当的老练沉稳，决不会辱没使命，误了中丞的大事。”见胡宗宪还在沉吟，他又哂然一笑道，“如若担心，中丞不妨亲自考察一番嘛。”

胡宗宪这才点头道：“拙言少年老成，做事沉稳，既然如此大力举荐定不会错，本官自当将其作为首选就是。”意思是，我还得见见他再说。

把这件事敲定之后，三人又谈了留下俍土兵之事，这个胡宗宪也爱莫能助了，因为自从设立东南总督之后，浙江巡抚的地位便尴尬起来……原本权限之内的事情，现在却得请示总督才能办，尤其是军务上的事情，更是由总督一言决断，所以如果周琉不答应，胡宗宪也没有办法。

至于水军一事，更是由周总督全权负责，旁人根本插不上话，所以胡宗宪面带惭愧道：“文长兄的三策之中，却只有一条是我可以做主的。”

“这就很好了。”沈默笑道，“只要方向正确，总能走到终点的。”

“只要方向正确，总能走到终点的？”轻声重复一遍沈默的话，胡宗宪由衷地道，“拙言说的是至理啊。”说着朝两人拱手道，“今日宗宪来时，仍然是稀里糊涂，与二位一番深谈，却是拨云见日，信心十足了。”

他略一沉吟，又道：“不过今日所议之事极为隐秘，稍有泄露，必前功尽弃，还可能招来杀身之祸，请二位务必保守秘密，谁也不要告诉。”

两人一齐笑道："那是当然。"

胡宗宪又道："那么离间倭寇一事，就麻烦拙言兄弟了，需要什么只管开口就是，本官一定全力支持。"

胡宗宪又看向徐渭道："拙言是朝廷命官，我没法请他入幕，但文长兄，总是要请你大驾，到我府上帮帮忙，浙江的事情太难，我是一人技短啊。"

徐渭知道不能再推脱了，而且他确实看好胡宗宪的前途，希望借着这棵大树，为浙江父老遮一片阴凉，便也点头应下道："过几天，等我忙完手头的事情，自会去杭州寻你。"

"很好！"胡宗宪端起酒碗，豪爽道，"沧海横流，正当男儿击水，就让我们三个一起做一番惊天动地的事业吧。"

不得不承认，他的语言极有煽动力，让沈默和徐渭两人毫不犹豫地满饮一大碗……然后便头晕目眩，醉倒了。

等徐渭感到嗓子冒烟，从桌子上费力地抬起头来，就见沈默也刚刚醒来，两人一看外面已经是天光大亮，不由相视苦笑道："酒量太差了。"

桌上摆着一张纸条，徐渭拿起来一看，是胡宗宪留下的，说自己公务繁忙，不能久候，只好在杭州恭候二位大驾。

徐渭揉着发胀的脑袋，苦笑道："我这就算是上贼船了。"

沈默起身去烧水，回头问道："你怎么看这个人？"

徐渭沉吟片刻，方轻声道："此人深接纳、擅权变，无书生迂阔之弊。但此人不惜声名，只求目的，不择手段。这样的官员在士民中不会有好的印象。"说完又补充道，"但这种人，才有可能办实事。"

沈默点头表示赞同道："确实，他心机太深，好用权术，实在不是良友。但有担当，重实效，不具诽谤，深通军务，正是抗倭统帅的最佳人选。"

第七章
忙趁东风放纸鸢

沈默回到家里，沈京正在等着，对他说自己的老爹要见沈默。

沈默便去后堂脱去带着酒气的袍子，换一身干净衣裳，跟着沈京上了车。

进去书房，看到坐在摇椅上的沈老爷时，他却惊呆了。仅仅十天不见，老爷子便已经须发花白，再也不复原先儒雅风流的中年模样。

看到沈默错愕的表情，沈老爷勉强笑笑道："拙言，来大伯身边坐。"

沈默坐下，黯然道："大伯，您……不容易啊。"即使没有亲眼看到，他也能体会到这位大家长的艰辛。

沈老爷缓缓摇头道："为了这一大家子人，受多少委屈、多少诽谤，都是值得的。"便叹口气，幽幽道，"我已经把你师傅从族谱上除名了……"

"情况……有这么严重吗？"沈默瞪大眼睛道。

"赵文华给了个准信，北京那位小阁老，这次准备杀鸡儆猴了，就连陆都督的面子也不给。"沈老爷说着说着，便流下两行泪来，"你师傅也早料到了，他在出门之前，已经给你师母写好了休书，跟三个儿子断绝了父子关系……也把你开出门墙，他是不打算活着回来了。”

沈默黯然了……刑部的大牢肯定阴暗潮湿，肮脏难挨，就算是不杀头，在里面蹲一阵子也要出人命的。

两人长吁短叹一阵，沈老爷又问起沈默这一年的打算。

沈默轻声道：“先去杭州吧，打算吗？就是平平安安的。”

“平安是福啊。”沈老爷深有感触道，“拙言啊，如今咱们家如履薄冰，你不得不处处小心，少出风头。”说着又怕他少年心性觉着委屈，便安慰道，“留得青山在，不愁没柴烧，相信大伯，会有时来运转的那一天的。你本来是铁打金铸的前程，早就注定的翰林，却被你师傅这一折腾，给弄得凶险无比……真是失策啊失策。”

临走时，沈老爷交给他一口沉重的书箱，据说里面是他们兄弟俩共同研究经学近十年记录下来的所有心得，对于他深刻体会经言大义“有很大帮助”。

从沈家台门出来，铁柱问道：“大人，咱们回家？”

“不，去知府衙门。”从鉴湖回来，他有一个疑问需要人解答，徐渭那种没心没肺之人也说不清楚，只好去请教唐师叔。

去的时候唐顺之正在写字，听见他进来头也不抬道：“我知道你有问题要问我，但是我帮不了你。”

“为什么。”

“因为我也不知道，到底有多少大户，跟倭寇有联系。”唐顺之抬起头来道，“只能告诉你，一点联系都没有的……不多。”

沈默错愕道：“不至于吧？”

“我们浙直的大户人家有个共同点，你知道吗？”唐顺之笑道，“几乎家家都有纺织工场，生产的棉布、丝绸，每天都能生产出成千上万匹，这些绫罗绸缎、绫布巾毯生产出来，卖到哪里去了？”

沈默心中如惊涛骇浪一般，他知道北方连年大旱，百姓吃饭都困难，根本消费不起这么多又好又贵的东西，所以唯一的外销途径，就只有销往海外一条路了。

而大明朝的海禁虽然已经名存实亡了，但毕竟是非法的，明着搞是要掉脑袋的，所以必须通过那些走私海商进行贸易……而在这个海防废弛的年代，海商们基本上就是有买卖时跑海运，闲下来就当强盗，本身便可与倭寇等同视之。

当然，如果没有官府睁一只眼闭一只眼，恐怕是不可能演变成如此大规模的全民走私的。大户、海商、倭寇、浙直闽粤官府，甚至还有上百万的织工，这一切的一切，组成一张异常恐怖的大网，难怪北方朝廷对它屡战屡败呢，原来症结在这里！

唐顺之如沈老爷一般，嘱咐沈默这半年应以学业为重，考出解元来，命运便在自己手上；考不出解元，就只能任人宰割了。

沈默唯唯应下，唐顺之又让他看自己写的那幅字，只见上面八个遒劲有力的大篆道："时行时止，付之无心。"并问他道，"这个'心'字何解？"

沈默轻声道："趋利避害之心……"

"这句话呢？"

"男儿做事，不应当太在乎个人的利害得失，做与不做，都要对得起自己的良知。"

唐顺之缓缓点头道："也可以这样说，这幅字送给你，回去多看看，对你的学问做事，都是有好处的。"

沈默便捧了那幅字回家，命沈安去找人好生裱糊一下。他自己则关门闭户，摊开一张白纸，开始认真地琢磨起来。经过这近一年的探究，他已经对东南的倭患有了比较全面的认识，那么现在，就到了把脑海中繁杂的信息理顺出来，为大明朝的东南把一把脉的时候了。沈默已经派人打听清楚了，就在去年春天，葡萄牙人，也就是大明所说的"佛朗机人"，已经占据了广东最南端的一个"东西五六里、南北二湾"的小渔村，名叫濠镜。

沈默却还知道它有另一个名字，叫做澳门。大量的西夷商人，不远万里，漂洋过海而来，"输中华之产，驰异域之邦，易方物，利可十倍"。

一边想，沈默一边在纸上写下"大户"、"海商"和"官府"六个字，官府当然指的是东南官府。

在这三者之下，他又写下了"走私"二字。在沈默看来，这三者本来具有共同的利益……他们都希望有稳定而高效的走私，这样江南的丝绸、棉布、茶叶、瓷器，才可以换成源源不绝的银钱。

沈默又在纸上写下"倭寇"两个字，当海商转变为倭寇之后，情况便大大起了变化，他们对沿海省份展开掠夺，东南官员也因此承担了极大的罪责，罢

官杀头流放殉职者不计其数。

同时大户们的利益，也受到了严重的影响。在强盗化的海商面前，他们已经无法再保持公平交易，必须要花费原先好几倍的成本，甚至连生命财产安全都受到威胁。

那些亦商亦盗的“倭寇”，自然是对现状最为满意的。当然这种满意，是以其他人群的不满意为代价的。

想到这儿，沈默在倭寇二字上打了个叉，却将海商二字圈了起来。一个朦朦胧胧的构想在心中升起，他要看看自己这只小小的蝴蝶，能否将历史的潮流改变。想到这，他胸中涌动起一股难以言说的豪情，一推窗户对外面道：“明天我们就回杭州！”

说走便走，第二天就启程。在沈贺“好好用功”的反复叮嘱之下，沈默登上了北去杭州的官船。

一船人正在说笑，却听顶层放哨的卫士道：“大人，杭州城有情况。”

一句话便把众人的轻松劲儿给浇灭了，赶紧簇拥着沈默上了顶层，往杭州城的方向瞭望。

但见城外尘土飞扬，人仰马翻，仿佛在攻城一般。

“大人，前方危险，我们还是暂避一下吧。”铁柱赶紧建议道。

“不必撤，”沈默望着远处那面熟悉的旗帜道，“是俍兵。”对于那里发生的事情，他心里便有数了，沉声吩咐道，“开过去。”

官船重新提速，径直向杭州城的水门开去。铁柱和众侍卫如临大敌，赶紧挂甲持盾，小心防备起来。

官船很快靠近，也引起了正在城下示威谩骂的俍兵的注意，呼啦一下子围到河两岸，还爬到河面栅栏上，充满敌意地望向沈默他们。

“看来是出大乱子了。”沈默心中暗叫不好，便推开挡在身前的铁柱，清清嗓子道：“本官钦命浙江巡按监军道，你们怎么胆敢围攻省城，不知道这是重罪吗？”

那些蓝黑色的俍兵中，有听得懂汉话的，便愤怒地转告同袍，然后大家都很生气地瞪着沈默，一个头上戴着牛角仿佛小头目似的人物出来道：“你们汉人不讲信义，胆敢扣留我们头人！”

沈默皱眉道:“什么头人?瓦氏夫人吗?”

“你们是这么叫的。”那小头目点头道。

“为什么?”

“跟你说了管用吗?”那人狐疑道。

“我是浙江巡按监军道,你说有没有用?”沈默盛气凌人道。

虽然搞不懂那是个什么官,但见他口气如此之大,那小头目便信了:“官府上个月便许给我们的赏银没发不说,就连这个月的粮草都减半了,这不是欺负人是什么?我们头人便与你们的大官讨要,已经三天了都没一点音信。”说着咬牙切齿道,“如果我们头人有什么三长两短,咱们就和你们拼了。”

“这样吧,本官进去看看是什么情况,待会就给你们一个准信。”沈默缓缓点头道。

一进城,沈默便上马直奔巡抚衙门,他得先找到胡宗宪问个清楚。谁知胡宗宪不在府里,一问门子,说去卢园了。

一行人便拨转马头,往卢园行去,到了卢园一看,戒备确实比平常森严许多,但这回卫兵们都认出沈默这些人了,二话不说便让开去路……

畅行无阻地进到院子里,门子告诉沈默胡中丞正在与赵侍郎交谈,他又问瓦氏夫人呢,门子道:“被赵侍郎禁在后院里了。”不过说这话时,稍显底气不足。

沈默大为不解,心说:“要钱要粮也是管周玩要,该他赵文华屁事?这种事儿别人还避之不及呢,他瞎掺和什么?”

他让门子进去通报一声,不一会儿,胡宗宪急匆匆出来,一看是沈默,登时大喜道:“拙言啊,你来得太是时候了。”便把他拉到一边无人处,小声道,“这回赵大人骑虎难下了,正要你帮着解围呢。”

沈默点头道:“能帮的忙我一定帮,但大人得先告诉我,到底发生什么了吧?”

胡宗宪看看四下无人,压低声音道:“纯属没事找事……前日那广西土司瓦氏夫人进城,直奔总督行辕,向周总督讨要粮草,周玩便推脱道:‘我这个总督上面还有提督,你得去找赵侍郎,他同意了才行。’”

“那蛮夷妇人不懂什么叫‘推诿’,便径直来卢园寻赵侍郎。”胡宗宪想笑不敢笑道,“她却也有几分心眼,不先说要东西,而是问道:‘大人是不是这里最大的官?’赵侍郎是个好面子的,便点头道:‘那当然了,总督都得听我的。’

那夫人这才把要求说出来，赵侍郎登时傻了眼。”赵文华虽然有个提督衔，名义上管着总督，可一没兵二没钱，拿什么打发瓦氏夫人？

“后来呢？”

“赵侍郎被她用言语挤对，也不好说不给。”胡宗宪道，“便想推回给周总督，可人家就认准他是最大官了，说什么也不走。赵侍郎一生气，便让人把她打出去。”

“能打得过吗？”沈默是见识过瓦氏夫人手持双刀，砍瓜切菜的模样，深表忧虑道：“那可是位高手啊。”

“谁说不是呢。”胡宗宪叹口气道，“进去十个被打出四对半。”

“剩下一个呢？”

“剩下一个是赵侍郎。”胡宗宪苦笑一声道，“他被人家给捉住做人质了……”原来“骑虎难下”还是个含蓄说法，实际上赵大人已经是“羊入虎口”了。

“这事儿应该周部堂出面。”沈默轻声道，“他惹的祸就该他兜着才是正理。”

胡宗宪面上闪过一丝怪异，便听他叹口气道：“那不是盏省油的灯，早躲出去了，上哪儿找他去？”

沈默心中更加奇怪了，不知道周琉为什么要这样做，这不明摆着得罪赵文华吗？

但见胡宗宪支支吾吾，知道必有隐情，便不再问，跟着他往正院走去。

到了院子外一看，密密麻麻的弓箭手，把个院子围得密不透风。

沈默说：“把人都撤了吧，我们进去说说……”

胡宗宪二话不说，便把早就麻了手脚的弓箭手撤下，朝沈默轻声道：“务必保证赵大人的体面。”

看门的两个女官认识沈默，便没有阻拦，推开房门请他们进去。

进去一看，见赵文华全须全尾地与瓦氏夫人对坐着，沈默和胡宗宪才放下心来，沈默与胡宗宪一道给赵侍郎行礼。赵文华一见他俩进来，眼泪都快出来了，“哎哟”一声道：“你俩快来作证，我是真没有钱粮给这位祖奶奶啊。”

两人又望向拄着大刀的瓦氏夫人，却见老太太闭着眼睛，不怒自威，向她行礼也不吭一声。两人心说，看来是“动了真火了”。在外面他们已经商量过了，一切以保证赵文华的安全为要，什么都可以权且答应下来。

但老太太这回是不见兔子不撒鹰，非得见到钱粮才能放人。

胡宗宪便对瓦氏夫人拱手道：“夫人，下官浙江巡抚胡宗宪，能让我和赵大人单独谈谈吗？”

瓦氏夫人这才微微抬起眼皮，淡淡道：“浙江巡抚不是李天宠吗？”

胡宗宪尴尬道：“刚换了。”瓦氏夫人哼一声，却也拄着长刀起身，颤巍巍往外走去。

到了院子里，瓦氏夫人站定道：“你们汉人太让我失望了。”沈默又道，“张大人临走的时候，嘱咐我无论如何也要把夫人的部队照顾好，现在弄成这样，是我失职了。”

“你是个好人，老婆子知道这点。”瓦氏夫人道，却听她又道，“但我已经决定回广西了……这次来就是为了讨要回去的粮草的。”

沈默皱皱眉，很快恢复正常道：“刚到了就回去，岂不是徒劳无功了？钱粮的问题我会帮夫人去落实的，请不要再提‘回去’二字了。”对方不爱拐弯抹角，他也说得分外直白。

“我们千里而来，不是为了钱。”老太太把刀往地上狠狠一杵道，“是为了杀敌、打胜仗、帮你们汉人消灭那帮倭寇。我们有句土话，大意是‘自助者天助之，自毁者天灭之’！你们汉人都到这时候还起内讧，凭什么要我们的帮助！”

沈默的脸臊得发红，言辞恳切道：“不管那些臭当官的，仅为了东南百姓，也请阿婆务必留下来……您也看到了，没有俍土兵的大明军队是多么的废材。现在上面又在钩心斗角，若是再失去了您老的庇护，让老百姓可怎么活呀？”说完便深施一礼，恳切道，“在下替江南的百万黎庶，恳求阿婆了。”瓦氏夫人终于见识到，什么叫能说会道，她本来去意已决，让沈默这一番情真意切，居然动摇起来。

不可否认，沈默这一手，对于正义感十足的老太太来说十分管用。但没有粮草的俍兵怎么活下去？而且预先承诺的赏银发不下来，对部队士气的损害是异常严重的，毕竟大部分俍兵没有瓦氏夫人那么高的觉悟。

所以瓦氏夫人虽然答应不走，但也开出了留下来的条件：“粮草按时拨付，赏银至少先发下一半”，不然就算他舌灿莲花也没用。

沈默说：“我尽力争取。”便请瓦氏夫人稍候，自己转身进了厅堂。

屋里赵文华正和胡宗宪窃窃私语，出乎他意料的是，赵侍郎脸上不见愤懑，似乎被胡中丞哄得很开心。

见沈默进来，赵文华招呼他坐下，笑道：“这次本公拘禁那土司婆娘的事情，就不要外传了，虽然不是什么大事，但不利于那个那个……”

见赵大人想不起来，胡宗宪赶紧补充道：“团结。”

“就是这个意思。”赵文华笑眯眯道，“所以拙言要保密哦。”

沈默自然十分配合地答应下来。

胡宗宪又问他谈得如何，沈默将瓦氏夫人的条件转述给两人，胡宗宪苦笑道：“这还算是识大体的呢，彭家父子那边，放言一个子儿也不能少，不然就要自己拿了。”

“拿？上哪儿拿？”赵文华问道。

“开抢呗。”胡宗宪叹口气道，“那些土兵生性彪悍，是什么都能干出来的。”

赵文华无奈道：“能给我早给了，问题是你们谁能让周琉松口？”

沈默和胡宗宪面面相觑，谁也不敢夸这个海口。

就在这时，外面有人大喊道：“大人，大人，前线急报。”

胡宗宪霍然起立，沉声道：“我出去看看。”

胡宗宪一走，屋里就剩下赵沈二人。赵文华打量着沈默，淡淡道：“这个年没过好吧？”

沈默知道他说的是沈炼的事，轻声道：“实在是没想到。”

赵文华慢悠悠道：“荆川公专程来杭州向本公解释过了，他说沈炼这个人平时就有些疯病，向来分不清是非，这次肯定是受人利用了。”双眼厉芒一闪，状若无意地问道，“不知拙言对沈炼这种行为，有什么看法呀？”

沈默快气炸了肺，却还要毫不犹豫道：“虽不敢妄议长辈，但这种行为我是极不赞成的。”

赵文华满意地点点头，脸上的笑容更和蔼了，拍拍他的肩膀道：“唐荆川乃天下名士，他以身家性命作保，你沈拙言不会重蹈沈炼的覆辙，所以本公才写信给小阁老为你求情，说你是我们这边的……你可不要让本公失望，让荆川公遭殃啊。”

沈默忍着心里想要作呕的感觉，一脸真诚地感激道：“学生谨记大人教诲。”

“很好很好。”赵文华满意地点点头。

这时胡宗宪进来了，他面色怪异地向赵文华报告一条刚刚收到的消息——盘踞在沙川洼的倭寇叶碧川和王清溪部，开始陆续撤回海上。新任苏松巡抚曹邦辅当机立断，指挥苏松总兵俞大猷、兵备副使任环、王崇古等人，率军趁其不备，半渡击之，以火器破贼舟船，数战俘斩六百余人。

赵文华一听便来了精神，欢天喜地道："别的不要说，先奏捷吧。"竟是赤裸裸地欲攘其功。

胡宗宪小心对兴奋过度的赵侍郎道："曹邦辅深有心计，给北京的捷报发出以后，才向杭州报捷。"

赵文华登时阴下脸来，破口大骂道："这个姓曹的太不像话了，太没规矩了！"其实没什么奇怪的，张经的惨痛教训摆在眼前，谁不得防他赵侍郎一手？

待将污言秽语发泄完了，赵文华才气哼哼道："周珫呢？他还要继续躲下去吗？"

胡宗宪笑道："大人您猜，周总督听了曹巡抚的消息，会有什么感想？"

"肯定也高兴不到哪儿去。"一到了钩心斗角的时候，赵文华便显得很敏锐，他冷笑道，"都说新官上任三把火，谁知道第一把就被别人点去了。"

"大人英明，"胡宗宪沉声道，"周总督传令给下官，命我即刻调集精兵，追歼残敌。"

"他倒是真不嫌。"赵文华笑道，"人家的剩汤剩菜他也要吃。"

胡宗宪苦笑道："军令如山，下官这就得出发了……要是追不上倭寇，还不知周总督会怎么发落我呢。"

看来他与周珫间的关系确实十分紧张。

赵文华狐疑地望着胡宗宪道："你不会是想躲出去吧。"他凡事喜欢推诿搪塞，便以为所有人都别无二致。

胡宗宪冤枉道："大人想到哪里去了，若是下官稍有迟延，周珫肯定会趁机发难的。"

"你这一走，这边的事情怎么办？"赵文华也觉着自己的推论过于草率，便不再纠缠，只是一想到自己还要被那老太太囚禁，便十分郁闷，"你可不能不管我。"

胡宗宪求助地望向沈默，听到胡宗宪命令，沈默心中已经有了定计，便点头道："胡大人只管放心去，这里有下官在。"

胡宗宪感激地点点头，对赵文华道："大人，拙言兄弟少年老成，多谋善断，您把事情交给他办，一准出不了岔子。"

赵文华知道张经、唐顺之、胡宗宪等人对沈默的看重与推崇，虽然他对这个年轻小子向来不感冒，但现在病急乱投医，也只能让他死马当活马医了，便点头道："那此事就全权委托拙言了，请你务必把俍土兵给留下。"

沈默微笑道："请大人授权。"他笑容里的自信，每个人都看得到。胡宗宪这才放下心来道："那下官先行一步了。"说完便匆匆走了。

待赵文华写了"兹授权浙江巡按监军道沈默，全权处理俍土兵事务"。又加盖他的钦差大印后，沈默也要告辞，赵文华拉住他，小声道："能先把那老太婆撵走吗？"

沈默点头笑道："我这就带她们走，大人只管放心歇着吧。"

赵文华将信将疑，从窗缝中往外张望，果然见沈默出去之后，与瓦氏夫人说了几句话，那可怕的双刀老太太便顺从地跟他走了。

赵文华这才松口气，一屁股坐在椅子上，却也很好奇，沈默到底说了什么，能让那瓦氏夫人乖乖听话。

其实没什么稀奇的，沈默只是说一句："赵大人说一定照办。"出了卢园，瓦氏夫人又问道："他是怎么说的？"

沈默缓缓道："他全权委托我处理此事。"说着从袖子里掏出赵文华写的授权书道，"七天，给我七天时间，保准给您老一个交代。"老妇人这才放下心来，在一众护卫的簇拥下，出城而去。

沈默皱皱眉招手把铁柱叫过来。小声吩咐道："你带几个精干的人手，每个人两匹马，跟着胡中丞的队伍，一旦战局明了，火速回报。"

铁柱沉声领命，刚要离去，却被沈默抓住手腕。他回头一看，只见大人的面色前所未有的严肃，便听沈默轻声但清晰道："时间就是一切，一定要用最快的速度，不惜一切代价。"

铁柱立刻感到重任在肩，他使劲点下头，带着几个最优秀的属下出发了。

是的，沈默准备赌接下来这场战斗的输赢。赌对了，他将再也不用担心被谁轻易放弃，可以踏踏实实睡他的觉，读他的书，过几天安稳的日子。赌错了，下场别无二致，定是悲惨无疑……

当他听到周琉匆匆集结部队，出发追击倭寇的消息时，第一反应便是，这一仗八成会输掉。因为他对倭寇有深入的观察，知道他们毕竟不是正规军队，撤退时没有什么殿后、断后之类，而是身强力壮的跑在前面，老弱病残的落在后面。所以他感觉，曹邦辅他们不大可能袭击到倭寇的主力，说不定反倒是捅了个马蜂窝，兵法怎么说的来着，“归师勿遏、穷寇莫追”，尤其是面对实力无损的强敌，更是如此。

很显然，王江泾大捷让文武将领们都轻敌了，如果这时候周琉和胡宗宪带人追上去，很可能就会被叮个满头包的。

但他没有将自己的判断讲出来，因为一来，周琉不会听他这种无根据的臆断；二来，他心里涌起一股冲动——要赌上这一把！他要让自己变得真正重要起来，成为无人敢轻忽的人物。他觉着不能再谋定后动了，对于他这种什么消息都得后知后觉的小人物来说，谋定后动就等于处处被动！这种感觉实在太糟了！他便遵从了心里的冲动，闭上嘴巴，接下俍土兵这个烫手的山芋。

他准备这些天跟俍土兵的头人们搞好关系，给予承诺，等到周琉兵败之后，自然会认识到这些俍土兵的珍贵之处，到时候再联合胡宗宪向周总督要钱要粮，难度就不那么大了。只要银粮一拨付，他的承诺便全部兑现……到时候，在瓦氏夫人和彭家父子的眼里，这一切全都亏了他沈巡按，自然以后会唯他的马首是瞻，不会再听别人的。

只是当赌注押出，坐在颤巍巍的轿子里时，他终于忍不住一阵阵后怕，开始患得患失起来：“如果我判断失误，大军得胜归来，我可怎么收场？”“如果我军因此损失过重，甚至全军覆没，我又良心何安？”

稍一寻思，沈默便直奔城西永顺兵营去了。

营门口几个穿琵琶襟上衣、缠青丝头帕的士兵，举着长矛拦住他，沈默朗声道：“进去通传一声，就说给土家弟兄们送粮饷的来了。”

士兵们见他一身大官的衣服，哪里还敢怠慢，赶紧跑进去禀报，不一会儿，彭家父子便跑出来，行礼道：“上差来了，有失远迎。”

但当看到沈默就带了护卫，两手空空地过来时，彭家父子的脸色，登时没有那么好看了。双方简单寒暄几句，同时也在互相打量着。沈默见彭明辅是个五十多岁的干瘦老头，蓄着干枯的山羊胡子，鼻子略带鹰钩，一双眼睛似开似合，显得很不好对付。

相较之下，他的儿子，现任永顺土司彭南翼，一个三十多岁的粗豪汉子，则显得没有多少心机，直截了当的一个土家头人模样。

他打量彭家父子，人家也同样在打量他，见他似乎二十不到的年纪，还是

个嘴上无毛的少年郎，彭南翼便口无遮拦道：“怎么派了个小家伙过来？”

“休得无礼。”彭明辅假意呵斥儿子一声，朝沈默拱拱手道，“不知大人居于什么官职？”

“本官沈默，钦命浙江巡按监军道是也。”沈默自然听出这爷俩不怀好意，知道这些人是典型的吃硬不吃软，踩着鼻子上脸那种，便决意杀杀他们的威风。

“浙江巡按监军道？”彭明辅捻着胡子问道，“请问大人，这是什么品级的官儿啊？”

“无品无级。”沈默淡淡笑道。

彭家父子脸上的轻蔑更加明显，彭明辅用浓重的鼻音道：“官府没有人了吗？让一个不入流品的小孩子来我们这里。”

沈默微笑道：“这有什么奇怪？我们讲究人尽其用，向来是大人物办重要的事，小角色办小事了。”

“嗯？此话怎讲？”彭明辅拉下脸来道，“既然朝廷如此不重视土家人，那我们这就卷铺盖走人了。”

沈默不卑不亢地笑道：“沈默不才，却也是堂堂朝廷命官，有要事造访。二位头人却连个门都不让进，现下却又反咬一口，责怪下官，这是哪家的道理？”

彭南翼一拍身上的绯红官服道：“我是钦命的正四品永顺宣慰使，既然你要按照道理来，还是先给我磕头行礼再进去吧？”

沈默哈哈大笑道：“岂有此理！本官乃钦命巡按，代天巡守，地方官员见本官需先恭请圣安，连这点道理都不懂吗？”

彭家父子登时语塞，面面相觑片刻，只好磨磨蹭蹭地给他跪下，却被沈默一把扶住，满脸真诚地笑容道：“二位将军为国尽忠，沈某岂能受你们这一拜？”说着退一步，深施一礼道，“在下这厢有礼了。”

两人被沈默一阵阴一阵阳，弄得晕头转向，赶紧还礼不迭，再也不敢小觑于他。

彭家父子将沈默请进挂着牛头、毡毯的大帐。大帐逼仄不堪，泥土地面上直接铺着一块价值不菲的大红地毯，只是边角已经污浊不堪，大面上也有不少黑点，尤其是靠近桌子的四周，几乎已经看不出原先的花纹。

彭家父子请沈默上座，在他俩的注视下，他面色自若地坐下，一点没有顾忌崭新的官服是否会被弄脏之类。

这个动作赢得了彭家父子的好感，老彭问沈默吃了吗？沈默笑道：“正要叨扰。”彭明辅便吩咐上茶，对沈默呵呵笑道：“我们土家人的习俗，客来不办苞谷饭，请到家中喝油茶，大人莫要见怪。”

沈默欢喜笑道：“三天不喝油茶汤，头昏眼花心发慌。”

这正是土家族的说法，此时江南汉人很少接触少数民族的饮食，是以沈默说出这么地道的说法，让彭家父子吃惊不小，彭南翼失声问道：“大人也是土家族？”

沈默面露缅怀之色道：“厄阿巴阿毕资卡。”很地道的一句土家语，说我奶奶是土家人……这当然不是扯谎，他上辈子的祖母确实是土家族。

听到这句话，彭家父子一下子高兴极了，他们实在没想到，竟然在这时候，碰到半个土家人，对沈默立马就不一样了。彭明辅让儿子亲自去端茶，自己则用郑重的民族礼节向沈默行礼。

沈默虽然不知是什么意思，但知道依葫芦画瓢准没错，和老土司庄重地见礼之后，双方立即亲比一家，彭明辅亲热地攀着沈默的肩膀，问他祖母可安好。

沈默哀伤道：“已经故去了。”彭明辅又问他祖母是哪个州出来的，沈默可不敢随便乱说，否则万一和永顺土司有仇，那他的篓子可就大了。便含糊其辞，说祖母嫁给祖父，搬到江南后，便再没有回去，只知道是湘西那边的，具体哪里就不知道了。

彭明辅便很肯定道：“是我们永顺州的，一听你这口音就差不了。”

沈默便笑着点头道：“那么还得管您叫一声头领呢。”

彭明辅便招呼沈默饮茶，他先用滚沸的开水冲泡一碗白鹤茶，将那热气腾腾的茶盏端到沈默面前道：“这叫……”

沈默笑道：“亲亲热热。”彭明辅便欢快笑着，与他一起喝下这碗清淡素雅的头道茶。一边轻啜着茶水，一边问道：“一家人不说两家话，敢问沈大人为何而来？”

沈默一脸真挚道：“我听说新总督上任之后，族人们处境很不好，便从绍兴急忙赶来，看看有没有能帮上忙的。”

彭明辅闻言重重一搁茶盏，滚烫的茶水都溢出来，只听他愤愤道：“你们……哦不，他们实在是太欺负人了。”便把一份单据拍在沈默面前道，“沈大人看看，这是总督衙门开具的斩首两千三百颗的欠条……这些且不说，原先每

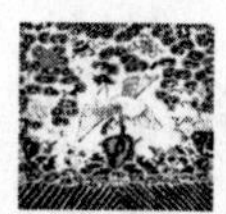

旬送一次的粮草，从张大帅走后，便再也没送来过。”

“我们省着省着，最多三天就要断炊了。”彭明辅一脸郁闷道，“我算看出来了，新来的周总督，就没把咱们俍土兵当人看，咱们凭什么还要给他拼命？”

沈默温和笑道：“都说朝中有人好办事，现在我来了，老头人以后还有什么好发愁的？”

彭明辅却也是老江湖，不可能被他哄孩子似的骗了，呵呵一笑道：“不是不相信大人，可我们也知道，周部堂是杀伐决断于一身的东南总督，他能听你的？”

沈默摇头淡淡道：“老头人只知其一，不知其二，若是总督真这么厉害，那张大帅不也是被人一本攻掉了吗？可见总督位高权重不假，但也不是天下无敌的。”说着伸出三根指头道，“远的不说，至少在浙江，他就有三个不敢惹。”

“哪三位？”

“一个是监军提督赵文华，一个是浙江锦衣卫千户，还有一个，”沈默指指自己道：“就是我这个巡按监军道。”

“你们比他权力还大？”彭明辅难以置信道。

“都不如，”沈默摇头笑道，“但我们都有监督纠察的权力，且可以上达天听……比如说我这个浙江巡按吧，权力是‘代天子而巡狩，所按藩服大臣、府州县官诸考察，举劾尤专，大事奏裁，小事立断’，你说他怕不怕我？”反正吹牛不上税，那就专往大里吹。

彭明辅终于眉开眼笑道：“怕、怕，一定怕极了。”他兴奋地搓搓手道，“简直是太好不过了。”

话音未落，便听帐门口有人用土家语沉声道：“什么再好不过了？”循声望去时，便见彭南翼带着两个如出一辙的土家人出现在门口。

彭明辅一介绍，原来是那保靖宣慰使彭荩臣、彭守忠父子，既然都是土家人，那就免不了再对着行礼，客气一番。那彭荩臣面色黝黑，又是高兴又是羡慕道：“想不到永顺竟出了大官人。”

待五人围坐下来，彭荩臣看着桌上琳琅满目的盘子，搓手龇牙笑道：“来得早不如来得巧，看来正要吃油汤茶啊。”

彭明辅笑道：“早就要吃，沈大人非要等着你。”一句话便让沈默白赚得彭荩臣不住声的道谢。

彭明辅朝儿子点点头，彭南翼又对彭守忠龇牙笑笑，起身出去。彭守忠便将一碗碗用茶油炸出来的核桃仁、炒米、芝麻、花生米、黄豆、苞米花、血豆腐等吃食，分五个大碗均匀装好。

趁着他俩忙活的工夫，彭明辅简单向彭荩臣转述方才的对话，彭荩臣大喜道："太好了，要是没有沈大人做主，我都准备带孩儿们去打劫了。"

沈默赶紧道："可万万使不得，咱们大老远过来，图的是什么？还不是为了让朝廷对土家人好一点，咱们自己也搏个功名利禄吗？"

彭荩臣道："不到万不得已，谁也不会狗急跳墙，可朝廷忒不把咱们当人待，难道就一直把狗当下去？"

沈默道："老头人有所不知，不是朝廷不重视咱们，不然干吗大老远的把咱们请来，"说着叹口气道，"只是那总督周琉心存偏见，没参加过王江泾一战，不知道咱们湘西土兵的厉害，所以才冷落若斯的。"

"不知道咱们厉害？"彭荩臣却是个烈性子，摩拳擦掌道，"那就让他们见识见识呗。"他的心机没有彭明辅重，沈默没怎么撩拨就已经火大了。

沈默便一脸愤慨道："就是，他们去打仗还不带着咱们，真是有眼不识泰山。"

"去哪里打仗了？"二位老彭齐声问道。

沈默便把曹邦辅出击告捷，周总督眼红难耐，亲率浙江巡抚胡宗宪去追歼残敌的消息有技巧地说出来。他冷笑道："那周琉一脑门子建功立业，却忘了王直部下主力未损，也忘了兵法上说，归师勿遏，穷寇勿追的道理，我看这一仗他定然是凶多吉少。"

"输了才好！"在下首无所事事的彭守忠闷出一句道，"也让他知道知道，没了咱们佷土兵，汉军就是一堆柴。"

彭荩臣也点头道："守忠说得对，咱们坐山观虎斗，好好出口鸟气。"

"大人的意思是？"还是彭明辅能体会沈默的心思，知道他必然不是这个主意。

沈默这才知道彭荩臣属于那种毫无主见的墙头草，别人一说什么，马上跟着随风倒，便笑笑道："看着他们被打趴下固然有趣，可对我们有什么好处呢？"说着略提高声调道，"一点都没有。"

彭荩臣瞪着一对圆溜溜的眼睛，接话问道："为什么没有呢？"

“荩臣公你想，如果周总督惨败，肯定损失惨重吧。”沈默循循善诱道。

“那是肯定的。”彭臣点点头道，“我们在湘西老家打仗时，一仗就能输掉十年的老本。”

虽然搞不清他说的是什么，但沈默也不必理解，只管顺着他的意思说下去：“所以周总督一输，就本钱全无，还拿什么给咱们发粮饷？”

“那该怎么办？”彭荩臣两手一摊，很认真地问道。

“不可意气用事。”这话就得跟彭明辅说了，沈默转过目光道，“这世上什么最难得？是雪中送炭。咱们不计前嫌，去挽狂澜于即倒，周琉自己就得羞愧莫名，老老实实把饷银奉上。他要是态度诚恳，咱们就继续给他干，不诚恳的话，我就一本把他参掉，换个总督过来。”也不怕风大闪了舌头，但这最后一句偏偏是点睛之笔，让彭明辅几人的认知发生了偏差。

彭明辅等人已经通过沈默讲述的“张经案例”，深信他有能力弹掉周琉了。于是乎，原本明明是一番请求出兵的说辞，但在诸位头人听起来，却成了咱们再给姓周的一次机会，表现不好就让他滚蛋。

这个偷换概念可了不得，让沈默一下子从低三下四的请求者，变成了高高在上的裁决者，令几位头人与有荣焉的同时，坚信他可以做到，不由对沈默肃然起敬。

沈默心里一块大石这才落了地，拍拍彭明辅的胳膊，用最真诚的语气道：“明辅公，我永远是为咱们土家人说话的。”

彭明辅的脸色这才好看点，遂正色道：“我们会像信任张大帅一样信任沈大人，只是请您不要像他那样欺骗我们，”说着伸出一根食指道，“只要一次，咱们就永远不再是自己人了。”

沈默心里一凛，郑重点头道：“我以去世祖母的名义起誓！”两只手终于紧紧握在了一起。

第八章
一舞剑器动四方

大半个时辰后，一万湘西土兵准备完毕，缓缓从营地开出。经过广西兵营时，却见那蓝黑军团已经整齐列队，一个浑身银甲的威武老太太喝问道："姓彭的，要去哪儿？"

彭明辅不敢惹这老太太，赶紧赔笑道："咱们跟着沈大人去救援周总督呢。"

老太太又看向沈默道："为什么不叫我们？"

沈默早就学会如何对付这位刚烈的老太太了，便笑道："有这些湘西土兵就够了。"

"什么意思？难道我们俍兵不如他们吗？"于是不用沈默忽悠，便跟着一起出发了。

沈默的判断没有错，叶碧川和王清溪不是那么好惹的，两人仍是王直手下八大金刚中，战斗力相当靠前的两个。

曹邦辅也发现自己捅了马蜂窝了，赶紧带着队伍躲进松江城去，任凭叶碧川如何挑衅，都横竖不肯出战。

但是，刚刚上任、急于立功的曹邦辅，不可能在捷报里说：“大胜之后，便被倭寇追着屁股撵进城里，任凭其骂娘誓也不敢出战。”那样就不是大捷，而是笑话了。

他却忘了周总督也是刚上来的，比他更需要一场大胜仗……至少是纸面上的大胜来稳固自己的地位。所以当收到他的奏报后，周琉一面骂姓曹的不仗义，一面命胡宗宪集结部队，忙不迭地出发去分一杯羹。

路上胡宗宪不是没劝他“归师勿遏、穷寇莫追”之类的话，但周总督就是听不进去。

总督大人误信了曹巡抚真假参半的报捷文书，满以为倭寇已经作鸟兽散了。胡宗宪见劝也没用，只好广派斥候，以求尽早获知敌情。

可以说，这个举动救了他们的命……当队伍兴冲冲、急匆匆来到陶宅镇一带时，便听派出的斥候回报，倭寇大队人马，迎面开过来了。

“多少人啊？”周总督捂着胸口问道。

“至少上万。”听了这个答案，周总督差点没从马背上摔下来，因为来得匆忙，他才带了五千人。

周大帅受惊过度，连话也说不利索，胡宗宪只好接管了指挥权，命部队缩进陶宅镇，严密把守住进出的两座石桥，以待援兵……话说这江南小镇，模样构造都十分类似，胡宗宪看着这陶宅镇，便想起了王江泾，只是这次从围剿者变成了被围者，这转变还真让人郁闷。

那些倭寇正是在松江城外，憋了一肚子气的叶碧川部。他们已经放弃报复，正准备回去坐船呢，谁知就碰上了周琉、胡宗宪部。

见对方缩进镇子里，叶碧川气乐了：“奶奶的，老子不敢打松江城，难道还怕一个连城墙都没有的小镇子？”便命手下同时攻打两座石桥，结果遭到了顽强的抵抗，胡宗宪和他的铁杆爱将卢镗一人扼守一桥，没让倭寇占到半点便宜。

但叶碧川有个“小诸葛”的称号，而且还是个被开革的举人，可以说是所有倭寇中学历最高的一个，馊点子也最多。他见当时风不小，便命人置薪于上风口，再覆以青麦，纵火焚之。结果风借烟势，烟借火势，守卒不能立，防线几乎陷落。

好在胡宗宪经验丰富，命人以尿沾巾，蒙住头脸，这才稍稍稳住阵脚，没有丢掉石桥。叶碧川却还有后手……原来他早命人扎木排竹筏，趁着烟雾弥漫从桥侧渡河。

胡宗宪一时不察，竟然被团团围在桥上，武艺高强的亲兵们组织突围，拼死杀出一条血路，正待松口气，却不见了中丞大人……

胡宗宪去哪儿了？哪儿也没去，只不过在桥上推搡拥挤之际，他马有失蹄，不小心跌落桥下，溺在河中，仅露其发。

好在卢镗看到了这一幕，纵身跳下桥，揪着胡中丞的头发，把他拽出水面，趁着倭寇还没注意，游到了对岸。

费尽九牛二虎之力，拉着胡宗宪上了岸，卢镗才发现自己犯了个致命的错误，本该带着胡中丞往北岸游的，结果一时头昏，竟然游到了南岸。

望着慢慢围拢上来的倭寇，卢镗懊恼不已，"当啷"一声抽出腰间宝剑道："中丞快游回去，我来掩护你。"

胡宗宪十分狼狈，头盔也丢了，头发一缕缕紧贴着脑门，扶着卢镗缓缓站起来道："本官不会游泳，还是我来掩护你吧。"

卢镗挥剑斩断一个倭寇试探的长矛，长声笑道："我卢镗可以逃跑，却绝不会抛下同伴独自逃……"便不能再说话了，因为倭寇的攻击密集起来，他得全神贯注地抵挡。

胡宗宪想从地上捡起块石头帮帮卢镗，却浑身乏力，根本抱不动，还累得一屁股坐在地上，再也爬不起来，他自嘲地笑道："只好等死了。"便干脆闭上眼睛，只等那一刻的到来。

等了片刻，便听到身前的喊杀声突然小了，他心说："卢将军八成殉难了，下一个就该我了。"却感到有人拍拍自己的肩膀，他微微睁开眼睛，就看到卢镗一脸欣喜道："援军来了。"

胡宗宪一下子来了精神，瞪大两眼四处去看，便见漫山遍野的俍土兵冲了过来，终于松口道："拙言大能啊……"这才开始一阵阵后怕，坐在那里起都起不来。

来的部队是保靖宣慰彭荩臣率领的三千先锋部队……

这时候沈默也率主力到了，他看着铁柱画出的地图，吩咐彭荩臣道："大家最好分道而伏，再让南翼率军诱敌，俟其过伏，盖起夹击，蔑不胜矣？"

彭荩臣却如获至宝，连连点头道："沈大人，您就是神啊。"一众彭家头人

们便按照这个计策，派出彭南翼部出战诱敌。

叶碧川一看，又来一支土兵，心说："援兵陆续到了。"却又觉着还可以再战一场，便如法炮制，又打了彭南翼个埋伏。

彭南翼败退下来，叶碧川挥军追过去，结果反中了彭荩臣父子的埋伏。小诸葛见势不好，立刻挥军撤退，俍土兵趁势掩杀一阵，斩首五百余颗，这才得胜而归……

见大局已定，沈默这才松口气，对已经换了干爽衣裳的胡宗宪，表示深切的慰问，并奉上热腾腾的姜丝红糖水一碗。

"阿嚏……"胡宗宪擦擦鼻涕，苦笑连连道，"这次若不是拙言，胡某非得死于非命不可。"

沈默笑笑道："上战场本就是提着脑袋的营生，今天我救了你，说不定明天就是你救了我，没什么大不了的。"

见他不以"恩公"自居，再喝上一碗热腾腾的姜汤，今天饱受惊吓刺激的胡中丞，终于舒坦了许多，长舒一口气道："练兵！必须得好生练兵。"

"远水解不了近渴。"沈默沉声道，"重要的是，这道难关怎么撑过去？"

胡宗宪搁下碗，起身道："我知道你的意思，走，我们一起去见见部堂大人。"

两人在陶宅镇里，一处地主家的院落内，见到了气色灰败的周总督。公道地说，周琉是个不错的老头，他丝毫没有怪罪沈默擅自领兵的意思，而是十分诚挚地表示了感谢。

但是感谢不能当饭吃，所以沈默还是要请他拿出点实际的："大人，您要谢的不是我，而是那些不计前嫌的俍土兵。"

周琉神色一暗道："我知道你的意思。"便命人取来一封信笺道，"这是饷银和粮饷的批条。"说着抽出里面的纸片，在落款下面又加一句道："另今次陶宅之战赏银即付。不得拖欠。"他写字的时候沈默注意到，原先落款下面的时间是正月初十，也就是说他早就写好了这份批条。

周琉看出他面上的诧异，勉强笑笑道："很意外吗？"

沈默摇摇头，没有说话，他已经想明白这是为什么了。

周琉见他不答话，也不愿意再解释，便将那纸片塞入信封中，双手递给沈默，语重心长道："有一句前车之鉴，要请二位谨记。"

两人躬身道:“卑职聆听大人教诲。”

“阴谋设计再精巧，难免也有弄巧成拙，授人以柄的时候。”周琉叹息道，“反不如堂堂正正做事的好。”

两人齐声受教，脸上却火烧火燎，心中都嘀咕道:“不会说的是我吧？”

周总督似乎没有留饭的意思，二位大人只好告辞出来。

走出老远之后，胡宗宪面上闪过一丝兴奋道:“润夫随廷彝去矣。”润夫是周琉的字，廷彝是张经的字。

沈默点点头，没有说话。也许是跟自己没什么关系，所以他不像胡宗宪那么兴奋，反而在认真咀嚼周总督的赠言……

通过那份早就写好的批条，他便明白了周琉的意思——攘外必先安内。这位总督大人显然是想要在集中全力对付倭寇之前，先把那碍眼的赵文华给撵走。

在一番斟酌之后，他选择了纯属外来户的俍土兵，作为对付赵文华的突破口，故意将已经写好的批条后压，让俍土兵得不到该有的粮饷，制造事端，来彰显赵文华逼走张经之过……因为浙江正处于人事更替的混乱阶段，所以政令不畅，所以本总督的命令传达不下去，而这一切，都是因为赵文华在里面瞎搅和所致。

等到他打一必胜之仗、奏凯归来，便可在报捷文书上，顺便攻讦赵文华不懂军务，胡乱插手，请陛下为东南计，早早把他召回去。

他敢打赌，如果这一仗赢了，皇帝一高兴，肯定会把赵文华召回去……因为徐阁老透露，陛下早就流露出让赵某人回朝的意思，只不过在严嵩的努力下，赵文华的归期才一缓再缓罢了。

所以周总督想用个小小的手段，把赵侍郎一脚踢回北京去。谁成想偷鸡不成蚀把米，预想中唾手可得的胜利，竟然变成了这个样子。周总督这回丢人还在其次，更严重的是，给了赵文华攻击自己的借口，怕是要一失足成千古恨了。

事实上，陶宅镇被围，还不是最坏的结果，士气大振的倭寇居然反过头来，再次进攻浙东一带，把刚有些复原的当地百姓，抢了个底朝天，这才嚣张地扬长而去……

这次不用小阁老捉刀，赵文华便亲自动笔，将周琉这次调动兵马不甚恰当的事情大加渲染，又云周琉对俍土兵的苛待，无法做到一视同仁等；便断言他一当了总督，必定贻误大局。而“论奉公之忠，任事之勇，用兵之智，料敌之

明，无过于胡宗宪”，所以保他代替周玩。

奏疏同样是抵京，但这次严嵩没有先看到，而是被直接送进了玉熙宫中……这不是因为严阁老失了圣眷，而是因为他老人家下不了床了。

严阁老常替皇帝试药，今年正月初一，皇帝又按例赐给严阁老新炼丹药五十粒，作为新春贺礼，谁知严阁老服用之后，遍身热气不散，燥痒异常，无法忍受。须得终日滚汤浇洗，其痒才少息。又有腹泻不止，至初十日发为疾，痛下淤血两碗，其热始解……

对于这种尽忠报主的行为，嘉靖帝自然是感念至深的，加严阁老为少师兼太保，并赐灵药若干，令其安心休养。

事实就是，严阁老用他舍身忘己的行为，重新温暖了皇帝的心，所以虽然在家里趴倒，但遇到事情，皇帝还是不忘问一问他的意见……看完赵文华的奏章后，嘉靖帝写了张小纸条，附在原奏背后，让人送到相府里来。

按照惯例，严世蕃给老爹朗读赵文华的奏章，严阁老则趴在床上，把玩陛下的小纸条，上面是语焉不详的几个字……按说皇帝的最高指示应该尽量的准确详尽，以免下面不知所云，误了军国大事。

但嘉靖皇帝却反其道而行之，偏要让他的大臣们迷糊，比如说这次的批注，便是“宪似速，宜如何？”六个字。

待儿子念完了，严嵩便将纸条给他看，虚弱问道：“皇上是不是在问我……胡宗宪能不能当这个总督？如果是这样的话，就得让文华先点拨一下这个胡宗宪。”

严世蕃看完御笔，摇头道：“他一时还没戏。‘宪似速’便是说，皇上这是觉着胡宗宪刚升了巡抚，马上又提总督，似乎过快一点。”

“我知道，”严嵩指着纸条道，“但后面三个字，分明是说话虽如此，但具体应该怎么办，还要听我们的意见，所以才问‘宜如何’？”

“非也非也。”严世蕃独眼闪烁道，“这个‘宜’字不是‘适宜’的宜，而是指一个人名字。”

“谁？”

“杨宜。”严世蕃很肯定地道，“一定是他。”

“杨宜……”严阁老一时想不起这么一位，还是经过严世蕃提醒，才想起那位因治盗有功，刚刚升为南京户部右侍郎的河南巡抚，不由喃喃道：“杨宜似乎也刚到任不久吧……宪似速，难道宜就不速了吗？”

“我问过送信的陈洪。”严世蕃冷笑道，“父亲可知陛下今天下午见了谁？”

“谁？”严嵩的寿眉微微抖动道。

“李默李时言。”严世蕃沉声道。

“什么？这人回来了？”严嵩激动地挺起身子，不慎触动痛处，痛得他满头大汗。严世蕃赶紧给老爹按摩擦汗，好一阵才缓过劲儿来。

严阁老七老八十，这辈子让他头痛的敌人不少，但基本上都已经被他整死，或者靠死了。不过凡事总有例外，就是皇帝今天刚见过的李默李时言。

此人到底是何方神圣，能让严阁老如此头痛呢？他是瓯宁人，正德十八年进士，庶吉士。散馆后任户部主事，进兵部员外郎，调吏部。历验封郎中，乃不畏权贵，坚持原则之人。后来得罪了尚书高官，戴着不逊的帽子，从中央被贬到地方。很多人都觉着，他的仕途基本上就算完了。

但接下来一个又一个奇迹发生了。他先用几年时间，屡迁浙江左布政使，入为太常卿，完成了从地方到中央的反攻。然后又历任吏部左、右侍郎，后直接晋升为吏部尚书，这又是一个了不得的奇迹，因为吏部掌管百官升迁任免，其权威之中，居于六部之首。是以吏部尚书又有天官之称，甚至与大学士也不分轩轾。所以这个位置，向来不能由本部侍郎直接简拔，以防其拉帮结派，窃主上权威以自专。只有正德初年的焦芳、张彩，依附刘瑾才做到过。

但李默就能打破一个甲子以来，吏部侍郎不升尚书的成例。在嘉靖三十年由皇帝特简为吏部尚书，这简直就是如有神助。当然这个世上没有神，只有贵人。李默的贵人便是他在唯一一次担当武会试同考官时，取中的一个学生。这个学生姓陆名炳字文明，正乃当今皇帝的奶哥哥，锦衣卫的大头目是也。

陆炳对这位老师曲尽弟子之礼，经常为他在皇帝面前说好话。所以虽然李默的度量不大，脾气不好，且与严党的关系很糟糕，在官员任免时，常与严嵩相左，甚至屡次发生冲突，却可以多年安然无事。

后来严嵩好容易找到机会，将其攻倒，哪知这才过了不到一年，竟特旨起用，复任吏部尚书。不用猜，这又是他那位“贵门生”干的好事。

现在李默卷土重来，一到京城就给了严党一记闷棍。

“陆炳在搞什么鬼名堂？”对于李默这个鬼难缠，严世蕃也十分憷头，不由恼怒道。这家伙一回来就有恃无恐，肯定是得了陆炳的支持，才敢这样做。

严阁老沉吟半晌，轻声问道："他现在的圣眷如何？"

"皇帝夸了他，还留他吃饭，并赐御书褒以'忠好'二字，命其人值西苑，允其大内骑马。"严世蕃愤愤道，"我看陆炳是在报复沈炼那件事。"

"不管是为了什么，"严嵩摇头道，"我们现在动不了他，更动不了陆炳。"

"爹。"严世蕃不满道，"就算不能动陆炳，可也不能任李默嚣张跋扈下去。您别忘了，明年可是丙辰年！要外察的！"

严嵩不为所动道："李默有陆炳撑腰，又是陛下眼前的红人，现在天王老子也动不了他。"说着缓缓闭上眼道，"儿啊，忍忍吧，以他那个性格，早晚会犯错误的，到时候……"

严世蕃只好罢休，先顾眼前道："这份奏章怎么办？外面还在等着回话呢。"

"你自己看着办吧……"严阁老说完便沉沉睡去了。

严世蕃嘟囔一声，只好提笔写道："臣严世蕃代父执笔，回禀圣上：应将周琉革职，遗缺以杨宜调补。"

奏章递上去，皇帝立刻批准，证明他的看法一点也没错。

等回到杭州城，沈默却还不能歇着，派铁柱知会瓦夫人和两个老彭，让他们各派些人手，跟自己去藩库中领取粮饷。

有了总督的批条，司库的官吏乖乖交付了足额的银两、足量的粮草……

下午时分，沈默便带着运送粮草饷银的队伍，缓缓出城而来，先送给瓦夫人，再送给彭荩臣，最后送给彭明辅，每到一处，都是一片响彻云霄的欢呼声，感激的话语更是听都听不完。

到了彭明辅那里时，彭明辅非要拉着沈默吃茶，但这次端上来既不是茶水，也不是油茶汤——而是一碗蜂蜜水，水中放着四个煮熟剥壳的山鸡蛋，每个蛋上还都插着精美的银质牙签。鸡蛋蘸了蜂蜜水，看上去光泽耀眼，十分的诱人。

"这个叫圆圆满满。"沈默笑道。他知道这是土家族四道茶里的最高茶礼，是专门迎奉长辈等尊贵客人的最高礼节，彭明辅给自己吃这道茶，其暗示不言而喻。

他一口气把四个鸡蛋连带茶汤都吃掉，然后从怀里摸出一个金锞子，搁在空茶碗里……这不是给茶钱的意思，而是在接受对方的恭敬后，回敬以美满富足的意思。

看到沈默的表示，彭明辅心中最后一点顾虑也去了，他高声道：“开宴庆祝喽！”在众人的欢呼声中，他和彭荩臣，左右夹住沈默，把他拉进大帐之中，开始饮酒庆功。

沈默平素就不善饮，这回更是无力招架，勉强支撑了三五回合，便躺在地毯上，呼呼大睡过去。

等他醒来时，已经是第二天中午，喝一碗热乎乎的酸辣汤，感到不那么难受了，便坚决婉拒了彭明辅留饭，告辞回城去了。

刚一到家，沈安就跑来向沈默邀功，说是得到了殷家大小姐的消息。

人逢喜事精神爽，更何况是双喜临门？沈默高兴得不得了，当即命人备车出发，让沈安带路。

马车从驿馆出来，按照沈安的指点，往孤山下的西冷桥去了。待行得近了，沈默便命人停住，下车步行过去，边走边打量着四周。

沈安笑道：“少爷莫急，我已经仔细勘察过地形了，无论她走哪条道，都得从这里出来。”说话间便见一不显眼的青帘小车从后街出来，他赶紧一拉沈默，小声道：“就是这辆车，今天早晨我见它进去来着。”

沈默命众人在这里等候，自己则在青石板铺就的小路上，借着道旁草木的掩护，继续锲而不舍地追踪。

行了不远，便见一座小院。

沈默趴在门边偷偷看着，只见车在院中停稳，丫鬟搀扶下一个他朝思暮想的窈窕身影来。

车上下来的正是殷小姐，她穿一身鹅黄色的长裙，罩一件白色羊绒的夹袄，头发用一根丝带简单束在脑后，便如那傲雪的梅花，不见奢华，唯觉淡雅。

只是半年多不见，伊人清瘦了许多，沈默见她柳眉微蹙，面带忧愁，仿佛有无限心事，又带着满身的疲惫。她扶着侍女的肩膀，款款走下车来，轻轻回头，便正看见扶门而望的沈拙言。

四目相对的刹那，世界便停止转动，这一男一女只能听到自己的心跳，看到对方的眼睛。

他从来不知道，一双剪水双瞳中，竟然蕴涵着那么多的感情，有几分吃惊、有几分哀怨、有几分思念，也有几分气恼……

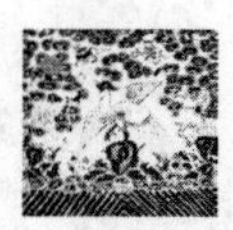

她也从来不知道，一个男人的眼神是那样的纯净，目光中满是坦诚，还有灼人的热情……

> 吴山青，越山青，两岸青山相对迎，争忍离别情。
> 君泪盈，妾泪盈，罗带同心结未成，江头潮难平。

丫鬟已经悄悄退去，院子里只有两个人，还是沈默先回过神来，轻声道：“你……还好吗？”说完就埋怨自己，还有比这更糟糕的搭讪吗？

果然见殷小姐的两眼刹那泪光点点，一下也回过神来，便往后院匆匆行去。

沈默苦等她这些日子，岂能让伊人再从眼前溜走，赶紧跑过去追殷小姐，口中还低声道：“别走，听我解释。”

转到后院里，殷小姐走得更快了，沈默只好跑两步跟上去。听到后面急促的脚步声，殷小姐回头一看，便见他已经近在咫尺了，赶紧也小跑起来。

不知不觉偏离了主道，两人离了后院，前后脚进了后花园中，在满园的雪白梅花中穿行，不一会儿便不辨东西南北了。

沈默见她往人少的地方走，不以为她是慌不择路，只道是殷小姐在寻找单独相处的空间呢。心中不由一阵激动，一个箭步冲上前去，伸手便拉着了殷小姐冰凉的小手。

没想到沈默会如此唐突，殷小姐心慌意乱道：“你……”却一不留神，被支住梅花的竹棍一绊，便向前摔了出去。

殷小姐吓得花容失色，闭上眼睛等着那重重的一下，却不料被人紧紧拉住手。在空中转半圈，又斜斜向另一侧摔了出去。

只听“砰”的一声，紧接着又是一声闷哼，她便跌落在一个温暖的怀抱里……却是沈拙言，抱着殷小姐跌落在梅花丛中，充当了她的肉垫。

白色花瓣漫天飞舞，如轻曼的纱帐一般，遮住了终于再一次靠在一起的一对有情人。

当沈默缓过劲来，便发现两人正以亲密无间的姿势抱在一起，殷小姐仰着脸，距离他的下巴不足一寸距离，正满眼关切地望着自己。

沈默嘴角艰难地扯动一下，给她一个“我还好”的表情，他见姑娘的神情明显放松一下，却伏在他胸膛上，嘤嘤哭起来。

沈默说:“你别哭，我死不了……”再一次拥抱这温润如玉的女孩，巨大的欢喜充盈着他的心田，嘴巴已经完全不受控制，信口开河地胡说道。

只是他的幽默显然用错了地方，只见殷小姐偏只是哭，且越哭越伤心，眼泪把他整个前胸都湿透了。

她在那哭个不停，沈默心里却十分焦急，这是哪里啊？就算后院也有四五个丫鬟出没，让人看见了传出去，可怎么说得清啊，一着急，伸手一拍殷小姐的后背，低声道:“有人来了。”

殷小姐登时硬生生止住哭，连呼吸都屏住，只有肩膀还在轻微而有节律地耸动，显然是哭得过猛，一时停不下抽泣。

她支棱着耳朵，凝神听了好一会儿，却一点动静也没有察觉，不由诧异地望向沈默，却见他一脸坏笑，这才知道自己上了他的当，不由又羞又恼。又发现自己正趴在他怀里，羞得她赶紧想要移开身子，口中慌张道:“快放手。”

沈默双臂却如铁箍一般，紧紧箍着她纤细的腰肢，十分坚定道:“不放，我已经弄丢你一次了，这次说什么也不放。”

怕动静太大惊动别人，殷小姐也不敢使劲挣扎，自然无法挣脱他的魔掌，气急道:“还要抱到什么时候？”

沈默歪着脑袋想一想，很认真道:“到我们都变成老头子、老太婆时，”殷小姐默不作声，听他悠悠道，“还一直这样抱着你。”

殷小姐面上的神情明显一松，接着却霞飞双颊，脖子都变得红彤彤的，捏起小拳头，使劲捶他胸口道:“难道人家生来就是让你轻薄的吗？”

权当她在给自己按摩，沈默收起脸上的嬉笑，用最男人的声音道:“我们好好说句话，行不？”

听到这话儿，殷小姐心尖一颤，停下动作，幽幽道:“你却又要哄骗我……”

“什么叫又骗你？”沈默委屈道，“别人都叫我铁齿铜牙金不换，诚实可靠小郎君，在我的字典里，就没有骗人两个字。”

他想逗她笑，殷小姐却笑不出来，她轻轻靠在沈默胸前，幽幽道:“那位吕小姐，官宦家的千金，确实比我这商贾之女要有吸引力。”

沈默登时叫起撞天屈道:“那事儿跟我一点关系都没有，我去各地查看抗倭情况，一直到还有两三天过年才回来。”

殷小姐两眼泪水迷蒙道，“你就那么忙？忙得整整一秋一冬都见不着人影？”

“因为回想起那段残酷的日子，所以我的心情无法平复。”沈默便将巡视过程中的见闻，捡些惊险刺激的讲给她听。他口才本来就好，又是亲身经历过，自然讲得绘声绘色，让殷小姐身临其境一般，时不时惊出一身冷汗，娇躯微微蜷起，不自觉地便与他紧紧贴在一块。

沈默最后还很诚恳地道歉道：“这是我的不对，我原本以为，将浙江转一圈，用不了一两个月。谁知道倭寇那么嚣张，战局那么胶着，仅在台州一个地方，就用了整整一个月的时间，所以一直到年底才完成。”

殷小姐早被那些英雄事迹感动，两眼通红地摇头道：“国破则家亡，国泰则家兴，你做得对，我不怪你了。”

见伊人心结解开，沈默笑道：“当初听说你皈依佛门了，我差点出家当了和尚。”

“为什么要当和尚？”殷小姐奇怪问道。

“和尚配尼姑，光头对光头。”沈默嘿嘿笑道，“这样才配嘛。”

想起当时的情形，殷小姐便恨得拧沈默一把，道：“若不是我爹年前病得厉害，人家早就寻一处尼姑庵，斩却这三千烦恼丝，让你永远找不到了。”

半年多来的忧愁烦恼一朝而去，她直想趴在这个温暖舒适的怀抱里，好生睡上一觉。

一股冲动不可遏止，沈默便往她唇上吻去。

四唇相触的一瞬间，仿佛电流通过全身，两人同时闭上眼睛，保持着嘴对嘴的姿势，很长时间动也不动一下。

这不成功的初吻既不甜蜜也不香艳，只让未经人事的少女心跳过速，满心慌张，脑海中存着一丝清明，让她知道这样是不行的，便嘤咛一声偏过脸去，伏在沈默怀里平复下怦怦乱跳的芳心。

过了好一会儿，殷小姐感觉脸上不那么烫了，便小声道：“时候不早了，我得回去嘱咐一声，不让她们乱嚼舌根。”

“那好吧。”沈默终于依依不舍地松开双手。

见天色不早，两人约定了联系方式，便从相反方向走了。

而这时，北京的消息也终于传到浙江，赵文华对胡宗宪一脸无奈道：“看来你只能先在巡抚任上将就一阵子了，李默方兴未艾，我义父也无法撼动。”

胡宗宪面色平静，起身道：“大人，倭寇复攻我宁波、台州一线，战事吃紧，下官要去前线坐镇了。”

赵文华点点头，轻声道：“我知道了，梅林兄你放心去吧。”

离了卢园之后，胡宗宪还得去找沈默，让他帮着协调征调俍土兵出战的事情。坐在轿子里，胡中丞轻声笑骂道：“巡抚出兵，还得先请示巡按，这他娘的算哪门子事。”

沈默现在俨然成了俍土兵与朝廷打交道的代理人，也不知道他有什么魔力，竟然把那些难以沟通的俍土兵，收拾得服服帖帖，唯他的马首是瞻。胡宗宪几次想要绕过沈默，直接和那些个头人沟通，却灰头土脸碰了一鼻子灰，只好每次调兵，乖乖先与沈默谈。

沈默早已回到了驿馆里，他最近比较烦恼，苦于寻不到幽雅僻静的读书之处，胡宗宪便来了。

“驿馆里南来北往，太过吵闹，有时候半夜里还不安生。”沈默叹口气道，“实在逼得没法，请中丞大人帮忙，看看能不能在西溪找个安静的地方，让我暂住数月？”

“当然没问题。”胡宗宪痛快答应道，“衙门里有一座别墅，是给本官避暑用的，看今年倭寇的来势，我也用不着了，正好给你住吧。”

沈默笑道：“在下却之不恭了。”

胡宗宪哈哈笑道：“你我兄弟何分彼此。”说完突然压低声音道，“告诉你个好消息，我找到王直的老母和亲生儿子了。”

沈默吃惊地“咦”一声道：“难道还在国内吗？”在他看来，王老板已经在日本划地称王，俨然小小诸侯了，自然该把家眷接过去享福才是。

胡宗宪点头笑道：“王直的母亲年纪大了，一来禁不起海上颠簸，二来故土难舍，所以一直隐姓埋名，生活在王直母亲的原籍，徽州休宁的一个小山村里。”

“中丞大人是怎么找到的呢？”沈默好奇问道。

胡宗宪笑道：“说来也巧，我是徽州绩溪人，与那倭酋王直的家乡歙县是邻县，寒家是当地的大姓，开枝散叶许多代，在歙县也有大量宗亲。今年过年后不久，便有家里族长来信，说有族人看见一个青年，在年三十晚上拜祭了王直

家的祖坟，悄悄跟踪便发现了他们一家数口隐居的村庄。”说着不无得意地笑道，“我得报后，立即通知了锦衣卫，迅速将其抓捕归案，就在昨天夜里，已经秘密押解进杭州城了。”

这么大的事情，这家伙竟然一个字也不事先透露，可见其心机多么深沉，可见这个盟友有多么不靠谱。沈默强压住内心的寒意道：“大人真是好手段啊。”

胡宗宪也有些不好意思道：“不是有意瞒着你的，而是锦衣卫的人说，这种事情越少人知道越好，万一走漏了风声，可就再也别想抓到人了。”说着呵呵笑道，“这不人一到杭州，就第一个通知你了吗。”

沈默点头笑笑道：“不知大人准备怎么用这颗棋子？”

“棋子？我觉着应该是筹码，王直的老娘、老婆，还有儿子。这些都是本官的筹码。”胡宗宪呵呵笑道，“我的法子很简单，让他来跟我谈判。答应了我就善待，不答应，就别怪我不客气了。”

沈默却不觉着事情会这么简单，王直何许人也？纵横江湖几十年，经历了多少尔虞我诈、生死考验？这种人肯定把自己的命看得比一切都重要，怎会顾及别人的死活？哪怕是自己的亲娘亲儿。

但他也觉着接触就比不接触强，只有接触了，才会有无限可能，所以他决定支持胡宗宪这样去做。他便道：“既然是谈判，那就得先释放诚意，所以得现在就善待他的家眷，这样才能在谈判中保持主动。”

胡宗宪点头道：“好，我回去就命令，把他们从牢里放出来，再找一套宅子秘密软禁，好吃好喝好伺候着吧。”

沈默笑道：“重要的是，怎么见到王直，把我们的善意传达给他呢？”王直常年住在日本岛，要想联系上他，实在是很困难，找人带话或者写信又怕效果不好，所以苦思冥想之后，胡宗宪决定派使者亲自走一趟。

使者的任务很简单，只要找到王直，把胡宗宪的意思传递给他即可。但这基本上应该是一个不可能完成的任务……海上风高浪急，日本又兵荒马乱，乱国林立，双方语言不通，想要找到一个倭寇头子，无异于大海捞针，恐怕没人敢接这个差事。

“重赏之下必有勇夫。”胡宗宪一拍桌面，沉声道，“总有勇夫的。”

第九章
谁人敢为天下先

胡宗宪果然豪爽，当天下午便有管家前来驿馆听命，知会沈默随时可以住过去。

次日沈默便吩咐起行，此时已维二月，天气转暖。

一路贪看风景，也不知行了多久，忽抬头看见前面一带粉垣，里面数楹修舍，有千百竿翠竹遮映，沈默不禁赞道:“好去处。”

自此沈默便在这里住下，起居饮食皆不用操心，只管收摄心神，刻苦读书，不几日便找回了昔日专心一致的感觉，于是通宵达旦、废寝忘食地用功，半日作文，半日看书，夜里还要翻开沈老爷和唐师叔给的程墨心得，用心揣测。

时间忽忽然过去，外面草长莺飞，也无法让他分神。直到一日，做诗经题“蒹葭苍苍，白露为霜”时，突然想到有位伊人，还在水一方，不由狠狠一拍大腿道:“险些忘了大事。”便唤了铁柱进来，命他给殷小姐送封口信去。

殷小姐也有她的矜持，自从那次梅园相会之后，便不再露面，沈默约她去踏青也不肯。沈默知道这是因为两人的姻缘起于情非得已，所以她生怕被自己看轻了。既然了解了伊人的心事，他自然不能坐视不理，便想要宽慰她一下。

沈默看到窗外的荷叶已经翠挺，便亲手折一枝，出一个上联道："因荷而得藕"。又让人从院中摘下一篮新鲜杏子，用那青翠的荷叶盖上，给殷小姐送去……他相信以殷小姐的灵气，肯定会明白自己意思的。

却说殷小姐拿到那篮盖着荷叶的杏子，再看看那句废话一般的"因荷而得藕"，便明白"荷"是"何"，"藕"是"偶"……所以其实是"因何而得偶？"是情郎在问"咱俩是怎么在一起的呢？"

再看看那篮子诱人的杏子，一句下联自然浮上眼前"有杏不须梅"，冰雪聪明的殷小姐，马上明白了情郎的意思，是命运把咱们连在一起，才不需要媒人的牵线……"有幸不须媒"。

"因荷而得藕？有杏不须梅。"反复品味着这两句话的意思，殷小姐的芳心越觉温暖，情郎如此善解人意，温柔体贴，得夫如此，今生何求？她是越想脸越红，恨不得插上翅膀飞到他那里去，向他诉说自己的爱慕之情。

但风一吹，她又清醒过来，看看墙上的皇历，发现距离科试还有不到一个月的时间，此时寸金难买寸光阴，又怎能去分散情郎的精力，浪费他的时间呢？便让丫鬟给沈默送去四句道："君问佳期已有期，学海无涯争朝夕；何当共剪西窗烛，却话金榜题名时。"意思是，我知道你的心了，你就好生用功吧，等考完试咱们再说。

沈默看了殷小姐的信，便不再约她出来，更加用功读书了。到了四月里，王、唐、瞿、薛，以及诸大家之文，历科程墨，各省宗师考卷，肚里记得数千篇，感觉可以下笔如有神了，便命手下简单收拾些行装，准备回绍兴参加科试……并不是所有生员都可以参加乡试，须得先在学里考过，绩优者方能录科……也就是获得考举人的资格。

这时候，沈京却来告辞，并告诉他一个令人震惊的决断。

"什么？你要去日本，找王直？"当沈京终于说出目的，沈默却惊得从座位上蹦起来道，"你是不是在说醉话？"

"当然没有。"沈京面色平静，一点没有喝醉的迹象，"我已经通过胡中丞的审查，将与另外两人出使日本，寻找王直。"

“你可知道，胡宗宪已经派出过两拨人？”沈默阴着脸问道。

“知道。”沈京点点头，轻声道，“第一拨遇到倭寇死了，第二拨遇到台风死了。”

“那你还去？”沈默苦笑道，“难不成是为了好玩？”

沈京却道：“难道在你沈拙言的眼里，我沈高陵就是个只知道玩乐的纨绔公子吗？”

沈默呆住了，张张嘴想说什么，却见沈京扶着桌子支起身子道：“你沈拙言十六岁连中小三元，十七岁已经官拜浙江巡按监军道；他姚长子十七岁当百户，一年里连立战功，年底就能胜任千户官，你们一文一武，龙精虎猛，难道我沈高陵就得一辈子混吃等死，碌碌无为？”

七八个星天外，两三点雨山前，湖心小店轩窗边，高陵语惊拙言。

沈京一阵激动的慷慨陈词之后，沈默又张张嘴，想说点儿什么，却又被他打断，高声道：“我知道你要说什么，无怪乎危险啊，回不来了怎么办啊？”重重捶一下桌面，把杯盘都震了起来，沈京大声道：“可我不在乎，因为我没有你读书的本事，也没有长子打仗的本事，我要想出人头地，活出个人样来，就只有富贵险中求，就只有置之死地而后生！”

沈默苦笑一声，想要说话，却被他再次打断道：“我知道你要说什么，你要说我去国子监镀层金，回来也一样当官。但你扪心自问，你瞧得起这样的官吗？你听说这样出身的官员，当过比县令还大的官吗？”

沈默再要张嘴，沈京又要堵他道：“你……”却被沈默先狠狠地一捶桌子，发出“咚”的一声大响，把杯盘都震落到地上，用比沈京还大的嗓门道：“你他娘还让人说话吗！”

铁柱和侍卫们驱散了围观的众人，给斗鸡般的两兄弟创造足够的空间。

沈京瞪着眼道：“你饱汉子不知饿汉子饥，你凭什么说我？”

沈默一边揉着右手，一边怒道：“我他娘的说不让你去了吗？就你这熊样还去见王直，恐怕没见着就得挺尸！”

沈京这才声音转小道：“只要别劝我，别把我绑去见我爹，你说什么都行，打我都可以。”

“我还怕打坏了手没法考试呢。”沈默骂一声，坐下道，“你给我坐下。”沈京乖乖坐下。

“拿纸笔。”沈默吩咐道，铁柱赶紧去拿纸拿笔，摆在桌上。沈默提起笔画个十字，把一张白纸分成上下左右四等份道：“把你觉着去的好处写在左上角，坏处写在右上角，自己的优势写在左下角，劣势写在右下角，想到多少写多少。”

沈京见沈默没有一口说死，便提起笔，抓耳挠腮写起来。

沈默又吩咐铁柱道：“给我找点红花油，手肿了。”

沈京歉意道：“可别影响了考试啊。”

沈默没好气道：“考不上就和你一块去日本。”

“那敢情好。”沈京呵呵笑道，“有你去肯定是马到成功。”

过了一刻钟时间，沈京写完了，沈默拿过来一看，便见好处一栏写着，“胡中丞允诺，事成之后，巡抚衙门的七品官任我挑选。到时候就算不是科场出身，也没人敢笑话我什么。”果然是胡宗宪的风格，出手大方，一下就把人砸晕了。

再看坏处一栏，写着“最多是个死。”沈默骂道，“你倒是看得开。”

沈京嘿嘿笑道：“别说现在兵荒马乱，就是太平光景，也可能被烧死淹死病死。”说着正色道，“甭管你是帝王将相，早晚都得有那彻底解脱的一天，所以我觉着死是最不可怕的。”

“歪理。”沈默骂一句，看下面的优点栏写道，“伶牙俐齿，随机应变，胆大心细，长相讨喜。”

“牵强附会。”沈默骂道，再看缺点那栏空着，奇怪道，“怎么回事？怎么没有呢？”

“没有就是没有，”沈京翻翻白眼道，“难道要我胡编乱造吗？”

沈默服气了，笑道：“就脸皮厚度来说，我不如你。”

“伯仲之间吧。”沈京谦虚道，说着嘿嘿笑道，“现在你该答应我让我去了吧？”

沈默不置可否道：“胡宗宪是口头答应你的，还是立的字据？”

沈京得意笑道：“当然是空口无凭，立字为据了。不过我不看重这个，你想啊，结个亲事还得三媒六聘，折腾好几回呢。谈判这种事儿，他肯定不会一次成功吧？所以肯定得继续用我，还怕他食言吗？”

沈默不得不承认，沈京的心眼确实很够使，也不担心他会吃亏了。便又道：“安全呢，如何保证？前两拨人可还没见到王直，就死的死，亡的亡了。”

“这你就更不用担心了。”沈京压低声音道，“我有秘籍啊。跟你从头说起，我学里有个同窗，叫蒋洲的，乃是宁波府奉化县人，家里是当地的豪族，现在他家出事了，他便找到我，想让我帮他通融一下。”

沈默大为奇怪道：“人家既然是豪族，出了事该去找官府通融，却来求你做甚？”

沈京脸一红道：“是这么回事，虽然我这人平时很低调，从不炫耀，可他不知从哪里得着消息，知道我是你的堂兄，便想求你这位浙江巡按通融则个。”

沈默沉声问道：“蒋家犯了什么事？”

“通倭。”沈京小声道，“你也知道，现在谁挨着这个罪名，就是满门抄斩，所以他家原先的关系都避而远之了，这家伙病急乱投医，便找到我头上来了。”

沈默却知道，这可不是什么“病急乱投医”，一定是有人指点过那蒋洲，告诉他巡按御史有过问任何案件，要求重新审理，甚至亲自审理的权力，再加上他和胡宗宪的那层关系，确实是个合适的救星。但这种事他却绝对不能答应……当初打击通倭豪门可是他的建议，若是自己打自己嘴巴，自取其辱不说，这平白让胡宗宪抓住把柄。

看到他眉头微蹙，沈京笑道：“放心吧，我岂是那种给兄弟惹祸的蠢物？”说着十分得意道，“我不过是从这个大麻烦中，看到了机遇，而且还不会给你惹祸。”

“哦，说来听听。”沈默郑重点头道。

“这个蒋洲我是了解的，他会说日语，而且对日本的风土人情也十分熟悉，讲起海上的事情来更是头头是道。”沈京自信道，“我推测他就算没去过日本，也曾经长期参与过与日本人的贸易。

“我就琢磨着，通过这么个有经验、有关系、有门道的家伙去日本找王直，肯定比咱们自个无头苍蝇似的乱跑要安全可靠得多。”沈京踌躇满志道，“我就去巡抚衙门，直接要求见胡宗宪，看门的听说我可以找到王直，倒也没阻拦。顺利见到胡宗宪后，我便把计划一说，他大感兴趣，不用我开价，便给出了那个条件，他还说如果我能把这个别人都完不成的任务给完成了，就说明我能力非凡，现在东南正是用人之际，以后肯定会大有前途的。”

沈默详细问过了每一个细节，并把自己知道的一切，事无巨细地告诉沈京……

“首先这个人，是当世最大的海商。”沈默轻声道，“根据估算，他每年的贸易额度，要比浙江的税收总额还要高，绝对的富可敌国。”

“其次这个人，是当世最大的倭寇头目。”沈默沉声道，“他有两万多嫡系部队，受他控制和影响的倭寇人数多达五万余人，所有倭寇皆以他为领袖，所有不顺从他的，下场都十分悲惨。”

“再次这个人，乃是一方诸侯，他在日本九州南部，僭号宋，自称曰‘徽王’，控制要害，割据三十六岛之夷地。”沈默淡淡道，“他实际占领并控制了这些地区和居民，当地日本人皆以为其服务为福分。”

沈京听得目眩神迷道：“照你这么说，这王直就不能算是狗汉奸了。”

沈默沉声道：“他确实不能算是汉奸，因为不是他投靠了日本人，而是日本人投靠了他。”

沈京咋舌道：“那些日本人就任其侵占国土，称王称霸？”

“那是一个信奉强者为尊的国度。”沈默目光复杂道，“他们人口有限，又处在四分五裂的时代，一个大一些的诸侯国，手下也不过万把人。而王直的嫡系部队，就已经两万人，且都配备有最新型的火枪，再加上他所占领地区民风彪悍，都十分拥护他，就算他想横扫诸侯，独占九州岛，也是做得到的。”

“那他为什么不把日本打下来？自己称王称霸算了。”沈京觉着自己开始崇拜那位王老板了。

“他不会那么做的。”沈默摇头道，“我说过，首先他是个海商，日本对于他来说，是最重要的贸易市场，他已经完全垄断了这个市场，与日本的诸侯形成了最恰当的关系。只要他没有疯，就会不遗余力地维护这种局面，而不是破坏它。”

“让你这样一说，我都觉着他是民族英雄了。”沈京难以置信道。

“他罪不容诛。”沈默淡淡道，“我说过，他是倭寇的大头目。所有倭寇的罪恶，都可以加之于他的头上，算什么狗屁英雄？”

“那到底是什么意思？”沈京作揖道，“我的沈大人，您就直说吧，兄弟我念书不好就是因为理解能力有限，还是请您直说吧。”

沈默沉声道：“我真没法直说，因为我也不知道他到底是什么样的人。我只能把他的复杂背景提供给你。你一路上用心琢磨着，能想明白一分，见到他就会多一分把握。”说着笑笑道，“其实我知道的情况，也不过是一些皮毛。还要拜托你一路上仔细观察，最好能记下所见所闻，说不定就可以找出答案来。”

“这我晓得，”沈京点头道，“知己知彼，百战不殆。”

“就是这个意思。”沈默笑道，“只有把这个人彻底弄明白了，我们才能找到东南问题的正解……”心中默默道，“说不定也是大明命运的正解。”

斗转星移，东方微露鱼肚白。一夜的深谈之后，沈家两兄弟的脸上，却仍不见丝毫的疲惫之色。沈默已经把要交代的都说完了，铁柱端上小笼包、稀饭，几样简单的早点。

两人便开始默不作声地吃饭，过了好久，沈默才低声问道:“那个蒋洲没问题？”

“胡部堂已经向他许诺，谈判成功之日，便将他家的事情一笔勾销，不再追究。”沈京笑道，“现在全家都在官府手里，他只能合作。”

“就你们两个去吗？”

“还有胡部堂的亲卫，千户陈可愿，他主要是监视、保护我们的，真正要谈还得我俩为主。”沈京热切地望着沈默道，“这下您老人家该放心了吧？”

沈默定定地望着沈京，缓缓道:“我再给你找个保镖吧。”便提起毛笔，蘸墨写一封信道:“你知道长子的长官吧？”

“俞大猷俞总戎。”沈京点头道，“据说他是绝世高手，一手‘荆楚长剑’横扫嵩山少林，无人能敌，等闲几十人近不得身。”说着便激动道，“你不会要让他给我当保镖吧……”

“做梦去吧，”沈默笑骂一声道，“人家俞总兵是二品武将，我一个小巡按能调动了？”见沈京塌下脸来，沈默眨眨眼道，“别灰心，我给你找个更厉害的。”

“天下还有更厉害的高手吗？”沈京不信道。

“有，他师父。”沈默很肯定道，“荆楚剑客李良钦，现就在俞大猷那里，我给俞总兵写封信，他一准把师傅给送过来。”前些天俞大猷来杭州，去西溪看过沈默，提起过他那武功高强、充满正义感的师傅到了自己营中，要为抗倭出一把力。但现代的军队中需要的是运筹帷幄的将领，令行禁止的士兵。至于武林高手吗，还没什么用处。

俞大猷正为如何安置师傅发愁，所以沈默不怕他不答应。

“真的？”沈京激动道，“那可太好了，这样我更有把握活着回来了。”

“不管怎样，一定要活着回来。”沈默深深望着他道，“答应我。”

沈京挠挠头，哈哈大笑道："放心吧，算命的说我能活到八十八，日子还长着呢。"

离开酒楼到了码头，乘船回到对岸，两人便分道扬镳，今日一别，不知何时才能再见。

好男儿志在四方，男人们注定就是要分离的，但只要抬头仰望，就一定会想起同一片蓝天下，有那肝胆相照的兄弟，也在同样记挂着自己……

两天后，沈默回到绍兴城，在家里安心读书，等待科考。科考是乡试的选考试，一般从四月到五月，由一省提学官分别赴各府学中，集结学宫中的在籍生员，进行考试。成绩分三等，其一二等及三等前十名，共一百名考生准应乡试。

除此之外，还可通过另外两次考试取得乡试资格，一次叫"录科"，另一次叫"录遗"。所谓录科，即科考落榜，因故未参加科考者，以及籍贯是绍兴的监生、荫生、官生、贡生，这些人虽然在国子监受教育，但还是要回原籍应举。又因为学籍不在本地学宫，所以不参加科试，便需于六七月份参加录科，取得前五十名，方能送考。

如果你经过录科考试，仍未能取得乡试资格，或因故错过录科考试，那么也不要慌，大明朝完善的科举制度，会马上再给一次机会，这就是"录遗"。如果在这次考试中，考到前三十名，那么就可以被送考了……如果这次还考不中也不要紧，大不了三年后从头再来。

但也不是非经过这些考试，才能参加乡试。按规定，还有四种情况可以保送……府县学的学官，准由学政直接送考；在国子监肄业的贡生和监生，由本监官直接送考；正印官胞兄、弟、子、侄中随官员在任读书的贡生、监生，准许本官申送参考；学官、州县佐贰也可由本任地方官申送参考。

经过这三次考试加上若干保送名额，最终整个绍兴府会有二百余人，可以九月去杭州，参加今年的乙卯乡试。

从这次考试开始，考官便全部出大题，完全考察考生对经义和八股的掌握，所以许多年长的考生纷纷脱颖而出，而许多在生员考试中优秀者，反倒可能成绩不佳，甚至直接被淘汰掉。

而且和举人考进士不同，考中秀才后，不能隔年就考举人。按照规定，得在学校读上两三年，过了两次岁试才能考。所以说科举考试优点很多，其最大的优点就是折磨人，仅凭这连续数年、侧重点不同的十数次考试，便足以让考生动心忍性，增益其所不能了。

但那都是对一般人来说的，对于不一般的人，总是有破例的机会。比如沈默虽然去岁才中秀才，可他今年就参加科考了，因为他是小三元。比如说陶虞臣，他也来参加科考了，因为他师兄是浙江提学。比如说，孙鑨、孙铤兄弟也来了，因为他们家里太有关系了。

再比如说，陈寿年就没来，因为他既不是小三元，也没有个当提学的师兄，家里更没有出过一摞子尚书……所以他就得再上三年学，才有资格参加科考。

嘉靖三十四年五月初三，是绍兴科考的日子。这次考试虽只是府县学的考生参加，但经年累月积攒下来的考生，数量也是极为庞大的，所以仍不能掉以轻心。

为了避免亲朋骚扰，沈默初二便搬到了亲卫驻扎的场院里。初三天不亮起来，吃过早餐，他便让铁柱备车，静悄悄地出门。

到了投醪河畔，依旧是密密匝匝地挤满了车船，好在沈默经验丰富，留够了时间，便下车徒步走过去，却比上次从容许多。

等到亮出考牌，进了学宫前街，四周仍然是熙熙攘攘……一个府学加上八个县学，也有三千多考生，虽不及府试时拥挤，却也好不到哪里去。

费了好大劲儿，沈默才找到府学的灯笼，在沈安的冲锋陷阵下，好容易挤过去，这才到了绍兴府学的队伍边缘。

见沈安一个劲儿地往里挤，有府学生不乐意了，拉住他道："瞎挤什么呀？我们这是绍兴府学的。"

沈安挣脱他的手道："当然知道是绍兴府学的，我家少爷进的就是绍兴府学。"那些考生便纷纷望向沈默，却见他十分陌生……每月都有数次大课小课，同学的生员或多或少都有印象。但沈默同学自从入学那天起，便被唐知府带去单独培养，然后又长期休学在外，而和他同年的大多没有机会参加这次科考，是以这些同学并不认识他。

感受到众人投来的怀疑目光，沈默尴尬地笑道："诸位师兄有礼了，小弟沈默见过诸位师兄。"便朝众人拱拱手。

喧闹的绍兴府学队中，登时安静下来，众考生倒吸着冷气，纷纷回过头来，瞪大眼睛打量着沈默，直到一个惫懒的声音道："我说诸位，你们整天恨不能一

见的沈大人来了，怎么反倒成木头了？”

众人一听是沈大才子最好的朋友，徐大才子说的这话，知道这下错不了了，赶紧齐刷刷都一起朝沈默行礼，口中高呼：“学生拜见大人。”沈默赶紧扶住道：“使不得、使不得，今日拙言只是府学生员，诸位师兄切莫折煞。”

他在这里低调谦逊，众人却群情高涨，把他众星拱月般簇拥起来，纷纷激动问道：“您真的是去年的小三元，沈大才子？”

正在沈默疲于招架，苦不堪言之际，一声清脆的锣响，紧接着便有人高声道：“开始点名，不准喧哗！”考生们这才放过他，各自排队站好。

沈默这才解脱出来，与徐渭并肩站一起，低声骂道：“你这家伙，不知道解围，还在那儿架秧子，实在是不当人子。”说着咬牙切齿道，“待会要是考砸了，看我怎么收拾你。”

徐渭见他快要抓狂了，赶紧安慰几句。

点名入场，一切顺利。沈默坐了个好位置，便等着发卷考试。科考毕竟只是预备考试，没有那么多的繁文缛节，只考一整天，三篇大题，试题很正，一点也不难。

考试未结束，提学便在那抓紧阅卷。由于考生人数较多，又是他一个人阅卷，虽然提学大人是一甲进士出身，乃是写作八股文的高手，但同时看这么多篇文字，也难免会头昏眼花腿抽筋，所以给予每份考卷的关注，也不过是短短十几秒，看看开头几句，感觉没意思便不取。

只有看到耳熟能详的名字，或特别好的文章，他才会多看一会儿。所以说这种时候，名人、熟人的卷子就十分占便宜了……糊名誊写这些手段，成本太高，只有乡试才开始使用，所以提学大人能看到考生的姓名。

当看到一份龙飞凤舞的卷面时，提学大人一看这字太漂亮了，不由眼前一亮，仿佛久旱逢甘霖一般，赶紧看看考生的名字，一看是“山阴徐渭”，如雷贯耳。提学大人便将徐渭的卷子，用心用意看了一遍，心里不喜道：“这样的文字，都说的是些什么话！怪不得连个举人都考不中。”

便丢过一边不看了。

等看到许多，又见一份清新的卷面，一看那词真意老的文字，他心中便笑道：“师弟功力大进，这次拔个案首却不亏心了。”

想到这，提学大人便取笔在陶虞臣的卷子上细细圈点，卷面上加了三圈，即填了第一名。

搁下陶虞臣的卷子，提学大人又想道：“那徐文长是一时名士，若不取他，怕是有人要非议我，不如把他低低的取了，让乡试官心烦去吧。”便把徐渭的卷子重新找出来，从头至尾又看了一遍，便品出了一些滋味。

待再看第三遍后，提学大人不由叹息道：“这样的文字，连我看一两遍也不能解，直到三遍之后，才晓是天地间之至文。真乃字字珠玑！可见才子之名不虚，却比虞臣的才气要强上许多！”只好对陶虞臣说声抱歉，将他卷子上的一字下再加一横，变做了第二名。反取了徐渭为案首。

看完徐渭这篇，再看别的便感觉索然无味，愈发觉着徐渭的文章令人回味无穷，提学大人心道：“徐文长的文章远胜王鳌，却一直科场潦倒，可见这世上糊涂考官，不知屈煞了多少英才啊。”

感叹一阵才打起精神，继续阅卷。等到掌灯时分，提学大人已经头晕眼花了，便准备再咬牙看几份就吃饭，余下的明日再阅。谁知看到其中一份，提学大人不禁浑身一震，连吃饭都忘却了，捧在灯下反复读了几遍，但见那作者并不刻意为文，其制作无奇谲之态，无藻缋之色，无柔曼之容，无豪宕之气，却庄雅冲夷，真醇正大。

这样的文章读起来，不像一般八股文那样空洞无物，不知所云。而是让人明明白白、清清楚楚。读之为其击节叫好，令人默然深思。提学大人是明白人，知道一般士子写不出这样的文章。

因为八股文毕竟是议论文的一种，所求所问皆是与治国大道有关。而书生们两耳不闻窗外事，一心只读圣贤书。只知道人云亦云，哪里有自己的见解？写出来的文章未免也只是拾人牙慧，毫无新意，令考官昏昏欲睡。

不过历来考官也不强求，因为写出这样的文章，需要有宏邃之养，深远之识，剸割之才，笃实之学。即是说思维、才气、学识、经验、眼光、气度，都要达到很高的程度。遑论一般的士子，就是他们这些翰林出身、为官多年的老前辈，也达不到这个程度。

但这位考生就达到了。

提学大人反复翻阅这份试卷，不停地重复说一句话：“救时宰相！救时宰相！”将那份卷子读了不知道多少遍，连饭都忘了吃，仍在感慨其中的道理。

里边的官员等了又等，让下人把餐饭热了又热，始终不见提学大人进来吃

饭。终于忍不住出去催请，提学大人捻须道：“吾饱矣，吾醉矣，无须酒食。”下官奇怪道：“大人尚未用饭，怎饱了矣？”

提学大人哈哈笑道：“读此妙文，如食膠馔；读此高论。如饮琼浆，怎能不饱不醉呢？”

“不知是哪位高贤的文章？”官员们好奇问道。

提学大人亮出那试卷边角上的名字，众人便见“会稽沈默”四个字，纷纷点头道：“小三元就是小三元啊。”

翌日放榜，魁首处赫然是沈默的名字，徐渭被取了第二，陶虞臣的名次上，又被加了一横，成为了第三名……若是知道其中的原委，不知陶虞臣会不会哭笑不得。不过以他宽广的胸怀来看，大抵应该不会吧。

至于那孙氏兄弟，分别取了第四和第六，第五名却被吴兑占据了。

前两等加上三等前十名，进去谢了宗师，提学大人自然温勉有加，让众生好生用功，准备数月后的乡试。

待出去后，沈默奇怪道：“怎么没有看到诸兄？”他说的是诸大绶，那位久负盛名的才子。

陶虞臣笑道：“师兄有所不知，诸学长之父乃是处州知府，是以直接送考。”

边上的吴兑呵呵笑道：“那诸大绶有状元之才，可是拙言你乡试的大敌哦。”

沈默摇摇头，无所谓地笑笑道：“名次不重要，中了才重要。”便问那陶虞臣道，“还一季便乡试了，你还要去岳麓书院吗？”

陶虞臣笑道：“不去了，我想赴几个文会，听几次名师讲解，多交流一下是正事。”

“不如跟我去杭州吧，”沈默笑道，“毕竟是省城，文会和名师都比绍兴多不少。”

“那敢情好。”陶虞臣欢喜道，“前日师兄还邀我去杭州，我只怕相熟的同年太少，不得真心交流，便没有答应。”

他话音未落，便听身后有人笑道：“可见此事，人越多越好。”回头一看，乃是孙鑨、孙铤两兄弟。

沈默高兴道：“自然是好的。”便对吴兑道，“学长不妨也去。”吴兑笑道：“恭敬不如从命喽。”

第十章
君子同道即为朋

两天后，沈默、徐渭、诸大绶、陶虞臣、吴兑、孙鑨、孙铤，七人登上了去杭州的客船。

客船一到了杭州城，便有五辆马车、一百多巡抚衙门的兵丁在码头等候，一个带队的千户率众人向沈默行礼道：“大人，末将胡中丞属下千户胡全，奉命听从大人调遣。”

这下把沈默弄得……老有面子了，笑眯眯道：“快起来吧，胡中丞太客气了。”笑完了觉着自己太官僚了，便微笑道，“留两辆车就行了，其余的都回去吧，不要劳师动众。”

那胡全却高声道：“来前胡中丞有交代，说大人与众位相公都是大才，还是排场些，以旌扬朝廷对读书人的优渥，让杭州能多出几个读书人。”

都这样说了，众人也不好推辞，便上车往西溪去了。

从次日起，一座环境优美的院子，变成了七位俊彦的学堂，上午他们会轮流讲述考试心得，或是对前一日每人的习文进行点评；下午他们或是结伴出去，参加杭州当地的文会，听学里的名师讲课，或是在没有文会的时候，由沈默或诸大绶，这两位公认的高手出题目，大家作文，然后晚上点评。

虽然日程排得满满当当，但一帮年轻人凑在一起，本身就是件很快乐的事，所以没人觉着枯燥。反倒因为全是高手，互相之间相互较劲，谁都不愿被别人落下太远，而一个个干劲十足，都觉着有了长足的进步。

自从六月开始，七人便在文会中连连夺魁，甚至一举包揽前七名，都算不得什么新闻了，渐渐地，便有了“绍兴七子”的名头，且越传越响，闻名东南士林……名声大了，很多士子，尤其是将要乡试的士子，便纷纷向他们求教。

一时间，七人竟俨然有成为东南士林新锐旗帜之势。

时间如白驹过隙，转眼到了七月下，还有不到半个月，便该秋闱了。

各府的士子纷纷拥入杭州，省城内的客栈旅店，纷纷涨价几倍，却仍然无论近远贵贱，一概爆满。就这样，还有许多考生要借宿在民居内，当然价钱只贵不贱。

这时候走在街上，满眼都是戴方巾、穿直裰的读书人，要是不会说官话，话里不带“之乎者也”，你都不好意思开口说话。

这时候举行的文会，规模自然大了很多，也有一些曾经取得极高名次的老前辈，会应巡抚、提学之邀，来登台授课，听课士子竟达千人之多，蔚为壮观。

当然这不是讲什么微言大义的时候，这种文会实际上是那些过来人，向考生传授经验的场所。从该如何准备赴考，到应试时的心得经验，都是深受考生欢迎的话题。

关于考试内容的讨论，自然是文会的重中之重。其考试持续九天，共分三场，每场三天。其中八月初九第一场，十二第二场，十五第三场。

第一场试《四书》义三道，每道二百字以上。《五经》义四道，每道三百字以上。要是答不完，允许各减一道，但也别指望会有好名次了。

第二场试论一道，三百字以上。判语五条，诰、表、内、科一道。

第三场试经、史、策五道，三百字以上。未能者，许减二道。

很显然，第一场四书五经，是为了测试考生对儒家经典的熟悉及认识程度。第二场是为了考察生员判别是非，撰写各种公文行政的能力。第三场，是为了考察生员们在古今政事方面的见识。

这一套考试内容及规定，从洪武十七年复开科，便一直沿用至今。如果考官能严格对待三场的试卷，全面考察生员，无疑选拔出的举人，大都是有文化、有见识、有能力的行政人才。

做过几场文会，便到了乡试前夕，这时候考生们便需要为考试做些物质上的准备了。

前面讲过，乡试要考三场，每场都要考三天，而在这三天之内，考生中途不能走出号舍，所以考前的准备丝毫不能马虎，否则进去后遇到状况，哭都没地方哭去。

所以到了初六吃早饭的时候，老成点的吴兑终于忍不住道："我说几位兄弟，咱们是不是该采买物件，准备考试了？"

六人点头道："正该如此。"便七嘴八舌，议论该买什么，孙铤说："笔墨纸砚、字圈烛台肯定少不了。"

吴兑笑道："还要携带餐具、食品、门帘、号顶。"

"要门帘做甚？"陶虞臣奇怪道。

"没经验了吧？"徐渭哂笑道，"为了监考方便，那号舍是没有门的，整个朝南一面空空如也，不仅利于考官监考，也方便苍蝇、蚊子蜂拥而至。"看陶虞臣不禁打哆嗦，他嘿嘿笑道，"而且这个季节晴天烈日当空，雨天则大雨滂沱，你要是没有遮挡，保准得蚊叮虫咬、水深火热，怎么考试？"

诸大绶深有感触道："是啊，必须带门帘，而且得是油布的。"

陶虞臣便笑道："好吧，但带'号顶'做甚，难道那号房连个屋顶都没有吗？"

"有是有。"吴兑笑道，"可那号房年久失修，上雨旁风，架构绵络，经常是外面下大雨，里面下小雨，淋了人不打紧，湿了试卷怎么办？"

"可总不能带个屋顶进去吧？"话比较少的孙也忍不住道。

"咱们有福。"诸大绶笑道，"一百多年的乡试下来，什么问题都已经被前辈解决了……用一方油布，两头缝上竹棍，卷起来夹着便可入场。用时把油布展开，绣棍往墙上一撑，便是一个不漏雨的号顶。这玩意考具店里现在便有卖的，不过几十文钱而已。"

解决了"居"的问题，话题便很快引到"住"上。沈默问道："号舍到底有

多大？”

“蜂巢般大。”徐渭然笑道，“按说是宽三尺，深四尺，后墙高八尺，前沿高六尺，不过只有早年间的老号合乎标准。后来成化和正德年间两次扩建，承建的地方官均偷工减料，私自缩小尺寸，使本就小小的号舍，广不容席，檐齐于眉。诸位若是不幸入住这样的号舍，只能当成一次磨炼了。”

沈默几个从没进过贡院的，仅听听便感觉浑身酸痛，脖子发麻，不由浑身冷汗道：“那可怎么睡觉？”

“头朝北顶着墙，脚朝南伸出号房。”徐渭笑道，“好在是八月考，冻不着人。”

“我有个问题。”孙铤举手，“难道要搬床进去吗？那我可搬不动。”

诸大绶笑着接过话头道：“在号房里有两块光滑溜溜的硬木板，叫号板……给你们分说一下，进去也不至于手慌脚乱。在号舍的左右两边墙上，离地一尺五寸高和二尺五寸高的地方，分别留有一道砖缝，名叫‘上下砖托’。每块号板是一寸八分厚，正好可以插在砖托里。如果将两块号板都放在下面那一道砖托里面，合起来能够铺满号舍，就变成了一张床，铺上被褥便可在躺上去休息。若是不睡觉要答卷的话，就可以将靠外面的号板挪到上面的砖托上，便又变成桌椅了。两块木板而已，便可根据坐卧、写作、饮食等不同需要进行任意组合，实在是让人佩服。”

众人正说得热火朝天，铁柱从外面进来，伏在沈默耳边小声嘀咕几句，沈默嘴角挂起一丝微笑道：“我有点事情出去一趟，你们先列好清单，等我回来了一并出去采购。”

众人笑道：“速去速回。”

沈默道：“没问题。”便跟着铁柱出去，就见不远处的小桥边，停着那辆熟悉的油壁香车，边上还有辆蒙着油布的大车。

沈默登时感觉心情好了很多，便小跑着过去，三步并作两步窜到车厢里。

见沈默脸上汗津津的，殷小姐嗔怪道：“这么热的天，还要跑。”

沈默登时冤屈道：“我若是慢慢走，你又要怪我没诚意了，怪不得孔老师说……”

“唯女子与小人难养也？”殷小姐柳眉舒展，似笑非笑道。

沈默赶紧澄清道：“不是，是‘服不服，服哉服哉。’”

殷小姐笑道:“夫子何时说过这话?”

“雍也第六,”沈默笑道,“子曰:‘不?哉哉。’”

把殷小姐逗得笑出泪来,佯嗔道:“你这人,起初只当是个正人君子,到现在却越发显出本性来了。”

见沈默扮鬼脸,殷小姐只好转移他的注意力笑道:“先看看我带什么来了?”说着伸手往边上一指。

沈默的目光在她如玉般的小手上停留片刻,待殷小姐脸红了,才顺着她所指看去,便见一个精致的大木箱,不由笑道:“好漂亮的盒子。”

殷小姐笑眯眯道:“不妨打开看看。”

沈默仔细一看这个用料考究,背面还绘有一幅雅致的山水画的木箱子……其实说是橱子更合适,因为其正面分四层,其中三层是个大抽屉,中间一层还有两个小抽屉。在殷小姐的示意下,他按绷簧,打开最上面一层,发现整个抽屉便是一个大食盒。食盒里分了许多蜂巢似的格子,每个格子里各装着一样吃食,有月饼、蜜橙糕、桂圆肉、莲米、人参、酱瓜、生姜、板鸭等,琳琅满目,足够他吃好几天的。

沈默温柔地看着殷小姐,把她看得粉脸通红,甜甜笑道:“再看下面的吧。”

沈默又打开二层左边的小抽屉,发现里面装的是笔墨纸砚、字圈烛台,无一不是最好最贵的。再打开边上的小抽屉,乃是一抽屉药品,不由笑道:“我又不是去行医,带这么多药干什么?”

“当然有用了。”殷小姐如数家珍地介绍道,“这个是驱蚊虫的,抹上一点便没有蚊蝇骚扰;这个是风寒药,这个是退热药,这个是消炎药,也可以用来消化……都是见效最快,且不影响思维的。”

沈默笑道:“还有消化药?”

“三天时间饮食不周,又不活动,难免会消化不良。”殷小姐心疼道,“吃药总归是无奈之策,可千万别嫌麻烦,要吃些热食粥饭。”说着便拉开最下层的,只见同样分格,搁着个小炭炉,小铜锅,还有三个卷着的油布轴。殷小姐挨个指给他看道:“这一卷是门帘,这一卷是号顶,这一卷是装卷子的卷袋。”说着还有些歉意道,“其实家里还有个珍珠帘,肯定比油布帘透气透亮,但我觉着去考场还是朴素些好,以免成为笑谈。”

沈默大点其头道:“贤妻想得周全。”

殷小姐刚恢复正常的脸色，又一下子绯红起来，羞答答地捶他一下道："谁是你贤妻？"

沈默嘿嘿一笑，知道她还面薄，便不再继续逗她，拉开最后一个抽屉，一看是很普通的棉布料子，笑道："这是被褥喽？"说着伸手一摸，不由笑道，"用棉布做面的蚕丝被，这可能是独一份。"在盛唐时期宫廷里已开始使用蚕丝被，到了这时候，蚕丝被已在上流社会中得以流行，但价格极为昂贵，仅仅是达观贵人身份的象征……

殷小姐理所当然地点头道："反正在里面，谁也看不出来。"

除了这些考试必需的东西，那百宝箱里甚至还有茶壶、扇子、毛巾、棉布短衣等许多物件，事无巨细，井井有条。

待把里面的东西交代完了，殷小姐又道："据说入场前点名搜检，十分费时，四千多人需要从凌晨点到中午。所以我在考箱顶上加了个垫子，到时候你坐等点名，好节省体力。"

听完面面俱到、不厌其烦的解说，嗅着伊人发际的芬芳，沈默深深沉醉于柔情蜜意之中。转眼太阳便已经老高了，想起那几位还等着他，沈默苦笑连连道："我得回去了，那里还有几位同年，等着我上街采买用具呢。"

殷小姐理一理微乱的云鬓，掩口轻笑道："你们真是太粗心了，这时候许多考具已经脱销，却上哪里去买？"指一指窗外的大车，笑道："另有六套考具，都在车上了。"

沈默欢喜道："都是你亲手准备的？你可太伟大了，若菡。"

殷小姐白他一眼道："当然不是了，除了你这套，都是我叫人准备的。"

"那我这套呢？"沈默眨着眼睛问道。

殷小姐没好气道："你要是嫌我整理得不好，大可明日再给你准备一套。"

沈默嘿嘿一笑，伸手给她个熊抱，幸福笑道："我可捡到宝了。"殷小姐出人意料地反抱住他，在他耳边轻声道："照顾好自己的身体，考成什么样都不要紧，我爹爹不会为难你的。"

全心全意为你打算，同心同德为你考虑，这才是一个妻子最可贵的地方。除了珍惜，没有第二种正确的对待方式。

回到院子时已经快要中午了，一听到沈默进门的响动，众人便从各自屋里纷纷探出头来，面色怪异地望着他。

刚一进门却被孙铤和陶虞臣一左一右地拦住，两人不怀好意地笑道：“请问师兄，那油壁香车里是什么人？”

沈默佯怒道：“你们竟然跟踪我？”

“老实交代。”众人围着沈默，一起起哄道。

沈默整整衣襟，叹口气道：“你们先看看车上是什么？”

陶虞臣和孙铤掀开油布一看，便见六口考箱，整齐地码放在车上。两人随手拉开抽屉一看，不由惊喜连连道：“好齐全的考具！”一句话把几人全吸引过去，便如沈默当初，在啧啧称奇中，完全被折服了……有这么一套东西，考试时可就太省心了。

几位都是聪明人，知道这是来自沈默那一位的馈赠，所谓“吃人家的嘴短，拿人家的手短”，怎么好意思再盘问他？态度直接来了个大转弯，嘿嘿笑道：“多谢咱家弟妹了……”“多谢咱家嫂子啦……”

“不用客气。”沈默翻翻白眼道，“等秋闱一了，我们便要订婚，到时候你们自然知晓。”

“拭目以待。”六个意志不甚坚定的家伙笑道。

既然不用再出去，众人便省下时间。眼见不日便要考试，修养精神却比加紧看书更重要，可整日里忙忙碌碌，乍一闲下来，竟有些无所适从，想不起来该干点什么。

吴兑便提议道：“临近有个秋雪庵，景色宜人，不如我们去那里游玩。”

沈默突然道：“单耍多没意思，咱们相处多日，彼此性情投契，大是相见恨晚，不如带些祭品，去那里结个社吧。”

众人便问道：“诗社乎，文社乎？”此时东南结社成风，仅浙江境内，就有十几个较有影响力的社团，当然主要都是吟诗弄赋、附庸风雅的。

沈默摇头道：“值此国家危难，满目疮痍之际，诗词歌赋做得再好，于国于民有何益处？我等要结一个截然不同的社团，目的只有一个，群策群力，复兴大明。”

众人都是青年，一听沈默这话，哪个不心潮澎湃？

说做便做，沈默让铁柱速速去置办猪头羊头、五六坛绍兴酒和香烛纸札、鸡鸭案酒等物，又封了五两银子，叫沈安先送去秋雪庵，告知那里的住持，明日借宝地结社，要劳烦师父筹备。

这是件很神圣的事，众人便各自回去沐浴焚香，等到了次日梳洗完毕，一齐出门登上小船，径往那秋雪庵去了。

小船在西溪碧水上悠游，转过几个弯，便见湖中一渚，渚边四隅都是蒹葭，想必花时如雪。

掩映在浓密绿树间的芦庵，应是因此而得名。

那住持早就等在门口，将众人引入里边，在庵堂奉茶后，又请七人往后院“圆修堂”中，帮着打点牲礼停当，便退出去，任他们行礼。

众人也没有那么多繁文缛节，先是围成一圈，团团一躬，便在堂上依长幼站好。七个人里徐渭最长，其次吴兑，其次孙鑨，再次诸大绶，再次孙铤，又次陶虞臣，最幺的是沈默。

边点着祭盆，边由年纪最大的徐渭在熊熊火前，展开祭词，朗声念了起来。

只听徐渭朗声念道：

维大明国浙江绍兴府徐渭、吴兑、孙鑨、诸大绶、孙铤、陶虞臣、沈默等，是日沐手焚香请旨。伏为桃园义重，众心仰慕而敢效其风；管鲍情深，各姓追维而欲同其志。昔刘关张结义，为救汉室；管鲍交厚，为匡天下。而今大明王朝，风雨飘摇，内有奸党横行，外有俺答倭寇，生灵涂炭，百姓困顿。

我等书生忧国如焚，恨不能肝脑涂地，还大明朗朗乾坤。苦恨无刘关张盖世之勇，无管鲍兴天下之智。方今之计，唯有以吾等之合力，胜刘关张之勇毅；以吾等之齐心，胜管鲍之明智。

是以涓今嘉靖三十四年八月初六，营备猪羊牲礼，鸾驭金资，瑞叩坛，虔诚请祷，拜投昊天金阙玉皇上帝，五方值日功曹，本县城隍社令，过往一切神祇，仗此真香，普同鉴察。伏念涓等身虽贱鄙，心却忠诚，结此‘复兴之社’，期盟言之永固——

众人便一起沉声道：齐心戮力，兴我大明，济世救民，矢信矢忠，有始有卒，如或渝此，任众处罚。

待众人念完，徐渭继续道：

我等谨记富贵常念贫穷，欢乐常念悲苦，兴盛常念衰亡。超脱个人荣辱，始终不忘今日之志，造我华夏开来盛世。

伏愿自盟以后，相亲相爱，安乐与共，颠沛相扶，苦难相助。更祈大明国泰民安，户户庆无疆之福。凡在时中，全叨覆庇。大明嘉靖三十四年八月初六文疏。

念完便将那文书烧掉，算是送给满天神佛审批去了。

众人又一一报上姓名，学那古人歃血为盟……刺破指尖，滴在酒坛中，分作七碗血酒，饮下之后，依次又在神前交拜了八拜，然后送神，焚化纸钱，收下福礼去。

不一时，那住持又开一桌上好素席，七人按长幼分坐。开席之前，徐渭道："有道是鸟无头不飞，蛇无头不行，咱们须得推举出个会首来，对外也好代表咱们复兴社。"

众人笑道："长兄便推举出一个。"

徐渭笑道："我毛遂自荐……大家肯定不干。"众人便哄笑起来，听他继续道："其实没什么好选的，拙言兄虽然年纪最幼，但见识高卓，沉稳大度，最适合当这个会首，且又是他的提议，更是当仁不让。"

众人纷纷点头道："不错，别无他选。"

沈默连忙推让，却被大伙一起推到会首位上坐下，这才勉强道："承蒙诸位错爱，沈默只有战战兢兢、尽心尽力。如果做不好，不用你们换，我自己就拍屁股下来。"

众人哄笑道："你要是做不好，那我们复兴社就解散得了，所以千万得做好。"

沈默笑骂道："却是赖上我了。"六人便举杯向他敬酒，饮下之后，便算是确立了他的会首之位。

既然在位，沈默便不再客气，沉声道："有远大抱负容易，难的是实现抱负的道路，肯定崎岖坎坷，艰难险阻，甚至还会有不小的风险……"

孙铤面色变了变，轻声道："咱们会不会被当成朋党？"

沈默笑道："这个不急，咱们现在不过七个人，连乡试也未曾参加，根本就无足轻重，若是现在便把'复兴社'这个名字喊出去，恐怕是要遭夭折的。"

众人纷纷点头，徐渭笑道："太祖之所以成其霸业，是因为'高筑墙、广积

粮、缓称王’的九字真言，我等现在意图中兴大明，其难度不下于当初太祖建极，照方抓药是个好办法。”

“此言甚是。”诸大绶点头道，“不如我们先用通俗的名称，也不宣布自己的志向，对外只做一般文社。”

“不妥不妥，”孙鑨摇头道，“这样如何吸引到俊彦加入？”

徐渭突然哈哈大笑道：“这个太简单了，我们只需对外宣称，本社的目的是‘揣摩八股，切磋学问，砥砺品行’，再在科举上取得好成绩，天下士子还不趋之若鹜？”

“这话虽然不中听……却实在。”众人点头笑道，“也罢，咱们的文社对外就以砥砺文章，求取功名，名字嘛就叫……”

“‘琼林社’吧。”孙铤嘿嘿笑道，“既然俗气，就一俗到底！”

“不错，让人一听就知道是干什么的。”大伙便点头笑道。

待众人兴奋完了，沈默沉声道：“既然定名琼林社，诸位，咱们这些肇始之徒就得以‘琼林宴’为目标，到时候都在黄金榜上，才能让天下侧目，获得无比声望。”

六人一齐点头道：“千里之行始于足下，第一步先把乡试考好。”

第十一章

蟾宫折桂夺魁首

嘉靖三十四年八月初九，对于琼林社的七位“朋党”来说，这是个值得纪念的日子，因为他们将要参加一场决定命运的考试，今后是官是民，便在此一举了。如果不成，就得回去等上三年再来了。

昨晚众人都是天一黑便各自回房，今天丑时末刻起身。

洗漱完毕，就带好各自的考箱，分乘两辆马车，往城东的贡院驶去。每辆车的车前，都挂着“杭州乡试”的灯笼，今日全城戒严，没挂这种灯笼的车轿，是不准上街的。这时候还是天长夜短，等到了位于城东的贡院街时，天已经是蒙蒙亮了。这个点抵达是有讲究的，因为此时贡院都设在城东，取东方文明之意，这个时点又叫东方微明，文与微同意，便是天时与地利相合。

那驱车的车夫便讨赏，沈默虽然不信这些，却也喜欢好彩头，重赏了车夫，这才下了马车。

亲兵们帮着把考箱搬到贡院前街，便被穿着大红号衣的兵士拦住，每个人只能带一名书童进去，帮着搬行李，在等待入场时伺候，这就是书童存在的意义所在了。

沈安等七个书童，背着包袱，拎着沉重的考箱，跟在沈默七个后面，穿过前街，到了贡院门前的大广场。当然设计的初衷，肯定不是让人在贡院门口练摊，而是给考生集合所用。沈默四下望去，只见在广场左右两边，各有一座壮丽的牌坊，左边的牌坊上写着“腾蛟”两个大字，右边则写着“起凤”，贡院大门前也有一座牌坊，题写着“天开文运”四个大字。

等走到广场北面，又看到左右两边牌坊的背面，各写着“明经取士”“为国求贤”四个大字……这就是此地非练摊场所的明证。

贡院坐北朝南，左中右三扇大门自然也是朝南，在中间门上，悬挂有“杭州贡院”四个墨黑大字的牌匾，落款赫然是大名鼎鼎的刘基——刘伯温。

在贡院大门外两丈处，还有一道辕门，也就是一道红色的木栅栏，栅栏上开有两道栅栏门，一般比较大的衙门外都有这个，以示闲人勿进。

考生们便在这道栅栏门前集结，沈默七个已经小有名气，走到哪里都有人问好致意。

陶虞臣笑笑道：“看着人来的差不多了，怎么还不开始？”

“时辰不到。”诸大绶轻声道，“卯时才有人出来开门。”

诸同学不愧是有经验的，卯时一到，便有三声炮响，过后又有三声，贡院大门缓缓打开，终于看到贡院里的景致，众生不由自主地屏住呼吸，一个个紧张得不行。

正说话间，二位主考官便在一众同考官的陪同下，出现在贡院门口，正考官名唤阮鹗，向众考生高声宣讲一番“奉旨开考，不得作弊，否则如何如何”的陈词滥调，便沉声道：“开门吧。”

人流缓缓进入辕门，顺着大门往里面走，就是仪门。进入仪门之后是龙门，而仪门与龙门之间，便是考生进考场的搜检通道。

过了两个时辰后，有兵丁出来道：“绍兴的搜检。”

沈默赶紧跟着人流动起来，到了大门口，沈安便不能进去了，沈默只好自己提着箱子，进了贡院。

朝廷规定，每一场考试入场前都要进行搜检，搜检官要将问题考生的姓名记下来，并将其揪出场，不许再考。

所以在入场之前，都要进行严格的搜身检查。尤其是到了明朝，制定了严厉的惩罚制度，被查出的考生要在考场外“枷号一个月”，拘押期满后“问罪为民”，也就是取消学籍，这辈子别想再考了。

每一位考生由两名搜检军士搜身，从头到脚，仔细搜查，那些官员们则紧紧盯着，以防有什么纰漏。这些人的检查极为变态，上穷发际、下至膝腹，无一遗漏，毫无礼待士人的意思。也着实能检查出一些夹带，每当有所斩获，搜检军士们便兴奋地低呼，将如丧考妣的作弊者拖出去。每每此刻，其余考生不免有兔死狐悲之感，对考试的印象也就更坏三分。

这种搜检速度极为缓慢，等检查到沈默时，已经日已偏西，那两个搜检军士刚要对他动手，左边那个突然一愣，朝右边一个递个眼色，那个兵丁也吃了一惊，旋即恢复常态，装模作样地搜查起来……实际上手都没碰着他的身子。

面对着沈默询问的眼神，左边那个趁着靠得近，在他耳边轻声道:“我们是海盐兵。”沈默恍然大悟，他去岁巡视，参加过海盐保卫战，显然这俩兵丁是认识自己的。

既然有熟人，便免了那一遭虐待，只是做了做样子，便被放行进去。

所谓的矮屋便是号舍，整齐密布于甬道两侧，明远楼四周，一行行一排排，狭小密集，如蜂巢一般。每排号舍编为一个字号，用《千字文》编列，在巷口门楣墙上书写“某字号”，比如第一排便是“天字号”。这样编排顺序，显然是为了便于考生尽快找到自己所在的号舍位置。

官方已经对考场进行编号，写明“某行某号系某处考生某人号舍”，并在号舍外张贴考生姓名，揭榜晓示诸人。

沈默在人头攒动的榜单前，费力找了好久，才见着自己的名字绍兴府考生沈默，考舍号是“日字七号”。有道是“天地玄黄、宇宙洪荒、日月盈昃……”那日字七号便是第九行第七号。

沈默按照指引，到了第九行，站在甬道往里一看，只见七八十间号舍排成一条向南的长巷，在巷口有栅门，把守的兵丁核对姓名后，才放沈默进去。

沈默见巷宽不足五尺，却十分的长，颇似民居中的胡同。每间号舍外都有一名军丁看守……事实上，阅卷官和监场官，都不直接到考巷中巡场，具体负责监考的，竟是这些目不识丁的军士。这是因为一来没有那么多的监考官，二

来也可以防止监考官与考生串通。

考巷中还配备了数个装满水的大缸，主要作用是用来灭火和供考生饮用。

沈默往深处一看，在号舍的末尾见到了厕所，便收回目光，找到第七间号舍，果然如徐渭他们所说一般，三面有墙，南面敞开，并没有门。

沈默伸手去掀嵌在砖托中的号板，便抹了一手的灰，定睛一看，只见号舍里面密布着蜘蛛落网，地上也积了厚厚一层尘土。方才他进了贡院，见到处干干净净，地上也洒了水，还高兴了一阵子，却不料人家只扫了扫街道，个人卫生还得自己搞。

等把号舍彻底清扫出来，已经是夕阳西下了。沈默不由暗骂一声："三天过去一天，连考卷都没打开呢。"便索性明天再说，将卷子直接塞进卷袋中，准备做饭吃饭……因为卷子不能有丝毫的损坏，更不能被淋湿或弄脏，所以要将其装在中间夹有油纸、可以防潮和防湿的卷袋中。

沈默从考箱中取出袖珍的小锅炉，端到号巷中去，号舍实在太小，所有人想要做饭，都得到这四尺宽的小巷中来。

熬一锅黏稠的粳米粥，再将带来的麻花掰碎，盛在碗里，接着将米粥浇在上面，麻花的焦脆和热粥的香软便掺和在一起，香喷喷引人侧目。

就着小菜和别人羡慕的眼神连吃了两大碗粥，沈默感觉身心都舒坦多了，便回到号舍，在极其有限的空间内活动身子，等着消化差不多了就睡觉……贡院只发三根蜡烛，今天他不准备浪费了。

这个策略是对的，因为他昨晚没睡好，今日又折腾了一整天，就算想要抓紧时间，脑子也不转了，还不如睡好觉养足精神，明日再开始答题呢。

等感觉差不多了，他便将号板铺好，置上被褥，打开驱蚊子的药，钻进被窝里祷告一声："阳明公可千万别来找我。"便呼呼大睡过去。

这一觉睡得可真爽，阳明公也识趣没来打扰，结果便睡到了自然醒，睁开眼伸个懒腰，待看到监场的军士，这才想起是在贡院里。

他见那军士一脸的钦佩，看看天色，已经是日上三竿了。不由脸一红，赶紧收拾起被褥，拿锅出去下了把面条，还不忘下两个荷包蛋……

直到吃饱喝足刷完碗，又把号板擦干净，他才慢悠悠地坐回去，终于打开卷袋，拿出考题卷和答题卷来。

考题卷装在个密封的信封里，打开后便是三道四书题和五经题二十道。当然不是全做，不然沈默也不会如此不慌不忙……四书题三道相当于必答题，五经题却只需答其中一经，即四道题，也就是统共写七篇文章。

沈默选的是《春秋》四道题，但他已经知道，从很多年前，便形成只注重场试卷，尤其重视场试的“四书”义。只要“四书”义的卷子被取中，考官对其他几场的卷子，便不认真了。

所以他将绝大部分精力都放在三道四书题上，尽善尽美了再考虑《春秋》的四道题。

审完四书题，沈默不得不承认，相较于童生试上那些驴唇不对马嘴的截搭题，还是堂堂正正的大题更能检验一个人的才学。只见三道题的题目，句子和文意都十分完整。为了防止混淆，还将整段都摘录下来，只要背过四书的人，便会知道这是哪里的段落，完全免去了猜题之苦。

简单看过三道题之后，沈默便全心投入进去，专注地相题认题，对题之宾主轻重、前按后段的关系把握得十分准确了，才下笔切题。认题既真，故纵笔所及，无不合节。虽未尝务为新奇，然其文章与题目纹丝合缝，堂堂正正，皆本古文法脉，字字明古圣贤之韵，卓然于庸碌诸生。

三道题做好了，已经是翌日中午。沈默又用半天时间，将四道经义题做了出来，虽然用心程度无法与四书题相比，但他毕竟水平太高，一样做得理真法老，花团锦簇，没有点蜡烛便交了卷。

等到交上卷子出来，人已经透支了，也不回西溪了，便径直往临近的一个客栈去了，殷小姐给他们在那里包了个跨院儿，去了便有人伺候着吃喝。沈默看见徐渭和诸大绶已经出来了，大家都是一脸疲惫，连说话的力气都没有。草草吃点东西，沈默便去洗澡，让温水一泡，竟斜倚在浴桶里睡着了……

第一场交卷之后，试卷被收卷官集中起来，从号舍沿着甬道往北，送到明远楼后一个独立的院落中，这里是阅卷场所的外帘部分。其核心建筑是威严的至公堂，负责考场纪律的外帘官在此地坐镇，监督着试卷的前期处理工作。

在监临官的主事下，试卷先被送到至公堂东侧的收卷所，在其中整理码放，清点数目，并进行初步的剔选……但凡破损、污渍的试卷都会直接被拿出来，送回至公堂中，由监临官审核之后，蓝笔录。其余合格试卷则用印记，再命人转送左侧的弥封所，由其将试卷上的考生信息，用厚纸严密糊住……在录取榜单公布之前，任何人都不得私自拆看。

监临官留下墨卷封存，再根据内帘同考官的人数，将朱卷分为相应的捆，本次乡试是八位同考官，便分为八捆，并在上面写上“第一束”、“第二束”，直到“第八束”，用印记之后，亲自送入内帘之中。

监临官从外帘门出来，径直往北走，在一道飞虹桥前停住，对面的内帘早得到通知，主考官会同内监临来到桥的另一端，双方并不上桥，只是由一队军士，将试卷送过去，由对面的军士接过来。

双方互施一礼便各自回去了，自始至终没有说一句话。

这当然不是双方没有礼貌，而是为了防止承担不同任务的考务人员勾结舞弊，前后帘之间是严禁相互接触的。负责阅卷的后帘院，更是绝对独立于整个贡院，除了接卷，不准任何人进出。

后帘院的中心建筑是衡鉴堂，与至公堂、明远楼、大门、龙门在一条中轴线上，乃是主考官和同考官分房阅卷的场所。除了阅卷录取之外，后帘还有个很重要的作用，便是在每场考试前一天，由主考官命题，并在其中的刻字房和印刷房中刻印出来，在翌日一早送交外帘。

当试卷送入内帘之后，主考官阮鹗便对八位同考官道:“诸位，掣签吧。”几位同考官便上前抽签，抽到几就把那一捆卷子拿走。

但不能带回房间去，必须要在鉴衡堂中阅卷。主副考官坐在堂上，八位同考官分坐左右。负责监视阅卷的内监临，带着一干监视官，坐在众考官的边上，瞪大眼睛监视考官的阅卷过程。

在监视官的虎视眈眈下，整个鉴衡堂都静悄悄的。因为这些监视官一般由锦衣卫充任，保管把考官盯的毛骨悚然，不敢生出杂念。

同考官们都是进士出身，四十岁以下，年富力强，眼神特别好。他们必须先认真地给每篇文章加注标点，同时看文章是否通顺。如果读起来磕磕绊绊，毫无韵律可言，直接搁到一边，判其死缓。

只有文笔通顺，且错别字不超过三个的卷子，才有资格被同考官看第二遍。在这一遍中，同考官主要从“理、法、辞、气”四方面来评判一篇文章的优劣——“理”是对经书的掌握和程朱注释的理解。“法”是八股文的文章结构。“辞”是考生的文字组织能力和表达能力。“气”则是文章思想性的浓度。

这四方面的衡量标准是“清真雅正”，意思是，一篇好的八股文，应该用简洁、典雅、顺畅的语言来正面阐述所领悟到的孔孟之道、程朱之学。

同考官便根据这一标准，判别考生文章的优劣，并给每份卷子写评语，陈述是否荐卷的理由，无论取与不取，他都要为自己的决定负责。

同考官将自认为够资格高举的卷子，写明推荐理由，交给边上的书吏，由其转呈给主副考官，如果有特别出色的，还会“高荐”，也就是强烈推荐。

事实上，试卷的去取权衡，专在二位主考，这也就是说录取与否，都是正副主考官说了算。如果同考官推荐上来的试卷，得到了副主考的认可，那么他便会在卷子上用黑笔写个大大的“取”字，写明推荐理由后，送给主考官。

如果主考也认可，便会再写一个“中”字，合起来便是取中，同时也要写明取中理由，以便解送礼部磨勘。

阅卷的时间是白天，到傍晚时停下休息，这时两位主考和内监官便会一齐清点朱卷，确认无误之后，用三把锁共同锁好在鉴衡堂。第二天一早再一起过来，三人共同到场开锁，继续阅卷。

半个月的阅卷之后，所有考生的头场卷子，终于全部审阅完毕，经过同考官推荐，两位考官取中，一共有八十九份卷子被取中。但浙江乡试的解额是九十五个，这个数字是一定的，既不能多，也不能少。

此次担任主考官的，乃是右佥都御史阮鹗，此人人如其名，身形瘦削，目光却凌厉如鹰，一看就不是个好惹的。至少下面的考官们，都领教了此人的较真……在阅卷过程中他三番五次重申，要求考官们认真对待每一位考生的试卷，力求将有真才实学且合乎要求的考生选拔出来，让他们出人头地。

他不仅督促同考官们认真阅卷，自己也严格把关，对每份试卷的优缺点都进行了认真细致的点评，绝不让不好的试卷滥竽充数，结果阅卷结束，还有六个解额没有录取。

为了保证好的试卷不被遗漏，他又认真审阅了每一份落卷，一直到张榜前一天，才从落卷中找出六份上好的，凑齐了九十五人。

剩下的工作便是排定名次，因为考官都是临时抽调的，事毕解散，并没有编制上的隶属关系，所以谁也不怕谁，往往会因为意见分歧，出现激烈的争吵和辩论。

但在这里不会，因为阮鹗对所有文章的优劣了若指掌，评判时一语中的，众人也就无从争执，仅用了半天时间，便排定了录取的名次，让一旁的内监官松了口气，擦着汗笑道：“我还以为要耽搁了呢。”

阮鹗笑笑，手持排定的名次，起身道:“走吧，诸位，我们去至公堂。”便与那内监官并肩，率领全部考官出内帘门，过飞虹桥，入外帘，进至公堂，与外帘官一道，拆号填榜。

一个时辰之后，全部九十五位举人露出真容。看着录取考生的籍贯，担任监临官的浙江锦衣卫千户对阮鹗道:“我们浙江有一句俗话，说‘取得好，看绍兴’，绍兴的文气盖压全省，现在一看，山阴、会稽和余姚的考生居多，说明您这次的录取是公正的。”

这一次录取的前五名全部是这三个地方的，却没有人质疑不公平，反倒都说:“心服口服。”可见绍兴府的考生水平高，是所有人公认的。

考过三场之后，沈默几个已经是彻底虚脱，身子比较弱的几个还病倒了，在家里静养几日才复原。

等待放榜的日子十分难挨，直感觉心里火烧火燎的，吃什么都没味，睡觉也睡不着。把着指头数日子吧，平素里白驹过隙的时日，却仿佛折了腿的老马，慢吞吞得能把人急死。

几人也无心出去，因为现在满杭州城都是等待放榜的考生，碰上了难免要问，问了还真不好回答。纵使不问，见到一张张焦灼的脸，心里也不舒服，索性关起门来找乐子。

但沈默是要出去的，好容易考完了乡试，可以放松几天，对于热恋中的男女，实在是太珍贵了。

当然他已经是个名人了，在杭州城里很容易被认出来，两人便干脆离开杭州城，去湖州游玩。为什么要去湖州呢？因为这地方就紧挨着杭州，文人们都说“人生只合住湖州”，不去看看实在是说不过去，而且俞大猷正在太湖操练水军，所以安全有保证。

到了个没人认识的地方，殷小姐终于放下矜持，与沈默如胶似漆，形影不离。不是在碧浪湖边，腻在一起呢喃私语，便是游览湖州的绮丽风光。

他们同乘一辆油壁车，去欣赏蔓草苍烟，雨后登上道场山观满眼清晖，黄昏到西塞山前去看白鹭飞，或去郊外横山看落日半隐，或去黄龙洞的云端见笙鹤起舞，或感叹那状似青瑶簪的金盖山，根本感觉不到时间的流逝。

对沈默来说，这简直是两辈子至今最幸福的一段时光。直到有一天，两人在湖上看星星，发现月亮已经变成极细的月牙了。这才猛然醒悟，马上就要月底了，赶紧收拾东西，回杭州城，等抵达杭州城，已经是三十日的半夜了，在城外等到天亮，九月才进了城。

而张榜日，乃是八月三十。

随着报喜的日子一天天临近，城里的热烈气氛到达了顶点，每天都有大批闲散无事之人，堆在北城门楼一带，想要最先见着报喜的队伍，也好跟去蹭吃蹭喝。

实际上，最先得到消息的还是官府。

到了张榜这天，从上午开始，外面鞭炮声就从来没断过，一直敲锣打鼓，不时有欢庆的人群从街前走过。沈安攀在梯子上，已经数过了五队，看着人家跟过年似的，沈安早已经回了绍兴，此时终于按捺不住道："我得出去看看，这都过午了，紧张死人了。"便翻墙出去，跑到街口雇辆车，到了人山人海的北门外。

下车一看，人这个多，里九层外九层地堆在道两旁，比肩接踵，挥汗如雨，一个个还那么兴奋，仿佛自己中举一般。

他想挤到里边去，却被人一次次推出来，气得他大喊道："我是来给我们少爷接喜报的。"便有数不清的面孔，一起对他道："我们也是。"彻底把沈安给镇住了。

放弃挤进去的打算，他只好跑到远处城墙上，终于找到个地方，居高临下往下看，问身边人道："劳驾，这都到了多少喜报了？"

"十九个。"那人与有荣焉道，"快赶上前两届的总和了。"

"这才哪儿到哪儿？听报喜的人说，老鼠拉风箱，大头在后头呢。"边上有人骄傲道，"看吧，又来了一队。"

沈安顺着那人所指，朝北边望去，果然见一队打着牌子的骑手，从官道上奔腾而来，转眼到了近前，便一齐高喊道："恭喜山阴徐老爷讳渭，高中第十六名亚元，京报连登黄甲！"

众人一阵高声欢呼，都道："徐老爷终于转运了。"徐渭的名声极高，却一直达不到应有的成绩，大家都很替他难过，此次终于高中，自然值得大肆庆祝一番了。只是苦了后面第十二名的喜报，直接笼罩在了徐渭的阴影下，连名字都没被记住。

大概过了一刻钟，又有第九名的喜报来了，却是会稽的吴兑，人们欢庆片刻，便将目光投注于城头，只见那绍兴二字的匾额两侧，竟然各挂了十一个绣球。即是说，两县目前为止，各有十一位中举，暂时打了个平手。

空气紧张极了，仿佛经过漫长的等待，才有下一支报喜的队伍过来，只听报子们齐声高喊道:“恭喜会稽陶老爷讳大临，高中第三名亚元，京报连登黄甲！”

这一声引爆了众人的欢呼，我们绍兴有名列三鼎甲的了！便在会稽这边再加一个红绣球。

山阴那边的沮丧没有维持多久，又有更大规模的报来，只听报子们齐声高喊道:“恭喜山阴诸老爷讳大绶，高中第二名亚元，京报连登黄甲！”

山阴那边爆发出欢呼声，也加一个绣球。但大家不再在乎胜负，因为如果第一名不是绍兴城的，那就打平不伤和气。如果第一名是绍兴城里的，那绍兴城便包揽了前三名，这份荣耀足以让所有人都忘记胜负，荣幸之至！

等待的时间太熬人，人们再也按捺不住躁动，离开城门，迎着报喜队伍来的方向走过去，无论有没有，给个痛快吧！

此时已是傍晚，金光万道，红霞满天，只见那远处的官道上，来了一大队骑士，人数却比之前要多得多，不知是不是错觉，他们手中的牌匾也镶了金边。

人们便激动地高声问道:“是谁？是谁？”

那边也高声回应道:“恭喜会稽沈老爷讳默，高中浙江乡试第一名解元，京报连登黄甲！”

乖乖不得了，小三元又中一元，成了大四喜。

欢庆的人流便簇拥着报喜的队伍，一路鸣锣打鼓，要绕城一周，先报与全城百姓知道，然后才去新鲜出炉的解元郎家中。

沈安好容易从人群中挤出来，跑回家里报信。一进去便声嘶力竭道:“中、中、中……了。”

沈贺揪成纸团样的心终于熨平下来。他想要开口问问，儿子考了第几，胸口却仿佛被一团棉花塞住，哽咽着说不出话来。泪水倒如断了线的珠子般，不停地流下来。流着泪的沈老爷，自然不会回应外面沈安的狼嚎。

丫鬟春花连忙扶住累成一汪春水的沈安，小声道:“老爷可能睡着了，敲门也不应声，推也推不开。”

沈安焦急道:“那怎么办呀，人都快来了！”

两人正在焦急地说着，便见县里的马典史，手里拿着个烫金的拜帖，飞跑了进来道:“县老爷来贺沈老爷公子高中解元了。”说毕，轿子已是到了门口。

春花连忙躲到后院不敢出来，沈安只好硬着头皮迎上去，只见新任的许知县，头戴乌纱帽，身穿葵花色圆领，金带、皂靴，在县丞、主簿的簇拥下，一身公服走进来。

沈安忙不迭磕头，解释道："我家老爷在屋里更衣，马上就出来迎接县尊大人。"外面这么大动静，他估计沈贺肯定不会无动于衷了。

县令大人比原先那李县令年纪还大，因是个举人出身，熬了许多年才出头，早就磨得一团和气，更何况又是对着解元家，自然是和蔼无比，连声道："这么大喜事，沈老爷定然是要收拾情怀的，咱们先等着就是。"

面对着和蔼的县太爷，沈安颇有些手足无措，好在这时，另一位沈老爷，沈京他爹来了。许知县一见到致仕的进士老爷，忙不迭要行大礼，却被沈老爷赶紧扶住，呵呵笑道："县尊切莫如此，咱们还是平辈相交吧。"便吩咐带来的人开始忙活，请许县令到堂屋内，分宾主坐下。许县令道："待会儿有上千人过来，若是府中招待不下，可以移至县衙，不必客气。"

沈老爷却自信笑道："大人只管安坐，没有问题。"经过去岁迎接钦差的一番折腾，他家的下人也算是经验丰富，不用操心了。

沈贺也听到动静，赶紧擦干眼泪，收拾情怀，这才整整衣冠，从容迈步出来。

沈安一直瞅着呢，一见厢房的门开了，便叫道："我家老爷出来了。"

里面的许知县迎出来，朝沈贺深深一礼，沈贺乃是八品小官，平素里在府里做事，见了县令大人依旧是要下跪的，现在见许知县朝自己行大礼，吓得他赶紧要跪，却听那知县道："恭喜沈世兄，贵公子高中头名解元，本县与有荣焉。"

听到这话，沈贺本已经蜷曲的膝盖，竟神奇地直了起来，脑子嗡的一声，心里欢喜得炸开了花，咧嘴嘿嘿笑道："竟是解元？竟是解元！"沈安见老爷失态，赶紧偷偷戳他。好半天沈贺才回过神来，这才给许县令还礼，却变跪拜为作揖，声音也没了惶恐道："大人切莫多礼，快请屋里坐。"

"沈世兄请。"双方推让半天，最后还是携手进屋，分主宾落座，沈贺又向大哥行礼道："原来大哥也在。"

沈老爷呵呵笑道："你生的好儿子，给咱们沈家争光了。"沈贺忙谦虚几句。

沈安上茶。轻啜一口搁下茶盏，许县令先攀谈道："世兄同在桑梓，一向有失亲近，实在是大大的不应该。"

沈贺笑道："在下久仰堂尊，只是无缘，不曾拜会。"许县令只是举人，他

儿子却是解元，将来毕竟两榜题名，登时比许县令高出一截，自然不能再失了体统，让人笑话。

正在攀谈间，便听外面敲锣打鼓热闹起来，沈老爷笑道：“报喜的来了，咱们出去迎喜吧。”三人便联袂出去，此时天已经很黑了，院子里却点着无数火把，亮若白昼。

那些报子见到站在屋门口的三人，知道其中必有解元郎的父亲，赶紧纳头便拜，高举着牌匾道：“小的们恭喜贵府沈老爷，蟾宫折桂，独占鳌头！”此处的“沈老爷”，非阶上站的两个，乃是在杭州的那位沈默。

沈贺看着那块金字牌匾，上面偌大的解元二字，又一次老泪纵横了。沈老爷和许县令见状，赶紧招呼报喜的和随喜的坐下，开席吃酒，正在欢宴不夜天时，就听外面一声通报道：“山阴吕县令来贺！”

见吕县令出现，院子里的喧哗声登时压低许多，变成如绿豆蝇一般嗡嗡声，绍兴府的人们可全知道，解元郎当初差点成了吕县令的女婿，方才还有不少人在感叹，吕县令无福消受这“高婿”呢。

说曹操，曹操到，想不到吕县令竟然来了，大家纷纷偷眼打量着他，纷纷小声议论道：“这位来干什么？”“不会是要峰回路转了吧？”当初为了吕小姐的名誉考虑，沈家对外说，是自家主动退婚的，但无论如何，吕县令名声都受到了影响，尤其是在会稽县，人们都对他这种“趋利避害”的小人行径嗤之以鼻。

感受到周围不太尊敬的目光，吕县令脸不禁发红，好在夜里看不清面色，不然非得掩面而走不可。他早知道此番过来，是要受点尴尬的，但终究还是在本县的庆贺宴席结束后，决定过来一趟。

可以说，吕县令是拿出背水一战的气魄，来到沈家的，所以根本不顾忌别人的目光。

一看到迎上来的沈贺，他便露出了最甜蜜的笑容，放声道：“亲家公啊，你太见外了，我虽然忙着山阴那边的一摊，可自家孩儿中了举，就算没时间，也是一定要来的。”他跟沈贺打过交道，知道这人反应慢、没主见，尤其是不会拒绝别人，所以一上来就单刀直入，要打他个措手不及！

说完之后，他便心中得意地等着沈贺答话——只要沈贺不明确拒绝，那这门婚事便起死回生，没人能拦住了。

席间众人的目光齐刷刷望向沈贺，心说：“坏了，碰上这样不要脸的，沈老爷只有认栽了。”

只见沈贺收拢表情，冷淡道：“大人错爱了，犬子还小，不敢纳妾。”

“纳妾？”吕县令的脸一下子绿了，有些反应不过来道，“亲家，你是不是高兴晕了，娶妻和纳妾怎么能是一个意思了。”

“当然不是一个意思！”沈贺冷笑道，“可大明律规定，男子只能娶一妻，犬子已经举孝廉了，怎会犯那重婚之罪呢？”

“重婚？”吕县令惊呆了，道，“你那儿子又与哪家结亲了？”

“今日正要公之于众！”沈贺清清嗓子道，“诸位高邻同乡，三个月前本人便使媒人，向本县殷家求娶长女，女方家长欣然采纳，现在双方已经过了问名纳吉，只待小儿从杭州归来，便亲自上门提亲。”说着哈哈一笑道：“到时候还请各位赏光，来吃个亲亲酒！”

众人轰然笑道：“那太好了，恭喜沈老爷双喜临门！”“定然叨扰！”“不请自来！”顿时笑作一片。

那些欢笑声，在吕县令听来，都是对他的嘲笑，铺天盖地，将他淹没，这下脸是丢尽了，再也不用在绍兴城混了！他怒哼哼地丢下一句：“今日之辱，必定加倍奉还！”便在哄堂大笑声中，掩面而走。

一回到杭州城，沈默便知道自己中了解元，乐得在马车上便又蹦又跳，还趁机对殷小姐又亲又抱，把个殷小姐弄得哭笑不得，只能任他轻薄。

无限旖旎不便细表，反正当马车行至梅墅，沈默的骨头都酥了。殷小姐面嫩，驱车从后门进去，让他独自面对老岳父。

进去之后，沈默才发现，殷老爷已经张罗了一桌好菜，琳琅满目，都是他爱吃的福州菜。

殷老爷还拿出珍藏了二十年的女儿红，与沈默对酌起来。

殷老爷满面红光对他道：“其实在几个月前，令尊便已经遣冰人来提亲，两边还换了八字，早约好了无论结果如何，都在乡试后回去，把亲事定下来。”说着不无得意道，“只不过一来怕耽误你考试，二来也不想让你松懈，所以一直瞒着你罢了。”

沈默相当惊讶，连连摇头苦笑道：“你们瞒得我好苦哇。”这才想起之前，

殷小姐对他说："不必担心中不中，都不会影响我们的婚事。"

殷老爷嘿嘿笑道："若是等你中举才提亲，难免让人说三道四，还是我们做长辈的考虑周全，早先埋好伏笔，现在便水到渠成，谁也说不出个'不'字来。"说着还摇头斜看他道："还太嫩了吧，小子？"

沈默赶紧称赞道："您二老高瞻远瞩，小子我鼠目寸光。"

殷老爷还想喝酒，沈默赶紧拦住，夺下酒瓶道："您看咱们何时回绍兴？"

"越快越好。"殷老爷道。

回去的路上，沈默不禁擦汗道："人家说闺女随爹，果真是一点不差。"

铁柱也听不懂，咧嘴笑道："大人，您看咱们的院子，好多人啊。"

沈默看一眼，随口道："应该是报喜的吧。"

"我看不像，好像都是些穿长袍的读书人。"铁柱闷声道。

整个院子都被穿着襦衫的士子们包围了，里外三层，密不透风。

沈默走近了，拍拍最外边士子的肩膀问道："劳驾兄台，里面为什么不让你们进去？"

"因为里面已经没地方站了。"那士子道。

"哦……劳驾让我进去。"沈默笑道。

那士子警惕道："你可别想插队，是我先来的，想要报名乖乖排队。"说着亮亮拳头道："我可是文武双全的。"

"报名？报什么名？"沈默惊奇道。

"我们要加入琼林社！"众人异口同声道，"难道你不想吗？"

沈默笑道："我只想进去。"

"排队！"众人齐声道。

"可那是我家啊。"沈默苦笑道，"总不能回家也排队吧？"

"你是……"众人这才细细打量他，有人恍然尖叫道："解元郎！他是解元郎，解元郎在这里！"

短暂的安静之后，士子们竟然齐齐向他行礼，一同高声道："会首大人，请收下我们吧！"

这里里外外足有近千人。很显然，琼林社的牌子是一炮打响了。

第十二章
解元斗酒破百联

沈默到家后，当天晚上便有各色亲戚来到解元府邸，大鱼大肉、好酒好菜地饕餮一餐。

沈默向众来宾敬酒。其中除了叔叔大爷堂兄弟之类的男宾，还有四位全福大嫂子。所谓全福，即是有儿有女有老公，且公婆和娘家父母皆在的女人。这种人被认为是福气极大的，据说由她们陪着会沾到好运气。

第二天一早，沈默在前，四个大嫂子左右护法，家族的男丁们扛着十八担大礼，会同花枝招展的媒婆，吹吹打打，浩浩荡荡直奔殷家而去。

沈默，自幼有神童之名，十二岁时便留下“瓶中镀金”、“河中除树”、“智斗知县”等一系列佳话传说，绍兴城的姑娘小姐们，便是伴着这些故事成长起来的。等他长大后，在科场上更是无往不利，继小三元后又中了解元，在人们心目中，他是文曲星一般的人物。

虽然过大礼不如迎亲那天隆重，但这可是解元郎定亲，看热闹的多了去了。

当定亲队伍行到一条必经之路上时，被上百号蓝衫士子拦住。

一见有热闹瞧，唢呐锣鼓声登时停下来，只听那领头的士子拱手道："师兄在上，我等晚学后进，向以师兄为偶像，欣闻师兄今日大喜，不胜欢欣，特携同学前来庆贺。"众士子便一起向沈默道贺。

沈默微笑着还礼，心里却暗暗嘀咕道："似乎是来者不善啊。"果然，便听那些领头的接着道："并稍备薄礼，请解元郎一观。"

只见那些秀才纷纷从袖子掏出一对卷轴，打开便是一副对联，但只有一联上有字，另一联上却空空如也。就听那书生接着道："只是我等才疏学浅，好容易想出了上联却对不出下联，想到师兄大才，定然能帮我们解惑，便斗胆将这些上联拿来，请师兄赐教，也好让老少乡亲们，一睹解元公的风采。"

老百姓是唯恐没有热闹看的，闻言便起哄鼓掌，都要让解元郎教训他们一下。

看来干什么都不容易啊，沈默暗道："娶个媳妇还得先把她的仰慕者放倒，真是太让人伤神了。"不过今天这时候，他是半个不字都不能说的，否则忒让人笑话。只好叹口气道："在下才疏学浅。只好勉力试试了。"

见他接招，众人轰然叫好。

士子们便沿着街道一字排开，双手举着对联，请解元郎赐教。

那领头的士子便亲自端上笔墨，对沈默道："师兄请了。"

沈默淡淡微笑道："你叫什么名字？"

他其实很年轻，看来甚至比沈默还要小几岁，显然是被那些老滑头们推出来当枪使的，闻言一愣神道："罗万化。"

沈默淡淡一笑道："你可真淘气。"便提起毛笔，饱蘸浓墨，往第一副对联走去。

虽然知道解元郎大才，但看到那些有备而来的秀才们，显然是存了以多欺少的心……这么多的对联，光念一遍就能把人念恶心了，何况要一一对上来呢？

众人着实为他捏一把汗。

第一副对联自然是有难度的，只听那士子高声朗诵道："水仙子持碧玉簪，风前吹出声声慢。"一句穿起三个词牌，不仅拟人化，还展现了一幅动人的画卷。

绍兴人都是有些墨水的，尤其吟诗弄赋，附庸风雅，自然明白想要把这一联对上，须“韵、意、形”全部匹配才行，一个个冥思苦想，也想不出个所以然。

再看解元郎，已经落笔写完，往下一副对联走去。便听那罗万化高声念道：“沈师兄的下联是：‘虞美人穿红绣鞋，月下引来步步娇。’”同样是三个词牌，同样拟人，同样画面优美，对得是完美无瑕。

众人不由拼命叫好，仿佛沈默已经大获全胜似的。

下一副对联又亮出来，那士子高声道：“晚霞映水，渔人争唱满江红。”

沈默微一思索，给出下联道：“朔雪飞空，农夫齐歌普天乐。”《满江红》和《普天乐》都是曲牌名，对得工整自然，完美无瑕。

众人又是一阵叫好。沈默的兴致也起来了，毫无阻滞地接连对了七八个，到了第九副前，这才遇到点难题，只见那上联是：“山石岩前古木枯，此木为柴。”出得实在是太巧妙了。

沈默不由笑道：“这个很才情，与头两副对子有异曲同工之妙，应该是一人所做？”

那罗万化钦佩道：“师兄高见，确实都是在下拙作。”

沈默便哈哈大笑道：“好好，对此佳联如见老友！”说着一招手道：“拿酒来！”

那罗万化机灵，跑到那些聘礼担子边，趁着人没反应过来，抱起一个酒葫芦就跑，拔掉塞子，递到沈默面前道：“师兄，酒来了！”

把沈默气的呀，就他那点酒量，学不来人家“李白斗酒诗百篇”，之所以磨磨唧唧，又叫酒，只不过是想拖延时间，思考一下对联而已……他很清楚这附近并无酒家，所以才敢这么说。

谁知这二愣子“罗什么化”，竟从他的聘礼中拿酒，也不知是有心还是无意，反正让我们的解元郎搬起石头，砸了自己脚。只好故作豪迈地接过来，仰头灌一口，真辣啊！

一口酒辣得沈默白脸通红，恨得他瞥一眼罗万化，看得那小子直冒冷汗。但沈默旋即拍拍他的肩膀，竟然温厚笑道：“你是有才华，但精力还得放在学业上，这些对联诗词，不过娱情娱性而已。”

罗万化有些不服气道：“还请师兄赐教。”他出生在大富之家，也是个天资超人的神童，只是向来喜欢诗词歌赋，对那些死板生硬的八股文十分不屑，连

带着对沈默这个解元也不大放在眼里。

却不知是否因被酒精刺激，沈默突然灵感迸发，便想到了下联，暗暗松口气道：“终于不用再拖延了。”便略略提高嗓门，义正词严道：“看来你瞧不起做八股文啊？”心中都觉着有些荒谬，他明明是个最反感这玩意儿的，现在偏偏还要对人说教。

“在下不敢。”

“也罢，今日就让你知道一下，八股文章若做得好，随你做什么东西，要诗就诗，要赋就赋，都是‘一鞭一条痕，一掴一掌血’，至于对个对子，那就更是易如反掌了！”说完沈默如长鲸吸水，饮一口酒，高声吟道：“白水泉中日月明，三日是晶！”

“好！”众人爆发一阵阵猛烈的叫好声。

酒劲上来，沈默清秀脱尘的面容上，便多了几分洒脱不羁，灵感也如泉涌般，源源不竭，支撑着他一路前行，挥笔疾书，不见有一丝滞涩……

见上联是“东风吹倒玉梅瓶，落花流水；”他便对“朔雪压翻苍径竹，带叶拖泥。”

见上联是“风送钟声花里过，又响又香；”他便对“月映萤灯竹下明，越光越亮。”

见上联是“开大山，砌小石，修拱桥，铺平路，通南通北；”他便对“破长竹，划短篾，挽圆圈，箍扁桶，装东装西。”

众人只见解元郎一手持酒，一手持笔，时而高声吟唱，时而奋笔疾书，一路行去，一路破之，几乎都不假思索，快得让旁人都来不及细细品味……

人们听得如痴如醉，脸上写满了震撼与激动。绍兴是文运昌盛之都，大家都是见过所谓才子们对对联的，却从没见过如此对对子的，就像是不需要思虑一般，看到便吟出，便写下，举重若轻，潇洒无比。

而那些对联，分明是极难极难，让人抓破脑袋都想不出来的。

沈默依然没有停止，但此时围观众人的目光，却充满了敬仰，甚至是敬畏……他们彻底相信，解元郎都不是凡间一属，而是真正的文曲星下凡。

写秃了一支笔，沈默便随手丢到一旁，旁人赶紧递上另一支继续写。

沈默将头上的书生巾扯下来，将头发拢到脑后，便如魏晋之士一般，恣意忘形，尽情挥洒着自己的才气。

写着写着，他觉着有些累了，便将手伸到一旁，罗万化心有灵犀，小心翼翼地将酒葫芦放在沈默手中，生怕打断了他的思路。

沈默微眯着眼睛，仰头灌口酒，恰此时一阵微风吹过，只见他衣袂飘飘若仙，仿佛天地间的灵气全都会聚到他的身上，凝聚出一段千古风流。

只见他饮一口酒，写一句联，再饮一口，再写一联，一壶酒告罄，一百副联对完，沈默一松手，那酒葫芦与毛笔便双双跌落在地上……

四周一片安静，所有人都在仰望着解元郎，只见他垂手而立，神态间虽有疲惫，却依然目光炯炯，说一句道："诗词对联不过是娱情娱性的小道，切不可沉迷其中，耽误了制艺正道。"

罗万化恍然大悟，泪流满面地向沈默行大礼道："谢先生搭救，不然万化非要坠入旁门左道，不得超生了。"

其余的众士子也跟着行礼道："谢解元教诲！我等没齿不忘。"

沈默哈哈大笑一声，头也不回道："都散了吧，我还要去下聘礼呢。"

下聘的队伍这才想起今天的正事，赶紧吹吹打打演奏起来，跟着沈默向殷家行去。

此时的殷家，从上午等到中午，却迟迟不见来下聘的队伍，但大伙的兴致一点没衰减……因为"解元郎斗酒破百联"的事迹已经传了过来，经过传话人的渲染夸张，沈默持酒挥毫的风姿，现在可与李白曹孟德相提并论，人们兴致勃勃地议论着解元郎的文采、书法，不由更热烈地期盼着这位文曲星的到来。

终于到了午时，街口传来锣鼓丝竹声，便有那半大小子高喊道："来了，解元郎来了。"人群如潮水般向街口涌动，都想先睹解元郎的尊容。

便见一队人敲敲打打，笙箫鼓乐，担着十八担各色聘礼径直往殷家台门而来。但人们的注意力，却全都汇集在队伍中间，那顶四抬四绰的青绢大轿上。透过薄薄的绢纱，人们只见一个神态悠然、面色红润的俊后生，身穿峨冠博带，仿若神仙一般端坐在轿中。

那厢间，女方的老舅接过男方老舅递过来的礼单，开始清点聘礼。

只听男方老舅高声唱道："聘金两箱各八十两，聘饼一担共一百斤；海味八式……发菜、鲍鱼、蚝豉、元贝、冬菇、虾米、鱿鱼、海参。以谢养育之恩。"男方念一样，女方便在礼单上勾一样。众人只见又有鸡鹅各五对，公母各半，以示比翼双飞；猪羊肉五十斤，以示丰硕诚恳敬意。大鲤鱼五对，以示有头有

尾、年年有余。

还有那“有爷有子”的椰子五对，茅台镇的烈酒十支，以示爱情浓郁。

又有龙眼干、荔枝干、核桃干和连壳花生四京果，以祝子孙兴旺，圆满多福，生生不息。此外还有冰糖、桔饼、冬瓜糖和金等四色糖，象征甜蜜和白头偕老。

至于暗喻女子一经缔结婚约，便要守信不渝，绝无后悔的“油麻茶礼”，象征百年好合、相敬如宾的莲子、百合、扁柏、槟榔，等等噱头极多。

清点完毕，一百二十件聘礼，一样不少，正正好好。

那管家便高声道：“娇客搀岳丈见宾客。”众人就见低眉顺目的解元郎，扶着殷老爷，从厅内出来，站在场中。

只见殷老爷举起外红内绿的聘书，颤声道：“诸位，老朽方才已经在列祖列宗面前，收下沈老相公长子拙言递上的聘书，并已经回帖认可，自此拙言便与小女从此缘定三生，永世不渝了！”

沈默也举一举手中的回帖，示意双方完成了文定。虽然酒喝多了，有点晕晕沉沉，但心里还是一阵激动，他知道从这一刻起，若菡终于是他的人了。

便有陪他来的四位大嫂子，端着个首饰盒子，去到后堂给新娘子戴上，就算正式完成了归属权的交接，只等下月连人一起接回去拜堂成亲。

行礼已毕，然后诸亲一一相见。

终于到了定席安位之时，此日新女婿与寻常不同，面南专席，诸亲友环坐相陪，至于随从人等，外厢另有款待。

那四位全福的大嫂子，端着首饰进了后院，上到绣楼上，见到了面色羞红的殷小姐，一个个便呆住了，心中怦怦直跳道：“原本还在说这姑娘高攀了我们的解元郎，现在看来谁高攀谁还不一定呢。”

沈默订婚的次日，沈贺便与殷老爷敲定了儿女的婚期，下月十五，黄道吉日，宜嫁娶。

定下日子，两方便开始紧锣密鼓地筹备起来，连沈默也分到许多差事，完全沉浸在婚前筹备期的痛苦中。要不是陶虞臣几个都过来帮忙，他非得像沈贺一样，满嘴起大疱不可。

沈默是天天掐着指头算，盼着下月十五赶紧到，那是传说中超脱苦海的日子啊……

到了九月二十九，沈贺便道：“城隍庙张神仙说了，今儿未时三刻适宜安床，可千万别错过了。”所谓安床，便是将新郎新娘将要睡的床，从暂时摆放的地方移到指定位置。

至于床呢？有道是“人生一世，半生在床”，当然不能马虎，不过也不用沈默破费，因为他老丈人三天前便出动大量人力，送来一张雍容华贵，体量十分之大，花了无数木工雕工画工漆工的“紫檀千工床”过来。

现在他便站在这张高八尺，长九尺，宽一丈的大床前叹为观止，沈默以前从来不知道，原来床也可以分里外“两间”，里面是供睡眠的床榻，外面则是可穿衣解衣的小更衣间。

虽然不怎么识货，但光从那些精美雕刻的花卉祥瑞图案，在上面还镶嵌了数十颗西洋来的琉璃与玛瑙，便知道这玩意儿少说得几百两银子。

沈默尚且如此，那些来安床的全福大嫂子们，更是馋得口水都快流下来了，一遍遍地摩挲着这张贵逾千金的千工床，真想躺上去享受一番啊。

直到外面喊一声：“吉时已到”，一圈人这才一起使出吃奶的力气将婚床向东移了一寸，便到了安床吉位上……

把床安好后，全福大嫂子们便将床铺好，上面铺上龙凤被，再撒上红绿豆、莲子、红枣、桂圆、核桃等十几样喜果，然后让个小娃娃上去打个滚。

这次上去打滚叫“翻床”，翻床者乃是诸大绶的儿子。

安完了床，沈默便请那些全福大嫂子出去吃茶。

出去婚房，关上门，再将一对“红双喜”贴上。从即日起直到大婚之日，任何怀孕的、戴孝的、来月事的妇女，都不准进入，否则不吉利。

此时院子里也开始贴喜字，中堂、门上都要贴，还挂起了贴着大红字的红灯笼，看着一派喜气洋洋的院子，沈默终于找到了那种做新郎的激动。

就在情绪刚刚升起，还没有遍布全身时，便听到外面传来急促的马蹄声，伴着马匹的嘶鸣声，一个百户军官冲进来，焦急道：“巡按大人在哪儿？”

沈默正从后院出来，闻言轻声道：“我在这儿。”

那百户立马给沈默跪下，双手奉上一个竹筒道：“中丞大人急件！”

沈默微微皱眉，马上拿起那信筒，拧开盖子倒出一封信，展开一看，确实是胡宗宪的笔迹，只有短短数句道：“贤弟行将燕尔，兄本不该劳烦，然此事十万火急，事关整个东南局势。一旦处理不善，立即酿成不可收拾之大祸，翼求贤弟以万民为重，火速来杭。”

“怎么连‘此事’是什么事都没说？”沈默奇怪问道：“到底发生了什么事？”

那百户茫然摇头道：“小的不知。”

点点头，沈默吩咐道：“等我半个时辰，让我收拾一下，和家里知会一声。”百户当然无所不允，便跟着下人去偏厅吃茶去了。

吴兑这才凑过来问道：“你要出去？”

沈默点点头道：“回杭州，弄不好有大事要发生。”

吴兑也不问出了什么事，他虽然不如社友们有才，但情商却是除沈默外最高的一个，深知什么叫“不在其位、不谋其政”，所以他问的是：“有什么需要我帮忙的吗？”

“是的，”沈默感激地笑笑道，“帮我把这事儿跟我爹讲一下，我实在张不开这个口。”

“你这就走吗？”

“先去趟殷家，”沈默轻声道，“若是不声不响走了，万一耽搁了婚期，那就实在是太失礼了。”拍拍吴兑的肩膀，不负责任地道，“希望我回来时，你已经把我爹安抚好了。”

吴兑翻翻白眼道：“我会对得起解元郎这份信任的。”

快马加鞭到了殷家，沈默见到了殷老爷，殷老爷尽管心里很闹腾，面上却笑呵呵道：“不着急，大事为重嘛。至于结婚，那是小事，晚几天也无所谓的。”

沈默虽然听着这话有些情绪，但殷老爷能痛快放行才是他最想要的，便假装糊涂，含混过去，说出了此行的真正目的道：“我能不能见一见若菡？”

“她已经是你的人了！”殷老爷提高声调道，“想见就见，我管不着！”

沈默自知理亏，只好赔笑几句，便在前院丫鬟的带领下，往后院绣楼而去。上楼见到穿一身大红嫁衣的殷小姐，不由有些错愕道：“现在就穿上了？”

殷小姐羞得脸比嫁衣还红，边上的画屏推他一把道：“还不快下去！”

沈默这才意识到，未婚妻在试穿嫁衣，不由讪讪道：“我在楼下等你。”便噔噔噔下了楼。

过了好一会儿，殷小姐才下了楼，本想好生教训他一顿，但见沈默脸上写满了焦急，话到嘴边便转成为：“发生什么事了？”

“出大事了，胡巡抚让我立刻回杭州，今天就出发……”沈默满脸歉疚道，“具体要待多长时间，我还不知道，只怕万一……所以来告诉你一声。”

殷小姐先是一愣，过一会儿才恢复平静道：“没事，不急在一时，什么时候忙完了什么时候回来办吧。”

“谢谢，”沈默叹口气道，“让你受委屈了。”

殷小姐微微摇头，轻声道：“其实最难的是你，两个老爹都要安抚，还得马上赶路。”便让厨房赶紧给沈默准备路上吃的点心。沈默摆摆手道：“不必了，巡抚衙门的人等着我呢，早去才能早回。”说着向她逼近两步，压低声音道：“我会每天想你的。”

殷小姐本来有些提不起精神的小脸上，登时便春暖花开，她轻声道：“我也是。”

“那我走了。”这么多丫鬟守着，也没法干点什么，沈默只能用眼神表达自己的不舍。

殷小姐也秋波宛转，却是示意他往她的身后看，这种情人间的暗号，也只有沈默能破译，他依照指示看一眼，终于注意到早站在那里的画屏，赶紧不好意思道：“我这边一着急，就漏人了。”说着朝画屏龇牙笑笑道：“好好照顾你家小姐。”便急匆匆地告辞离去。

回到家里，待把老爹安抚住了，沈默便跟着巡抚衙门的亲兵，日夜兼程往杭州赶去。

第十三章

风云涌动波澜起

抵达杭州时，正是中午时分。

一进城沈默便感到气氛有些不对劲儿，只见大街上来往的百姓，脸上竟没了往日的骄傲，仿佛遭受了极重的打击一般，不时还见到有人群汇集在路边，情绪激动。

沈默在最近的人群处勒住马缰，居高临下听中间那个士子慷慨陈词道："仅仅百十号倭寇，便在我大明朝的腹地势如破竹，如入无人之境，一直打到南京城下！我大明朝十几万重兵竟然束手无策，屡战屡败，被杀伤人数达四五千人之多！至今仍未将其歼灭！这样无能的军队不要说跟国初相比，就是孱弱不堪的宋朝军队也比它强一万倍！"

人们的怒火被煽动起来，大明国民的自尊受到严重的侮辱，青筋在额头暴起，脏话喷涌而出，但没有骂倭寇如何如何的，所有的矛头都指向荒唐之极的大明东南军队，以及这支军队的领导——提督赵文华、总督杨宜、浙江巡抚胡宗宪和苏松巡抚曹邦辅等人。

听明白事情的大概之后，沈默完全难以置信，他虽是文人，但对东南的军情倭情十分了解。他知道卫所军队乃是一群完全不堪重用的废才，但对于“一百多倭寇干掉四千多官兵，还险些攻进南京城”这种耸人听闻的事，却绝对不会相信。

沈默正在考虑要不要提醒胡宗宪，处理一下这些散布谣言之人时，便见街口处一阵喧腾，杭州府的官兵出现了，将一个又一个活跃分子捉了起来。沈默便见方才在自己附近慷慨陈词的士子，偷偷混进人群里想溜，却被捕快从背后掼在地上，二话不说先捶上两拳，然后被五花大绑了。

沈默便悄悄离开。

巡抚衙门外的大坪整整四亩见方，寓意朝廷统领四方。正中高矗着一杆三丈长的带斗旗杆，遥对着大门和石阶两边那两只巨大的石狮，以空阔见威严。

此时没有一丝风，那杆斗上的大旗无精打采地低垂着，纹丝不动。天色尚早，巡抚衙门的朱红大门却紧闭着。大门石狮两旁的八字墙上，贴着“中丞出巡”的告示，似乎是在对此做解释。

更令沈默惊奇的是，大门外的登闻鼓也不翼而飞了，只留下一个空空的鼓架，让人不禁要问，巡抚衙门搬家了吗？

沈默收回胡思乱想，对那要去叫门的百户道：“我们从后门进去。”便拨转马头，往拐角处行去。一行人只好紧紧跟上。

从后面叫开门进了院中，沈默便见到了迎出来的文徵明。文徵明是胡宗宪从苏州请来的，文老才子一脸凝重地朝他点点头，两人便携手往前院走去。

沈默轻声问道：“不知巡抚大人找我何事？”

文徵明面色忧虑道：“这下麻烦大了。”

沈默道：“我在外面听了些传闻……”

“虽不中，亦不远矣。”文徵明叹息道，“我大明遭受此等奇耻大辱，陛下肯定会雷霆震怒的。”身为巡抚衙门的幕僚，他自然站在胡宗宪的立场上说话。

看着花厅在望，沈默皱眉道：“都有谁在里面？”

“赵侍郎、胡中丞、按察使侯大人，还有周知府。”文徵明叹口气道，“胡中丞请大人偏厅稍坐，等打发了那些人再与您说话。”

沈默点点头，文徵明便领他去花厅边上的耳房，挑开门帘，无声地做出个

请的姿势。

花厅中，赵文华高踞主座，其余众官员按尊卑分列左右就座。沈默进去耳房时，这里的会议已经临近尾声了，便听杭州知府周培德疲惫而忧虑道：“督公，以下官愚见，这件事瞒是肯定瞒不住的，咱们还是尽快如实上报吧。”

赵文华不耐烦道：“那些倭寇把江浙重镇基本转了一圈，我还不知道瞒不住？”顿一顿又道，“这件事肯定是要震动天颜的，到时候钦差下来，你们可都给我看好嘴巴，什么该说，什么不该说不用我教吧？”

众人赶紧摇头道：“不用大人费神，我等晓得。”

“晓得就好。”赵文华沉声道，“你们也不用太担心，只要你们不捅娄子，一切都有我在，有我干爹在。”说着包含威胁道，“若是胡说八道，传出什么风声去，老子让他吃不了兜着走！”

众官员赶紧保证，一定同舟共济，共渡难关。

赵文华这才稍稍放心，又问道：“那些煽动民心的奸人抓起来没有？”

周培德和浙江提刑按察使侯正道：“按察司、杭州府的兵丁衙役全部出动，应该已经捉拿归案了。”

“你们俩赶快去审，”赵文华下令道，“不管用什么法子，给我把唯恐天下不乱的主谋揪出来，这种时候谁给老子添乱，老子就让他全家去死！”

一直沉默不语的胡宗宪这时出声道：“就算审出来，也不要乱抓人，一切以弹压形势为重，千万不能再出什么乱子了。”

“照中丞的意思办吧。”赵文华说完也起身道，“我也回去了，得赶紧给小阁老写信，请他拿个主意。”

胡宗宪便将赵文华送出去，走到门口时，赵侍郎不无深意地对他道：“这件事可大可小，梅林兄可要多担待啊。”

胡宗宪愣了，赵文华赶紧笑着补充道：“放心，只要有我在一天，兄弟你就不会吃亏的。”

胡宗宪这才点头道：“督公放心吧，下官知道分寸。”

“很好，你办事我放心，”赵文华如释重负道，“最近换季，我浑身关节痛得很，可知何处有温泉，可以让我稍解疼痛啊？”

“又想置身事外！”胡宗宪暗骂一声，面上却很热情道，“宁海县的南溪温泉很不错，戚继光在那里练兵，所以也很安全。”

“你说的保准错不了，”赵文华大喜过望道，“就去南溪了，等身子好些就回来，”末了还假惺惺道：“这段时间便请胡兄多担待些，我会很快回来的。”

胡宗宪恭声道：“大人身体要紧，还是多泡泡吧。”

送走了赵文华，胡宗宪拖着疲惫的身子，来到了耳房之中。沈默起身相迎，他摆摆手，便紧挨着沈默坐下来，从袖里掏出个折页递给沈默，自己则垂头闭目不语，在恢复精神一般。

沈默只见那折页上写着“军情”二字，展开一看，原来是此次事件的始末：

九月初一，倭寇二百余人登陆海盐，突犯北新关，家居御史钱鲸不及躲避，全家被杀。浙江巡抚胡宗宪闻讯率军前去清剿，然此股倭寇已向内地逃窜，宗宪率军追击，经数次激战，至严州淳安县时，倭寇只剩半数，然此后再无其踪迹。

后才知其已越界南直隶，流劫徽、宁、太平，芜湖县丞陈一道父子战死，士兵折损百人；江宁镇指挥朱襄战死，士兵死亡三百多人。最后出现在南京城下，佯作攻击外郭的大安德门后，便向秣陵关退去。又游行到溧阳、宜兴，杀伤数百驻军，最后抵达浒墅关，被应天巡抚曹邦辅率兵击溃。

看完了，就听胡宗宪轻声道：“根据最新的消息，俞大猷率军追至杨林桥，已经将剩下的倭寇全部歼灭了。”

沈默默然。只听胡宗宪幽幽道：“你肯定要问，怎么会发生这种事呢？南直隶加浙江共计十几万大军，却被百十个倭寇搅得人仰马翻，耗时四十天，死伤上千人不说，还让人家摸到南京城下，大大羞辱了大明天子一把，你的手下都是一群猪吗？”

沈默微微摇头道：“凡事必有起因，我是知道的……倭寇没有那么强，我们的军队也没有那么弱，但我很想知道造成这个结果的原因。”

胡宗宪点点头，缓缓道：“这正是我要对你讲的……你知道我追击了这些倭寇七八天的时间，如果当时你在场，就会知道今天的结果并不稀奇了。”说着便回忆道：“那批倭寇狡猾善战，组织极为严密。其中大部分是手持倭刀的浪人，这些人武艺极其高强，实战经验极其丰富，乃是之前所未见。但另外一小部分最可怕，这些倭人身形瘦小，黑衣蒙面，尤其擅长潜踪奔行，刺探暗杀，无时

无刻不在暗中窥视着我的军队。正因为有这种人存在，这股倭寇才总能够占到先机，远离我们大军的围剿。”

“而且其中还一定有换装成真倭的汉奸存在，因为这股倭寇对地形极为熟悉，就像自幼生长于斯一样。”胡宗宪沉声道，“三方面因素加起来，造就了这股神出鬼没、战斗力强横的倭寇。”

“反观我大明精锐尽在沿海，内陆府县的驻军大都是腐朽不堪的卫所军队，以及一些民兵团练，肯定不是这些倭寇的对手。”胡宗宪面色铁青道，“我自然知道一旦放任这股倭寇深入腹地，便会带来一场大祸，便组织了数府兵力，布下天罗地网，力求将其留在浙江。”

“为什么没拦住呢？”沈默也皱眉问道。

胡宗宪双手一摊，满是无奈道：“几次合围，他们都从包围圈的缝隙中逃出去了。”说着狠狠地一捶大腿道：“要说没有人给他们通风报信，我胡宗宪这把年纪就活到狗身上了！”

沈默终于动容道：“这么说，这次倭寇入侵是有预谋的？”

“肯定是！”胡宗宪斩钉截铁道，“告诉你一件怪事，这股倭寇不掠财、不奸淫、不杀平民，几乎只针对官军进行战斗，让人无法理解其动机。”

沈默微微闭目道：“这些人的使命，应该就是出现在南京城下。”南京是大明朝的南方首都，太祖皇帝的陵寝所在，整个东南的政治中心，其重要程度仅次于北京，自成祖靖难至今，一百五十年来从未遭到任何攻击。

现在却在十几万大军的拱卫下，遭到了倭寇的攻击，尽管只是象征性的，但其象征意义，也足以将一场捉迷藏似的游击战争，升级为一起严重的政治事件！

“是的。”胡宗宪缓缓点头道，“那确实是他们的目的。但这样做的动机是什么？背后主使又是谁呢？”

“动机么，无非就是让幕后黑手的敌人倒霉。”沈默双手一摊道，“但背后主使是谁，我就没处去猜了。”

胡宗宪有些失望，但也知道沈默一向嘴巴严实，从来不说没有把握的话，便转而轻声道：“这次请拙言老弟过来，是想求你帮老哥我一把。”

沈默心想，这简直是张经的翻版啊。不用问，肯定是想让自己上折帮他分解，便抬手道：“中丞大人客气了，我是知道分寸的。定然以维护前线将士为己任……但是我人微言轻，说了也没有大用。”

“拙言切不可妄自菲薄，你的话是有大用的！”胡宗宪呵呵笑道，“还不知道吧，陛下已经将你年前呈上的报告刊印成册，还御笔题名‘海筹图略’下发给内阁大学士们参考。据说还好几次当着阁老们的面，夸奖于你呢。”

沈默赶紧惊喜道：“真是荣幸之至啊。”

“现在你还担心自己的意见不受重视吗？”胡宗宪捻须笑道，“我也不会让你为难，你只需如实上奏，稍有侧重即可。”停一下又道：“当然你是我们浙江的巡按御史，就不要管南直隶的事情了。”

“这个我晓得。”沈默点头道，“也可以按照大人您的意思去发，这些都没问题，”胡宗宪面上刚露出放松的神情，却听他定定道，“但是下官必须告诉您，这样可能招来更大的麻烦。”

胡宗宪表情一滞道：“什么麻烦？”

“一群战斗力强大、秋毫无犯的倭寇，登陆我大明，难道只是为了出名吗？”沈默轻声道，“当今陛下聪明绝顶，乾坤独断，是不会让这件事含混过去的。”他声音突然变得很低，幽幽道：“还记得朱纨吗？”

胡宗宪呆住了。

沈默的猜测没错，当八百里加急传到北京，嘉靖帝震怒了，他感到面颊上火辣辣的，仿佛被人狠狠打了耳光，噼里啪啦砸碎了精舍中所有可砸的东西，又流着泪回到紫禁城，去奉先殿向太祖皇帝请罪，在老朱的画像前，足足跪了一个时辰。

谢绝了胡宗宪的留宿，沈默也没有回西溪别墅去，而是住到了人马喧腾的驿馆中。

在驿馆中待了整整三天，沈默的报告还是没写出来。这倒不是他文思枯竭之类，而是经过反复斟酌，他觉着还是再等等，看看朝廷下一步的变化再说。

是的，他确实答应了胡宗宪，要上奏皇帝帮其说话。但沈默深知此事干系重大，所谓“倭寇犯京”只不过是冰山一角，其背后也许隐藏盘根错节的干系。对于一个快要完婚的新郎官来说，他绝不希望在这时候纠缠进去，能置身事外是最好的。

仅仅又过了一天，圣旨到了。命他协助钦差大臣彻查此次事件的始末，

这下是彻底休想置身事外了。

将写了一半的报告扔进火盆，沈默叹息一声，对沈安吩咐道："你回绍兴跟家里说，婚礼延期吧……"

再过一日，沈默正在屋里读书，便听外面有喧哗声，隐隐好像有"钦差"之类的字眼，他心中一动，命铁柱出去观看，才知道是苏松巡按到了。

沈默便搁下书吩咐道："更衣。"

他这边刚刚着正衣冠，就听到亲兵进来，呈上拜帖道："大人，苏松巡按王大人前来拜会。"

沈默赶紧道："快快有请……哦不，还是我亲迎吧。"便匆匆出去。在小院里见到一位二三十岁，面色白净，蓄着乌黑短须，相貌十分儒雅的官员。

"在下苏松巡按王用汲，见过解元郎。"见沈默出迎，那官员笑吟吟地拱手道，声音柔和而干净。

沈默赶紧还礼："久仰润莲兄大名，今日终得一见，实在是幸会幸会。"

王用汲字润莲，闻言微笑道："解元郎过誉了，区区不过一介小吏，哪来的大名？"

温润如玉的君子总是讨人喜欢，沈默也不能免俗，不由对其心生亲近之情，连忙将他让进屋去，请其上座。王用汲推辞不肯，两人只好落座，沈默吩咐上茶，对王用汲道："润莲兄一路辛苦，来得好早啊。"

王用汲温和笑道："解元郎不是来得更早吗？"

沈默摇头笑道："润莲兄还是叫我拙言吧，最近听着解元两个字就犯晕。"

王用汲颔首道："拙言兄，我是前天接到圣旨，生怕落在赵部堂后面，这才抓紧时间赶过来的。"说着呵呵一笑道："据说老先生是个急脾气。"

沈默笑道："好像有所传闻。"这时候铁柱奉茶，王用汲接过茶盏轻泯一口道："这次的差事，拙言兄怎么看？"

沈默也喝口茶，微笑道："我阴差阳错当上了这个浙江巡按，但实在太过年轻幼稚，早已打定主意，紧跟赵部堂和润莲兄的步伐，你们说怎么干，我就怎么干。"

王用汲苦笑道："拙言兄太谦虚了，不过也真真道出了我辈的心声。"说着叹口气道："不瞒你说，我是跟着俞总戎进剿过那股倭寇的……"

沈默面色一紧，沉声问道："抓到活口没有？"

“捉到了。”王用汲压低声音道，“一个剃着倭人发式，穿着倭人服装的汉人，被火铳所伤，昏迷了过去，等兵士们取首级的时候，才发现他没死。”

“人现在在哪儿？”沈默直起身子问道。

“已经被曹巡抚收押了。”王用汲轻声道，“但当时我检查过他的全身。”

“怎么样？”

“双手虎口有老茧，脚掌狭窄，脚趾并拢，且面容身上都没有海风吹出的那种水锈。”王用汲轻言细语道，“据此判断，觉着他是个陆上的高手，应该不是在海上讨生活的。”

“嗯，浙江胡中丞也说过，当地的向导与他们勾结。”沈默点头道，“其余的倭寇呢？”

“还逮到两个倭人，不过伤势很重。”王用汲印象深刻道，“这是一群亡命之徒，除非伤重昏迷，不然就会继续作战，直到最后也没人投降。”

“依润莲兄看，这些倭寇是什么来头呢？”沈默轻声问道。

“俞总戎说，这些倭人全部手持倭刀，这本身就是一件不可思议的事情。”怕沈默不了解，王用汲还解说道，“倭刀虽然质量很好，把把都是宝刀，但工艺极其复杂，价格极其昂贵。即使在日本，也只有一种人会使用，那就是诸侯的武士，这些人自小习武，专学杀人的法子，异常毒辣厉害。”

沈默微微点头，没有打断他，听王用汲道：“但俞总戎说，这种人在日本也是极为稀有的。”说着不可思议地对他道，“这次居然有足足两百个这样的日本浪人跑到大明来送死，实在是莫名其妙啊。”

两人谈论半晌，没有头绪，只好暂且按下，一切等赵部堂到了再说。可一连过了两天，钦差大人的仪仗却始终没有出现，就在两人有些着急，忍不住写信去南京询问时，一个布衣老头来驿站找他们，递上了一份名刺。

一看上面的名字，沈默两个赶紧换了官服，跟着老头出了驿站，七扭八拐地到了一间极不显眼的小客栈中，见到了同样不起眼的赵尚书。

赵贞吉，字孟静，号大洲，嘉靖十四年进士，授翰林编修，在国子监教书育人数年后，擢监察御史，奉旨宣谕诸军。后因得罪严嵩，廷杖谪官。再累官至户部侍郎，又忤嵩夺职。几年前经其老师徐阶举荐，帝允复起，但仍被严嵩从中作梗，被任命为南京礼部尚书，闲散搁置。

直到张经去职，才接任南京兵部尚书，掌管南京及应天府一带防御。赵老

夫子对军事乃是外行，但依然加强军纪训练，使腐朽不堪的南京驻防兵战力稍有提升，并始终保持警惕性。这才在上月倭寇逼近城下时，及时反应，关闭城门，没有被攻进城内。

但眼睁睁看着倭寇远遁，便已经让生性要强的赵老夫子险些气晕过去。从那天起，赵贞吉就开始骂娘，从赵文华、杨宜，到胡宗宪、曹邦辅，都被他骂遍了。

所以当接到圣旨，皇上命其为钦差大臣彻查此案时，赵老夫子别提有多激动了。上午接旨，下午便丢下手头的差事，仅带一名老仆一个护卫，三人同乘一辆马车，心急火燎地往杭州去了。

他微服简行，悄无声息地进了杭州。在街头巷尾处转悠两天，觉着情况了解差不多了，这才现身召唤两位副手过来。简单的见礼之后，赵贞吉便沉声道："二位久等了吧。"

两人连忙道："应当恭候部堂大驾。"

"这几天可有什么收获？"赵贞吉个头不高，相貌也很平常，却有一份不怒自威的尊严所在，令二人大气都不敢喘。王用汲轻声答道："这几日与沈巡按分析了一下案情，但大人您不到，我们也不敢胡来，生怕乱了您的部署。"

"狡辩。"赵贞吉冷着脸道，"就算我没来，你就不会出来转转，听听民声，好做到心中有数吗？"

两人心中苦笑道："外面盯梢的不下十人，人家不想让我们看的，肯定看不到，我们出来有什么用处？"但这话只能想想，面上只有唯唯诺诺地接受批评。

赵尚书坐着，两位巡按站着。

将两个刚见面的属下，劈头盖脸训斥一顿，赵尚书才板着脸下令道："沈巡按，你持我的手令，约请工部侍郎赵文华和浙江巡抚胡宗宪，于明后两天过来谈话。"

又对王用汲吩咐道："王巡按，你持我的令牌，约请本地五位有名望的大户、十位庶民百姓，五日内我要见完这些人。"说着根本不容两人有问，便挥手道："下去吧。"

王用汲轻声道："大人是否移驾驿馆，那里总是方便些。"

沈默也附和道："是呀，大人。"

"不必了。"赵贞吉哼一声道，"那里尽是天南海北的官员，南京都出了这种事，我没脸去住。”

两人讨了个没趣，只好怏怏退下，出了那间客栈，走远了才相视摇头苦笑，都大感这怪老头不好伺候。

沈默轻声道：“老夫子好大的架子！”

“摊上这种大人，也是有好处的。”王用汲两手一摊，微笑道，“尽心办差就是，其余皆不必操心。”

沈默连连摇头，便与他拱手作别，各自完命去了。

沈默先去卢园，一问才知道，原来人家赵侍郎出去泡温泉了，再问何时归来，管家道：“这说不准，看大人的身体情况吧。”其实谁都知道，看的不是赵侍郎的身体，而是事态的进展情况。

看来赵文华铁了心要置身事外了，沈默也没有办法，只好去找胡宗宪。胡中丞倒没有玩失踪，也不可能违背钦差的意思，但沈默知道，赵贞吉不会从他那里得到有用的东西……他太了解胡宗宪了，虽然年纪不如赵贞吉大，但狡猾程度却有过之而无不及。

果然在结束了与胡宗宪的谈话后，赵贞吉把沈默找去了，面色十分难看道：“你是浙江的巡按监军道，有监察全省军政之责，说说对此事的看法吧。”

沈默刚要开口，却见赵贞吉一抬手道：“不要老生常谈，不要敷衍塞责，本官可不是好糊弄的。”

沈默这才知道，原来方才胡中丞便是用“老生常谈”“敷衍塞责”赵部堂。稍稍整理下思路，他便禀报道：“此次陛下命部堂彻查此事，无非就是想知道三件事：谁做的，目的是什么，以及谁该负主要责任。”

赵贞吉点点头，不做声地听他道：“现在浙江这边，是众说纷纭，有人说是在王江泾吃了大亏的徐海，在出手报复，要挽回面子；也有人说，只是倭寇迷了路，无头苍蝇乱撞上来的……”说着顿一顿，低声道：“还有一种说法甚嚣尘上……据说是‘提编’惹的祸，一些大户出钱请的死士，给那位上眼药呢。”

大明朝的中央财政寥寥，地方的困难都得靠地方自己解决，十几万抗倭大军齐聚江浙，光人吃马嚼每天就得数千两银子，若再算上军饷烧埋、兵器甲具，所耗费银两更是不计其数，早已经远远超出了正常的财政收入。

就只好再额外增税，但浙江的老百姓已经在田租地税之外，亩出兵饷一分

三厘了，再加上其他名目众多的赋役征和严厉的海禁，已经是家家皆净，无以为继了。如果再行盘剥，无疑会使黎民生路断绝，被迫加入倭寇行列。

但仗不能不打，饷也欠不得，必须要有一种立竿见影的法子，来保证抗倭的军需不断流才行。而为军队筹饷是赵文华除督战之外的主要任务，但他显然不具备解决这个天大难题的手段，便不出意外地将这个烫手的山芋丢给胡宗宪，让他来想办法。

别无他法之下，胡宗宪只好想出了个名为“提编”的加派之法，便是按照人民的贫富，将其编为十等，然后从最富一等开始征税。若富人所纳税额不能满足需要，则向下征收次富阶层，以此类推。

实事求是讲，这个法子是十分合适的，毕竟谁都知道，大明朝的九成财富，集中在不到一成人的手里，现在没钱打仗了，不问那一成要，却还问谁要？

但那些掌握着巨大财富的大户们不愿意了，他们已经习惯了百多年来，不纳捐不交税的日子，突然要让他们拿大头，当然没法接受。

论说这些人家都是有权势的，又同气连枝，是惹不得、碰不得的。但现在非比平常，一切以抗倭为重，原先那些用来攻击官员的借口，诸如“擅杀”、“恣横”甚至“专权”之类，统统可以被原谅，至少是暂时被原谅。

而地方官府，则可以高举着“通倭”的大帽子，看谁家敢不听招呼，便扑通一声扣上，保准你家破人亡，满门抄斩，谁也救不了。此消彼长间的地方官们，在面对这些大户时，占据了前所未有的强势地位。

于是“提编法”得以执行，大户们也只有乖乖掏钱了。这样加派之后，浙江一司仅今年上半年，便额外征收了白银四十万两，而南直隶因为更大更富，受患更轻，这个数字则达到了六十万两。勉强保证了军费的来源，使战争得以长期维持下去。

但在江浙的大户心目中，赵文华和胡宗宪两个名字变成了扒皮鬼与鬼扒皮，其关系早已不复融洽，所以才有了这种传言。

沈默已经知道赵贞吉微服私访的事情，所以肯定知道这些，便干脆也不替赵文华做隐瞒，反正这件事沸沸扬扬，盖是盖不住的。

听了沈默的说法，赵贞吉的面色这才稍稍好看些道：“算你老实。”便沉声问道，“你觉着哪一种可能呢？”

沈默摇摇头道：“这些都只是传闻，在没有足够的证据之前，任何判断都没有根据。”

赵贞吉眉毛微微抖动道：“我非让你说一种呢？”

沈默依然平静道：“那要看赵部堂想看到什么结果了。”

“难道你没有自己的主见吗？”赵贞吉不悦地哼一声道。

“下官没有。”沈默轻声道，“下官也混沌得很。”

赵贞吉始终没有从沈默嘴里，撬出点有价值的线索来，只好让他出去。

待门关上，赵贞吉仿佛自言自语地嘲讽道：“这就是你谭子理口中的未来宰辅？弼国之才？”

里间的门帘便挑起来，一个三四十岁、仪容威严的中年官员，走了出来，不以为意地笑道：“部堂大人难道不认为他表现得很精彩吗？”

“瓜娃子的，精彩个屁。”赵贞吉骂一声道，“才不到二十岁，油盐不进的老官僚一样。”

那谭子理正是台州知府谭纶，与赵贞吉有着千丝万缕的联系，是以赵老夫子一封信便把他招了过来。

谭纶在赵贞吉的下首坐下，微笑道：“如果他不这样说，我才真觉着失望哩。”

赵贞吉笑骂道：“你帮谁说话呢？”

谭纶笑笑，压低声音道：“大洲兄，我真觉得这回，你该大事化小，小事化了。”

赵贞吉的笑容登时敛去，皱眉道：“子理，你是不是让他们给拉下水了？”

谭纶微笑道：“一切以抗倭大局为重，等把外敌消灭了，咱们便集中力量对付严党，终究会取得胜利的！”

赵贞吉怏怏道：“你不用再安慰我了，我已经有分晓了。”见他失去谈性，谭纶识趣地起身告退，赵贞吉这次也不挽留了，将他送到门口，便转身回来。

呆呆地站在院子里，对着一棵火红的柿子树呆半晌，赵贞吉突然想起了什么，揉着脑袋寻思了半晌，突然双手猛地一拍道：“对呀，不是每个人都怕东窗事发！那个人肯定不会看到这件事情不了了之的！”

说着便兴奋地对老仆人道：“我写封信，你给王用汲送去，让他用最快的速度，亲手交给曹邦辅。”

又过了两日，王用汲回来了，带来苏松巡抚的回信。赵贞吉展开一看，不由愣了，只见上面没有称呼，没有落款，而是从《列子·汤问》上，摘了一段文字道："太行王屋二山，方七百里，高万仞……"一直到"自此，冀之南，汉之阴，无陇断焉。"

"格老子的，一个比一个狡猾！"将那信纸狠狠拍在桌子上，赵贞吉气得胡子都翘起来了："生怕担上一点责任，沾上一点瓜葛，倒给我讲起'愚公移山'的故事来了。"

但他是极有智慧的，自然知道曹邦辅已经将要说的话，表达得清清楚楚了……太行与王屋，严党与江浙豪阀是也，愚公，乃他赵贞吉也。现在赵愚公想请他一起搬掉两座大山，曰"吾与汝毕力平险，指通豫南，达于汉阴，可乎？"

不出赵贞吉所料，吃过赵文华攻讦，又在此次事件中有功无过的曹巡抚，是"杂然相许"的。但也同样指出，即使有愚公那种不畏艰辛、坚持不懈的精神，如果没有"操蛇之神告之于帝，帝感其诚"派天神相助，也是不可能成功的。

意思很明显，我对你的提议很感兴趣，但没有十成把握，是不会动手的。

赵贞吉深知，没有曹邦辅加入，是不可能争取到李默的支持的，而如果李默不支持，想要在这里战胜严党，是没有任何指望的。

他突然怨恨起来，自己的老师明明是内阁次辅，官居一品的天子近臣，为什么就不能强硬起来，为他们这些下面的人撑腰呢？要是那样的话，还用得着拉拢曹邦辅，巴结李时言吗？

赵贞吉何尝不知，自己要做的事情，与那愚公移山无异。

但他毫不动摇，因为他亲眼所见，老百姓的生活实在太惨了……那提编之法看似合理，实际上与以往任何的革新一样，无论将多少负担压在富人头上，最终还是会被他们想方设法转移给穷人们。

而且最高长官成了贪渎的头子，上行下效之际，下面的官员也纷纷伸手，想要分一杯羹。在这个弱肉强食的游戏中，底层民众永远是被鱼肉的一方。在层层盘剥之下，早已经膏血殆尽，皆曰："与其守分而死，孰若从寇而幸生？"

以至于出现大面积地通倭投倭，甚至在某些地方，倭寇比官军还要受欢迎……因为为了获得情报，保障后路，倭寇往往在抢劫大户之后，放粮米给穷苦百姓。虽然这并不是普遍现象，但也足以反衬出官府名声之败坏，如果不施与雷霆手段，将无药可医！

赵贞吉看一眼桌上压着的竖轴，上面写着自己立下的八字誓言："知难而进，不避艰危"，现在就是自己实践自己诺言的时刻了。

"既然你们敬酒不吃，那就吃罚酒吧。"将视线从桌上抬起，他坐直了身子，对门口沉声道："来人。"

两个随从，老仆和护卫便进来，一齐施礼道："大人有何吩咐。"

"赵安、赵全，你两人回南京，持本官的手令，调兵部一干属官和直属部队过来。"赵贞吉冷声道，"将新入库的那一千条最新式的火铳，全都装备上，打钦差旗，浩浩荡荡给我开进杭州城来！"

赵贞吉接下来消停好几天，让所有人暗暗松了口气。胡宗宪还派人私下找到沈默，让他想办法给老赵个台阶下。大家赶紧把这个案子结了吧。

沈默却不去触这个霉头。

第十四章
任尔东南西北风

果然就在两天后，杭州城西门外，突然奔来一骑，对守城兵丁高喝道："呔，快叫城内诸官，出来迎接钦差大人大驾。"

值守千户在城上高声问道："敢问是哪路钦差，小的也好去通禀。"

"南京兵部赵尚书，奉旨查办钦案。"来使高声道。

值守千户不敢怠慢，赶紧去里面通禀。不一时胡宗宪率领布政使、按察使并杭州知府一干僚属出来，沈默和王用汲两个，也换上官服急匆匆往西城门赶去。下了轿子，王用汲奇怪道："难道赵部堂连夜出城去了？"

"那倒不至于，"沈默摇头道，"这是要告诉浙江上下，他要由暗转明了。"

众官刚到城门口，便见西北官道方向出现长长一队人马，一边鸣锣开道，一边不疾不徐地行来。

待那支队伍更近了，可以看清二品大员的全副仪仗了，由十二位手持龙凤彩旗的红甲亲兵当先导引，后面的仪仗队高举肃静回避牌、斧钺、大刀、日月、狮印、葵扇、罗伞及写着钦点翰林、南京兵部尚书、督察东南军机以及钦差奉旨查案的牌子各一块。

再后面是百余名持弩护卫，簇拥着数顶青呢官轿。最中间的是一顶十六抬的紫玉大轿，后拥伞扇罗盖，并数名武官，最后是长长的护卫部队，均手持着新的火铳，十分有威慑力。

当看清那顶大轿上空空如也时，胡宗宪的脸色变得比铁还青。这是多么直白的示威啊！

待仪仗和卫队全部进城，官员们围到胡宗宪身边，七嘴八舌道:“中丞，这分明是要踢咱们的场子呀。”“就是，来者不善，善者不来啊！”

胡宗宪挥一挥衣袖，愤怒道:“让他折腾吧，把浙江折腾乱了，让倭寇再凶起来，我就辞官回家种田！”说完便闷头上了轿子，跟着仪仗队往城里去了。

官员们面面相觑，只好也上轿子进了城。

跟着钦差的仪仗七扭八拐，行到一条小巷外边便再也进不去，待官员们下轿，便看到钦差卫队已经将巷内一间小客栈团团围住。

过了一会儿，一个披着红斗篷、穿着山文甲、挎着鲨皮腰刀的千户军官出来，沉声道:“沈大人、王大人，部堂有请。”

胡宗宪又和一众属下等了小半个时辰，眼看着日近中午，大人们又累又饿，全都站不住了，便小声问他道:“中丞，还要等到什么时候啊？”

胡宗宪笔挺地站在那里，面色也是阴沉难看，哼一声道:“本官亲自去问问。”众官员此时同仇敌忾，哪会让中丞独往，便一齐跟了上去。

才走到巷口，就被赵贞吉的亲兵队长，也就是请沈默两个进去的那位千户给拦住了，黑着脸问道:“干什么的？”

胡宗宪黑着脸拱手道:“下官浙江巡抚胡宗宪，求见部堂大人，请代为通禀一声。”

“先候在这儿。”亲兵队长不客气道，去了足足一刻钟才回来，面无表情道，“部堂大人正在与两位协办谈话，请大人在此稍候。”

浙江的首脑们终于忍不住了，愤怒道:“我们中丞大人乃是四品大员，一省之长，你们不能如此轻侮！”

亲兵队长却不为所动道:“请大人稍候。”便钉子似的，定定地站在那里。

其实胡宗宪很清楚，这次倭寇入侵，自己并没有太大的责任，如果就事论

事，自己最多只是个“疏忽”的过失，挨个申斥、罚俸半年也就过去了。但就怕这老头子由此牵出别的事来，比如说……提编加派，这个法子一经提出便饱受诟病，也让自己着实得罪了好些人，一旦扯到这上面，便不愁找不到攻讦自己的人。

“无论如何也不能让他将这两件事连起来。”胡宗宪暗暗咬牙道。

这次没有再久候，只见一个亲兵疾步从里面走了出来，在千户耳边低声说了几句。

那千户队长便侧身道：“部堂大人请中丞大人进去。”

胡宗宪进到客栈的大堂，便见一身大红官袍、胸前绣着锦鸡的赵贞吉坐在一张方桌后，正在闭目养神。沈默与王用汲分坐左右，见巡抚大人进来，两个人赶紧起身无声行礼。

胡宗宪朝他俩点点头，也向赵贞吉行礼，轻声唤道：“部堂大人……”

赵贞吉仍然闭着眼睛，只是淡淡道：“坐吧。”

胡宗宪环视左右，只有方桌的下首有一条长凳，轻轻地走过去坐下，又望向赵贞吉，但老夫子还是闭着眼睛，只好轻咳了一声道：“这里着实狭小，大人属员众多，肯定是住不下的。下官已经命人将巡抚衙门收拾出来了，恳请大人移驾吧。”

赵贞吉还是闭着眼睛坐在那里，没有接话。

就算泥人也有三分土性，何况胡宗宪还是个有血有肉的爷们儿，便也不再说话，陪着他一起装哑巴。

厅堂里落针可闻，沉默得令人尴尬。沈默跟王用汲进来后，便发现赵贞吉像变了个人一样，阴沉得可怕。赵尚书将早就问过他俩的问题，重新又问一遍，便让他俩坐在左右两侧。待坐下后沈默才发现，在房角不显眼的地方，有一个书记官，正在奋笔疾书，肯定是将他俩说的话都白纸黑字记下来了。

赵贞吉惜字如金，一个字也没有多说，所以沈默不得要领了，只好朝胡宗宪悄悄递个眼色，让他一切小心。

胡宗宪微微垂下眼皮，算是回应了沈默。

又是沉默一阵，赵贞吉才闭着眼睛幽幽道：“这里挺好，虽然狭小逼仄，但是胜在干净，住得不亏心。”

胡宗宪强忍着怒气道：“一切都听大人做主。”

“知道就好。”赵贞吉这时睁开了眼，目光阴冷地盯向胡宗宪道，“本官奉旨问话。”

胡宗宪赶紧跪下，三叩九拜道：“恭请圣安！”

“圣躬安。”赵贞吉代替皇帝受了这一礼，便问道，“东南的蠢材们，朕问你们，你们被两百个倭寇搅得鸡飞狗跳，还被人家摸到南京城下，丢尽了太祖爷的脸，有这件事吗？”

胡宗宪冷汗淋漓地叩首道：“回陛下，确有其事，但其中另有隐情，请容后禀报。”

赵贞吉点点头道：“再问你，何以上万人也打不过人家百十人，你们都是纸糊的吗？”

“回陛下，不是打不过，是追不上。”胡宗宪很快恢复冷静道，“那些倭人速度极快，又熟悉地形，极难缉捕，所以才让他们漏网逃到南直隶，此乃臣之罪，请陛下责罚。”

赵贞吉冷声道：“荒唐，他们是外来的侵略者，你们才是大明的官军，怎好意思说人家熟悉地形呢？”

“因为他们有当地的向导。”胡宗宪不慌不忙道，“向导是土生土长的，比官军更了解地形。”

“你是说他们内外勾结？”赵贞吉状若无意地问道。

“是的。”胡宗宪答道，“看情况是这样的。”

“他们为什么会勾结在一起呢？”赵贞吉冷声道，“我听说当地人还给他们补给，这到底是谁的国家？怎么老百姓不帮我们，反倒帮起倭寇来了？”

胡宗宪心说，到正题了，便不慌不忙道：“到哪里都有见利忘义之徒，这个并不稀奇。”

“不见得吧。”赵贞吉哼一声道，“我怎么听到了另一番说法？”

“请部堂明示。”胡宗宪平静道。

赵贞吉便拿出一摞厚厚的供词道：“这是在南京刑部大牢中，官衙的一百多名从倭罪犯的口供，”原来这段时间，老夫子不是闲着玩的，而是明修栈道、暗渡陈仓：“他们从贼的理由不尽相同，但其中八成以上的，都是指控你浙江官府巧设名目，花样百出，根本不管百姓生死，以至于无以为继，民众卖儿鬻女，这才纷纷投靠倭寇……胡大人不妨看看这些供词，是也不是？”

胡宗宪看也不看那些供词，沉声问道:“大人什么意思？”

“没别的意思，就是想搞清楚，到底是谁把我们的子民往倭寇怀里推的！”赵贞吉咄咄逼人道，“是谁让倭寇越剿越强、屡剿不灭的！”

“依大人的意思，便是我们征收的抗倭提编，逼反了很多良民。”胡宗宪平静地问道，“是这个意思吗？”

“难道不是吗？”赵贞吉反问道。

胡宗宪看看屋角的书记官，竟然无声笑道:“我想请问部堂大人，对‘加派’问题，您究竟如何看待？真的是为了中饱私囊的苛捐杂税吗？”

“本官在奉旨问话，恕不能回答你的问题。”赵贞吉沉声道。

“您不能回答，我就自己回答。”胡宗宪略略提高嗓门道，“兵家云:‘夫欲足兵，必先足食’，如果没有足够的粮饷，军队的士气便会低下，战斗力大打折扣，甚至会由兵变成匪！尤其是浙江卫所彻底败坏，现在全靠募兵和客兵作战，而这两者都是要靠银子养的，花费比卫所军队大多了。”

“这个钱从哪儿出？仅凭浙江的藩库肯定远远不够的，而朝廷本来财政就捉襟见肘，再加上军费浩繁，帑藏匮竭，入不敷出，也无法给予支援，万般无奈之下，才出此提编下策。”胡宗宪不慌不忙道，“加派固然增加百姓负担，但倭患不除，百姓身家且不能保，又何有于资财乎？那些说课税重的人，就像是覆舟，不先想想怎么保命，而是想着他那装满金银的包袱！”

听他还在振振有辞，赵贞吉再不掩饰面上的鄙夷道:“王大人，你以为如何？”

王用汲寻思一会儿，轻声道:“以下官愚见，民困固所当恤，倭情尤为可虑。设使地方无备，一时倭寇突至，则其焚劫杀伤之惨，将有甚于提编加派之苦。”

“你太容易轻信了！”赵贞吉不悦道，“沈大人呢？你不会也和胡宗宪一个鼻孔出气吧？”

胡宗宪和王用汲的目光，一齐投到沈默的脸上，希望他能同声同气。但他们失望了，只听沈默面色平静道:“下官觉得胡中丞的说法有些牵强。不能以‘抗倭’二字，便涵盖全部问题。”

“好！”在胡宗宪和王用汲难以置信的目光中，赵贞吉击节叫好道，“果然是少年英才，光明磊落！”说着望向胡宗宪道:“你的说法乍一听合情合理，但本官不是三岁孩子，不是一番花言巧语便可以过关。”只听他冷笑一声道，“老夫好歹是多年的户部侍郎，要想搞清楚浙江的收支，还不算太困难！”

便拿出一本手抄账册道："这是你浙江嘉靖三十四年的收支账目，正税一百三十万两，倭饷八十万两，加派四十万两，一共是二百五十万两，扣除提交国库四十万两，拨付藩王六十万两，移交河工十五万两，官员俸禄五万两，修缮营造四万两，以及各项杂费一万两，应该还有一百二十五万两……"说着翻一页道："单是军费开销一项，便达到了一百一十万两，最后仅节余十五万两，这个账目可有误差？"

胡宗宪摇头道："没有。"省里的账册都要提交户部，所以赵贞吉能得到并不奇怪。

"很好，既然没错就很好！"赵贞吉鹰隼般盯着他，一字一句地问道："本官且问你，真用得了这么多银子吗？"

胡宗宪面色如常道："浙江有大军十万，其中多是客军与募兵。客兵要双饷，募兵也得一日三钱银子，况且一打起仗来，军械粮秣都是用钱堆出来的，所以兵法才说：'日费千金，然后举十万之师'，花钱当然厉害了。"

"胡说八道！"赵贞吉狠狠一拍桌案，又拿出一本账册，拍在他面前道，"这是你浙江上半年的采购清单，将所有的内外之费、宾客之用、胶漆之材、车甲之奉全部加起来，也不过花费了六十万两而已！请问胡大人，那五十万两白银，到底去了哪里呢？"

胡宗宪心底升起彻骨的寒意，因为赵贞吉的说法，已经相当接近事实真相了。如果这份账目被捅将上去，那可就真的万事休矣了……他仿佛已经看到赵文华泥菩萨过河，自己被弃之如敝屣的一幕，豆大的汗珠便从额头渗出来。

"冷静，一定要冷静！"多少年的戎马生涯，铸就了他无比坚韧的意志，胡宗宪强迫自己冷静下来，心里快速地推敲着……他劳于政务，对账目处理极为娴熟，又知道侵吞军饷是要掉脑袋的事情，所以对每一笔账都处理得无比谨慎，而且更重要的是，唯一的总账册，被他妥善地藏在某处，怎么可能被赵贞吉得到呢？

压下心头的惊慌，他嘶声道："部堂大人，卑职可否一观这本账册？"

赵贞吉脸上闪过一丝失望，却也只好点头道："看吧。"

缓缓伸手，翻开那本账册一看，胡宗宪顿时如释重负，原来这不是一本实记账目，而是赵贞吉估计出来的数字。他不由轻笑道："不知大人的这些数字，究竟是怎么来的呢？"

赵贞吉板着脸道："江浙一带物价类似，用南直隶的价格，与浙江的实际消

耗量相乘，不难算出来。”

“原来是推算出的。”胡宗宪笑道，“就凭着这样一份捏造出来的账册，想要指控一名封疆大吏，大人您是不是有些托大了？”

“你！”赵贞吉的脸被憋得青一阵，红一阵，怒道，“不妨告诉你，本官已经将你的巡抚衙门借用了，就是挖地三尺，我也要找出铁证来！”

胡宗宪也彻底愤怒了，拍案道：“赵孟静，你休要欺人太甚，陛下让你查的是倭寇的背后指使，你不去提审人犯，而是在什么狗屁军费上做文章，到底居心何在？！”

“因为这两者有必然的联系。”赵贞吉不为所动道，“苛政猛于虎，是你们的苛捐杂税，逼得浙江百姓离心离德，所以才让区区数倭如入无人之境……至于那些倭寇的来源，本官自然会查个水落石出，但你们这些罪魁祸首，也休想逍遥法外！”

“既然如此，”胡宗宪掸掸衣袖道，“那在下接招就是了。”便起身拱手道，“告辞了！”

“谁让你走了？”赵贞吉冷声道，“本官尚未允许你离开吧？”

“话不投机，何必在此受辱？”胡宗宪也不回头，径直往门口走去。

“站住！”赵贞吉喝一声，门口的卫士便将胡宗宪拦住道，“大人请回。”

胡宗宪放声大笑道：“你赵贞吉是钦差，本官是佥都御史钦命巡抚浙江，也是钦差，除非陛下下令，否则谁敢限制我的自由？！”说着虎目如电地望向拦路的卫士道：“碰我一指头，就是侵犯皇差的死罪，你们大可以试一试是不是这样。”

便迈开大步往前走，卫士们举着长枪想把他逼回去，胡宗宪却面不改色地迎刃而上，没有一丝迟疑。

卫士们终究不敢对一省之长动手，就在兵刃快要擦到他身上时，纷纷撤去长枪，让开一条通道，眼睁睁看着他扬长离去。

卫士们再回头看部堂大人，已经面色铁青了，赶紧稀里哗啦跪了一地。

赵贞吉两眼直直地望着胡宗宪离去的方向，怪自己太小瞧这个严党分子了。今天自己可谓是蓄谋已久、准备充分，连环雷击之下，相信他绝对会露出破绽的！谁知道胡宗宪竟然在措手不及之下，堪堪抵住了自己的狂轰滥炸，最后还在气势上压倒了自己。

狠狠一捶桌面，赵贞吉怒发冲冠道：“不是猛龙不过江！我这条过江龙就要吃掉你这条地头蛇！”

赵贞吉吩咐沈默和王用汲道：“明日开始，提审巡抚衙门的账房，你们俩先预审一遍，将供词给我过目，再做定夺。”

王用汲轻声问道：“部堂大人，圣谕可只是让我们查清‘倭寇扰南京’一案，现在咱们却查封了巡抚衙门，提审衙门里的官员，这样会不会有些失之偏颇呢？”

赵贞吉不悦道：“王巡按，本官是主办，你只是协办，该怎么做我决定，你只需照着去做就行。”

王用汲无奈地住了嘴，起身与沈默一起行礼道：“属下遵命就是。”

“下去吧。”赵贞吉疲惫地闭上眼睛，下令道。

“下官告退。”两人一起出了大堂，见此时天色已晚，就径直离开小客栈。

回到房间中洗把脸，饭菜便端上来了，沈默却一点食欲都没有，勉强吃了一碗稀粥，便搁下碗筷，进了里屋。卫士们面面相觑，不知道大人怎么了。

进了里屋想看会儿书，却一个字也看不进去，那就干脆睡觉吧，谁知躺下后依然睡不着，睁着眼睛盯房梁，最近发生的事情，便在眼前清晰闪过：

经过最初的鸡飞狗跳之后，浙江目前的局势已经明朗……至少看起来是这样。现在是赵贞吉在向严党开火，誓要将赵文华和胡宗宪绳之于法，至少是赶出浙江去，但他一直以来有两个疑问，一个是为什么赵贞吉如此偏执？即使在所有人都反对，看上去毫无希望的情况下，仍毅然决然地撕破面皮，向胡宗宪动手。

他不相信一个饱经宦海浮沉的老官员，会如此不计后果地蛮干。

另一个是，他的两本账册，到底从何而来？

赵贞吉虽然说是从户部取出来的，但户部是严嵩的禁脔，从上到下都是清一色严党，当初赵贞吉就是因为掉进那个黑窝点里，才生出许多事端，最后才被罢官的。所以沈默不大相信他有本事从户部库房里取出浙江的账册。退一万步讲，就算他能够弄得到，这么短的时间内也不可能从北京送到他手里，毕竟八百里加急除了皇帝和严嵩能敞开用之外，其余人等除了军国大事，是捞不着使用的。

所以沈默推断，有一股势力隐藏在赵贞吉的背后，或者是他的同伙，或者

只是利用他，总之可以强大到短时间弄来浙江的账册，或者早就预备好了，只等赵老头出现……

想到这儿，沈默打个激灵，忽地坐起来，脑海变得一片清明起来，自言自语道:“是不是一直以来，真正的幕后黑手都被我们给忽略了？！”如果真的存在一股力量，策划了那股强倭的出现，并为赵贞吉提供了可靠的证据，引起这个老夫子的怒火，那么一切都好解释了！

沈默回想那股倭寇出现以前，那时候的浙江，虽然抗倭形势仍然严峻，但就像王用汲所言，一切都在往好的方向发展，老百姓和浙江的大户们虽然苦了点，但都明白如果倭寇打不跑，命都保不住，所以虽然怨声载道，该交的钱却一分没有少。

对于王学门人，和他们身后的家族来说，倭寇才是最大的敌人，许多人为了支持抗倭，甚至献出全部家财，就是想要早点过上太平日子，那是多少钱都换不回来的。

身为浙江的一分子，沈默十分清楚这一点，所以他不相信饱受倭乱的大户们，会在一切向好的情况下，因为银钱上的些许损失，而贸然搅局。

但赵贞吉却从一露面就认定，是因为提编之法触动了大户们的利益，现在又得到了那莫名其妙的两本账册，更是让赵老夫子找到了“严党贪污”与“倭寇犯京”之间的联系，看来是铁了心地要用这个结论上报了……只要找到足够的证据。

“但‘贪污’与‘犯京’之间，有必然的关系吗？”沈默自言自语道，“贪污虽然会招致记恨，但在抗倭大局下，浓度肯定会被冲淡不少，不大可能引起真正的行动。”

坐起身子，一边敲着桌面，一边捻起笔来，在纸上写下“严党”、“李党”、“徐党”、“大户”四个词，浙江现在这个局面，看起来是各方角力的结果，但沈默现在敢大胆假设，除了这些台面上的势力之外，还有股极高明的力量，藏在幕后操纵挑拨，让这些台上的家伙斗得不亦乐乎。

这股力量是如此强大，且对浙江今年的状况极其不满，所以策划了整个事件，希望从中得到好处。

沈默发现只要引入这个假设，之前的一切匪夷所思，都变得十分好理解，而一旦去掉这个假设，重重现象间的因果关系，便又艰涩牵强起来。

“这股势力一定是存在的。”他重重一捶桌面，斩钉截铁道。

那么现在要做的，是将其找出来！

这并不是什么难事，沈默在纸上写下一行字道:“谁对现状最不满？谁是最终受益者？”现实的光怪陆离，不过全是这只黑手营造出来的假象。而这两个问题，便可以帮助沈默，透过重重迷雾，将隐藏在背后的那只黑手捉将出来！隐藏得再好也没用！

谁对现状不满？要先知道浙江最大的现状是什么，是抗倭形势日渐好转！所以这个问题很好回答——肯定是倭寇最不满。

但沈默知道仅凭着倭寇是没这个本事的，因为他们虽然有可能集中起两百个浪人，却不可能营造出这个局，也无从获得浙江的账本。

或者应该将不满的圈子扩大一下，沈默这样想道，另外一个不满的集团便浮现出来——闽浙海商，这些沿海的大家族，广泛而深入地参与到海上走私活动中，为倭寇的海运船队充当供销商，双方间关系极为密切，几乎倭寇每次登陆抢劫之前，这些人都会事先侦察，通风报信，以求分得一部分赃物。

现在胡宗宪在沿海打击通倭，这一举动得到了深受其扰的沿海百姓的强烈支持，许多与倭寇狼狈为奸的大家族被严密监控，家中子弟还被强令为质，声誉地位一落千丈……这还是好的呢，如若不是赵文华见钱眼开，接受巨额贿赂，严禁胡宗宪采取过激行动，恐怕许多沿海家族都要被抄家灭族了。

他们焉能不恨胡宗宪？焉能对现状满意？

再看如若扳倒胡宗宪，抗倭的大好局面便会付诸东流，百姓士绅们重新生活在水深火热中，但倭寇又可以大规模进犯，闽浙海商们也可以大规模搞走私了！

所以他们比内地大族的犯罪动机要强烈一万倍。

沈默猛然想起一个人，朱纨！毫无疑问的，扳倒他的那只黑手，与现在要扳倒胡宗宪的，绝对是同一只！

纵使粉饰隐藏得再好，但除了他们，这世上再无人有足够的能力和动机，完成这一系列动作了。

“就是他们！”沈默斩钉截铁道，“赵贞吉被耍了，胡宗宪被陷害了，浙江的士绅被当成替罪羊了，如此而已。”

但沈默很快颓然下来，因为那些计策虽不高明，却十分的致命——因为他们准确地抓住了两个弱点：赵贞吉的嫉恶如仇和胡宗宪的贪污军饷。

贪污军饷是真，这个不用什么证据，因为胡宗宪甚至亲口对沈默说过：“严世蕃贪婪无度，赵文华无度贪婪，我被这两个吸血鬼缠上，这辈子的名声算是彻底完了。”

正因为这个弱点，所以胡宗宪可以被一击致命，而赵贞吉这个眼里揉不得沙子的清流大臣，就是最好的操刀手！

困扰他多日的问题，终于迎刃而解了，沈默着实放松了一阵，起身在屋里兴奋地踱了两圈，却又渐渐放缓了脚步，他突然想到，就算意识到这个问题，自己又凭着什么去解决呢？

当年朱纨身为巡海提督，权柄甚至大于现在的总督，却也依然完败于那些人的面前，身败名裂，蒙冤千古。

而自己不过一个小小的巡按，无权无势，人微言轻，怎么敢与击败朱纨的势力作对呢？

理智告诉沈默，这时候应该明哲保身……反正我是协办官，又不为这件事负责，管它最后的结局如何，都不会牵连到我，我还是老老实实去北京，考进士吧。

但心里又响起另一个声音道：“你不是立志要改变大明王朝的命运，让我华夏民族再无那三百年的伤痛吗？以后不知会有多少困难，多少危险存在呢？如果这次逃避，以后事事都会逃避，将来就算官居一品，对将要承受无尽苦难的国家，又有什么意义呢？”

这真是才下心头，又上眉头啊！

这天晚上沈默失眠了。天亮时，简单地梳洗一番，胡乱吃两口早餐，他便怀揣着满腹的心事上了轿子。

“大人，去钦差行辕？”外面的铁柱掀开轿帘，轻声问道。

沈默摇摇头，叹口气道：“绕着西湖转转吧。”

在秋末的西湖边漫步，只见满湖残荷摇曳，加之秋风更增寒意，沈默想起乡试时仍是“三秋桂子，十里荷花”，竟有恍如隔世的感觉。

直到日上三竿，估计赵老夫子已经抓狂时，他才恋恋不舍地转身回去。

走了两步，没来由地心弦一颤，他猛然回过头去，只见一辆造型别致的油壁香车，从店后街上缓缓驶出，向他的反方向行去。

那一刻，他的视野中，只剩下那辆令自己魂牵梦绕的小车……是她，一定是她！

“快，追上去。”沈默拔腿就跑，却被铁柱拉住道，“大人，还有不到两刻钟就要开堂了，您要是去晚了，恐怕会被赵部堂责罚的。”

“顾不了那么多了。”沈默兴奋地大笑道，“老子今天不伺候了。”便像个孩子似的，撒欢往前奔跑，毫不理会众人诧异的目光，将所有忧愁与烦恼统统甩在脑后。

这时车帘动了，一张让他魂牵梦绕的俏脸出现在沈默眼前，若菡微笑着望向他，沈默则直勾勾地回望着，只见她无双的秀美中，尽是那甜蜜的宁静，便如山间的溪流，虽然经过了重重的阻隔，却仍然保持着清纯明净的本质，欢快而安静地流淌着。

不知不觉中，沈默心跳终于平复下来，再没有半点浮躁的气息，终于开口道：“若菡，我不是在做梦吧……”

若菡微微摇头，小脸上显出微微激动的神色道：“除非我们都是在做梦……”

看到她面上的红晕，沈默也不禁激动起来，逼近过去，用一种充满魅惑的声音道：“试试就知道了。”

若菡的俏脸一下子通红如火，习惯性地缩了缩身子，旋即却又抬起头，微微闭上眼睛。

见到伊人如此，沈默的心一下便融化了，他伸手将她紧紧搂住，便准确无误地向那芳唇上吻去。若菡转唇相就，这一吻便如火山爆发，熊熊不可收拾。

不知不觉中，两人便卧倒在车厢里，沈默还不忘反手将车帘拉上。

一时间，天醉了，地醉了，风醉了，树醉了，天地间仅是一片醉人的旖旎……

巡抚衙门所属的官吏们，昨日便被钦差卫队限制了自由。在惶惑中等待一夜之后，次日一早便被带到一处小旅店中，等待被问讯。

谁知惴惴不安地等呀等呀，一直等到下午，还是没有人问话，更可气的是，

从早到晚，都没人送饭过来，甚至连一碗水都不给喝，这也太不把人当人看了吧。这下官员们不干了，纷纷吵嚷起来道："我们还要回去当差呢！""就是，一万担军粮今天晚上必须起运，不然前线就会断粮，你们谁承担得起？"

"吵什么吵！都肃静。"钦差卫士们吼一嗓子道，"钦差王大人到了。"

这才压下了喧闹的人群，官吏们便见干净温和的王用汲，微笑着出现在厅门前。

大伙先前听说是钦差，还有些畏惧，但一见过来的才是个七品巡按，且看起来十分好欺负，便呼啦一声涌上前，将他团团围住道："王大人是吧，我们一没有渎职、二没有犯罪，凭什么将我们扣押在此，还让巡抚衙门正常运转吗？""就是，倭情紧急，可不能延误军资起运啊！"

王用汲耐心地听众官员抱怨，待他们所有人都说完了，这才不紧不慢说："诸位大人，请你们来只是为了了解一些情况，并没有别的意思，待事情查清楚，大家自然便可以回去了。"

"那就问啊，我们都来大半天了，怎么也没人问一个字呢。"众人怒道。

"这个嘛，"王用汲苦笑道，"大家不要急，等你们浙江巡按沈大人一到，我们就开始。"按规制，钦案的办案官不得单独问案，不然也不会配备三名钦差。

众人还指望着沈默这个"自己人"，能帮着他们说话呢，却不好将矛头指向他，便又问道："赵部堂呢，你们凑一对问不就行了？"

王用汲也正为这事儿郁闷呢，今天早晨他过来一问，原来人家赵老夫子，昨夜便应邀去参加一个文会了，要过两日才能回来。

"怪不得让我俩先预审，原来是自己要开小差。"王用汲腹诽几句，便在休息室中坐等沈默到来。谁知左等右等，一直到吃过中饭没见踪影，其间他派人去驿馆寻找，回来禀报说沈大人一早就出来了，也不知现在跑到哪里去了。

王用汲十分无奈，只有继续等待，谁知人没等着，却等到了一干候审官吏喧腾的报告，只好过来安抚。面对着他们的问话，只好搪塞道："赵部堂另有要务，今日不便问询。"

"都不在？却是拿我们开涮呢？"众人登时又炸了锅道，"快放我们回去！""我们要回去！"说着竟真的要往外走，王用汲伸双手拦也拦不住，还险些被挤倒在地。

卫兵们赶紧上前相助，那些官吏听说赵老夫子不在，哪里还怕他们，双方摩拳擦掌，眼看便要打成一片。

就在此刻，便听一个清越的声音道：“诸位大人消消气，本官给你们赔不是了。”

大厅里立时安静下来，众人纷纷望向门口，只见一身蓝色深衣的沈大人，终于神清气爽地出现了。

见他终于来了，卫兵们估计乱不起来了，便悄无声息地退下。

巡抚衙门的官员与沈默都是旧识，也不好再发作了，只是有那些脾气大的，闷声质问道：“解元公，您去哪里风流快活了，却把兄弟们晾在这儿一天，没得吃没得喝，还要被那些鸟人欺侮？”

被人家无心说中，沈默脸一红，团团作揖道：“着实对不住各位，在下今日身体不适，从早晨起来便浑身酸痛，脑子一片空白。去找城东李瞎子做了个全套，这才勉强能来见人。”

众人见他比往常还要精神，知道沈默是在胡诌八扯，却也不便点破，还纷纷表示慰问道：“大人带病坚持工作，实在是我等楷模啊。”沈默谦虚地笑笑道：“我做的还不够。”说着便一挥手道：“为了表示歉意，我请大家吃酒席。”

王用汲连忙拦住道：“万万使不得，中丞大人命令今日预审，怎能擅自离去吃酒呢？”

“说的也是。”沈默抚摸着下巴道，“那就叫饭店送席面来吧。”

“还是先问话吧。”王用汲央求道。

“先吃饭！”众官吏一齐反驳道，“饿得头昏眼花，说出的话来也是昏话。”

沈默点头笑道：“有道理，不过吃饱喝足之后，你们可要用心回话啊。”

“那是自然。”众人点头道，“保准有啥说啥。”

沈默掏出六两银子请卫兵，去外面要三桌上好的席面过来。

酒席没来之前，沈默又从店里要了些瓜果小吃，分给众人先充饥。大伙便围坐成一圈，一边嗑着瓜子，喝着热茶，一边谈天说地……他们都是为官多年了，岂能不知沈大人这架势，分明是要搅黄了这场问话。

等了好一会儿，那些卫兵终于带着外面的伙计进来，每个伙计都拎着两个硕大的食盒。

伙计们帮着排开三张桌子，摆上杯箸，众大人早就饿极了，便拍拍身上的

瓜子皮，尊两位钦差上座，其余人等序次坐下，斟上酒来。

那些伙计随即每桌摆上十来个碟碗，众大人见里面皆是些猪头肉、炖鸡、醋鱼、肚、肺、肝、肠之类，浑没有一点值钱的玩意儿，不由怒道：“这一桌连六钱银子都用不了，那一两四钱却被谁吞掉了？”

那些出去给他们叫餐的卫兵，却消失得无影无踪。

见众人仍然愤愤不平，沈默连忙笑劝道：“凡事勿与小人置气，众大人权且充饥，改日小弟请诸位去楼外楼聊表歉意，诸位意下如何？”

众人饿得急了，纷纷不好意思道：“哪好再叫大人破费？这又不是您的错？”便叫一声“请！”一齐举箸，却如风卷残云一般去了一半……

吃到七分饱时，众大人才发现二位钦差，一箸也不曾下，只是在那里喝些茶水，吃点茶果，便问道：“二位为何不吃？莫非不合口味？”“其实这大鱼大肉还挺好吃的。”就拣好的往两人碗里夹。

沈默连忙拦住道：“来之前刚塞了一肚子，再好的东西也吃不得了。”众人又道：“沈大人饱了，可王大人为何不吃？”

“实不相瞒，下官是吃斋的。”王用汲微笑道。

沈默歉意地笑道：“这个倒失于打点，却不知润莲兄因甚吃斋？”王用汲道：“只因当年家母病重，在观音菩萨位下许的，后来家母果然病好，便亦不敢吃了。”

见是关于孝道的，众人不敢再劝他，便自顾自地吃喝。

待用饱了酒饭，天色已经黑下来了。沈默便起身道：“好了，该回家了。”

众人也拍着圆圆的肚皮道：“对，吃饱喝足，床上一躺，这种日子神仙也不换。”便跟着沈默一起往外走。

王用汲苦笑着第三次拦住道：“还没问话呢……”

“天色不早了，明天再问也一样。”沈默拍拍他的肩膀，便当先走出去了。

王用汲没法拦住沈默，可不能让那些官吏也走了，如果这些人出去后跟外面串了供，可怎么跟部堂大人交代？

便将其余的官吏拦下道：“没有部堂大人的命令，诸位一个都不准离开。”

沈默又为他们求情，王用汲说什么也不肯，只好爱莫能助地对众人道：“诸位，明儿我再来看你们。”众人虽然气愤，却也无可奈何，只好由卫兵监视着，回到昨日软禁的地方去了。

第十五章 粉身碎骨浑不怕

沈默却没有回驿站，而是往位于清河坊的一间极僻静的客栈去了。

到了店里，对店小二自报家门，那店小二便乐颠颠地将沈默引去后院，请进了天字一号房中，至于铁柱等一干随从，也各有住宿的地方，因为整家客栈都被殷小姐给包下了。

沈默悄没声息地翻墙出去，辨明了方向，蹑手蹑脚往左边隔壁行去，到了窗下一摸，果然见那窗户是虚掩的。

他便想不声不响进去，吓若菡一跳，谁知那窗户忽地打开，砰一下撞到了他的鼻子，痛得他满眼金星，面目扭曲，却不敢出一点声音。倒让一脸惊喜的若菡好一个抱歉，赶紧将窗支起来，让他爬进来，又是用毛巾敷，又是用小手揉，好半天才把沈默的鼻子安抚好。

沈默这才看自己的未婚妻，只见她身着家居的晚装，头发松松地披散着，显然是刚出浴不久，浑身上下散着温柔婉约的气质，恰似桌上那青烟袅袅，四下无声的龙涎香，让人倍感安详、静谧。

“饿坏了吧？”若菡轻声打断了他的沉醉，道，“来的真是时候，上午做的东阳鸡，现在刚刚好吃。”

沈默呵呵笑道：“早就想问你，什么样的鸡需要炖四个时辰，岂不只炖得剩下骨头了？”

“外行了吧？”若菡微微得意地横他一眼道：“这东阳鸡不煮、不蒸，也不是干烤，做法极有创意呢，人家也是才学会的。”

沈默大为好奇道：“倒要看看有什么特别的。”便拉着若菡的小手往跨院儿里的小厨房走去。进去便见炉子上坐着一口大铁锅，锅里稳稳地坐着一口小水缸，其上还反扣着另一口一样大的缸。他不由笑道：“我的乖乖，这得多少只鸡啊？三天也吃不完。”

若菡掩口轻笑道：“待我拿下上面的水缸看看。”沈默抢先一步道：“我来。”便用厚布垫着，将上面一口水缸拿了下来，却见里面还不是吃食，而是又坐了一口砂锅。

沈默这下真惊了，咋舌道：“怪不得要四个时辰，这硬硬是靠水缸中的温度烘制成的，而且是连水缸也没接触火源。这是真正意义上的不食人间烟火啊。”一边连声赞道：“果然有创意。”一边将那热腾腾的砂锅端出来。

若菡为他准备的晚餐很是丰盛，要比白日里吃的酒席高档一百倍。望着那些色香味俱全的菜肴，沈默赞不绝口道：“我可是捡到宝了，想不到你连做饭都如此在行。”

若菡却羞羞道：“我还正在学习阶段。”指一指桌子正中央的砂锅道：“除了这个，都是大师傅做的。”

若菡舀一小碗鸡汤，送到沈默面前，满脸期待地望着他。沈默送一勺到口中，果真是味道非凡……清淡中隐含有浓烈，浓烈中显清淡，韵味绵长得很呢……似乎就是有些淡了，他不禁咂咂嘴，又吃一块鸡肉品品滋味，这下确定了，暗道：“不是淡了，而是根本没放盐。”

蔬菜不放盐尚且可以入口，但这肉若是没了盐，那味道谁吃谁知道。

但一想到这是若菡用了四个时辰才做出来的，美人情重，啥也别说了，吃吧……便状若无事地拼命咽下去。

“好吃吗？”若菡紧张地等待他的答复。

沈默使劲摆出最灿烂的笑容道:“太……好……吃……了……”说话也带颤音了。

“那就好，那就好，可把我担心坏了。”若菡庆幸地拍拍胸口，转又兴高采烈道，“据师傅说，这真正的鸡味是在猪肉里的……”

于是，沈默又夹起一块七分肥三分瘦的五花肉，这绵软清滑的猪肉啊，看起来是那么的可爱，既不油腻，还透溢着鸡肉的芬芳……就是一想到没有盐味，他便忍不住想晕倒。

“怎么了？太肥了吗？”若菡紧张道，“记得你喜欢吃这样的来着。”

沈默点点头，便将那块五花肉搁到嘴里，咕嘟一声咽下去。

“好吃吗？”

“太……好……吃……了……”沈默笑道。

“好吃就多吃点，这全是你的了。”若菡开心坏了，便将那一锅都搁到他面前。

直到月上中天，两人才吃完晚饭，沈默竟然将那份东阳鸡，连鸡带肉带汤，一点不剩地吃了个干净，这才捧着肚子，无限满足道:“回去睡觉了……”

若菡本来还想再留他说说话，不由有些失望，但转念一想，今天可能是累了，便乖巧地放他回去。陪他走到窗口时还在问:“你觉着这道菜，下次应该改进些什么呢？”

沈默已经颤巍巍从窗户上爬出去了，闻言回头给了她一个完美的笑容道:“亲爱的，我这人爱吃咸，你下次多放点盐哈……”便急匆匆地回去了。

“多放点盐……”若菡赶紧记在纸上，生怕下次忘记了。

这一夜，她都在回想着做这道菜的经验，一想到未婚夫大口大口的吃喝，便能咯咯笑出声来，有这等好梦做伴，自然睡得又香又甜了。

然而在一墙之隔的天字一号房里，沈默却一夜未眠，就差把苦胆都吐出来了，躺在床上面色煞白道:“不要把这事儿告诉若菡……”

铁柱心疼地点点头道:“没放盐不会少吃点吗？”

沈默摇摇头，无力地笑道:“若是被她吃到了，定然会伤心的。”

铁柱又摇摇头，他实在无法理解沈默的表现，这还是那个精明到让人害怕的年轻大人吗？

沈默突然叹口气道:“这真是报应不爽啊，本来还打算明天装作吃坏肚子，

想不到现在便真的和他们一样了。”也不知指的是谁们:“天亮了给我去告个假，顺便看看他们怎么样，奶奶的，可别出人命啊。”

第二天铁柱回来后，神神秘秘道:“全倒了，都上吐下泻，只比您重，不比您轻。”

“哦……”沈默躺在床上道，“有生命危险吗？”

“不大清楚。”铁柱吃不准道，“我配的巴豆粉应该是不致命的，不过还得看他们吃了多少。”

“管不了那么多了。”沈默无力地摇摇头道，“能拖一天算一天吧，那老夫子不是分不清轻重缓急之人，见事情不可收拾，自然就要知难而退了……”

会不会知难而退不一定，但现在赵贞吉出离愤怒了。

他从城外回来，刚到了巷子外，便见许多百姓站得远远的，向着那条小巷指指点点。

王用汲小心翼翼道:“大人，属下已经另找好了地方，咱们去别处住吧。”

“怎么了？”赵贞吉不解道，“发生什么事情了？”

“那小客栈已经变成茅坑了，臭气熏天，没法进去，呕……”即使说起来，素来爱干净的王大人，还一阵阵干呕呢。

赵贞吉脸黑如锅底，从马车上下来，往那小巷口一站，便闻到一股恶臭味，不禁脸黑如锅底道:“这是谁干的？谁敢把粪车倒在老夫的行辕？”

“不是粪车。”王用汲捏着鼻子道，“是里面那些大人……”

“岂有此理，难道浙江的官，一个个都是粪包吗？”赵贞吉火冒三丈道，“怎么回事啊！！”

“昨天夜里，也不知怎的，那暂住在小客栈里的三十号官吏，便一起闹起了肚子。”王用汲心有余悸道，“是此起彼伏，连绵不绝啊。但坑位有限，排不上队，到后来更是连走到茅房的时间都没了……整整闹腾了一夜，便成了现在这个样子。”

“你给他们吃了什么？”赵贞吉眼似铜铃地质问道。

“昨天小客栈中并未提供饮食，”王用汲摇头道，“诸位大人也只吃了一餐叫来的酒席而已。”

"谁叫的？"赵贞吉咬牙切齿地问道。

"沈巡按。"王用汲小声道，又赶紧为沈默撇清道，"但他只是掏钱请您的卫士们代买而已，也没有说买什么，去哪里买……而且他也已经病倒了。"

"谁去买的？"赵贞吉转过头去，要吃人一般盯着一边的卫士们道，"给我站出来！！"

便有三个卫士畏畏缩缩出来，跪下道："大人……是我们三个……"

"你们，你们……"赵贞吉气得哆哆嗦嗦道，"到底是怎么回事？"

"我们也不知道啊……"卫士们一脸懵懂道，"就是出去随便找了家饭馆，买了三桌酒席，然后就回来了……"

这边还没有理出头绪，街那边却响起一阵吆吆声，这说明有大官快要来了。省城百姓还是有觉悟，赶紧让开大道，以免挡着大人们通过。

果然，过不一会儿，一队仪仗护卫着一顶八抬大轿，从远处急匆匆而来。那轿子刚在赵贞吉面前停稳，浙江巡抚胡宗宪便黑着脸下来，冷冷地看一眼赵贞吉，便往小巷口走去。

赵贞吉的卫士想拦住他，却被巡抚衙门的亲兵抽刀夹住，恶狠狠恐吓道："不许动！"在外围警戒的钦差卫队听见叫声，知道是这里出事了，手执火铳、硬弩冲了进来，瞄准巡抚衙门的人，也大喊道："不许动！"

望着那些黑洞洞的枪口、明晃晃的弩箭，胡宗宪冷笑一声，轻轻地对他带来的亲兵们道："脱掉上衣。"

他的亲兵们二话没说，"唰"的将罩甲和里面的小褂一并扯开，露出上身。

只听场中一阵阵倒吸冷气之声，只见那一具具肌肉结实的身躯上，都赫然刻着累累伤疤，有枪伤、剑伤、刀伤、箭伤，还有些伤是被火烧的。

胡宗宪指着他们对那些钦差卫兵淡淡道："我选择亲兵有个条件，是至少经过九场大战，身上至少负伤九次，而且不能算上背部的伤痕。他们都是在与倭寇作战中，达到了本官的要求……哦不，绝大多数是远远超过了。"说着侧侧身子道："与倭寇浴血奋战没有让他们死掉，现在就让诸位来完成倭寇们都没做到的事情吧！"

群情登时一边倒，百姓们愤怒道："快放下，你们有什么资格朝他们举枪？"

钦差卫士们不敢直视那些刺目的伤痕，纷纷将枪口、箭尖指向地下，心下

已经打好主意，就算是抗命，也决不能动这个武。他们还偷偷瞥向部堂大人，只见赵贞吉面色铁青，一言不发，显然是默许了胡宗宪的要求……

那些挡在胡同里的卫兵纷纷走出来，将进去的路让开。

众人便眼睁睁看着胡宗宪带人走进去。

进去不久，便听胡宗宪一声凄厉地吼叫，吓得外面的人们浑身一哆嗦。不一会儿，就见胡中丞目眦欲裂地出来，双目喷火地怒吼道："赵贞吉，你凭什么如此虐待我浙江的官员？"看热闹的百姓便见胡宗宪的亲兵们，将一个个浑身散发着臭气，连道都走不动的官员架出来。

得遭受什么样的酷刑，才会搞得这些大老爷们大小便失禁啊。百姓们彻底愤怒了，他们逼近到赵贞吉的四周。不知谁第一个带头，便一起高喊道："滚出浙江去！"

卫士们拼命将人群隔在外面，却被愤怒的人群冲击得摇摇欲坠，卫队长焦急道："大人，我们必须离开这儿了。"

赵贞吉却不为所动，神色如常地望着胡宗宪道："事情没有搞清楚前，请不要含血喷人，本官以祖先名誉起誓，一不曾对他们动刑，二不曾虐待于他们。至于为何搞成这个样子，我建议由我们两方联合调查，待真相水落石出，再追究谁对谁错不迟。"

胡宗宪黑着脸道："这件事肯定要大力调查，但现在本官顾不上，快让你的人闪开，我要带属下回去治疗。"

赵贞吉道："把大夫请来也是一样的。"

"在这种鬼地方？"胡宗宪又愤怒了，"我告诉你，他们虽然不是上阵厮杀的将士，但为了保障前线的后勤，是出了全力的，都是大大的功臣！岂能让你这般随意蹂躏，视若仇寇？"说着朝北方拱下手道："本官少不了要参你一本虐待功臣，刑讯逼供，等着吧！"

便带着解救出来的属官，气汹汹地离开了。

望着离去的一干人等，赵贞吉发现自己完全处于被动局面了，不仅预备问话的官员被救走，还在道义上处于大大的下风。他敢打赌，从现在开始，无论自己提出什么要求，胡宗宪都会拿出一副"不共戴天"的样子，坚决不会配合自己。反正在给皇帝的奏折上分出胜负之前，自己是别想从他那里得到一点有用的东西了。

赵贞吉不由暗叹道："胡宗宪这混不吝的一手，却轻易化解了自己的危局，还顺便把我泼污了，可见此人不仅心术不正，还着实难以对付。"但他不会忘记自己的座右铭，敌人越强大，便越能激起赵贞吉的战斗意志，在他的世界里，要么是彻底胜利，要么是彻底失败，却从来不存在"妥协"的概念……况且他不是一个人在战斗，还有一群神通广大的朋友，随时可能提供对手的致命弱点。他知道自己现在要做的，就是继续将这个案子查下去，坚持下去，就有办法。

"好吧，既然这条路暂时走不通，那我换一条，早晚会殊途同归的。"

在寒风中站了半个时辰，赵贞吉打定了主意，便吩咐王用汲道："润莲，麻烦你……再回苏州一趟，请曹中丞将那几个俘虏移交过来，我要细细审问一番。"

王用汲虽然很不习惯赵部堂如此客气，但听他说终于要审倭寇了，还是大大地松口气，心说："早就该回到正轨上来了，总是在胡中丞身上做文章算怎么回事？"便肃然领命去了。

生怕路上出什么岔子，赵贞吉又命自己的卫队长跟去。两人率领一百刀斧手，日夜兼程，四日后到了苏州，将钦差大人的手令交给苏松巡抚曹邦辅。曹巡抚早恨不得甩掉大牢里的那三个祸根了，哪有推托之理？

杭州城中，最近的焦点是集体食物中毒事件。

对于这起影响极为恶劣的案件，钦差行署和巡抚衙门给予了高度的重视，并责令浙江按察使和杭州知府限期破案。经过一番"严密"的调查，两司炮制出一份最终报告道："之所以会发生此次食物中毒事件，是因为众人食用了变质的肉食。而变质肉食的来源，是一家叫'客先来'的小饭馆。"

就这样过了几日，直到消息传来……三名倭寇在押送途中被杀，钦差王用汲重伤！

在最初的震惊之后，赵贞吉感到了深深的挫败，原本他以为这是一起官逼民反的事件，现在才知道，双方都不是什么好鸟。他终于发现，浙江这一池水实在太黑太浑了，仅凭着自己一个外来户，是不可能查出什么东西来的……

胡宗宪也震惊，终于相信朱纨之死不是偶然，而是确有那么一群法力无边、胆大包天之人，隐藏在背后呼风唤雨，随时可以置自己于死地。一念至此，他不禁汗湿衣背，对文徵明道："看来，一味强硬的后果很严重啊。"

文徵明点点头道："他们的势力确实太强了，怪不得朱提督曾经说，'去外

国盗易，去中国盗难。去中国濒海之盗犹易，去中国衣冠之盗尤难’啊！”

胡宗宪深有感触地点点头道：“是啊，倭寇也好，海盗也罢，都是看得见、摸得着的，兵来将挡水来土掩即是。可那些‘中国衣冠之盗’，隐藏在东南的大户之中，和大部分并不参与走私的家族，有着千丝万缕的联系。便如那鱼目混珠，让你抓不住、摸不着，也不敢连根拔起，抽冷子给你致命处就是一记暗箭，让人防不胜防，朝不保夕啊。”

“那东翁有何计较？”文徵明轻声问。

“我们得转变一下策略啊，”胡宗宪捋着胡须道，“光来硬的是不行的，也该从别处想想办法了。”说着苦笑一声道：“不过说一千道一万，都得先把赵老夫子这尊大神请走，他在这里我是什么都干不成。”指一指桌上的战报道：“这个月已经连打两场败仗了。”

“确实影响太大，”文徵明眯眼道，“不如写一封奏折抱怨一下，再附上这两份战报，相信朝廷会把他调开。”

“不妥啊。”胡宗宪摇摇头道，“万一陛下以为，这两场败仗是我故意而为，岂不要重蹈张经的覆辙？”

“那怎么办？”文老先生毕竟年纪大了，脑子转得慢，只能应付文案工作，并不是个合格的幕僚。

“可惜徐渭中举了。”胡宗宪升起个奇怪的念头，顿一顿才叹口气道，“说不得还得靠严阁老才行啊……”

“又要找他吗？”文徵明也叹息道，“您看这次，钦差一到，赵文华便躲得远远的，严党之为人可见一斑，东翁不应该与其为伍啊。”

胡宗宪摇摇头道：“不靠他们，我又能靠谁呢？除了严阁老，又有谁能解开浙江这个局呢？那些人是想要我的命啊！”长吁短叹一阵，他一阵阵后怕道，“这次实在是太危险了，若不是拙言出手相助，我恐怕已经被赵贞吉一本攻倒，押解进京了。”

“解元郎确实是高手啊。”想到沈默那出人意料的一手，文徵明不禁失笑道，“对了，这几日见不少举子来府衙领取路引黄旗，看来是进京赶考的时间到了，也不知解元郎能不能按时出发……”

“我是钦差，办着公事，岂能因私废公？”沈默摇头叹息道，“所以还是你们先走吧，我这边公事一了，便快马加鞭追上去。”他的身体早已复原，只是不想去看赵部堂那张臭脸，是以一直在客栈里泡病号。

既然无病称病，自然不能随便见人了，所以这些天里，任何探视的人等都被挡驾在外，让他和殷小姐舒舒服服过了一段卿卿我我、蜜里调油的好日子。

直到今天，有不得不见的客人上门了——琼林社里的六位社友联袂而至，对他的病情表示诚挚的慰问之余，更重要的是，问他是否还能一起进京。

在听到沈默否定的回答后，众人都流露出失望的神情，陶虞臣道："转眼就进十一月了，师兄可不要迟到了啊。"

"放心吧，还有三个多月呢。"沈默笑道，"我估计这边的事情最多再拖一个月，也许半个月都用不了。"

"那我们等你吧？"

"可别，"沈默摇头道，"没听人说吗，去晚了连个住的地方都没有，你们还是先行一步，我也好坐享其成。"众人这才罢休。

沈默便置席，为六位好友饯行，只是因为不得同去，席上便多了些离愁别绪，让人有些难受。

第二天一早，沈默便到码头上送他们，才发现一艘客船上尽是进京赶考的举子，许多人都认出了解元郎，纷纷向他问好，又毫不例外地问道："您怎么还不出发？"让沈默心里好不是滋味，强颜欢笑地应付一阵，终于将一船人都送走。

那艘客船将载着举子们，经由京杭大运河，奔赴大明朝的国都北京城。

"但我不在船上……"沈默不禁叹息道。

"我也不在船上。"一个促狭的声音响起，沈默猛然回头，便见徐渭一脸坏笑地从一堆麻袋后绕了出来。

见他仿佛活见鬼一般，徐渭挠挠头道："怎么，有什么不妥吗？"

沈默道："你怎么没在船上，我分明见你上去了。"

"嗨，上去不会下来吗？"徐渭笑道，"我改主意了，听说北京又冷又干还很脏，我才不那么早去呢。"

沈默鼻子有些酸道："你看出我失落来了？"

"什么？你失落什么？"徐渭大惊小怪道，"你有钱有权有女人，你没资格

失落，该失落的是我，没钱没权没女人的徐文长。”

沈默知道这家伙总是口是心非，便不再纠缠这些细节。

在回去的马车上，徐渭这才问道：“现在可以告诉我，你为何纠结了吧？”

沈默笑道：“你怎么知道我纠结？我好像从未表现出来吧。”便等于是承认了。

“我是洞察人心的徐文长，”徐渭呵呵笑道，“快说吧。”

沉默一会儿，沈默轻声道：“我现在很矛盾，一面是自己的前途和全家人的幸福，另一面是浙江的大局、抗倭的形势，我不知到了必须选择的时候，自己该怎么抉择？”

“说具体些可以吗？”徐渭轻声道，“我不会告诉别人的。”

“具体我也说不出来，因为还没有发生。”沈默摇摇头道，“但我有种预感，这次一定会遇到的。”

“嗨，原来是杞人忧天啊，”徐渭松口气，无所谓道，“到时候再说呗。”

“有你这么开导人的吗？”沈默笑骂一声道。

“无论如何，不希望你有事。”徐渭幽幽道，“我有一个像你师傅那样的偶像就够了，不想再有第二个。”

既然露面了，沈默就得乖乖回去当差，不过回去后也没什么事儿，因为赵贞吉已经陷入了进退维谷的困境中……陛下已经下圣旨申斥，严禁他以查案为名，扰乱浙江的抗倭。

被戴上紧箍咒的赵部堂，更加束手束脚了，沈默甚至能看出他的退意。好吧，既然有了这个想法，那早晚都会成为现实，只是不知具体何时而已。

不过他知道不会太早，因为以赵贞吉执拗的性格，想要让他认输，真的很难很难。

沈默只好继续等待，期盼老夫子的倔犟早日耗尽，让大家都解脱。

然而还没等到赵贞吉撤退，却又等来了一位钦差，而且是沈默十分不愿见到的那位……

这天他起得有些晚，直到日上三竿才坐在自己办公的房间里，正在担心赵贞吉会不会借机发作，拿自己发泄郁闷时，便听赵贞吉的管家出来道：“沈大人，我家部堂有请。”

沈默便来到正厅，向赵贞吉行礼道：“大人……”

赵贞吉的心情不错，笑道：“来，拙言，认识一下咱们的新同僚，新任协办吕大人。”

沈默便笑着抬头，便见左侧位子上，坐着一个面无表情的中年官员，两人目光交错的瞬间，沈默是满眼的诧异，那新任的协办人臣却是一脸的阴沉……如果目光能杀人，他一定已经将沈默杀了一百遍。

因为他是吕窦印，前任山阴县令，还险些成了沈默老丈人的人。更重要的，他是被沈贺当众羞辱，以至于无法在绍兴混下去的“绿豆蝇”！

见到他俩表情有异，赵贞吉道：“怎么，你们认识吗？”

“不认识。”吕窦印抢先道，“下官新任苏松巡按吕窦印，久仰沈巡按的大名，以后还请多多指教。”

见他不欲揭破，沈默自然乐得轻松，便笑着还礼道：“吕大人过奖了，还请您多多指教才对。”

两人一阵虚情假意的客气，让赵贞吉很高兴道：“吕巡按虽然来的晚些，但已经做了许多年的正印官，拙言还是要虚心向他请教才是。”

沈默点头笑道：“那是自然。”

见礼完毕，三人重新落座，赵贞吉便让沈默将案情讲与吕巡按听。当着上峰的面，沈默只好乖乖领命，用最简洁的语句向吕窦印讲述前些日子发生的一系列事情……

待沈默讲完，赵贞吉面色忧愁道：“拙言说的没错，咱们的差事遇到了困境，现在只有找到胡宗宪的那本账册，或捉到背后指使倭寇的人，才能有办法将这个案子了结。然而让人难受的是，这两件事情都难以达成，”说着深深看吕窦印一眼，道：“距离陛下给的截止期限，还有最后七天了，希望吕大人的加入，能给咱们带来好运。”

吕窦印肃容道：“下官一定为大人分忧！”便向赵贞吉要了全部的卷宗，说要回去仔细研究一番，以确定办案的突破口。

赵贞吉虽然觉着无济于事，但十分欣赏他这种认真负责的态度，便命沈默将办案以来的文卷全部抱来，让他回去慢慢看。

吕窦印接过那厚厚一摞道：“那么，本官先回去看完这些再说。”

“去吧。”赵贞吉赞许地点点头道，“但愿你能有新的发现。”

“下官尽力而为。”深深看沈默一眼，吕宴印便告辞出去。冷眼看着他离去的背影，沈默不相信他能发现什么破绽，也向部堂大人告个罪，转身离开了。

因为是第一天过来，吕宴印便干脆从钦差行辕出来，回自己家里办公。

他不需要像沈默那样住驿馆客栈，因为当初吕夫人嫁过来，曾经陪嫁了一处武林门外的三进院落，虽然不是太大，但相当精美，现在他们一家四口都住在这里。

吕宴印有个幕友叫做郑堂，此人正是那伙人安排在吕宴印身边的。郑堂给他的第一个指令，便是将钦差办案的卷宗全部拿回来。虽然不知他要干什么，但吕宴印还是照做。郑堂仔细翻阅了一夜，第二天一早，终于如释重负对吕宴印道:“看来没有审出任何危险的东西。”

吕宴印有些不满道:“原来是只为了你们自己，我说郑先生，你们是在耍我吧？”自从被沈贺狠狠削了面子，他现在变得极端敏感而不自信，总感觉别人会耍自己似的。

郑堂笑道:“东翁不必如此，我现在就给你个最想要的消息，准保你抢下这次钦案的头功，坐地升官！”

吕县令这才来了兴趣道:“先生快说，不要卖关子。”

郑堂呵呵一笑道:“我找到胡宗宪账册的下落了。”

“哦，在哪儿？”吕县令紧张问道。

“巡抚衙门的西溪别墅，”郑堂不爱卖关子，直截了当道，“在后院的二楼书房里……”话音一落，突然听到外面有轻微的响声，郑堂登时变了脸色，霍然起身道:“谁？”

门吱呀一声开了，明显清瘦许多的吕小姐，端着个托盘垂头进来，轻声道:“爹爹，您忙起来又忘了吃早饭，娘亲让我给您送过来。”说着才看见还有一人，忙歉意道:“不知先生也在，徒弟给您再端一份来。”

那郑堂面色闪烁不定地打量她半晌，道:“算了吧，我不吃了。”

吕小姐暗暗松口气，笑道:“不吃早饭哪能行呢？对身体不好的。”

“先生不吃就是不吃，你这孩子怎么这么啰唆呢？”吕宴印不耐烦地摆摆手道:“出去吧！还有，以后来书房时记得敲门。”

吕小姐乖巧点头道:“女儿知道了。”

自从徐渭这个碍事的来了，殷小姐便回绍兴了。

吃过早饭后，沈默要去行辕当差了，对刚从床上爬起来的徐渭道:“吃完饭出去转转吧，别整天憋在家里。”

徐渭摇头道:“时间宝贵，我得好生温书，”说着咬牙切齿道，“这次再考不过你们，我，我就改名叫徐文短。”

“要劳逸结合啊。”一边戴上官帽，沈默一边笑道，“出去走走，效果更好。”说完便出门去了。

待沈默走了，徐渭胡乱吃点东西，便想做几道大题，谁知感觉奇差，写出来的文章臭不可闻，气得他将笔往桌上一搁，终于决定出去走走。

他心不在焉地走到门口，却正碰上一个俊俏的小后生匆匆进来，不留神便撞了个满怀，徐渭不由惊得往后一蹦，待看清来人后，失声道:“吕小姐……”

一身男装的吕小姐羞红了脸，低头道:“先生……”

徐渭心里这个百味杂陈啊，挠着后脑勺强笑道:“方才纯属意外，你可千万别往心里去，我不是故意要撞你的。”

吕小姐急得跺脚道:“先生还提……”说着话锋一转道:“沈大人在不在？”

徐渭登时笑脸凝固，讪讪道:“吕小姐，我得劝你两句了，有道是‘枝上柳绵吹又少，天涯何处无芳草’，何况他都已经定亲了，你又何必多情总被无情扰呢？”

“不是那么回事啊。”吕小姐焦急道，“我有重要消息要告诉胡大人，但巡抚衙门不让我进，先生快请沈大人帮帮忙，晚了就大势休矣了。”

“他已经去巡抚衙门了。”徐渭问道，“到底什么事？”

“他们发现巡抚衙门的账册了！”

吕小姐一句没头没脑的话，让徐渭吓了一跳，一拍大道:“我这就备马！”便跑去后院，从马房中牵一匹大红马，连鞍具都来不及挂，就翻身上马，伸手下来道:“我这就带你去找他！”

吕小姐脸一红，本能便要拒绝，但一想到事急从权，自己又是一身男装，便大大方方地将手递给他。

“驾！”徐渭便策马冲了出去。

骏马驮着两人，奔行在人来人往的大街上，徐渭的骑术竟出奇的精湛，速度很快，却总能巧妙躲开行人，一路如风地便到了钦差行辕所在的大街上。

此时行辕的正门大开，两队持刀士兵从院中开了出来，骑马在前面开路的，正是一身便服的吕巡按。

徐渭赶紧以手遮面，吕小姐则缩着身子躲在他的背后，两人一动不动地等着队伍从面前经过，见没有被吕窦印发现，才长松口气。徐渭小声道:“你牵马在这等着，我去找沈拙言。”便翻身下马大摇大摆地往里走。

门卫拦住他道:“干什么的? ”

“混账东西！”徐渭声色俱厉道，“连我的路都敢拦！我是你们新来的吕大人！”

门卫确实知道昨天新到一位钦差，但时间太短，还未曾谋面，便被他唬住了，不仅放行进去，还一个劲儿地道歉。

徐渭便径直入内，正好碰见往外走的沈默，一把拉住他到路边，低声道:“那些人是去搜账册的！”

“原来如此！”沈默失声道，“我说今天怎么神神秘秘呢！”看见有人牵着马进来，他便一脸焦急地快步过去，劈头盖脸地骂道:“怎么才到啊，部堂大人都等急了！”

那人被他骂蒙了，喃喃道:“我，我……”

“快去吧，不然小心部堂棍杀了你！”沈默恐吓道。

吓得那人完全忘了自己的任务，赶紧牵着马往里走，却被沈默一把拉住马缰道:“部堂要见你，不是见你的马。”

“可是……”那人畏怯道，他已经被沈默彻底咋呼晕了。

“有我给你看着，还怕丢了吗？”沈默不耐烦地挥手道，“快去快去！”

那人道声谢，便将马交给他，迷迷糊糊往二进的正厅跑去，一边跑还一边寻思道:“尚书大人找我这个马夫干什么? ”

成功诳到一匹马，沈默翻身上去，对徐渭道:“在哪儿? ”

“西溪别墅。”徐渭低声道，“还是通知胡宗宪吧，咱们就别蹚这浑水了。”

“他出城巡视去了，谁知道什么时候回来！驾！”沈默便一夹马腹，箭一般地冲出去。

“等等我！”徐渭也跑出去。

沈默与徐渭一前一后到了西溪别墅，门房看见是沈大人，赶紧笑着迎上来道:“大人您又回来住了。”

沈默点点头，沉声道:“关门，不许放任何人进来！”便匆匆走了进去。

沈默和徐渭快步来到后院，径直到了那座二层小楼，谁知上面已经有人……只见此间别墅的管家，正在翻箱倒柜，四下寻摸着什么。

突然见沈默两个上来，那管家也是一阵错愕，干笑两声道:“大人怎么来了……我，我，我正在打扫卫生呢。”

沈默笑道:“我将一本很重要的呈文遗落在这，所以过来找找。”

“这尘土飞扬怪呛人的，要不您下去等会儿。”管家强笑道，“待会儿我就收拾出来了。”

“不用了，我们帮你一块收拾吧。”沈默两个挽袖子，若无其事地靠了上去。

见他俩从左右上来，管家面色一紧，拔腿便要逃跑，却被两人从左右伸腿，登时摔了个大马趴。

两人虎扑过去，一个按住他的手，一个浑身上下摸索起来，很快摇摇头:“没有！”

“看住他！”沈默沉声道，“我来找找！”便在书房里认真寻找起来。

正在四下翻找，却听外面有人惶急道:“大人，有人砸门，说是钦差衙门的！”

两人焦急地对视一眼，徐渭一拳捣在管家的太阳穴上，登时将其击晕，起身道:“我出去看看，你慢慢找！”

徐渭便从墙上抽出宝剑，快步下楼去，领着那慌了神的门房往前院去了。便听外面一片鸡飞狗跳之声，仿佛什么人打成了一片。

徐渭顺着梯子爬上墙，往外一看，原来是沈默的卫士们赶到了，和钦差卫兵厮打成一片，好在双方知道对方不是敌人，是以没有拔刀，只是拳脚相加，一时倒也没有出人命。

沈默的卫队已经千锤百炼，收拾这些老爷兵自然不在话下，不过一盏茶的工夫，便将吕窦印带来的人全部打趴下，连吕巡按本人都没有幸免……

就在沈默这边大获全胜的时候，远处腾起阵阵烟尘，钦差赵大人率领大队人马也赶到了！

一看到赵贞吉的身影，徐渭便知道大事不好，从墙上跳下来，拔腿往后院跑去。

钦差衙门的兵将别墅团团围住，沈默的卫队拼命抵抗，无奈好虎架不住群狼，还是被人纷纷打倒在地，眼睁睁看着大队的兵丁冲了进去，很快控制了院

子，并将那栋小楼围了个严严实实。

卫队长往上一看，见楼上似乎有烟冒出，急忙抢先冲了上去，便见桌上搁着个火盆，盆里一团黑灰，已经只剩余烬了。

只见浙江巡按沈默坐在桌边，朝他微笑道："你晚来一步。"

卫队长怒吼一声，便要上前去拿他，却听沈默不慌不忙道："本官是浙江巡按，办案钦差，你考虑一下后果再说……"

卫队长闷哼一声，硬生生收住身形，劈手掀翻了火盆，弄得满屋子飘起了黑灰。咬牙对两边人道："看住他！"便怒气冲冲地下楼禀报去了。

得报之后，赵贞吉黑着脸进了院，步履沉重地走上楼去，冷冷地逼视着沈默，良久才一字一句地问道："账册呢？"

沈默撣撣衣袖上的灰烬，淡淡笑道："满屋子都是，您没有看见吗？"

望着满地的灰烬，赵贞吉出离愤怒了，他哆嗦着指向沈默道："你，你，疯了吗？"

沈默耸耸肩膀。

"为什么要这样做？"赵贞吉向前两步，逼视着沈默道。

沈默摇头笑道："你是钦差我也是钦差，你没有资格审问我，我也没有义务告诉你。"

"休要张狂！"赵贞吉怒冲冠道，"我这就上书陛下，革去你的功名官位，重重治你的罪！"说着气得冷笑连连道，"倒要看看你那些同党，会怎么救你！"

"不，你错了。"沈默面色平静道，"我沈默无党。"

"无党？"赵贞吉好笑道，"那为何要烧掉账本？"

"我没有义务告诉你，"沈默摇摇头，微笑道，"您尽管上奏吧，一切听凭陛下裁决。"

赵贞吉面色一阵狰狞，从牙缝中挤出几个字道："我现在就要搜！"

卫士们便将屋子从里到外，仔仔细细搜了一遍，最后在一幅大理石挂画的后面，找到了一个暗格，但里面已经空空如也了。

看来果然让他烧掉了，赵贞吉怒喝一声道："给我看好他，没有我的命令，谁也不许见他！"说着瞪沈默一眼道："沈拙言，咱俩等着瞧！"便气冲冲地下楼去了。

第十六章 岂因祸福避趋之

北新关上，又是一次无比激烈的战斗，明军在付出惨重的代价后，终于打退了倭寇的一拨强攻。

这一仗是那样的惨烈，作为主力的俍土兵死伤六百多人，官军的部队也有三百多损失，乃是本年最惨重的一次。胡宗宪也在战斗中被流矢划伤了胳膊，起先战势正紧没在意，现在再看伤处，已经肿胀起来，且有黑血流出。

随军的医官是一名三四十岁、短须布衣、相貌清瘦的大夫，他看过胡宗宪的伤处，皱眉道："是草头乌。"

被他扯动伤口，胡宪咝咝吸着冷气，强笑道："不要紧，反正有先生在。"

那大夫没好气道："你以为我李时珍是华佗再世啊？"虽然这样说，但手上的动作一点不含糊，麻利地帮他处理起伤口来。

胡宗宪将一截小木棒含在口中，痛得面色发白，汗珠滚滚也坚持着不叫出声来。

就在这无比的煎熬之时，亲兵带着个信使跑过来，跪在面前道："中丞，文先生让我给您带话，说'钦差赵部堂派兵去西溪别墅了'。"

惊得胡宗宪一下子站起来，忘记疼痛道："你说什么？什么时候的事？"

"就在上午。"

"快，回去！"胡宗宪便要下关，却被李时珍牢牢拉住道，"先把伤口处理完。"

"管不了那么多了。"胡宗宪想要挣脱他。

"我不管你有什么事情，"李时珍淡淡道，"现在你是我的病人，就必须听我的，先把伤口处理完再说。"说着话，手上的动作也加快起来。

碰上这种犟人，胡宗宪也没有办法，只好乖乖坐下，口中不时催促道："快点，快点。"

"别催我，不然出了岔子，你下半辈子吃苦。"李时珍皱眉道。

胡宗宪只好闭嘴，他心里如油火烹一般焦急，竟完全忘记了疼痛。

终于挨到包扎完最后一圈，李时珍又嘱咐道："半个月内不许剧烈运动，不许动怒，也不许吃生冷辛辣的东西。"

"那好。"胡宗宪点点头，吩咐左右道，"照顾好先生。"便下了关城。还没出去，又见到亲兵领着另一个信使过来，禀报道："沈大人先一步去了西溪别墅……"

胡宗宪心下稍宽，但仍然快马加鞭往杭州去。行出数里，再碰上一个信使，向他禀报道："沈巡按在西溪别墅与赵部堂发生冲突，已经被软禁起来了！"

胡宗宪彻底松口气，望着杭州城的方向呆立许久，这才大叫一声道："拙言啊，我胡宗宪今生定不负你！"便拨转马头，往反方向奔去。

"中丞，我们要去哪里？"亲兵们紧紧跟在后面。

"宁海，南溪温泉。"胡宗宪咬牙切齿道，"不能让那位再泡下去了，必须让他马上写信给京城，让他搭救拙言！"说着狠狠一拍马臀，"如果他不答应，我就去北京自首，大家一起玩完！"

鉴湖的画舫上，也在密切地注视着杭州城里的动静，仅仅隔了一天，便知道了在西溪别墅发生的一切。

匆匆而来的唐顺之，双膝跪在季本和王畿面前，叩道："二位恩师，请你们务必救救拙言，”说着抬起头来，已经是泪流满脸了，“拙言这孩子虽然心机深沉，却是识大体、顾大局的。这次他并不是要护着胡宗宪，更不是要护着赵文华，而是在保护咱们东南的最后一丝公道啊。”

“诸位肯定清清楚楚，在咱们东南闽浙，总是存在那么一些心狠手黑、唯利是图的大家族。他们为了牟取暴利，不惜与倭寇勾结，进行猖獗的走私。这些数典忘祖的东西，为了一己私利，无恶不作，给倭寇通风报信，打探消息，甚至直接参加对我大明民众的抢劫！”

“为了避免真面目拆穿，他们对地方官员拉拢腐化，恐吓要挟，以求官府能与其同流合污！一旦碰到那有气节、有想法、想要为国为民做些事情的，便立刻撕下伪善的面具，攻讦、陷害、打压、孤立，明枪暗箭，无所不用其极！”唐顺之无限愤慨道：“远了不说，便说这十年来，朱纨、王忬、张经、李天宠、周琉，这些都是大明最好最能干的官员，却相继倒在浙江这个污水坑里，难道只是因为那只幕后黑手太厉害吗？”

在唐顺之的逼视下，众人都低下了头，听他怒吼一声道：“不，绝不是这样，沿海才有几个大家族？大多数还是在内陆的，论实力要比他们沿海的强得多，为什么他们就能一次次兴风作浪，我们这些人就只能在这里摇头叹息呢？”

大家窘极了，有人讪讪道：“你又不是不知道，大家同气连枝，碍于颜面，不好出手的……”

“不见得吧？”唐顺之冷笑道，“其实大家心知肚明，这个说法只是一种自我安慰。真正的原因，是大家都有成片茶园，数不清的织机，每年产出那么多的茶叶绸布，只有卖了才能赚到钱。而那些沿海的大族，就是大家最大的买家。所以我说大家都睁一眼闭一眼，甚至纵容包庇，就是不想断这条主要的财路，对吗？”

王畿摇摇头，轻声道：“也不是这样，倭情这么严重，带来的损失已经远超过收益了。”

指一指在座的诸位道，“他们哪一位的家里损失都很大，都恨死那些跟倭寇勾结的畜生了。”说着叹息一声道，“只是，多少年的你来我往，他们手里早有足够的证据，证明咱们也是有通倭罪过的，若是把他们扳倒下来，我们还能有什么好果子吃吗？”

听完老师的说法，唐顺之沉声道：“正是因为大家都怕被牵连，都想要明哲

保身，所以才会让实力不如我们的人肆无忌惮，猖狂无比！试想一下这次如果没有拙言，会是什么结果？”

“胡宗宪在劫难逃了……”季本缓缓道。

“岂止是一个胡宗宪那么简单？”唐顺之提高声调道，“如果这次再让那些人得逞，他们无敌的形象便彻底树立起来了。那以后所有的继任者，哪个还敢与他们作对？恐怕一进浙江就得投帖下拜，与他们沆瀣一气，以求自保了吧？”

“拙言正是看到了这一点，才义无反顾地出手！”唐顺之质问众人道，“他是为了谁？为了他自己吗？”

众人全都摇头，他们都很清楚，对于前途无限的解元郎来说，置身事外才是最明智的选择。而沈默一直以来，给大家一种深沉圆滑的印象，他们觉着这种人，肯定是事事以己为先的，却万万想不到，他能在这个时候奋不顾身地站出来！

“别的先不说，”王畿与季本交换下眼神，终于开腔道，“无论如何，拙言是必须保住的！”

季本接过头道：“确实，如果连他都保不住，就太让人寒心了，以后谁还愿意为东南的事情出头？”顿一顿道，“如果同意我们俩看法的，请举一下手？”

所有人同时举手，一个都不少，虽然对于如何对付害群之马，他们仍然保留意见，但对于搭救沈默这件事，众人是没有分歧的。

看着没人反对，王畿满意地点点头道：“这样我便以大家的名义，给徐阁老写信，请他务必帮忙说话。”

“可是……”季本忧虑道，“赵贞吉是他最得力的手下，徐华亭八成是要跟他站在一边的。”

“确实，”众人点头，“徐阶不可能胳膊肘子往外拐。”

“不要紧，只要我们出价够高，他一定会接受这笔买卖的。”王畿沉声道，“我们把下一届的代表权，也让给他们便是……”

众人哗然道：“这怎么行？已经说好了徐阶之后是我们的人了，咱们怎么能让出去呢？”

“诸位少安毋躁，”王畿抬抬手，示意众人安静下来道，“其实就代表人选这件事，我反复琢磨过，其实咱们当初想得简单了……人都是有私心的，北派和徐阶都不例外，他们现在在台上，势力越来越大，到时候肯定希望让自己人接位，咱们若真等着他们退位让贤，就有点太傻太天真了。”

“那龙溪公的意思是？”下首有人问道。

“靠天靠地靠爹娘，全都不如靠自己。”王畿重重一挥手道，“咱们也要推出咱们自己的人，代表咱们自己的利益！”

“早就该这样。”看来众人对帮助北派上位很有些意见。

“可是……现在两派合力，徐阁老都已经沦落到第三位了。”季本不无忧虑道，“如果再起内讧，咱们心学就永无东山再起之日了。”

“我们跟他们争的不是这一代。”王畿沉声道，“徐阶的使命就是倒严，我们还是要全力支持的……”说着满是自嘲地笑笑道：“按照徐阶的年龄，就是熬也肯定把严嵩熬入土了，所以下一代肯定不需要再倒严了，我们要争的便是那一代的首辅之位！”

“李默呢？”季本问道，“他现在可是在华亭之前。”

“那个人太张狂，长久不了。”王畿摇头不屑道，“与徐阶比起来，根本不是一个档次的，竞争不过他的。”

船上众人寻思半晌，才纷纷点头：“您老的意思是，不管咱们让不让，他们都是要扶自己人的，还不如把这个虚名让出去，咱们寻些实惠来得实在？”

“正是如此，”王畿颔道，“只要咱们能保住沈默，再倾尽全力地扶持他，我就不信十年二十年后，天下还有谁能与他争锋？”

听老师这样说，唐顺之心头忽地显出一个名字，暗道：“说不定他就可以……”但现在他的目的是请老师搭救沈默，自然不会节外生枝，自然缄口不语。

王畿便当场修书一封，给每个人都过目一遍，待众人都无异议，便署名用印，命人火速送往北京城。

转眼间沈默已经被软禁在西溪别墅月余了，虽被禁锢在后院之中，寸步不得出，亦不得与外人接触，正好可以静下心来做些学问，是以并不觉得难挨。

唯一不爽的，便是那吕窦印隔三差五便会出现，美其名曰是找他“了解情况”，实际不过落井下石，借机奚落于他罢了。

看到沈默仍在钻研经文，吕窦印冷笑道：“你犯了这么大罪，还想着考科举？简直是白日做梦，快好好歇歇吧。”便让人将所有的书都取走。

但沈默并不在乎，因为到他这个程度，早已经腹有经书千万本了，并不一定要看书才能学习。

所以等下次吕窦印再来，便看到沈默已经写了厚厚一摞习文。

吕窦印随手拿起一张，便被深深吸引，纵使他充满偏见和敌视，却也不得不在心里击节叫好。当然面上还是要狠狠地奚落他道:“写些狗屁不通的东西，白白浪费了这么好的纸。”便让人将屋里的纸和笔墨搜捡干净，全部拿走。

待下楼时，吕窦印看见兵丁要将沈默的文章投到炉子里，却又脱口而出道:“别烧！”

那兵丁闻言止住手，吕窦印劈手夺过来，仔细地展平了，见已经皱皱巴巴，还缺了几页，不由心疼道:“烧了这样的文章，会遭报应的！”

兵丁一听便郁闷道:“您不是说这文章狗屁不通浪费纸吗？”

吕窦印一阵词穷，好容易憋出一句道:“你懂什么！”便气冲冲地走了。

而后再来看沈默，每次都见他端坐在空荡荡的桌前，闭目养神一般。吕窦印心说:“可算是没辙了吧？”不由有些得意，心里又有些郁闷道:“你干吗是沈炼的徒弟呢？否则早就成我女婿了。”但一想到沈贺那日的羞辱，又恨不得生吞活剥了他。嘀嘀咕咕地骂了一通，便不再来烦他了。

沈默闭目坐着，却不是如他所料的无所事事，而是将原先背过的经书，从脑海中一本本翻过来，用心去默念，去体会。这种方式起初有些困难，但久了之后他却发现，自己可以更深刻地理解那些圣人之语了，甚至可以在冥冥中与列代圣贤对话一般。

进入这种如痴如醉的玄妙境界，沈默根本感觉不到时间的流逝，不知不觉便到了临近腊月，这天他正在与孔子论道，却听到楼下有聒噪声道:“圣旨到了，沈大人快下来接旨。”

沈默这才从神游状态出来，整一整已经发黄的衣襟，在墙上铜镜里照一下，不由一愣，心说:“这大叔是谁啊？”下一刻才反应过来，不由乐了——原来唇边那浓厚的汗毛，终于变成黑而短的胡须了。

“我终于不是白面小生了！”沈默哈哈大笑道，“来人，快打水，伺候本官洗漱！”

下面人也怕他蓬头垢面地接圣旨，会引起什么不必要的麻烦，便赶紧打热水上去，还给他找了身干净的布袍子。

在看守的协助下，沈默把自己洗刷干净，梳了头，又修了面，再往镜子里看自己的形象，虽然还是一如既往的帅，却比原先稳重了许多。

当沈默出现在前厅，看到前来传旨的太监身边，左右各立着两个身穿金色飞鱼服、肩挂猩红厚披风、腰挎鲨皮绣春刀的军官。沈默对这身打扮并不陌生，当年在沈炼家门口，便见过一次，只不过这次的品级更高些罢了。

但无论如何，都代表着同一个名字——锦衣卫！

强压下心头的恐惧，沈默行礼接旨。只听那太监声音尖利道："奉天承运皇帝诏曰：钦差办案当秉公守法在先，尔浙江巡按监军道沈默，安敢泯灭证据，欺君罔上？实乃狂妄不悖，目无王法之徒，立刻革去巡按监军之职，着锦衣卫即刻解拿进京是问，不得有误！钦此！"

"罪臣接旨，吾皇万岁万岁万万岁……"

那太监将圣旨递到他手里，笑笑道："解元郎快快请起，您虽然免了职，但还是举人身份，也没有定罪，不必自称罪臣。"

沈默心头疑惑，不知道传旨太监跟自己说这个做甚。

待他起身，太监便对左边一个锦衣卫道："剩下便是几位的事了，咱家便先行一步了。"那人点点头道："去吧。"太监朝沈默行个礼，就出去了。

待太监走了，领头的锦衣卫道："下官北镇抚司副千户朱十三，见过解元公。"

"原来是十三爷，"沈默一脸钦佩道，"早就听说陆都督麾下有十三太保，各个武功盖世、忠肝义胆，今日一见果然胜过闻名呀！"有道是好汉不吃眼前亏，沈默的态度十分亲切，力求给对方留下点好印象，以免吃那些没必要的苦头。

那朱十三是个相貌堂堂、虎背熊腰的汉子，闻言心里十分舒坦，竟温声笑道："不知解元公可有什么人要见，什么时候起身方便？"

沈默这下更是吃惊，什么时候锦衣卫也改文明执法了？还问我这个专政对象的意见？这让他深感受宠若惊，想一想，苦笑道："我家里人都在绍兴，朋友都去了北京，也没什么人要见的。"

谁知朱十三笑笑道："我看未必，方才来的时候，还见一些人，有老有少的，在外面与门卫交涉呢。"

沈默心里一紧道："什么人？"

"我又不认识，"朱十三摇头笑笑道，"您还是自己出去看吧。"

“什么？你们不限制我自由？”沈默今天的吃惊可真不小，他先是想不到自己竟会被索拿进京，后是想不到锦衣卫的态度竟如此好。

那朱十三却不以为意地笑道：“解元郎会跑吗？”

“当然不会了。”沈默笑道，“我是什么人，怎么会跑呢？”

“那就是了，”朱十三也不问他是什么人，便侧身让开去路道，“弟兄们在这里烤火，等您回来咱们再去驿站。”

沈默谢过锦衣卫后，便匆匆出去。门口的卫士也十分吃惊，没想到他竟从锦衣卫手下出来了，自然不会再阻拦。

当沈默说“开门！”时，便顺从地将大门打来了。

大门一开，映入沈默眼帘的，便是老爹那翘首以待的身影。沈贺也看见了他，憔悴的脸上登时浮起万分惊喜，嘴唇哆嗦着说不出话来。

父子俩对视片刻，目光中满是激动、歉疚、担忧、自豪、坦然、坚持和理解，这目光会聚在一起，让父亲更加体谅儿子，让儿子更加理解了父亲。

只见沈默一拎袍角，双膝跪倒在门口，热泪盈眶道：“爹，孩儿不孝，又让您老担心了……”

沈贺赶紧伸手去扶儿子，流着泪颤声道：“没事，没事，快起来，告诉爹，他们准备怎么处理你？”

“还不知道，”沈默轻声道，“只是让我去北京……”

“押解进京？”沈贺毕竟是公门出来的，对这些术语还是很了解的。

“解拿进京。”沈默笑笑道，“至少不用上枷锁，待遇还不错吧。”

所谓“解拿进京”确实比前者更好些，一般是对五品以上官员的待遇，但就像“绞刑”与“斩首”，实质上并没有什么差别的。所以沈贺不能像儿子那样乐观，满脸愁云惨淡道：“这可如何是好啊。”

却听从远处过来一人劝解道：“亲家不必担心，贤婿是文曲星君下凡，自有天相护佑，定能逢凶化吉的。”

沈默一看是殷老爷，赶紧再拜道：“岳丈大人。”

殷老爷身体不好，早些时候在外面等了一会儿，便体力不支，去车上歇息去了，听到动静这才重新过来。沈默见他身边各立着一个俊俏后生，一左一右扶着殷老爷。

他的视线一下子被左边那个俏立的身影全部占据……虽然穿着男装，虽然未施粉黛，但沈默还是一眼就认出，那是让自己魂牵梦绕的未婚妻若菡。

若菡也是十分激动，虽然不言不语，但是眼里的深情和牵挂，是怎样都藏不住的。

“咳咳……”小两口长久的凝视，殷老爷感到被忽视，他咳嗽两声，生生掐断两人的视线道：“什么时候出发？”

沈默回过神道：“宜早不宜迟，就在这一两日吧。”

“哦……”殷老爷点点头道，“家里不用担心，我们两个老家伙相互照应着，断不会有什么事的。”

沈贺也道：“是啊，不要担心我们，只管全力周旋，争取早日超脱苦海就是了。”

沈默点点头，又听殷老爷道：“去北京，千里之遥，我对你有三个要求，务必做到。”

“好好听着。”沈贺在边上帮腔道。

“岳丈请讲。”沈默恭声道。

“第一是安全第一，第二是安全第一，第三还是安全第一。”殷老爷拍拍沈默的胳膊道，“我们老人也不求你闻达于诸侯，也不求你显贵于朝堂，只要你平平安安地回来，就算是种一辈子地，我们老人也不会怪你的。”

殷老爷说完了，沈贺又开腔道：“你丈人说的话可记住了？不用担心我们，保重自己的安全……”他的话絮絮叨叨，没有条理，比殷老爷的水平差远了，可沈默却听得格外感动，不住地点头。

趁老爹换气的工夫，沈默也对两人道：“您二老也保重身体，都健健康康的，我也少些牵挂。”

站在门口说了好长一会话，殷老爷问道：“你能出来吗？若是可以的话，咱们回去吃酒，给你践行。”

沈默看一眼远处若隐若现的人影，摇摇头道：“多少双眼睛盯着呢，小婿我要是敢迈出这个门，第二天就有人告我‘目无法纪，狂妄不羁’……”

“那就算了吧。”沈贺生怕儿子再倒霉，赶紧打住道，“亲家，咱们在这话别就行了，没必要再回去了。”

殷老爷笑道：“我岂是那么不懂事的呢？”便让女儿去车上取了酒坛子，给沈默倒酒。

那些锦衣卫却出人意料的和善，几人还纷纷安慰他，要他把心放宽……他们拿人惯了，自然知道生离死别乃是最让人销魂的事情。

沈默知道现在不是伤心的时候，便强打起精神道："多谢十三爷和几位兄弟，在下无事了。"

"没事就好。"朱十三端量他片刻，拍拍屁股起身道，"那咱们回驿馆吧，这鸟地方曲曲折折，看着就憋屈。"

沈默还是头一次听人给予这"西溪别墅"负面评价，本想为其鸣一鸣冤，可转念一想，这里禁錮了自己四十余天，可不是鸟地方吗！便很解气道："走吧，离开这鸟地方！"

对于解元郎也爆粗口，锦衣卫们大感快活，嘻嘻哈哈笑一阵，双方便熟络许多。

等离开西溪别墅，到了驿站里安顿下来，已经是过午了。朱十三和一干手下换了便装，对沈默笑道："该吃饭了，咱们相聚是缘，我请解元郎出去撮一顿！"

沈默哈哈笑道："瞧十三爷这话说的，我这个地主不坐庄，反要你们远道而来的请客，传出去会让人笑话我们浙江人的。"

朱十三乃是典型的北方汉子，闻言高兴笑道："算我失言了，待会儿自罚三碗，等出了浙江地面我再回请。"众人便有说有笑往西湖边去了。

虽然沈默是地主，可吃饭的地方却是朱十三选的，有道是"山外青山楼外楼，西湖歌舞几时休"，北方人来到杭州，肯定是要拜会一下楼外楼的，就算锦衣卫这样的武人也不例外。

沈默便领着他们，也不乘车骑马，就这样徒步往西湖边上的楼外楼走去。一路上所过景点无数，他都用很直白的话语，将其妙处典故娓娓道来，让朱十三几个听得如痴如醉，兴致盎然，恨不能将西湖都游遍……

不知不觉便到了那三层画栋的楼外楼外，朱十三奇怪道："看着这楼比北京城的四大楼可差远了，怎么就这么有名呢？"

沈默指一指周围的景致道："楼固然不出奇，但四周的景致却是世上仅有，坐在楼上便可览最美的湖光山色，这是北方没法比的。"

"那南方有山有水的地方多了，怎么别的酒楼就没这般有名气呢？"朱十三已经彻底折服在沈默的学识谈吐之下，好奇地问这问那。

“那是因为别处美则美矣，却没有这么多的底蕴，这么多的传说，”沈默呵呵笑道，“比如你在楼上喝酒，便会想到苏东坡也曾对着这美景引吭高歌。心里必然会与有荣焉，喝得很自豪。待畅饮之后，酒助游兴，到断桥上走走，便会希望能遇见一位白娘子那样的美人，哪怕只是远远地看一眼，也足够了……这是在别处饮酒万万体会不到的。”

朱十三几个便一齐感慨道：“西湖啊西湖，什么时候能让我——圆一把当许仙的梦？”

惹得沈默哈哈笑道：“所以说，杭州的姑娘，是从来不穿白裙子的。”

“为什么？”众人笑问道。

“就怕你们这些远道而来的人想入非非，唐突佳人呗。”沈默笑道，惹得几个锦衣卫捧腹大笑起来。笑完之后，却都十分佩服他……在一个时辰前沈解元还满是伤怀，这么快便恢复了乐观，可见其神经之粗大，绝非常人可比拟。

说笑着引众人进去，此刻已经过了饭点，酒楼里空位颇多，众人便找了个临湖的雅座坐下，沈默随口叫了几个佐酒小菜和招牌菜，将菜谱递给朱十三，让他随意点菜。

就在这时，一个极不和谐的声音响起道：“沈默，谁把你放出来的！”

那声音一响，桌上登时安静下来，四个便装锦衣卫齐刷刷望向那人，只有沈默仍旧端坐着，头也不回，因为他一听就知道那是谁，根本不用回头。

正所谓不是冤家不聚头，来人正是吕窦印。

吕大人又跟夫人吵架了！谁知刚躲出来进了酒楼，便见到最不该出现也是最不想见之人，吕大人登时怒从心头起、恶向胆边生，一边出言质问，一边走到桌前，想要去拍沈默的肩膀。却被朱十三一把攥住手腕，吕县令只感觉那手仿佛被铁箍箍住一般，痛得他失声叫喊起来道：“你们还看着干什么！”原来他还带了两个随从，但他们俩欺负欺负老百姓还行，一看到朱十三这个练家子便色厉内荏起来，站得远远地恐吓道：“快放手，你知道我家大人是谁吗？”

朱十三淡淡笑道：“还未请教。”

“钦命苏松巡按御史，”两人见他吃这一套，登时厉害起来道，“怎么样，害怕了吧！”

“苏松巡按，莫不是唬我们？”一个锦衣卫道，“这里可是浙江的地盘。”

“不懂了吧？我家大人钦差奉旨办案，”两人得意扬扬道，“皇上吩咐的差事，自然可以来这里了！”

朱十三玩味地看了满脸煞白的吕窦印一眼，缓缓松开手道：“原来如此，失敬失敬。”

吕窦印已经从看到沈默的愤怒中痛醒过来，他不是傻子，自然反应过来对方是什么人，当时便老脸煞白，摆手道：“误会误会，我认错人了。”

两个随从还想让朱十三给老爷道歉，却被吕窦印猛踢屁股道：“别在这丢人现眼了，还不跟我滚！”他也是急了，竟然口不择言，却也不想想，这样岂不成了自己带头滚了吗？

反正无论如何，他是直接从酒楼里滚出去了。

但锦衣卫的习惯，让他们不会这样算了，朱十三一个眼神，坐在下首的一个校尉便起身跟了出去。

见沈默的目光也跟了出去，朱十三笑道：“不必管他，都是老手了，自有分寸的。”这时候酒菜上来，朱十三道：“来，咱们先吃！”

沈默当然知道喝酒就图个痛快，便把不痛快的事搁在一边，打起精神与三人应酬。几个锦衣卫都是军旅汉子，极鄙视那小酒盅，让店家取来几只大白碗，咕嘟嘟倒满了，举起酒碗一碰，这才觉着过瘾。

虽然他们照顾沈默，没让他喝同样多的酒，但跟着三巡下来，就已经满脸通红，头脑发胀，与几人称兄道弟起来。

朱十三虽然量大，但喝的比他多，也有酒意了，便拉着沈默的胳膊，开腔问道：“沈兄弟，你跟那个姓吕的有何过节，他为何整日跟你过不去？”说着破口大骂道：“远了不说，就说你关禁闭这段时间，他干的那叫人事儿吗？整个一老变态啊！”

沈默吃惊道：“十三爷怎么知道？”

朱十三嘿嘿笑道：“这个本来是秘密，不过你够兄弟，够味道！所以便向你透露一点，”说着伸出小拇指道，“就一点，我不说的你也别问，不然兄弟我可就太为难了。”

沈默给他斟酒道：“那是当然。”

朱十三这才道：“不瞒你说，自从你成为协办钦差之后，我们浙江的人便一直盯着你，一直到今天才撤岗。”

“那岂不是……”一想到自己与若菡卿卿我我时，也可能被偷窥，沈默便不禁一阵恶寒。

朱十三猜到他的想法，怕他心生反感，便笑道：“沈兄弟别太担心，你的守卫在的时候，咱们盯梢的也没法靠近，只能远远看着，知道你见了什么人，去了什么地方罢了。”

人们对特务行为有种本能的反感，沈默也不例外，但他还是笑笑道：“你们也不容易啊，再说这样不也是保护我吗？”

“正是如此！”朱十三欢笑道，“我代浙江的同僚，给沈兄弟赔不是了。”便咕嘟嘟干了满满一碗，将酒碗翻个底朝天，以示诚意。

沈默也将自己碗里的酒一饮而尽，学着他的样子翻过碗来，果然也是一滴不剩。

“好！”一片叫好声中，方才小小的不快便烟消云散了。

“这下该说说你俩的事儿了吧？”也许是职业习惯，朱十三对八卦消息有着近乎偏执的热爱。

“当然可以。”沈默笑笑道，“反正也不是什么丢人的事……要说我俩之间的梁子，起先是个儿童故事，后来变成伦理故事，现在直接成鬼故事了。”便先将当年与山阴比斗的事情，绘声绘色讲出来，让几人听得如痴如醉，满脸崇拜地望着沈默道：“原来解元郎从小就是天才啊。”

待沈默将中段……也就是吕县令骗婚，又因为他老师被捕的缘故悔婚，后来峰回路转后竟想再结亲，最后被自己老爹当众拒绝的过程简单讲出来，几个听众先是感叹一阵“人不要脸、天下无敌”，接着仿佛想起什么似的，一齐盯着问他道：“沈兄弟的老师是？”

“青霞先生，沈讳炼。”沈默轻声道。

听他报出门户，朱十三一下子亢奋起来，抓着沈默的胳膊使劲摇晃，差点把他晃散了架，这才激动道：“我说上面怎么让特别关照你呢，原来是自己人啊！”

沈默笑道：“所以我说，我对诸位有种天然的亲切感，你们还不信。”

“信了信了！”朱十三带着手下起身向沈默重新见礼，这才一脸崇敬道，“沈大人虽然在我们那只待了不到一年，但为我们做了很多实事，也教了我们很多东西。我们都十分钦佩沈大人的风骨，就连我们都督大人，也是以师礼对待

沈先生的。”

听到别人真心实意地称赞自己的老师，沈默比自己听到表扬还高兴。原先双方就称兄道弟了，现在又有了沈炼这个联系的纽带，沈默已经被朱十三他们俨然当成了自己人，都嚷嚷着要为他报仇雪恨。

翌日天还不亮，众人就爬起来，洗脸穿衣吃顿饱饭，带上足够的干粮、白米、盐巴和一些腊肉，连同被褥铁锅，一起驮到马背上，便要离开杭州驿馆，出城北上。

一行人走到驿馆门口时，却听有人道：“等一等……”众人回头一看，却是这杭州驿的驿丞。只见他拎个盖着厚厚棉布的大篮子出来，朝沈默深深鞠个躬道：“沈解元，您要走了，我也没什么能送您的，昨晚让浑家煮了些鸡蛋，您带着路上吃……”

沈默有些意外，因为在他印象中，这位驿丞就是个死要钱，恨不得把别人的便宜都占光，却从未见过他拔过一根汗毛。

更让他惊奇的还在后头呢，只见驿丞又取出一包银子，双手奉给朱十三，恭声道：“军爷，这是小的一点程仪，请您务必笑纳。”

朱十三接过那银子，掂一掂，似笑非笑道：“好家伙，足有四十两吧，顶你一年的薪俸了。”

驿丞有些尴尬地笑道：“差不多了，差不多。”说着又向他深深作揖道，“这点钱一来给军爷在路上花销，以壮行色；二来也请军爷善待我们沈解元一些，他是读书人，身子弱，吃不得太多苦的。”

沈默动容道：“这是干什么……”

朱十三却笑问驿丞道：“你和他是亲戚还是朋友？”

驿丞摇头道：“小人福薄，摊不上解元郎这样的亲朋。”

“既然非亲非故，那为何……”朱十三提一提手中的包裹，意思不言而喻。

驿丞深深看一眼沈默，对朱十三道：“沈解元是为了浙江、为了抗倭才让奸党陷害的。我们杭州城的老少爷们儿只恨没法帮他洗冤，拿出这点银子又算得了什么呢？”

听他说完，朱十三随手把那包银子扔回到驿丞怀里，笑道：“这个不用你操心，我们锦衣卫最佩服的就是好汉子，绝不会怠慢沈解元的。”说完便牵着马往外走。

沈默朝那驿丞感激地笑笑道："谁说咱们不是亲朋，咱们现在就是朋友了。"

驿丞先是一阵错愕，旋即狂喜道："您您，您认我这个朋友了？"

沈默微笑道："除非你不愿意。"

"愿意，当然愿意。"驿丞欣喜若狂道，"您不嫌弃就好！"

沈默翻身上马，朝他挥挥手道："那么，再见了，朋友。"

驿丞也想挥手，这才发觉手上拎着银子呢，赶紧跑着追沈默道："银子，您带着银子。"

沈默却不接，丢下一句："留着吧，我不缺钱。"便打马先行而去了。

跟在后面的叫"赌鬼"的锦衣卫，却从驿丞手中一把拿过那包银子，朝他扮个鬼脸，嘿嘿笑道："给我吧，我给你转交。"便乐滋滋地走了。

驿丞也顾不上他的银子了，望着沈默远去的身影，双手拢在嘴边，高声道："菩萨一定会保佑您一路顺风，平平安安回来的！"

沈默远远地朝他挥挥手，这才转身继续赶路。朱十三策马凑过来，呵呵笑道："赵贞吉可是大名鼎鼎的清官直臣，怎么到你们浙江就成奸党了？"

沈默撇撇嘴道："也许南橘北枳吧，在情况简单的地方，他是好官，是青天。可到了浙江这个复杂无比的环境中，他越较真就越招人恨。"

朱十三是了解内幕的，不由点头笑道："还是解元郎看得清楚。"说着压低声音道："可惜朝中那些迂腐言官，大多是赵贞吉之流，早就摩拳擦掌等着解元郎进京了。"

沈默哈哈大笑道："那实在是太荣幸了！"

一行人说着话便到了北城门，前面领路的叫"黑皮"的锦衣卫拉着马缰道："城门口堵满了人。"

众人闻言望去，可不，只见杭州城北门下，立着两三百人，其中士子打扮的居多。周围道边上，更是挤满了不计其数的民众，不过应该是看热闹的居多。

朱十三端详一会儿，笑道："让沈解元走在前面，咱们几个在后面，别碍眼。"

人群看到沈默五人行过来，便是一阵骚动，纷纷向沈默靠过来，向他问好致意，还纷纷从怀里掏出带着体温的鸡蛋、一串百十文的铜钱，或者一包点心之类的，高高举到他面前，请他带着路上吃……那些士子却站在那里悄然不动，仿佛在静等他过去。

一边向人们拱手致谢，一边接过那些情意深重的礼物，沈默的眼眶让泪水迷蒙了……曾经他最怕自己的行为不被人理解，被人以为自己是严党，或者出于别的什么目的，才做出那番事情的。若是那样，可就真成猪八戒照镜子，里外不是人，哭都没地方哭去。

但现在，他置身于热情的人群之中，一颗疲惫的心也被这温情抚慰得生机焕发，重新充满力量……他距离那些士子不到二十丈，但就这短短二十丈的距离，他却走了整整一刻钟，不停地道谢，不停地接受礼物，不停地被温暖，当他终于通过人群，眼前豁然开朗，之前所有的担心和迷茫都烟消云散了。他第一次确信，自己是真正强大的，强大到足以战胜一切艰难险阻！

真正的坚强是心的坚强，真正的强大，却是要靠大多数人来印证……

所以当他站在那群士子面前时，整个人的精气神，都与之前截然不同了，如果说之前他还是一柄出鞘的宝剑，需要时时展示自己的锋锐，来提醒这些士子自己的存在。那现在他便可以将自己收入鞘中，无须依靠那些炫目的表现，就足以让众人心折、让众人景仰了！

沈默微笑着看向这些士子，士子们也向他报以崇敬的目光，双方的目光交流，便胜过无数言语。

沈默这才发现他们多是同届的生员，便拱手笑道："诸位年兄，多谢相送。"

士子们一起还礼，哪知起身后却道："我们不是送你的，我们要陪你进京。"

沈默一阵错愕，竟不知该说什么好了。一个领头的士子便道："这事儿您恐怕有口莫辩，为了不让您蒙受不白之冤，我们便合计着陪您一道进京，给您去做担保人。"

沈默十分感动，却也被这不靠谱的想法吓一跳，先不说这么多人怎么走？就算平平安安都跟自己进了京，恐怕一顶"煽动骚乱分子"的帽子会立马扣上来……

但他也不能断然拒绝，因为沈默深知大明朝的读书人，都是些犟种，所以说话必须要有艺术才行。

沈默心里稍稍盘算一下，拿定主意后便向众人深深一躬道："承蒙诸位同年的厚意，你们为我考虑的太周全了，沈默今生铭感五内……"

众人连忙道"不敢不敢"，却听沈默话锋一转道："可大家想过没有，如果你们真的跟我进京，会有什么后果呢？"

众人满不在乎地笑道："大不了跟解元郎一起下诏狱而已。"有些激动的生员道："能让正道不倾，此身何惜？"

"说得好！"沈默击掌道，"让正道不倾，此身何惜！"说到这儿，他停下来，目光缓缓扫过众人，一拱手道："这句话也是在下的心声，我沈默愿为匡扶正道，献出自己的全部！"在众人一片赞誉声中，他突然深深一躬道："所以我恳请各位，都不要跟我北上，好吗？"

"您这话什么意思？"众书生不解道……经过沈默的铺垫酝酿，果然士子们好奇心胜过了抵触情绪。

只听沈默道："有三个原因，在下说给众位听，其一，我沈默此举秉承一颗公心，没有任何私心杂念，所以我不怕被审判，也坚信自己会得到公正待遇，无须如此大动干戈。其二，现在朝廷尚未给我定罪，众位却浩浩荡荡跟进京里去，无疑会让大人们以为这是在要挟，反倒不美。其三，我们浙江现的正道是抗倭，抗倭压倒一切。若是众位跟我进京，势必会牵连到中丞，影响抗倭，若是因此打了败仗，岂不是我们的罪过？"沈默沉声道："诸位意下如何？"

沈默说得在情在理，士子们也听得有些动摇，只是想要彻底说服，还需一番工夫。

但沈默心中早有定计，便笑道："临别了，我送给大家两句话吧。"一句话就将众人的注意力引开，纷纷点头道："久闻解元郎诗书双绝，不如将话写将下来，也算给后世留一段佳话。"

临近有家书画店，老板闻言便取了方桌笔墨，还有一副上好的空白横轴来，请沈默留下墨宝。

沈默也不推托，拿起笔来，饱蘸浓墨，便在上面写下了遒劲有力的十四个字道："苟利国家生死已，岂因祸福避趋之。"

"苟利国家生死已，岂因祸福避趋之……"这句深沉慷慨的宣言，由邻近的士子念出来，很快传遍所有人，并引起反复的吟诵和强烈的共鸣，就连众人看向沈默的目光，也无比崇敬起来。

沈默脸上一阵发红，这是他盗用后世民族英雄林则徐的一句名诗。

当尊敬变成崇敬，许多事便好办了，不用沈默再费口舌，众士子便顺从了他的意志，乖乖让开去路，用一种送导师的眼神，目送着他缓缓出城。

第十七章
劝君更尽一杯酒

四个锦衣卫跟着沈默出城向北，他们仍然沉浸在方才的震撼之中，一时竟没人敢与他并驾齐驱了。朱十三几个完全想象不到，一个前途未卜的待罪之人，居然可以这样得到如此彻底而广泛的爱戴。

他们当然不明白，这是超脱了权势与地位的力量，这种力量的名字叫——民心。

但无论如何，他们望向沈默的目光已与之前截然不同了……如果说之前还是亲热中带着点怜悯，现在只能说是尊敬中带着点亲热了……

一行人包括沈默都在回忆着方才一幕幕，就这样安静地行了三四里路，直到被一个等候已久的千户军官拦下道："沈解元，中丞大人已经等了您一个时辰了。"

沈默吃惊不小，回头看看身后的朱十三，朱十三笑道："沈解元只管去就是，我们在这儿等着。"

那千户却道："我家大人也请四位上差务必同去，有酒席招待。"

此时已经快中午了，四人一听，开怀笑道："那就恭敬不如从命了。"便跟着沈默与那千户，往道边一户农家庄园去了。

沈默在院门口见到了胡宗宪，两人竟都有些恍若隔世的感觉。

简单的寒暄介绍之后，沈默便关切问道："中丞的胳膊没什么大碍吧？"

"哦，没事，就是上月在北新关被毒箭扫了一下，到现在还没好利索。"胡宗宪不以为意地笑道，伸手延请众人进院，在正堂喝碗茶水，朱十三便识趣地起身道："中丞和沈解元肯定有许多话要说，我们这些老粗听着没劲，不如先给我们在厢房上菜，你们说你们的，我们吃我们的。"

胡宗宪当然是求之不得了，假意客气几句，便让人带着几个锦衣卫去东厢房吃饭，还嘱咐下人要好生伺候。

待锦衣卫都走了，下人们也识趣地退出厅堂，关上房门，给中丞大人和解元郎一个私密的谈话空间。

现在没了外人，胡宗宪便再不掩饰什么，起身拎起袍角，竟给沈默跪下了。

沈默赶紧侧身让开，使劲扶起他道："中丞使不得……"

胡宗宪也没打算给他磕头，便顺势起来，双手紧紧握住沈默的胳膊道："今次若没有拙言，我胡宗宪非要身败名裂不可，你对我有再造之恩啊，跪跪又何妨？"

沈默笑道："我看到了中丞抗倭的成果，也知道您的苦衷，若是那时候不维护您，我还算人吗？"跟胡宗宪这种聪明绝顶之人在一起，有啥说啥最好，还省了那些冠冕堂皇的废话。

"话不能这么说，"胡宗宪摇头道，"那种情况下，一百个人里有九十九个会选择逃避的；扪心自问，就算我也不见得例外。"说着由衷钦佩地望着沈默道，"但你沈拙言就例外了，拿得起放得下，当断则断，才是真丈夫，所以你是真丈夫……我不如你。"

让高傲的胡宗宪自认不如，实在是太不容易了，沈默笑道："就不要再夸我了，人家赵贞吉也没有善罢甘休，不还是在抽冷子找中丞的麻烦吗？"

"放心吧，他是秋后的蚂蚱，蹦跶不了几天了。"胡宗宪笑笑道，"其实上月你一出事，严阁老便来信说，他已经与徐阁老达成妥协……徐阁老原则上同意让赵贞吉哪儿来哪儿去，但要求我们这边先把赵文华调回去。"

“二赵同时滚蛋，这真是双喜临门啊！”沈默一听，十分高兴道。比起赵贞吉来，更该滚蛋的就是赵文华了……这家伙贪婪无度，借着“抗倭”的名义，将浙江刮地三尺不说；在武略上还是个彻头彻尾的门外汉，馊计败招层出不穷……

不过凡事总有两面，至少这赵文华在贪婪愚蠢之余，还是很倚重胡宗宪的，因此胡宗宪可以不顾忌总督杨宜的想法，想怎么干怎么干，反正天塌下来有赵侍郎顶着！

所以胡宗宪对赵文华是又爱又恨，当然就冲他将自己的名声败坏殆尽这一条，胡中丞对他的恨也要远远大于爱……

感受到胡宗宪的复杂情绪，沈默笑着安慰道："中丞放心吧，赵文华回京之日，就是杨宜下台之时，您无拘无束，自由自在施展自己才能的黄金时刻，就要到了！”

“哦，这话怎讲？”胡宗宪爱听这话，所以难得地刨根问底。

“道理不复杂，中丞不过当局者迷罢了。”沈默笑道，“明眼人都能看出来，现在浙江最艰难的日子已经过去了……虽然抗倭战争不知还要打多久，但当官的危险性大大降低，同时立功的可能性也越来越高。”说着端起桌上的茶盏道，“可以说，在朝廷大佬眼里，东南已经由一个烫手的山芋，变成抢手的香饽饽了……”不用说太细，胡宗宪便已经明白了，现在的形势是，哪个官员能控制东南，便意味着给自己的位置上了保险，因为陛下肯定会顾全大局，只要不犯十恶不赦的罪，一般都会姑息迁就的。

如果再打几个胜仗，那圣眷还不是上涨？直接盖过另两位也是很正常的。

便听沈默继续为其抽丝剥茧道："只要赵文华在，他就是东南的老大，完全压制总督杨宜，这个朝中是都知道的，所以严嵩不必把总督之位据为己有，便可以坐享胜利的果实了。”

“原来如此！”胡宗宪一拍大腿道，“怪不得我怎么送礼拉拢，赵文华都不敢许诺我的总督位子，原来根子是在他干爹身上！”

“正是如此，”沈默笑道，“反观赵文华一走，杨宜就成了老大，功劳可都记到李默头上了，你觉着严阁老能答应吗？”

“不能，”胡宗宪笑道，“他老人家现在就指望着东南给他争气呢，哪能让出去。”

“所以……”沈默一拍手道出前两个字，胡宗宪便接着道，“他一定会为我争取总督之位的！”

“就是这个意思。”沈默笑道，“这真是‘借问瘟君欲何往，纸船明烛照天烧。’送走此瘟神，中丞大人大展宏图的时候就要到了！”

听完沈默的分析，胡宗宪心里敞亮许多，摩挲着手掌道:“这样说来，他回去是最好的。”说着便略带嘲笑道，“其实他见官军虽也打些胜仗，但倭寇不断涌到，聚散无常，不知猴年马月才能平复，早就失去耐性待不住了，只是当初陛下召他不回，现在想回去也不是那么容易了。”

“这个无须操心，论起三十六计走为上来，赵侍郎要远远强过你我。”沈默呵呵笑道，“我观此人对冒功吹牛特具专长，你只要能打场胜仗出来，不管规模大小，他都能铺张扬厉成决定性战役，然后设法抽身。”

“胜仗？这个现下就有。”胡宗宪笑道，“我这有份捷报，是刚刚收到的。”说着起身取来两份奏报，递给沈默看，只见说的俍土军在黄浦以东的周浦打了个胜仗，放火烧了倭寇的巢穴。倭寇只好登舟出海，俞大猷与兵备副使王崇古领水军追击。时逢冬日，海上吹的是西北风，往东而去的倭寇，正处下风，让俞大猷追上一把火烧掉大船数只，又是一个大胜仗。

“这就足够了。”沈默微笑颔首道，“等赵侍郎奏疏一上，必能邀准，梅林兄可以早作筹划了。”

“真是天从人愿啊！”胡宗宪喜滋滋道，“拙言你放心，只要我这媳妇熬成婆，就开始着手实施咱们的计划。”怕沈默多想，他又叹口气道，“原先不是我不肯而是不能。只要事权不一，号令不专，咱们的法子是根本行不通的。”

“这个我晓得。”沈默点点头，面色忧虑道，“日本那边，还是一点消息也没有吗？”沈京一去日本就是半年多，音讯全无，让人一想起来就忧心如焚。

“正要跟你说呢。”胡宗宪轻声道，“前些天收到陈可愿的信，说他们其实早就到日本了，在九州岛等了四五个月，却一直没有见到王直。”

“有消息就好……”沈默松口气道，“很显然王直不可能那么忙，他八成是处于观望之中，所以不急着见他们。”

“观望什么？”胡宗宪问道。

“观望搞倒你的运动能不能成功呗。”沈默嘿嘿笑道，“你要是被人家轰下台。王直何必还要跟他们费口舌呢？归根结底，人家还在看你有没有资格和他

谈。”

“嗯，我也是这样想的。”胡宗宪点头道，“这次全赖拙言，我没有倒台，估计他会见见咱们的人了吧？”

“应该会吧。”沈默颔首道，“但最多也就是试探着接触一下，要想有实质性进展，还得梅林兄当上总督以后。”

“哎，总督总督，”胡宗宪苦笑道，“我都快成官迷了。”

“只要能利国利民，官迷又何妨？”沈默呵呵笑道。

这时候下人请膳，胡宗宪便请沈默去偏厅用饭，他是个喜欢排场的人，一见饭厅摆设比较寒碜，歉意地笑道：“这荒郊野外不比城里，不过厨师和食材是我府上的，正宗的徽州菜，拙言就将就着吃吧。”

两人落座，沈默呵呵笑道：“我不是那种讲究的人，再说吃饭吃饭，吃的是饭，那得菜肴好才是真的好。”说着指一指三张方桌拼起来的饭桌道：“太丰盛了！”

胡宗宪不无得意地笑道：“那是。”便斥退下人，亲自取一个造型古朴的酒坛过来道：“有好菜还得有好酒，吃我们徽州的好菜，自然还得喝我们徽州的好酒。”

“可是沙溪古井贡？”沈默笑道。

“不是。”胡宗宪摇头笑道，“古井贡虽然是绝好的名酒，但今天咱们喝的却是另外一种……宣城桃花潭的汪伦酒。”

两人举起酒碗，轻轻一碰，只听胡宗宪轻声道：“李白乘舟将欲行，忽闻岸上踏歌声。桃花潭水深千尺，不及汪伦送我情。”便仰面一饮而尽，擦擦嘴，红着眼道，“拙言，千言万语都在这酒这诗里了，我胡宗宪今生若是负你，叫我天打雷劈，不得好死！”

沈默使劲拍拍他的胳膊，沉声道：“我知梅林兄！”便也一饮而尽。

喝完三盏饯行酒，分别的气氛便浓重起来，沈默一直不停地说，将自己对抗倭形势，对闽浙海商，对江南大族的看法，一股脑儿地搬出来，全都说给胡宗宪听，皆是他经过认真观察，仔细总结出的东西，鞭辟入里，针针见血。

他很少像现这样，知无不言，言无不尽……胡宗宪知道沈默这是担心回不来，所以才把一直藏在心里的东西倾囊相授，是以听得无比仔细，甚至连大气都不敢喘一声。

本来只想最后嘱咐几句，谁知却足用了一个时辰，才将自己的看法大体说完，最后总结道："浙江甚至东南的问题，归根结底就是海禁的问题，必须要把海禁的问题解决掉，东南才能永绝倭患。"

"我听说荆川先生已经给朝廷上书，请开海禁了。"胡宗宪若有所思道，"拙言的意思是，让我附议此疏？"

"不，"沈默摇摇手道，"我还不知道师叔上书的事，但我可以表个态，我不支持现在开海禁。"

"不支持？"胡宗宪意外道，"你不是说，解决了海禁的问题，才能解决东南的问题吗？"

"海禁肯定是要开的，但现在不行。"沈默自嘲地笑笑道，"现在的倭情之所以还能控制，很大程度上是因为大量的倭寇专注于大搞走私……据我所知，大明、南洋和日本的黄金三角航线，其每年产生的利润，远远高于我大明的财政收入，之所以能如此暴利，皆因为垄断二字。"

"一旦我们开了海禁，那路上的富商大贾肯定是要加入进来的，那些海商一准不愿意被人分薄了利润，"沈默道，"一准会疯狂地上岸攻击，到时候千里海疆无一净土，朝廷会怎么办？"

"厉行禁海。"胡宗宪沉声道，"若是真到了那时，就是太祖爷再世，也救不了大明朝了。"

"确实如此。"沈默沉声道，"所以我们必须先把倭寇打服了，让他们抢劫不得也走私不得，到时候再开海禁才会事半功倍。"

"怎么打？"胡宗宪苦笑问道，"这些家伙战力彪悍，来去如风，大部队逮不着，小部队打不过，实在让人有老虎吃天，无处下嘴的感觉啊。"

沈默沉声道："射人先射马，擒贼先擒王，设法捉住王直、徐海，一切问题便能迎刃而解。"

"谈何容易……"胡宗宪呵呵笑道，"又说回来了。"

"不要紧，事在人为。"沈默却自信道，"倭寇虽然战力强大，但相互间戒心重重，毫无信任可言，对于这样的敌人，智取更胜强攻。"只是沈默也没法说清楚，该如何去智取，只能到时候请他随机应变了……

这时候门外响起朱十三的声音："二位大人，天色不早，该赶路了。"

知道分别的时候到了，胡宗宪从袖里掏出一张字据，轻轻塞到沈默手里，

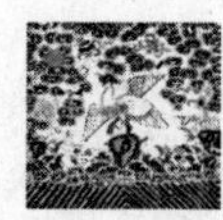

小声道："我让人用你的名义，在京城的通汇钱庄存了纹银一万两，这个就是取钱的信物，千万不要跟别人透露金额，以免惹来杀身之祸。"

沈默身上其实揣着一张同样的字据，金额也是一万两，乃是老岳父给他，到北京打点用的，所以他不缺钱，而且也不想和胡宗宪产生什么金钱上的瓜葛，便坚持拒绝。

谁知胡宗宪比他更坚决，大有你不收今天就不让走的架势，外面催得急了，沈默只好权且收下，等日后再说。

将他送到门口，胡宗宪不便再往大道上去了，只好与沈默依依挥别，直到看不见他的踪影了才叹口气道："回去吧……"

沈默一行人，十一月二十四从杭州出发，一路向北。过了淮河以后，道路便越来越颠簸难行，原先在淮河以南行驶颇为平稳的马车，已经变得一蹦一蹦，能把人的肠子都颠断了。

星星点点的雪花，不久便成了滚滚团团、漫天洒落的大片鹅毛，铺天盖地而下，将远近的山峦、河流、道路、村舍，都变成迷迷茫茫的一片混沌。

等到傍晚时分，雪仍然铺天盖地地下着，还起了风，气温一下子降了下来。卫士们早已经从大车上，取下皮袄、皮帽戴上，又用厚厚的围巾裹住脖子和脸，只露出两只眼睛，费劲地辨别着方向……其实把眼睛瞪得再圆也没用，因为四面八方一片白茫茫，根本辨不清东西南北。

朱十三艰难地过来，大声吼道："停队，弄不好已经迷路了！"沈默闻言四处望一下，简直分不清哪是道路，哪是沟壑……这么走下去可不行。接着朱十三便下令道："你们几个去探探路。"

过了好一会儿，探路的人回来了，待将所有的情况汇总一下，朱十三面色凝重道："真走到绝路上来了，这前面五六十里大概也难找到人烟了，只有不远处有个断了香火的破庙。今晚是不是就去那里宿营？"

沈默朝朱十三道："十三爷，您定吧！"毕竟人家是押解自己进京的官差……

朱十三笑道："当然依沈兄弟的了，你再这么见外，我可要不高兴了。"

一行人便往西北行出二里，果然见到一个风雪中的寺庙，看起来已经十分破败了。

沈默站在廊檐下等待，大伙便开始忙碌地打扫起来，过一会儿将大殿草草收拾出来，又用收集的木头生起了篝火，这才请他进去。

沈默借着熊熊燃烧的火光一看，里面倒没有怎么破坏，大殿的梁柱上的油漆还发着亮呢，只是殿里的陈设却早被洗劫一空，只留下一尊落满灰尘的朱元璋像，已经看不出本来面目了。

这一夜沈默失眠了，他躺在火堆旁，心里久久无法平静，他第一次问自己："我这样做值吗？大明朝反正还有六七十年的太平呢，我就是不折腾，这辈子也会过得很好，干吗还要自找苦吃，还连累家里人担惊受怕，心爱的人跟着我受罪呢？"离开了熟悉的江南，开始越靠近北方，他就越担心自己未卜的命运，连带着对自己的信念也怀疑起来。

再看看已经成了泥偶的朱元璋，国祚仍在，祭庙却破败成这样子。他更是觉着应该好好享受人生，让身边人过得好一些就可以。

他又想起杨升庵那阙《临江仙》……是非成败转头空，青山依旧在，几度夕阳红……想法不由更消极了，竟然有了了结此事后，带着家里人避世隐居的念头。

"管那么多干什么？把我自己日子过好就是了，"沈默又一看朱皇帝的像，仿佛求证似的问道："您老说是不是？"

然而就在此时，让他毕生难忘的一幕发生了——他见到"朱皇帝"摇头了！

沈默浑身一个激灵，使劲揉着自己的眼睛。

但下一秒，他便彻底惊呆了——只见那座泥偶身上的灰尘开始扑扑簌簌地落下，仿佛那位脾气很大的皇帝要走下神坛，揍他这个不争气的子民一般！

沈默的头皮嗡的一声，顿时感觉一阵天旋地转，终于明白发生了什么。

脚下的地面在上下起伏，梁柱发出不正常的呻吟声，灰尘扑扑簌簌往下落，就连那尊太祖皇帝的像，都开始颤动……

眼前的一切让沈默浑身一阵冰凉，目光扫过大殿之中，只见除他之外，所有人都因为疲劳沉沉入睡，竟没有一个惊醒的。他只好用尽最大的力气喊道："地震了，都快起来！"

"快跑出去，什么都不要拿，快！"沈默一边大喊，一边用脚踢打着仍然沉睡不醒的侍卫们。大伙睡得懵懵懂懂，茫然被吓醒了，这才发现整个地面都在

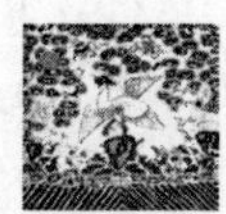

剧烈地晃动，哪里还能分辨东南西北？便如无头苍蝇一般，四处逃跑。

突然一阵强烈的天旋地转，震得大殿里人仰马翻，连沈默也摔倒在地！

几乎就在下一秒，伴着一声惊天动地的巨响，大殿顷刻间倾塌下来，登时间烟尘弥漫，笼罩了所有的一切！

恐怖的午夜里，处处声如轰雷地如簸荡，让人如坠九幽炼狱一般！

不知过了多长时间，反正沈默觉着如好几辈子般漫长，那种天崩地裂的摇晃好像终于停止了。之所以说“好像”，是因为他两耳轰鸣，头昏眼花，一时没法准确判断四周情形了。

又过了好一会儿，耳鸣才轻一些，沈默终于感觉到了自己的存在，身体五官也开始渐渐恢复了知觉，他凝神倾听一会儿，终于确定，地震停下了。

这才长长松口气，大口大口地喘气。

待稍稍恢复些力气，沈默支撑着爬起来，跪在地上双手试探着向上举起……

大雪停下了，但空气中仍然弥漫着厚厚的灰黄色，像缓缓悬浮于空中的帷幔，无声地笼罩着这片废墟。

众人望着那断成数截、被掩埋在瓦砾中的神像，都一阵阵地后怕，禁不住地庆幸……好在这殿墙建得结实，没有在方才的地震中倒塌，这才没有造成严重的人员伤亡。

清点人数之后，伤了八个，没人死亡，倒是拴在配殿中的马匹，被倒塌的梁柱砸死了几匹，不过在这突如其来的灾难过后，还能奢求什么？

沈默让侍卫将伤者全部扶到马车上，做好保暖措施，想了想，又对包着脑袋的铁柱道:“把死了的马肉割下来，咱们得做好到徐州也没有补给的准备。”

“您是说？”铁柱沉声问道，“徐州那边也地震了？”

沈默点点头，看着远方红黄色的天空，一种不祥的感觉兀然而生，沉吟道:“不怕一万就怕万一，有点防备总是好的。”

等全部收拾妥当已经中午了，在废墟边胡乱吃些东西，一行人便离开了这个令他们终生难忘的地方。

在沈默看来，这场灾难很可能波及方圆百里。但事实上，嘉靖三十四年十二月十二日的这场大地震，是在陕西、山西、河南三地同时震响的，其威势还波及京师、山东、南直隶、湖广四布政使司，换言之，全国两京一十三省，竟有整整一半受灾！

整个北中国，全都感到此次恐怖的大地震。大明朝的首都北京震感尤为强烈，从十二日这天开始，连续五天声如轰雷，势如涛涌，白昼晦暝。永定门等四处城门倒塌，城垣坍毁近十里，宫殿、官廨、民居更是倒塌无数。就连嘉靖皇帝的西苑都没有幸免，十余间宫殿倒塌，玉熙宫损毁严重，根本不能居住。

受到极大惊吓的嘉靖皇帝，已经移驾圣寿宫中，顾不得安顿自己的御床，就先让人将法坛设好，他仅着单衣，跪在冰冷的石板地上，向上苍祷告道："万方有难，罪在朕躬，五帝降罪，皆有朕受，勿伤吾民，勿扰列宗……"

对于每个皇帝来说，虽然天灾人祸都够烦的，但最最不愿面对的，就是这说不清缘由的地震，因为不知道谁想出来的，说发生地震是帝王犯了错，以至于天神降罪，千百年来都是这样说的，以至于大家都相信。

当然以嘉靖皇帝的脾气，是不会认为自己有错的，他坚信那些错误，都是由属下臣工犯下的。所以在祷告三日之后，他将四位阁老、六部九卿、詹事行人、科道御史，林林总总二百余人，全部传到殿外，陪着自己一起下跪。

别忘了这里可是北京，现在正是腊月，滴水成冰，跪在殿外的大臣们，纵使穿着厚厚的皮裘，也冻得浑身僵硬。

半个时辰之后，殿门开了，仅穿着葛衣麻鞋的皇帝，出现在众臣工的面前。

"吾皇万岁……万万岁……"

嘉靖帝面色无比阴沉，狭长的双目闪烁着比天气还冷的光，劈头问道："都有哪里遭灾了？"

严嵩嘶声道："回禀陛下，除京师之外，河南、山东、山西、陕西，都有禀报传来，据初步统计，约有四十余州府县受灾，但具体有多少人受灾，还有没有受灾的省份，还需要再等几天才能知道。"

"五省四十余府县？这还是初步统计？"嘉靖帝一阵眩晕，边上黄锦赶紧扶住，命人将龙椅搬来，请皇帝坐下。

皇帝却不坐，仍然坚持站着道："二十七年那次地震，仅仅波及山西陕西两省二十余府县，就死了近十万人，"说着声音发颤，眼圈通红道："这次会死多少子民？三十万？四十万？"便掩面悲伤起来，"这是拿刀剜朕的心肝啊！"

"陛下节哀，皆是臣等之罪。"众大臣呜呜哭作一片。

嘉靖帝擦了泪望着阶下的臣子道:“尔九卿、大臣各官其意若何?”

众大臣都看向严嵩，大伙都知道，严阁老是平息陛下怒火的最佳法宝，果然听严嵩慢悠悠道:“陛下，老臣以为，自省自查确实最为重要，但当务之急，是如何组织赈济，”说着叹口气，满脸忧虑道，“这次受灾的地方这么多，又是寒冬腊月，如果地方上赈济不利，肯定会冻死饿死无数的!”

嘉靖帝点点头，果然顺着严嵩的话头道:“赈，当然要赈，还得大大地赈!”说着抬手道，“众卿就不要想着春节如何如何了，现在赈灾是重中之重，待内阁拟出章程后，不管你是多大官的，只要用到，就得听从调配。”

“臣等遵命。”

便又听皇帝道:“但是赈只是应急，根本大事还是自省自查!”

“臣有罪。”众大臣齐声喊道。

嘉靖帝缓缓道:“如此，朕首先兢惕悚惶，力图修省，于宫中勤思召灾之由，精求弭灾之道;同时众卿也回去，深思勤虑，洗涤肺肠，务期尽除积弊，痛改前非。”

“臣遵旨……”

“几位阁老，李方二位部堂留一下，余下的都跪安吧。”嘉靖疲惫地挥挥手。

这些剩下的人都是大明朝的核心官员了，对着他们，嘉靖帝的问题也变得直截了当起来:“国库还能拿出多少钱?”

户部尚书方钝禀报道:“回禀陛下，两万余两。”

“我堂堂大明的国库，只能拿出两万两?”嘉靖帝气极反笑道，“银子呢，都到哪儿去了?”

“陛下若是不信，可以派人去国库，去微臣家里查。”方钝无限委屈道，“若是微臣有一丝贪渎，任凭陛下处置。”

“不贪污就没罪了吗?”嘉靖帝突然作色道，“这么大个国家，让你这个理财高手，理得只剩两万两银子，就凭这一点，现在斩了你也没人叫屈!”

方钝五十多岁，与钱粮打了二十几年交道，可以说是大明财政方面的权威，听到皇帝这样贬低自己，他当然要据理力争了。便从袖子里拿出一本账册，双手奉上道:“户部正好盘点完了今年的国库收支，已经编造成册，恭请陛下御览。”

嘉靖点点头，黄锦便将那账册转呈上来。嘉靖低头看一眼，只见宝蓝色的封面上，赫然写着“嘉靖三十四年总账册”几个工整的楷体字。

嘉靖细长的手指在封面上无声地画了几下，暗叹一声，掀开了第一页，那边的方钝也开腔道：“如陛下所见，嘉靖三十四年，两京一十三省的总税收，折银共为三千三百七十五万两，同时各省年初各项开支预算为两千九百七十五万两，所以解往国库的税银，仅为四百万两。”

“可是各部这年报来的账单，总耗银竟达到一千一百万两之巨，收支两抵一年亏空竟达七百万两之巨！”方钝背有些驼，脸上皱纹也密而深。

方钝说完，嘉靖帝仍然翻阅那本账册，待看完最后一页，便很干脆地往地上一丢，闭上眼睛道：“这些等过了年再说，先把眼前这关糊弄过去……”看一眼边上侍立的黄锦道：“不是说铜铁局已经把开春的矿银，提前解进京了吗？”铜铁局顾名思义是监督国家矿藏生产的部门，遍布全国，且矿监都是太监，隶属于内廷司礼监，所以皇帝才会问黄锦。

黄锦恭声道：“回禀陛下，昨天刚送进国库，方大人的收条还在奴婢身上收着呢。”大明朝是没有内帑的，也就是说皇帝的收入也送国库，同样皇帝要花钱，也是直接从国库里拿。

“虽然是寅吃卯粮，但权且救急吧，”嘉靖帝挥挥手道，“方爱卿，把这个钱拿出来吧。”

第十八章 鬼哭神啸朝天号

嘉靖三十五年冬天，天气寒冷无比。

从小年前后开始，一群群携家带口的难民，从四面八方涌向大明帝国的都城，北京。

这些人大都操着关中口音，也有不少像是直隶、山东、河南一带的，他们披着褴褛的棉袄，腰间勒根草绳，用扁担挑着瑟瑟发抖的孩子和又黑又破的被子，或是沿街乞讨，或是四处寻找施粥的地方，艰难而又卑微地想要活下去。

起先京城的老百姓还觉着这些人挺可怜，任由其在店铺屋檐下、胡同里头住下。然而随着时间的推移，难民人数竟然呈爆炸性增长，过完年没几天，竟然涌进来十几万之多，而且还有继续猛增的趋势。

皇帝便命令将所有灾民集中到外城安置……大明朝的北京城原先是没有外城的，京城九门就是外城门了，但日久天长，人口渐多，京郊也繁华起来了……

繁华的同时，隐患伴随而生，要知道北京城靠近蒙古草原，乃是遏其南下的咽喉之地，成祖皇帝迁都于此是为了“天子守国门”！国初压着蒙古打，倒没什么问题，但后来国力衰落，多次被鞑靼瓦剌兵临城下，没有城墙保护的京郊地带，每次都会被蹂躏得死去活来。

遂有官员建议在京城外围建一圈周长约八十里的外城，以策安全。因为各种原因，一直拖到前几年才开工，最先建的便是正阳门外的南郊外城。开工不久，就因资金不足，难以为继……这倒也不能怨朝廷没有及早筹措，谁能料到朝廷的赋税重地，惨遭倭寇蹂躏呢？

无奈之中，嘉靖帝派严阁老去想办法。有道是“巧妇难为无米之炊”，何况严阁老还算不上巧妇，这不是明摆着难为人吗？左思右想之下终于憋出个不是办法的办法——只筑南线城墙，其他三面待日后有钱时再说。

于是本来设计图为“回”字形的北京城，便成了现在的“凸”字形。

这段南外墙于去年夏天竣工，总长二十八里。开有七座城门，正门命名为“永定门”，其余也尽是“左安”、“右安”、“永宁”之类的名字。

孰料建成没有半年，腊月里大地震，便将这段城墙震坏了十余里，城门也倒了几处。其损毁程度，比内城那一百五十多年的老城墙严重多了。

但作为进出京城主要通道的永定门，毫发无伤。

现在沈默就站在这座近十丈高的灰砖绿瓦剪边顶，重檐歇山三滴水的楼阁式城门楼外，望着两边龟裂明显的簇新城墙，心里说不出是个什么滋味。

倒是朱十三气得不行，跑到城下捡起一块断落的城砖，拿过来用力一掰，竟然一断两截，义愤填膺道：“这是城砖吗？这比咱们在山东吃的杠子头火烧都不如！这个严世蕃，还有他不敢贪的钱吗？”

沈默看那城墙下巡逻的兵丁，已经探头探脑瞧过来，不由笑道：“这话也就是你们北镇抚司的人敢说。”一听说是锦衣卫，那些兵丁避之不及，有多远闪多远。

通过那深厚的城门洞，眼前的一切把沈默给惊呆了，只见大道两边、城墙根搭起了一片片、一窝窝的破庵子、茅草棚，竟然一眼望不到边，几乎把外城的建筑都给淹没了。

放眼望去，满目疮痍，一张张麻木而肮脏的面孔映入眼前。老天还专门和这些难民作对，从初三开始，纷纷扬扬，下了三天的大雪，直下得道上积雪三

尺，滴水成冰……

这是我大明朝的首都吗？沈默一阵阵的眩晕，在他的印象中，浙江就算是这两年饱受战火的摧残，也没有出现过这般骇人的景象。然而，他却在这北京城里见到了。

就在他沉浸在深深震撼之时，便听到身后一阵鸣锣放炮，鸡飞狗跳，显然是有大人物进京了。

沈默他们不欲惹事，便跟着人流让到道边，眼看着两队官兵之后，是一眼望不到头的车队，清一水的大骡子，拉着一模一样的板车，车上的东西用油布盖着，捆扎得严严实实，让道边看热闹的议论纷纷。

“这是哪儿的车队，这么长？”沈默小声问道，朱十三眯眼道:“工部的，还插着宫里的旗，听说陛下的玉熙宫被震坏了，可能这是送去西苑修宫殿的吧。”

边上一个看热闹的冷笑道:“这位爷只知其一，不知其二了吧？陛下说了，只修玉熙宫，那才用多少材料，哪用得着这么多大车拉。”说着一指那些大车道:“这里面超过一半，都是赵侍郎携带的私货。”

“你怎么知道？”朱十三不信道，“你掀开看过吗？”

“我虽然没看过。”那人冷笑道，“可我在天津卫看见过他们卸船呢，好家伙，整整八条大船，装了二百多车。看当时卸船的小心劲儿，那里面肯定都是金贵玩意儿。”

“有这么神吗？”朱十三问沈默道，沈默点点头道:“差不多。”胡宗宪送他的时候，向他抱怨过赵文华就是一条吸血水蛭，来浙江不到两年，就搜刮了现银一百万两，至于奇珍异宝、名书法帖更是不计其数，害得他得了个“银山巡抚”的臭号。

倒是赵文华这么快就回京，大大出乎他的意料。

但在朱十三看来，这却不是什么难题，笑道:“赵侍郎有军队护送，可以走海路，半个月就能回来。再说正月十八是景王的诞辰，他定要赶回来的。”

不过长长的队伍通过后，沈默也没见着赵侍郎的人影，兴许是为了少惹非议，没有和东西一起进京吧。

待街道空出来，沈默便和朱十三继续前进，待穿过外城，就上了东长安街。这里没有平民居住，道路也格外宽阔，道路两侧是许多富丽堂皇的高大衙门，看门口那一对对威武的石狮，不用问也知道，到了中央官署聚集的地方。

但其中一个青灰色石墙，同色门檐的衙门，透着股子森森鬼气，和周边那些古色古香、流檐静壁的建筑十分不协调，沈默不由小声道:“这是什么衙门？”

“我们北镇抚司衙门。”朱十三一脸自豪道，“怎么样，够威严够肃穆吧？许多人即使从门口走过，也会吓得两腿发软的。”

沈默发现，四周经过的官员和路人，都紧贴着大街的另一边，且都在用一种很奇妙的眼光看着自己，那目光就像看待一只落入虎口的小羊一样。

这时门口那身着红色飞鱼服、腰胯绣春刀的锦衣卫校尉，也注意到有人走过来，定睛一看，不由惊喜道:“十三爷回来了！”赶紧迎上来，帮朱十三牵着马，笑道:“您老这一趟去得可够久，孩儿们都想死您了。”

朱十三笑骂一声道:“想着赢老子钱吧！”他马吊水平极臭，偏又痴迷其中，在路上时就被三个同伴杀得屁滚尿流，连胡宗宪送的钱都输光了。

那校尉嘿嘿直笑，却是不能承认的，看一眼沈默道:“这小子是你们带来的，犯了什么事了……啧啧，长得真俊啊，很嫩吧？”

朱十三拿马鞭虚抽他一下，厉色骂道:“洗干净耳朵听着，这是咱们沈大人的唯一学生，再敢胡说就骟了你！”

那校尉听了先是一愣，接着正反扇自己两个大嘴巴，低头哈腰地向沈默赔不是，说自己该死云云。

朱十三继续问他道:“大都督在府里吗？”

“大都督去给陛下护法去了，”校尉小声道，“现在是大爷署理事务。”

“嗯。”点点头，朱十三便带着沈默进去，穿过两三重门，到一个厅前，对他道，“兄弟，你只在此稍待。等我进去先禀报一声。”沈默点点头，便在门口等着。

谁知过了一盏茶的时间，还不见朱十三出来。却听得身后响起纷乱的脚步声，几个身着红色号衣的兵丁，在一个锦衣卫军官的带领下，从外面进来，转眼到了沈默身边。

那军官面无表情地看着沈默，沉声道:“你可是那杭州来的犯官沈默？”

沈默感觉不好，但仍然强作镇定道:“正是在下。”

“呔！好大的胆子！”那军官喝道，“这里是军情重地，你又无呼唤，安敢辄入？”

沈默解释道:“是十三爷带我来的，说要见过大爷再说。”那军官冷笑道:“十三爷在哪里？”

"进去投堂了。"沈默道。

"胡说，分明是你擅自潜入！必有歹心！"那军官怒道，"拿下，带回去细细盘问。"边上早等不及的一干兵丁呼地上来，便将沈默牢牢抓住，扛起来就往外跑。

"十三……"变故之时，沈默放声大叫，却被人一把捂住口鼻，呜呜出不来声，转眼便被带离了这个院子。

眼前的景物飞速倒退，沈默感觉就要被憋死时，一直紧捂着他的手终于松开了，他还没有来得及大口喘气，却又被人用一团破布堵上嘴，蒙上眼，再捆住手脚，扔进一辆马车里。

昏天黑地中只感觉马车奔行起来，过了不知多长时间，马车停下来，他被人像拎麻袋片子一样，从马车上揪下来，粗暴地拖行一段距离，磨得他双腿火辣辣的痛，尤其是经过石阶和门槛时，让他感觉骨头都快要裂开了。

终于在某一时刻，抓住他的手突然松开，沈默被重重摔在坚硬的地板上，痛得他眼冒金星、泪流满面。

这时他嘴巴上的破布被拽下，顾不上说话，先大口大口地呼吸着新鲜空气。

便听一个苍老的声音道:"你是浙江犯官沈默？"

"咳咳……"沈默被蒙了眼，看不见对方的样子，谁知稍一迟疑，就被人一脚踹在屁股上，怒道:"大人问你话呢，还不老实回答！"

"我不是犯官！"沈默也愤怒，"你们是什么人？我可是一榜解元，未来的天子门生，你们不能这样对我！"为了降低对方的警惕性，他准备塑造一个肤浅易怒的形象，反正这里没人知道他的本来面目。

"吵什么吵！"又两脚踢在他屁股上，差点没把沈默痛晕过去，扯着嗓子道:"痛死我了，你们这样是违法的，大明律规定，任何人都不得对举人刑讯！违法的！知道吗？"

他的喋喋不休只换来屁股遭殃之余，沈默推断出对方投鼠忌器，不大可能对自己进行实质性伤害。因此，沈默的心神更加稳定……

对方停下来了，便听那苍老的声音笑道:"沈解元是吧，很遗憾的是，你现在不是举人了，礼部已经将你的出身革掉，你现在应该叫沈白丁才对。"

沈默心头一紧，脑袋"嗡"的一声，冷汗就下来了，他觉着确实存在这种可能性……虽然也有可能是诳他的。但如果是真的，半生心血付诸东流，这辈子的理想抱负算是全毁了。

就听那老者继续冷笑道："不瞒你说，你的案子上面已经定论了，赵贞吉有人保，胡宗宪也有人保，只好让你这个小虾米做替罪羊了，便是把你拿到京城来的原因。"

沈默更加害怕，身子不禁颤抖起来，干咽吐沫，嘶声道："你是什么人？既然我都被定为牺牲品了，干吗还和我啰唆？"

"我是唯一能救你的人。"那人神秘地笑笑道，"你不要问我是谁，只要知道你是万劫不复还是一线生机，全在老夫的一念之间了。"

沈默默不做声地点点头，又听那人问道："你是那个沈炼的徒弟，对吧？"

"是的。"

"那为什么与赵胡二人沆瀣一气？"

"赵文华没欠我银子。"沈默摇头道，"胡宗宪也没娶我姐妹，我和他们没有任何关系。"

"那你为何帮胡宗宪隐瞒罪证？"那人沉声问道。

"胡宗宪何罪之有？我不知道。"沈默依旧摇头道，"我只是恪守着为人为臣的本分。"

那老者忍不住失笑道："真是荒天下之大谬！你奉旨办案，却罔顾君父，私毁证据，妄图掩盖真相，这也叫为人臣子的本分？"

"儿子本不本分，只有父亲说了算；"沈默不卑不亢道，"臣子本不本分，只有圣上说了算。"

"你……"老者被堵得一愣一愣，气道，"口气真不小，就凭一个小小的举人，也想见皇上？做梦去吧！"

"见不见我，由皇上说了算，别人说了都不算。"经过了最初的惊慌，沈默已经冷静下来……对方如此藏头露尾，定然是顾忌重重，那就算气焰如何嚣张，也不可能持久，自己必须要守口如瓶，不漏破绽，不给机会，如此坚持下去就会有转机。

所以无论老者问什么，他都一个论调"我是忠于皇上的"，至于其余的，概不解答。

老者耐着性子问了半天，一无所获，脾气便上来了，冷声道："送你一句：'煮熟的鸭子虽然嘴硬，却逃不过被撕碎吃掉的命运'，既然你不愿合作，那就

在这儿等死吧！”

屋里便安静下来。

虽然没了动静，但沈默心里的恐惧越发浓重了，他不知道要面对什么样的命运，身子一阵阵地打冷战。

为了转移注意，他挣扎着坐起来，决定先想想到底是什么人在玩自己……

首先能把自己带到这儿的人，只有陆炳或陆炳的手下。先说陆炳，假设陆炳本身不存在动机，那就是受人之托了。

至于受谁之托，沈默就没法说了，谁让严嵩树大招风，又名声不好呢？在京里大人们的眼中，自己无疑是对付严党的一件利器，所以那些视严嵩如仇寇的清流有这个动机。

不过无论如何，能有这个面子，搬动陆炳的人不多，有必要拿自己问话的人更少，想来想去，沈默觉着两个人的可能性比较大……严嵩或者李默。

到底是谁呢？

就在沈默想深究的时候，突然闻到一股烟味，还混合着极其辛辣刺鼻的味道，紧紧吸了一口，便把他呛得咳嗽连连，一股前所未有的恐惧袭上心头——不会要烧死我灭口吧？

但也管不了那么多了，他赶紧趴在地上，紧紧贴着地面，使劲歪着头，鼻子紧贴在棉袄的领子上，并使劲往上面吐口水。

烟味越来越浓重，沈默感觉呼吸也越发困难起来，虽做了尽可能的防护，但整个呼吸道仿佛被注入开水一般，痛得他眼泪直流，身体不断地扭曲。

这时，就听外面有人大声问道："再给你最后一次机会，你到底招不招？"

沈默虽然头昏眼花，却还没有发傻，他知道自己是皇帝要的人，没人敢让自己人间蒸发，所以想要不被呛死，最好的办法不是回答，而是一声不吭，一定会吓坏他们的……他便咬紧牙关，坚持着不咳嗽，不说话！

果然，外面人慌了。那老者看着从窗缝和门缝里涌出的滚滚浓烟，十分担心道："可别把他弄死了，到时候咱们都不好交差。"

另一个穿着青色武士袍的络腮胡子，点点头道："是啊，停下吧。"隔壁便停止生火，又有人上前将门窗打开，登时涌出滚滚浓烟，呛得院子里咳嗽声一片，好半天烟气才散干净。

那络腮胡子一挥手："拖出来。"

两个黑汉子便进去，将绵软无力的沈默从屋子里拖出来，掼到地上。

“泼醒他。”络腮胡子下令道。

“头儿，他没昏过去。”黑汉子禀报道。

“哦？”络腮胡子不信，上前弯腰扳过沈默的脑袋，果然见他在大口大口地喘气，不由咂舌道：“真能挨啊，看来下次得多闷一刻钟。”

“小子，你还不招吗？”那老者冷声道，“下次关进去可不一定有命再出来了。”

沈默剧烈咳嗽，却一声不吭，他已经打定主意，从现在开始，一个字都不说，好留着劲儿撑一会儿……等撑不住了再说。

老者又问了几遍，还是得不到回应，怒道：“再拖回去，老夫就不信他还能挺住！”

那络腮胡子却有些顾忌，凑到他耳边小声道：“再来会出人命的。”

“那怎么办？”老头也不坚持了，压低声音道，“怎么弄？”

“瞧我的吧。”络腮胡子擦擦鼻子，粗着嗓门道，“沈解元，你家夫人是姓殷吧……不知道她要有个三长两短，你会怎样？”

“你敢！”沈默突然如暴怒的公牛弹起来，险些把那人顶个趔趄，虽然他的脸被蒙着，但单看他白森森的牙齿，就足以让那络腮胡子胆寒了，不由有些胆寒，强撑道：“怕了吧？晚了，已经被我们抓起来了！”

“哈哈哈……”沈默突然放声大道，“我好怕呀……”便闭上嘴，不再理他，因为听了这句色厉内荏的话，他立刻意识到，对方是在诳自己的……单看这份藏头露尾的架势，就知道他们没这个胆子。想明白这一点后，沈默知道对方越是威胁，就越说明心虚，便愈加坦然起来。

老者彻底明白了，对方是个绝顶聪明之人，已经看穿自己的底线，便阻止络腮胡子继续白痴下去，而是换一副温和的口气道：“沈兄弟，其实我们之间的误会，应该到此为止，我们开诚布公地谈谈吧。”

沈默点点头，听老头道：“只要你能答应我的条件，我可以立刻放你回去，并恢复你的举人身份，且代为通融，让你的案子在会试前了结，让你的举业不至于中断，你意下如何啊？”

“当然好了。”沈默咳嗽笑道，“好得不得了。”

“我想要什么，你肯定知道。”老者道。

沈默摇摇头，老头骂一声，提高嗓门道:“账册！我要账册！”

“没了，烧了。”沈默咳嗽道，“你这么大本事，一定看过当时的报告，赵贞吉把我逮了个正着，我的手下一个没跑掉，要是账册还在，早被他拿去邀功请赏了。”

“还想狡辩！”老冷笑道，“其实跟你去的人里，有一个漏网的，这个你敢否认吗？”

沈默心里咯噔一声，这一点是赵贞吉也没有注意到的，怎么他就发现了呢？兀然想起朱十三说过，锦衣卫的人一直在盯着自己，看来绝对是他们内部泄露的情报……又抓人又泄密，这么高的参与度，如果没有陆炳点头，那就是十三太保脑残了。

但他是不会承认的，便呵呵笑道:“若是有漏网的，你找出他来便是，在这里跟我浪费时间干什么？我身上又没有账册。”

老者无奈地暗骂一声，冷哼一声道:“你刚中了举，又订了婚，人生正好着呢，说吧，那人在哪里，怎么找到他？只要告诉我，马上恢复你的自由。”

“我真不知道你说的是谁。”沈默撇撇嘴道，“如果你愿意，就去杭州找找看，能找到也说不定。”

“混账！敢耍我！”老者暴跳如雷道，“看来你是敬酒不吃吃罚酒了！”便怒气冲冲地吩咐左右道:“用刑吧，有什么花样都使出来，就是百炼钢，也给我化成绕指柔！”

他们说到做到，沈默想都不曾想过的炼狱便开始了……

他被人用鹅毛挠脚心整整半个时辰，不知笑昏过多少次；他被人强灌凉水、倒吊、不让睡觉……甚至用长长的银针，刺他的穴道……

在这种折磨下，每一秒都那样地难挨，沈默根本不知道已经过了多久，自己还能撑多久。他昏昏沉沉地躺在地上，周围是一片死寂。一点惨淡的日光从窗棂上透进来，正好投射在他的脸上，他试图挪动一下，躲开这日光，但没有成功。因为经过这些匪夷所思的酷刑，他已经找不到自己的灵魂，感觉不到自己的身体。

比刑罚伤害更大的，是对尊严的亵渎。

他不知昏过去多少次，每一次醒来便又听他们问:“那个人在哪里？”“账册在哪里？”沈默却咬紧牙关，一直支撑着。

这时候，门吱呀一声开了，哐哐的靴子声响起，沈默的心一阵剧烈收缩，他知道，又来了……

便听那络腮胡子冷笑道，“沈公子真是好硬的骨头啊，这么长时间了还不开口，不过你放心，某家通晓各种刑法，别说是你，就是神仙金刚到此，也是要开口的。”说着示意将沈默扶起来，捆在十字架上，慢慢踱至他跟前道:“哎，沈公子，这些日来，兄弟对你也是佩服得紧。你是聪明人，岂不闻‘留得青山在，不怕没柴烧’吗？自古刑不上大夫，你这样的贵人，不到逼不得已，我是不会杀的。只要你说出实话，那天的承诺依然有效，而且这次再多十万两银子！人活一世，吃喝玩乐，有了这笔钱，一辈子都不用愁了！”

见沈默沉默不语，那络腮胡子冷笑道:“好吧，看来今天外甥打灯笼，照旧了……这次的刑罚，很简单，”说着当啷一声抽出刀，为他描述道:“我要一刀割在手腕上，让鲜血汩汩流出，直到流完为止。”说着压低声音，阴森森道:“要割了！”

沈默只觉着手腕一凉，然后刺痛，便听到血滴在地上的声音。

沉重的呼吸声混杂着恐怖的滴答声，沈默感觉血液从身体里流淌，体温也越来越低。

恐惧的感觉霎时涌遍全身，让他忍不住一阵阵地痉挛，便听那络腮胡子啧啧有声道:“已经流了一地了，估计再流这么长时间，神仙也救不了你了。”

沈默喉头咯咯作响，显然已经恐惧到极点了，又听那人道:“再不说就来不及了。”

那人见沈默嘴唇翕动，以为他要说话，登时大喜，凑过去一听，却只听他反复念叨一句:“你不敢杀我……你不敢杀我，你不敢杀我……”

“他妈的！真没见过这种怪物！”那络腮胡子彻底崩溃了，“到底是胆大包天，还是胆小如鼠啊！”

当沈默再次醒来，却发现自己已经换了地方，躺在软软的床上，头顶是华丽的帷帐，还闻到淡淡的安息香的味道，就像从一场长长的噩梦中醒来一般……

沈默暗暗呻吟道:“是不是要行美人计啊，这可怎么应付呢？我只有将计就计了……”

正在胡思乱想间，便见一个丹凤眼、卧蚕眉、五绺长须的红脸汉子，映入

了眼帘，活脱脱一个“关公”啊！

“我不好这口，”沈默险些脱口而出，还好全身力气都被抽空，连说话都费事，只见那“关公”脸上带着温和的笑意，对他道:“你醒了。”

沈默看着他没有说话，不过也算是回答了他的问题。

那位当然不是关二爷，只是长得有些像罢了，只见他一脸如释重负道:“醒了就好，醒了就好啊。”挥挥手，便有两个标致的侍女上来，将沈默轻轻扶起，再搁个软硬适中的靠枕在背后，让他舒服地倚着。

那人面上浮现出浓重的歉疚之色:“这件事都怪我驭下不严……哦，对了，还没自我介绍呢，我是陆炳，你师父曾经在我这做过经历官，与我有些情面，所以让朱十三他们去杭州带你进京的时候，对你多加照顾，他们没为难你吧？”

见沈默微微点头，陆炳又道:“后来这不闹地震吗？陛下要虔诚祷告，我身为亲卫，从小年到十五都得在宫里给陛下护法，估摸着见不着你第一面了，我临走还嘱咐他们，要重点关照你一下。谁知回来才听说，你被他们提走私下审问，已经六天了，我一听就知道他们会错意了，以为我话里有话……”

陆炳在那絮絮叨叨，沈默却一个字也听不进去，因为他看到了一个心虚而虚伪的人。

沈默真想问问他，你陆都督的脑袋被门挤了？连话都听不明白的十三太保，还能闯出那么大的名头来？莫非真以为我也是低能儿不成？

但转念一想，沈默知道陆炳为什么这样说了，两人的地位相差太悬殊，在这位权势熏天的锦衣卫大都督的眼中，自己只是一个微不足道的小人物，根本没法伤害到他……其实在这大明朝，除了皇帝之外真没人能伤害到他。所以陆炳并不在乎沈默的感受，所有那些解释，不过给个牵强的说法，让他下来这个台阶，好掀过这一页罢了。

但不管心里多不忿，沈默都不会流露出一丝来，经过这炼狱般的考验，他的心如铁石一般，冷静而冷酷。他知道自己无论如何不能得罪这位陆都督……至少在嘉靖帝这一朝，他是谁也无法战胜的。

如果你不能战胜你的敌人，就必须强迫自己与他联合起来，去消灭其他的敌人，直到你有把握战胜他为止……

沈默轻声道:“我知道大人对我们师徒的好，也知道这件事跟您绝对没有关系，既然是误会，就让它烟消云散吧。”接着缓缓闭上眼道，“但是那些对我用刑的人，在下很难不恨啊。”

陆炳尴尬地笑笑道：“那是，哪能这么算了呢？早给你准备好了。”说着拍拍双手道，“来呀，把他们给我押上来。”

便有一队壮汉，领着三个上身袒胸露乳、身负荆条的汉子进来。陆炳对沈默介绍道：“就是这三个混蛋，让你平白遭了这顿无妄之灾。”说着看那些人一眼道，“还不给沈公子请罪？”

三人便给沈默磕头，说什么我们是蠢猪，请您老息怒，任您老责罚云云……

沈默却闭上眼睛，连头都转向床内，只给他们个单薄的背影，一言不发，仿佛真的不愿回想起那段可怕的经历来。

但实际上，他不过是为了更真切地听这三人的声音，当时他一直被蒙着眼，很快他便确定，这三人果然是给他行刑之人，对把手下当靶子的陆都督，不由更加鄙夷了。

陆炳还以为他是见了这些人害怕呢，便提高嗓门道：“拙言，我现在就给你出气！”说着狠狠一挥手道，“给我打！”

那些壮汉便从三人的背上抽出荆条，噼里啪啦地抽起来，打了一会儿，荆条断了，又抽出一根，又打，再断了，再抽再打，足足打了半个时辰。

饶是三人横练金钟罩铁布衫，等闲刀枪都伤不着，却也已经血肉模糊了。但沈默还是不喊停，仿佛伴着抽打声睡着了一般。

又过了片刻，壮汉们禀报道：“大人，昏过去了。”

安静，令人尴尬的长时间安静，但沈默就是不吱一声……

“睡着了？沈公子，你睡着了吗？”陆炳小声问道。

却见沈默微微摇头，表示没睡着。

陆炳这个晕啊，但都说任凭沈默发落了，只好一咬牙道：“泼醒了继续打！”

“哗啦啦，”三盆冷水泼下来，三人一个激灵，都“醒”了过来，鞭子便继续噼里啪啦打下来。

如是片刻，终于有个受不了了，哀求道：“督帅，您饶了小的吧，我快要被打死了。”另外两人也赶紧跟着哀求。

“沈公子不原谅你们，本帅是不会停的。”陆炳冷着脸道。

“沈公子，请原谅我们吧……”

“我求你们放过我的时候，谁答应了？”沈默霍地坐起来，瞪着三人怒吼道，“谁答应了？三位谁答应过？说出来咱们立马两清！”

“可我们没有想过要打死您啊，您身上连一点伤都没有……”三人哀求道。

“没有伤？”沈默抬起手腕道，“这是什么？要不是我昏过去，就直接被你们害死了，知道吗？”

三人登时流露出不以为然的神情，陆炳也笑道：“这个不是什么致命伤吧？”

“太保大人不信，是吧？”沈默冷笑道，“不信咱们就回到那间屋子，把那个刑给他们三个上一遍，看看会不会死人！”

“如果不死呢？”陆炳问道。

“我和他们一笔勾销，从此井水不犯河水！”沈默干脆道。

“好，一言为定。”陆炳很想就此将这道梁子揭过去，他现在已经十分后悔听了那人的话。

“绝不反悔！”沈默点头道。

很快，三人便被带回到那间破屋子里，绑在三个十字架上，用破布捂住嘴，蒙住眼。沈默也被人用担架抬着，在一边观看，还下令道：“绑紧点，不能动弹丝毫。”

那些人觉着没什么大不了，依言而行，将三人绑得纹丝不动，然后在沈默的注视下，用利刃割开了三人的手腕，一群人便按照沈默预先的要求，退了出去。

所有人都躲得远远的，一直等到沈默让进了，众人才重新进去，一看，三人竟然全部耷拉下脑袋了，把脸上的布撤去，便见到三个凝固了的充满恐惧的表情，确实已经回天乏术。再看三人手腕上的伤处，早就凝固了，地上的血迹也远远不足致命。

看到这一幕，沈默并没有感觉到多大的快意，他毕竟是个读书人，崇尚的是谈笑间仇敌灰飞烟灭，却不愿直面这恐怖的死亡现场……当然更重要的原因，是因为他心中的怨气并没有平复多少。

这三人虽然该死，但更该死的，是那在背后指使他们的人，沈默甚至可以不要他们三个的命，但不这样无法让陆炳知道，他险些便让自己丢了命！

恐惧感和心理暗示的双重作用，会把人杀死；若不是心里笃定对方不敢杀害自己，对死亡的恐惧早就把他压垮，变得跟这三人一模一样了。

果然，屋里自陆炳而下的一众锦衣卫却惊呆了，一个个感到脑后冷风飕飕，甚至有胆小的望着沈默便牙齿打颤。还有那想象力丰富的，直接联想到神仙鬼怪上去了，若不是比神仙鬼怪还可怕的大都督在此，恐怕直接就要磕头上供了。

陆炳也不可思议地望着那三个人，喃喃道：“你是怎么做到的？”

“亲身体会所得，”沈默躺在担架上，定定望着房顶道。顺着他的目光，陆炳看到有水滴从那里滴答而下……众人也随着大都督的目光看上去，也看到屋顶有处破洞，因为这些日子太阳不错，屋顶上的积雪融化，便从那洞口漏下水来。

大伙都想从中看出端倪，屋里登时安静下来，只听那滴滴答答的水声，真像方才血滴在地上的声音……

陆炳有些明白了，但他没有当场说。

回到前院，陆炳对已经可以坐起来的沈默道：“这个听起来，确实会让人产生错觉的。”

沈默点头道：“如果不是我胆子小，先吓晕过去，死的就是我了。”

“你胆子小？”陆炳哑然失笑，“我虽然不知道细节，但能在掌刑司的手中熬过六天五夜，不吐一个字；能当着我陆炳的面，置我的手下于死地，在大明朝，我想不出第二个。”

“都是被逼出来的。”沈默叹口气道，“实在不想再回首。”

“那你不怕我吗？”陆炳轻轻抚摸一下冰凉凉的玉腰带，那是只有一品大员才能束的，“这天下愿意得罪我的人不多。”

“都督是公正的。”沈默坦然道，“他们反复折磨并想谋杀我……”

“我没有……哦，不，”陆炳摆摆手道，“他们没有谋杀你。”

“如果不是谋杀，方才他们就不会死了，就证明那是谋杀。”沈默平静道，“我方才只是证明给都督看，我险些被谋杀的事实。”

陆炳幽幽道：“你不怕死吗？”

“我已经死过一次了。”沈默吃力地端起茶盏，笑道，“发现死也就是那么回事儿。”

陆炳眯眼望着沈默道：“你现在满足了吗？”

沈默轻啜一口香茗，缓缓抬起道：“都督明鉴，我不是个报复心很强的人。”

陆炳目光难以琢磨地看他良久，轻声道："哎……你师傅曾经对我说过，你是天下绝顶聪明人，看来我还是习惯性的被你的年轻所迷惑了。"

"师傅……"沈默眼神一黯道，"能让我去探望他老人家一眼吗？"

"不行！"陆炳这次没有拖泥带水，干脆道："你们不能见面，因为那对你们谁都不好。"说着很恳切道，"相信我，你师傅是我最尊敬的人……，我不会害你们的。"

沈默点点头道："那好吧……"

从方才开始，陆炳的眉头便紧紧锁着，还一直在搓手，突然没头没脑迸出一句道："我一直想救他，十分想救他……"脸上的神色居然有些黯淡道，"可我竟一直办不到，"张开双手，看看已经通红的掌心，他又紧紧攥拳道，"如果换成你是我，早就把他救出来了……"

听明白了他这句话的潜台词，沈默面上终于露出释然的表情，微微一笑道："相信大人早晚能做到的……"

看到他终于释然，陆炳也笑道："不错，将来咱们可以一块使劲。"

沈默点点头，低声问道："礼部真的注销了我的出身吗？"

"什么时候的事儿？"陆炳吃惊道，"不可能吧，礼部都是听徐阶的，你们可是一门的。"

"那就是那人诳我了？"沈默的眉头又舒缓一些。

"肯定是的，"陆炳笑道，"陛下没见你之前，谁也不敢把你怎样……"说完有些歉意道，"除了这次误会之外。"

沈默点点头，没有做声，又听陆炳道："但是，你这回的会试，恐怕赶不上了……因为陛下向天祷告后，感觉有所精进，便趁机再闭关一个月，若是被我们这些俗人打断，定会龙颜大怒，那样会更加麻烦。"

沈默面色平静地摇摇头道："无妨，大不了再等三年。"经过炼狱的锤炼之后，他真的看开了许多。

他越是这样，陆炳就越觉着对不起他，拍拍脑袋道："别急别急，让我想想，看看有没有别的办法。"

沈默便闭上嘴，静静地等他想。过了好一会儿，陆炳微微皱眉道："哦……有个人，如果他也没办法，那就真的只能等三年后了。"

"什么人？"沈默轻声问道。

“无量天尊！”

“道士吗？”沈默微微动容道，“他们这么厉害？”在他原先的感觉中，那不过是些弄臣玩物而已，单看嘉靖皇帝对太监的打压，就知道这些人不可能张目。

“嗯，那位还是比较低调的，你毕竟是外地人，不知道，怎么说呢，但那位得宠二十年，位极人臣，这可不是闹着玩的。”陆炳字斟句酌道，“你知道当今圣上之父睿宗陛下，在世时崇奉道教，便有道士在家侍奉。当今陛下生性至孝，便也十分虔诚，尤其是那位，侍奉陛下修玄二十年，仿佛真有些神通，说不得真能做到我们做不到的事。”

沈默轻声问道:“那就劳烦大人了。”

“这个啊，我可不能出面。”陆炳赶紧摇头道，“不是不帮你，而是我一出面就坏事，因为我……”又嘿嘿一笑道，“我的手下曾经绑架过他的孙子。”

“还有此事？”沈默瞪大眼道，传说陆炳上任后，禁止锦衣卫对平民百姓骚扰。而是将创收的目标，转移到了富户身上，尤其喜欢绑架富人家的子弟，看来确有此事啊。

“虽然我一发现，便将他孙子送回去了，”陆炳有些郁闷道，“但梁子已经结下了，那老小子气量极为狭窄，竟然十年了还恨不得吃了我。”当然他是虱子多了不怕咬，这个权当消遣。

沈默道:“那我找他去。”

陆炳呵呵笑道:“不是每个一品大员，都像我这么随和，你想见就见，让那位的面子往哪儿搁？”

沈默想起自己的身份，又是一阵黯然，却同时斗志大涨道:“大人给指条明路吧。”

“孙子，哦不，是他孙子。”陆炳笑道，“就是十年前被我们绑票的那个，我可以帮你见到他，之后怎么办，全靠你的本事了。”说着起身如释重负道，“若是本事不济，就像你说的，大不了再等三年，还是个少年登科，什么都不耽误。”

“这个……扯得有点远吧。”沈默按按太阳穴道，“还请您给我一份他们全家人的资料。”

“这个没问题。”陆炳点点头道，“全京城只要是个人物，你要谁的我都有。”

“那就尽量多给我些吧，两眼一抹黑的感觉太难受了。”沈默笑笑道，“当然了，是您觉着我可以看的。”

“好吧，”陆炳说着笑笑道，“今天是正月十六，距离二月初七最后的报名时间，还有二十一天，也就是说，你得在这二十一天里，通过孙子，见到爷爷，再通过爷爷见到陛下，最后再征得陛下的同意，”说着自己都摇头道，“想想我都觉着不可能，要不算了吧，三年后再考吧……”

“我想试试，”沈默道，“反正闲着也是闲着。”他现在才算知道，只要还没有中进士，就不能被人瞧得起，试想如果他是个进士官，谁还敢那样对他？眼下功课已经炉火纯青了，他实在不想再虚掷三年光阴了。

在陆炳各种珍贵药材的滋养下，沈默的身子恢复很快，到了正月二十左右，便已经基本无恙。

这几天里，他翻阅着陆炳派人送来的情报，也算终于对五花八门的京城大酱缸有了些直观的了解。但他没有看到最想看的李默的资料，这当然不是陆炳疏忽了，而是他在隐晦警告自己，不要在李默这件事上纠缠了。

是的，李默，那日陆炳说的那句没头没脑的“十分想救你师傅，一直想救他”，并不是随口而发的感慨，潜台词便是：“有人告诉我，那本账册可以救你师傅。”谁能说这话？答案显而易见，除了李默别无他人。

那么李默为什么要急着对自己下手呢？

因为今年是丙辰外察之年！

本朝对文官的考核之法，分京察、外察两类。京察亦称内计，考察对象为在京朝官。外察亦称外计，考察对象为地方官吏。

京察六年一次，在巳、亥之岁，外察三年一次，即丑、辰、未、戌年。两者原则上都是四品以上官员具疏自陈，听皇帝裁定去留……但事实上，大明朝的皇帝多是甩手掌柜，一般会将四品大员的考察委托给内阁大学士。

确定去留后，居官行为不当即有遗行者，再由科道官纠劾，谓之拾遗。以下官吏则由吏部会察院考核后具册奏请，被察官吏的罪责分“贪、酷、浮躁、不及、老、病、疲、不谨”八类。处分有致仕、降调、冠带闲住、为民四等。

这法子在政治清明，朝野俨然的时候，不失为一项有效的考核措施。但一旦朝廷中山头林立，党争不断，考察之法便会沦为各个集团互相攻讦、党同伐异的工具。

而现在的朝堂上，三党林立，在这个时候，今年的丙辰外察，无疑就像火上浇油，使斗争形势越发炽烈起来。

沈默从厚厚一摞文件中抽出几页，那是这两个月的京城大事记录，他用笔勾选出其中的十余项，便为这场你死我活的惨烈决战，勾勒出了轮廓……

可以说，丙辰考察还未开始，就已山雨欲来风满楼了！

去年底，兵科都给事中梁梦龙上疏弹劾李默“废法行私，负国失职，乞加戒饬，以清仕路”，李默亦上章自辩……很显然，以这位梁梦龙是不可能撼动来势凶猛的李太宰的，他不过是严嵩用来敲山震虎的棋子……敲的是嘉靖帝这座山，提醒皇帝睁大眼睛，别让考察官员的大计，变成李默党同伐异的工具。

结果皇帝下旨安慰李默“安心供职，以副简任”，但对梁梦龙之“轻率进言”亦未加处置。皇帝的这种有意纵容，让双方更加肆无忌惮。

嘉靖帝的举措看似难以理解，其实是为了维持自己的权威，放纵下属明争暗斗，打得越惨烈他就越高兴，因为威胁他的力量少了，自己的位子自然稳固。

因为二月李默察四品以下后，三月严嵩就要察四品以上，要是都豁出了，你做初一，我做十五，难免会两败俱伤，这个大家都明白，所以双方都以占到对方最大的便宜为目的，而不是真要赶尽杀绝。

可就在这个时候，大地震发生了，皇帝授权李默，对京官进行审查，这对严党来说，问题可就大了！因为之前双方之所以投鼠忌器，是因为京察和外察是分开的，并不是同一年举行，而对每一个阵营来说，京官外官基本上一半一半，所以谁也没法把谁一棍子打死。

但现在李默有了一次额外京察的机会，而且就在外察之前一个月！他显然具备了一鼓作气将严党的内外党羽同时重创的条件！

反观严阁老，没法在京察中对付李默，便失了先手，如果再把他在内察中的作用限制住，可一战而定矣！

沈默数了数，三十四年腊月十八至三十五年正月十五，未及一月时间，李默便得：年老，左通政莫朝宗等十人；有疾，户部主事牟年等八人；罢软，右春坊王教等八人；不谨，舍人刘铒等二十八人；才力不及，吏部主事吴悝等三十人……八项罪过，共劾二百余人，其中三分之一确实不堪，少数是李默与徐阶门下，其余皆乃严党。

虽然没见过李默长什么样，但他分明看到李大人踌躇满志的样子……

而严党这边，因为皇帝“恰巧”修炼去了，一时间竟然无法反击，只能扳着指头数日子，等二月外察开始，才能有所作为。

“李默肯定要遏制严党的反击。”沈默默默道，“所以他打算在赵文华身上做文章……”这时候赵文华已经返京，俨然成了严党第一干将，据说严阁老也有借此东风推他入阁的意思。

有道是枪打出头鸟，尤其是赵文华这种招摇惹人恶、贪污不要脸的。很自然的，李默便想到了浙江那未曾了结的案子，他要那本不大可能被烧掉的账册。他觉着只要有了那东西，赵文华便死定了，严嵩也不得不认栽了。

所以可怜的沈拙言便进入李默的视线，但沈默是皇帝要的人，在锦衣卫手里，这对别人来说，是不可触及的。可对李默来说，并不是不能办到的，因为他的贵门生，叫陆炳。

这有了沈默炼狱般的六日，可为什么没有第七日呢？

沈默也从朝堂动向中，推断出了较合理的解释……事情的真相应该是，李默找到了更好、更致命的打击点——是那封“水陆成功、海晏河清”的奏疏，说起来也算赵侍郎倒霉，离开浙江的时候，倭寇活动确实已经零星了，否则他就是再蠢，也不会上这道奏疏。

可谁知前脚一走，后面便有倭寇大举回潮，不仅将一些旧巢重新占据，还深入到内地几次扫荡。因为前期战事太顺，军民麻痹大意，以至于“正月初十后，浙东西破军杀将羽书沓至京都”，给了对方天大的口实……

根据锦衣卫侦知，兵科给事中夏栻与吏科给事中孙濬……这两位也是赵文华的老对头，当初赵文华请罢应天巡抚曹邦辅，就是他俩据理力争，才保下了曹巡抚，这次二度出战，自然是众望所归了。

可怕的是，锦衣卫连奏疏的内容都已经侦知了：“自文华返京，东南官兵屡遭陷败，可见其奏报不实，欺诞不忠，大负简命！”很显然，“欺诞不忠、谎报军情”的罪名，要比“侵吞军饷、贪污受贿”更能刺激嘉靖帝的心肝儿！

这两封类似的奏疏现正在二位科员的枕头下，只等着陛下出关，便立刻开炮了！

搁下手中的情报，沈默沉重地闭上眼睛，他要认真思考一下，在这场来势汹汹的大潮中，该当如何自处呢？

思来想去，沈默决定尝试一下，看看能在这池浑水中，摸到什么样的大鱼。

第十九章 无边光景一时新

当天晚上，沈默便让服侍自己的兵丁，去禀报陆都督，说自己明日准备出门……他现在可不是自由身，想出去是要打报告的。

未几兵丁回报：“明日派人来接您。”

第二天上午，来接他的人便到了。却不是生人，乃是那引他入京的朱十三，大冷天只穿一件夹袄，里面套着灰色的武士袍，尽显雄健的体魄。

两人再次见面，竟有些欷歔，朱十三十分尴尬道：“沈兄弟，那个我……实在是太抱歉了。”

沈默摆摆手，温和道：“我知道肯定与你无关，没什么好抱歉的。”说着请他坐下一道用饭。

朱十三笑道：“今儿不在家吃，我请公子去吃点东西。”便不由分说，拉着他就往外走。

两人乘车出去，待离开北镇抚司和长安街之后，沈默便迫不及待地下车。

只见道两边，街坊间，走街的、串巷的、说书的、卖艺的，嘈杂而鲜活的声音一下子都灌进耳朵，让他一下就融进了这火热的生活里。

收回目光，沈默对来到身边的朱十三道："咱们去天师府？"

"不去那儿，"朱十三左右看看，压低声音道，"兄弟你万万不能去那儿……陛下虽然宠爱陶天师，却很忌讳他干预政事，所以大臣都不敢与他交往。"显然关系不到，是不会说这话的，沈默感激地望他一眼，小声道："那咱们去哪儿？"

"不是说了吗？"朱十三嘿嘿一笑道，"请您吃饭，说不定吃着吃着，就吃出办法来了。"

"还卖关子呢。"沈默笑道，"倒要看看能吃出肉馅还是素馅。"

"不素不素。"朱十三嘿嘿笑道，"保准有肉。"

深深吸了口气，平静一下心绪，沈默问道："很着急吗？"

"不急的。"朱十三道，"日上三竿之前到就行。"

老北京朱十三便带沈默到了前门外大栅栏一带，这里自来便是北京城最繁华的地段，无数店家商铺，酒楼茶肆开设于此，其中不乏百年以上的老字号。

比如他俩进来的这家"悦宾楼"，古色古香的三层建筑，绿字古铜底的对联，磨得发白光的老桌椅，上了年纪的老堂倌，一进去就让人感受到岁月的深厚沉淀，对它能奉出什么样的菜，也不由期待起来。

此时尚未到午饭时间，朱十三要了楼上临街的雅座，老堂倌便将他俩领上去，泡一壶毛尖，又问客官点什么菜。

朱十三嘿嘿笑道："你跟厨师说，这位公子是从苏杭来的，对咱们北京的本地菜颇不以为意，让他自己看着办吧。"

沈默苦笑道："却没有这样编排的人。"但也没有阻止，而是带着好奇心，想要看看对方会端出什么样的菜品，杀杀自己的威风。

不一会儿，简简单单的四菜一汤端上来，吃的他无话可说。以至于许多年后，还会经常来这家店里，吃那用肉丝、粉丝、葱丝等做馅裹上鸡蛋皮，油煎得香脆焦熟，蘸甜面酱，夹小葱，包进巴掌大的薄饼里的五桶丝；汁水晶透，味道醇厚的烩肥肠；别具风味的锅烧鸭，还有那冬瓜丸子砂锅，肉丸子细腻得简直入口即化，在舌头上还没来得及打个滚呢。

吃过极为满足的一顿饭，朱十三得意笑道："服不服？"边上上菜的堂倌也站住了，装作不经意地望着他。

沈默伸出大拇指道："服了，真服了。"

"他说他服了。"朱十三对老堂倌道，老堂倌的老脸早笑成了菊花。

笑完了，老堂倌收下杯盘，擦干净桌子，再奉上两碗奶白色、加了各种干果的八宝酪道："本店奉送，客官慢用。"

这引起边上一个人的强烈不满，一拍桌子道："奶奶个熊，凭什么送他们不送俺？"引得沈默两个侧目一看，竟然是个络腮胡子的道士。

那堂倌赔笑道："这位道爷，敝店规矩，消费一两，奉送一碗，适才那二位大爷用了二两二钱的饭菜，当然有的送了。"

"这样说，俺就更来气了。"道士怒道，"俺在你这吃了二十多天饭，统共也花了二两了吧？为什么还不给俺？"

"没有这样算账的啊……"堂倌苦笑道，"您每顿都是一碟花生米，二两猪头肉，三个大馒头，四两老白干，统共才一百文，我们这个八宝酪也是一百文，若是免费送您，岂不是让您白吃了饭？"

"俺又不是顿顿要你送。"那邋遢道士怒道，"别以为俺是外乡人，就好欺负。"最后那堂倌，只好去又拿了一碗给他，才息事宁人。

"俺也不是要你这东西，俺就是咽不下这口气，你们京城人，太瞧不起俺们外乡人了。"那道士一边大吃着乳酪，一边气哼哼道。

见没有热闹看了，两人便收回目光。沈默舀一勺软滑可口的奶酪，轻声道："咱们该去干正事了吧？这半天都过去了。"

朱十三推开窗，笑道："这就是干正事的地方。"

沈默往窗外一看，见到一条张灯结彩的胡同，他虽然不是本地人，却也认得这是一条风月街，不由笑道："难道那位陶少爷，常年盘桓于此？"

朱十三点点头道："这里是勾栏胡同，那陶仲文的长孙陶良辅，从十六岁起，就是这里的常客，这些年是变本加厉，一月里倒有二十天要宿在里头。"话音未落，便见一个身穿锦衣、脚步虚浮的浪荡公子，在两个下人的陪同下，从胡同里晃悠悠走出来。

沈默又听朱十三介绍道："正月十五以后，这小子每日都来，中午才离开，就在这悦宾楼上吃午饭，吃完饭后再找那些狐朋狗友喝酒打马吊，闹腾到半夜再回勾栏胡同，周而复始，极有规律。"

沈默不禁摇头道："这小子为什么不回家？"眼看着那陶公子上来，在邻座桌坐下，吆吆喝喝地点开菜了。

朱十三笑嘻嘻地看那陶公子一眼，压低声音道："对外宣称是'妻不如妾、妾不如妓'，可这瞎话唬唬他那些狐朋狗友还行，却瞒不过我们锦衣卫。"

"这都能打听到？"沈默瞪大眼道。

"也不看我们是干什么的。"朱十三得意道，"据他在窑子里的相好的说，这家伙因为长年酒色过度，被掏空了身子，已经不举了……"

"不行了还？"沈默奇怪道，说完便明白过来道，"原来如此。"这陶良辅没法应付家里的妻妾，又不想让人知道自己不行了，便跑到青楼常住，相信任何一个姐儿都愿意招待这样的恩客，毕竟不用干活还能拿钱的好事，比天上掉馅饼都难遇上，自然乐得帮他做戏。

"不对呀。"沈默又奇怪道，"记得咱们闲聊的时候，你曾经说过，邵元节、陶仲文之所以比别的道士得宠，跟他们擅长采阴补阳之术，会炼壮阳丹药……"

"嘘……"朱十三赶紧做出噤声的手势道，"小祖宗哎，咱们乡间野外说的荤话，可不能带进京来，不然是要倒大霉的。"

沈默微微点头，没有答话，朱十三以为他失去了谈性，便也闭上嘴。

喝过几杯酒，眼见邻桌的菜也上的差不多了。沈默欲起身搭讪……谁知竟被人抢了先。

"陶公子，您大人不记小人过！"却是那邋遢道士不知何时离开座位，正在一脸谦卑地向陶良辅道歉，那小心的模样与他那粗犷的外表形成强烈反差，让人看着就可乐。

但陶公子却不觉着他可乐，恼火道："你这人烦不烦啊，再敢纠缠我，我……就要报官了！"

但邋遢道士却不住口，那道歉之词滔滔不绝，说得极为顺溜，显然是熟能生巧了。

陶公子郁闷至极，却又拿他无可奈何，竟然堵着耳朵跑掉了，两个同伴赶紧跟上去。老堂倌在后面问道："还记账吗？"

"记账记账。"楼下传来不耐烦的回答。

老堂倌点点头，看一眼桌上还剩七七八八的饭菜，再看一眼邋遢道士道："还打包吗？"

邋遢道士本来追了两步，闻言颓然地站住，郁闷道："打，不打我吃什么？"那老堂倌便将陶良辅三人那桌的饭菜，收拾出来，装到邋遢道士随身的饭钵里。

道士粗犷的外表下，显然没有一颗满不在乎的心，他对沈默的目光十分感冒，撇嘴道："看什么看，吃完饭还赖在这儿，耽误人家做生意怎么办？"

沈默不禁被逗乐了，心说这太有意思了，既然小陶子跑了，那跟他聊聊也无妨，笑道："对不起，道长可否移驾过来，让在下赔个不是？"

道士警惕道："不行。"

"为什么？"沈默差点没咬着舌头。

"京城里骗子太多。"邋遢道士愤愤道，"俺来了不到三天，便被骗光了身上的钱财，所以才落到这般田地……"

沈默招招手道："过来坐下喝着茶说。"

邋遢道士便一边走过来，一边控诉道："所以俺得出个结论，不要和陌生人说话，"说完一屁股坐下道，"要和你们这些人保持距离。"

朱十三瞪大眼睛看着这道士，不知道他是真傻是装痴。

沈默却笑道："我叫沈默，也是第一次来京城，还请……哎，你叫什么？"

"蓝道行。"那道士说完便捂上嘴，呜呜道，"我为什么要告诉你？"

沈默也不戳穿他，笑道："原来是蓝道长，听你的口音像是山东人吧？"

"东海崂山上清宫掌门，"蓝道行道，"座下弟子。"

"原来还是名门之后。"沈默肃然起敬道，"失敬失敬。"

"客气客气。"蓝道行谦虚几句，一阵心酸道，"你别看俺现在这么邋遢、落魄，想当初俺在胶东的时候，比俺师傅都风光，远近百里的大户人家，遇到没法弄的麻烦事儿都找俺呀，俺不是骗你的，都有从济南跑八百里去崂山找俺的。"说着一副好汉就提当年勇的神情道："俺们那儿的人都说'北京有陶天师，山东有蓝神仙'，这可不是俺自己吹的。"

"那么牛的话，还来京城做甚？"朱十三不信道。

"这叫入世修行，懂不懂？"蓝道行吹胡子瞪眼道，"来这红尘里打滚，是为了修心的。"但情绪明显低落下来，便起身道，"不和你们这些饱食终日的扯淡了，俺现在可饿得紧，要回去吃饭了。"

沈默赶紧挽留道："何必去吃那些残羹冷炙，咱们自己叫菜好了！"便对老

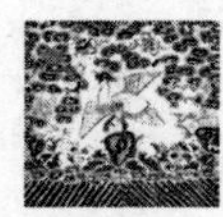

堂倌道:“好酒好菜尽管上，今日我俩与蓝道长相见是缘，定要一醉方休，对不对呀，十三哥?”

朱十三只好道:“那是。”他知道沈默必然是在打这个道士的主意，虽然他并不觉着，这家伙有什么用处。

“那俺就不好意思地叨扰了……”蓝道行挠挠头道，“是这么说吧?”

“就是这个意思。”沈默爽朗笑道，“实话跟道长说吧，我已经足足有一百天，没有这么开心过了。”

“沈施主太客气了，贫道只不过稍施‘舒心诀’，只是小手段而已，”蓝道行肃穆道，“就算这一顿的餐费吧，你不必再给钱了。”

朱十三现在也觉着，这个道士可爱极了。

过一会儿好酒好菜上来，蓝道行咽口水道:“那俺就不客气了，俺知道你们都吃了。”沈默两个苦笑着点点头，便看他吃得满嘴流油。

等到四五杯酒下肚，蓝道行便面红耳赤，有些飘飘然起来，嘴巴便跟没了闸门似的，开始吹嘘起他的高强道法来:“想贫道曾在上清宫学过多年的道法，倒不是夸海口，就算我那师傅也不如我。”

听他开始自吹自擂，沈默两个也在一旁不住地夸赞附和。等再有两杯酒落肚，这道士酡颜更甚，嘴里更是信口开河道:“鄙门上清宫，那道法委实是高深莫测!随便学得一门，就可受益终生。”

“不知道长最擅长什么呢?”沈默不动声色地问道，“是炼丹画符，还是呼吸吐纳……”

“都不是，”蓝道行神秘兮兮道，“我最擅长的，是扶鸾起乩。”

所谓扶乩，便以乩插笔，使两人扶之。然后由扶乩人拿着乩笔不停地在沙盘上写字，口中念某某神灵附降在身。所写文字，由旁边的人记录下来，据说这就是神灵的指示，整理成文字后，可以预测吉凶，再根据神的指示去办。

从西汉开始至今，此风愈演愈盛，到现在已经成为士大夫闲暇时的重要娱乐，沈默就亲眼见过数次扶乩，虽然搞不明白其中的原理，也不敢断然否定鬼神之说。但是这玩意儿会的人太多，已经成了烂大街的玩意儿，怎么用来奇货可居?

但蓝道行的下一句话，让沈默的想法，有了一百八十度大转弯，只听他慢悠悠道:“我会请紫姑神起乩……”

话音一落，就连朱十三也肃然起敬，为什么呢？因为所有的乩神里，公认是紫姑神最准。

“据说只有那些与神有缘的灵体，才能请动神祇；能请紫姑神，那就更是万中无一了。”朱十三不解道，“这么好的徒弟，你师傅怎么舍得让你走呢？”

“俺觉着师傅年纪大了，便让他将掌教的位子交给俺，他好享享清福，抱孙子什么的。”蓝道行醉眼迷蒙道：“结果他就把俺赶下山了。”

惹得朱十三捧腹大笑他“活该”。

蓝道行怒道：“俺是一片孝心，却被你们这些人当成了驴肝肺！”

沈默摇摇头，正色道：“我知道你是一片孝心。”

“知己啊……”蓝道行便不看朱十三，只跟沈默说话道，“小哥你来这儿，好像也是等那个陶公子吧？”

沈默道：“你怎么知道？”

“我看见你一直瞅他，就抢在你前面起来了。”蓝道行不无得意道，“俺是个很会抓机会的人啊。”

“你来北京也是为了抓机会？”沈默给他倒茶道。

“那是，”蓝道行也不装傻了，抓起盘里软绵绵的艾窝窝，塞到嘴里道，“这个真好吃，就是有点塞牙。”便道，“实话实说吧，我就是想让我师傅看看，……上清宫掌门算什么？我要做邵元节、陶仲文那样的天师！总领天下道教，然后命令我师傅，重新收我入门墙，并把掌教的位子传给我。”

蓝道兄真是执著啊，虽然这份执著有点绕……

这是个最坏的年代，这是个最好的年代。

前者是对大明朝的绝大多数人来说，建国一百七十年来，从没如此煎熬难过；后者是对大明朝的道士来说，建国一百七十年来，从没如此风光过……

嘉靖皇帝是如此地迷恋长生，如此地宠爱道士，几乎将所有能给的，都赏赐给了三清门徒们。道士们所得的隆恩重典，甚至要比之前一百七十年的总和都多，更是树立起了邵元节和陶仲文这先后两代天师。

先前那位龙虎山上清宫道士邵元节，封天师，授礼部尚书衔，钦命总领道教，赐紫衣玉带，封妻荫子，父母皆受荣禄。现一位接替他的同门师弟陶仲文，更因为屡有大功，赐一品服，封少师少傅少保，其荣耀已经到达了人臣的顶点。

榜样的力量是无穷的，在二位成功人士的吸引下，无数人梦寐成为道士，

已经是道士的，梦寐成为第三位天师。

而我们的蓝道行，便是怀揣着接班陶仲文的梦想，从山东老家到了京城，可到了北京才知道这池水太深，这里能人太多，随便一个道士都会好几门法术，他这个只会扶乩的乡巴佬，登时相形见绌，根本入不了陶天师的……徒弟的法眼，别说拜他老人家为师了，连给他当徒孙都不能。

无奈之下，他便想出了曲线救国的路子，准备通过陶仲文的子孙上位，经过一番费尽心机的打探，他终于探听到陶天师唯一的孙子，长期眠花宿柳于勾栏胡同……

“于是乎，俺就来了，也顺利地见到了他。”蓝道行郁郁寡欢道，“起先他听说俺想跟他混，还是很高兴的，哪知道他准备先试试俺的本事……”

“啊……那肯定是你失手了吧？”朱十三道。

“那怎么可能？”蓝道行吹胡眼道，“俺出道二十年，请神上千次，还从没一次失手呢，那次也不例外。”

“那是为什么？”沈默笑道，“有个预测这么准的跟班，他应该很愿意才是。”

“问题就出在太准上了！”蓝道行看看边上，看没有别人才压低声音道，“我把那小子的难言之隐给测出来了。他当时就跟我翻脸了。”

“什么难言之隐？”沈默明知故问道。

“就是那个……”蓝道行说着伸出食指，先挺直又弯曲道。

将心事倾诉完毕，蓝道行也吃饱喝足了，拍拍肚皮道：“得了，看在你们请我吃饭又听我倒苦水的面子上，我就免费给你们各起一乩吧？在山东，可是四十两银子一次呢。”说着竟然从背上取出便携式的沙盘乩笔，尽显专业风范。

沈默也想看看他是不是真有本事，便对朱十三道：“十三哥先试试吧。”

朱十三笑道：“中。都可以问什么？”

“家事国事，大事小事，皆可以求问。”蓝道行笑道。

朱十三挠头想一想道：“那我就问问，我那个……”

却被蓝道行摆手止住道：“不要说出来，说出来就显不出俺的本事来了。”

这下两人的胃口便被吊起来了，因为一般起乩的乩童都要求乩者先将要问的问题或用口说出，或写在纸上，然后乩童再根据求者的问题，请示神灵，记录下来，予以解答。

但这蓝道行竟然不问对方要求什么，显然更加高级，更能让人相信他真的是与鬼神相通。

只见他从袖中抽出一张黄纸，递到朱十三面前道："把你的问题写下来，折好，不要让第二个人看到，否则便不灵了。"

朱十三便依言写就，将那黄纸折成方形，递还给他。就见蓝道行接过来也不看，用指头一弹，那张纸竟然"呼"地燃烧起来，转眼焚化成灰烬。

"我已经将你的问题，送给紫姑娘娘了，现在就请她下凡解答！"蓝道行说着在耳边簪一朵大红花，向北方作揖道，"子婿不在，曹姑亦归，小姑可出！"声音忽近忽远，极为神道。

两人瞪大眼睛望着他，只见不一会儿，蓝道行便以宽大的袍袖捂住面，浑身筛糠似的战栗起来，看起来确实像被什么附体了。

就在两人的注意力被蓝道行的疯癫模样吸引时，那静静搁在沙盘上的乩笔，突然毫无征兆地跳起来，在沙盘上笔走龙蛇，惊得两人眼珠子险些掉下来。

只见那沙盘上渐次写出"不在丁巳，便在戊午"八个歪歪扭扭的字，朱十三看了十分激动，竟然跪下磕头，连声道谢起来。

再起来时，朱十三望向蓝道行的目光，便充满了敬畏，对沈默道："兄弟，你也问问，今年还能不能登第了。"沈默竟也紧张起来，咽口唾沫道："算了，徒乱人意。"

话音一落，那蓝道行的胳膊便放下，软软地趴在桌子上，仿佛昏过去一般。朱十三端一碗雄黄酒，含在嘴里，喷一口到蓝道行的脸上，才把他唤醒。

两眼呆滞地抬起头来，蓝道行喃喃道："我这是在哪儿啊？"果然是昏迷中醒过来必问的问题。

"蓝神仙，您是在悦宾楼啊……"朱十三用毛巾给他擦擦脸道，"方才给小人扶乩来着……"

"哦……"蓝道行缓缓点头道，"想起来了，问的什么呀？紫姑娘娘怎么说？"

"我这不三十好几了还没子，问了问子息。"朱十三兴高采烈道，"娘娘给回话了，说不是今年便是明年。"

接下来两人称兄道弟、推杯换盏，好不痛快，只有沈默一直不大喝酒，也不大说话，好像在思索什么一般。

过一会儿天黑上来了，蓝道行推杯告辞，朱十三挽留不住，只好一起下楼。趁朱十三去结账的工夫，沈默微笑对蓝道行道："好快手法啊。"

蓝道行愣一下道："什么意思？"

沈默看看四下无人，小声道："他写的纸片一到了你手里，便被你掉包了。其实你烧的是一张空白的黄纸，然后装作鬼附身，用袖子挡住我们的视线，偷看那张纸上写的字，根据问题，牵动两手上的透明丝线……"

不等他说完，大感尴尬的蓝道行讪讪笑道："您老行行好，俺就是混口饭吃，千万别揭穿俺。"算是变相承认了。

沈默轻笑道："明天下午，我仍旧在这里等你。你来，我就不揭穿你。"

"有事儿吗？"蓝道行微感诧异，"何不此刻就说？"

"我有点小事托你，此刻还没有想好。还是明天下午再谈。你一定要来，不然我给你散布全城，说你蓝神仙是个假神仙。"沈默不怀好意地笑道，"所以不见不散。"

见他如此叮嘱，又捏着自己的把柄，蓝道行也只有答应了。这时朱十三从里面出来，两边便分道扬镳，来日再见。

回去路上，沈默对朱十三道："先不回去，咱们去有朋客栈，我去取样东西。"

"什么东西？"朱十三好奇道。

"保密。"沈默拍拍他的胳膊道，"明天就知道了。"

"谁稀罕。"朱十三撇撇嘴道。

"不过我说十三哥啊，"沈默小声道，"要想喜得贵子，还得抓紧耕耘啊，不然紫姑神的话也不做准的。"

"嗯，俺知道了。"朱十三立志道，"没有春耕哪有秋收？就算是广种薄收，那也是有收成的！"

到了第二天下午，蓝道行依约而至，沈默两个也已经到了。他便劈头问道："哎呀，我说沈公子，快说要俺干啥吧，您再不说，俺就要活活憋死了。"

沈默对朱十三点点头，他便起身走到楼梯口，把守住，不让人上来。

这神秘兮兮的举动，让蓝道行一阵紧张，咂着嘴道："到底干啥呀？俺是大大的良民，非法的事情可不干。"

沈默淡淡一笑道："我问你，来京城的梦想还在吗？"

“那当然了。”蓝道行道，“俺是百折不挠的。”

“那好，”沈默轻声道，“我有样东西，可以让你不仅与那陶公子解开梁子，还能让他将你视为恩公，有求必应。”

“真有那么神？”蓝道行双眼亮道，“到底是什么？”

沈默手一指道:“就是这个。”

蓝道行一看，原来是个青瓷酒坛，不由道:“酒？”

“这可不是一般的酒。”沈默面上挂起男人都明白的笑容道。

“壮阳酒？”蓝道恍然大悟道。

“这也不是一般的壮阳酒。”沈默摇头道，“这是百花仙酒。”这酒是友人所赐。沈默当时只是给自己将来预备着，却没想过今日的用场，可见一饮一啄，皆由天定，此话一点不假。

“百花仙酒？”蓝道行一下子站起来，掀开坛盖一闻，满脸喜色道，“嗯，就是这酒！”显然对这种酒并不陌生。

这时候，蓝道行已经猜到他的意图了，小声问道:“你的意思是，让我把这酒献给陶良辅？”

“嗯……对症不？”沈默问道。

“对症，绝对药到病除。”蓝道行笑着又垮下脸来道，“但这一坛子最多喝半个月，半个月后怎么办？”

“我说我有秘方，你信不信？”沈默小声道。

“给我看看才信。”蓝道行大咧咧地伸出手，却只看到沈默揶揄的目光，不由讪讪道:“不给看就算了。”

沈默却笑道:“既然拿你蓝道行当朋友，我自然不会防你。”说着从怀里掏出个信封道，“这里面是配方，还有一千两官票，”轻轻推给他道，“你打开来看，不要给人看见。官票认票不认人，配方更是价比千金，你都要当心失落。”

愣了好一会儿，蓝道行才想出一句话道:“沈兄弟为什么待我这么好？”他很清楚，有了这两样东西，自己就能无往不利地打入天师府，飞黄腾达也指日可待了。

“朋友嘛！”沈默微笑答道，“我看你好比虎落平阳，英雄末路，心里说不出的难过，一定要拉你一把，心里才过得去。”

“唉……”蓝道行忍不住热泪盈眶，费力地长呼一口气，“让我……何以为

报啊？”

“何必，何必？这不是山东好汉的气概！”沈默笑道。

这话是很好的安慰，也是很好的激励，蓝道行用手背擦干眼泪，定一定神，才想起一件事……相交至今，受人绝大的恩惠，却对对方的来历背景一无所知，还有比这更荒唐的事吗？便讪讪问道：“沈……兄弟，还没有请教台甫？仙乡？来京做甚呢？”

“我叫沈默，字拙言，浙江人氏，”沈默的目光中流露着淡淡的伤感道，“来京里……哎，不提也罢。”

“怎么了？”蓝道行追问道，“我看拙言你是个读书人没错的，会试将近，难道不是来考试的？”

“也不是我瞒你，”沈默声音消沉道，“只是怕说出来，你会嫌弃于我……”

“你这是什么话？”仿佛受了莫大的侮辱，蓝道行愤怒道，“你沈拙言够义气，我蓝道行难道就是势利眼？没良心？”

沈默连忙道歉：“却是我多心了，给蓝兄弟赔不是了。”说着便将自己的来历背景和盘托出。

“原来兄弟还是位解元郎，失敬失敬。”蓝道行起身拱手道。

沈默摆摆手，让他坐下，苦涩笑道：“现在我与阶下囚无异，有何可敬之处？”

蓝道行道：“我虽然是个方外之人，却也知道国难当头，应该一致对外，他赵部堂拆台架秧子是不对的。”

沈默感激笑笑道：“不管他对错了，都不是你我可以左右的。”

蓝道行面色阴晴变换一阵，一字一句道：“我帮你……见皇帝！”

“还是不要了吧，”沈默摇头道，“难度太大，若是操之过急，恐怕会牵连兄弟你。”

“今天二十一。”蓝道行淡淡道，“七天之内，我要见到陶仲文……”

且说那蓝道行得了百花仙酒，感觉希望重燃。

到了晚上掌灯时分，柳巷开始燃灯，一片莺莺燕燕、倚栏卖笑，朝他挤眉弄眼，肆意招揽……别看他穿得邋遢，可道士这行业现在就是多金高贵的代名词，甚至比那些穷兮兮的翰林还要受欢迎。

但素来不色的蓝道行，对这种热情十分不适。他强忍着拔腿跑掉的冲动，在一家名为“恬意”的青楼门口站定。

门口的姐儿们呼啦围上，却又被他身上的馊味熏退，站得远远道：“这位道爷，您好有男人味哦。”

蓝道行脸通红道：“屁味，我是小天师的朋友，快带我去见他。”

姑娘们一听不是来嫖的，登时失去了兴趣，招呼过一个龟公来，让他领着道爷去小天师的包院。

穿过主楼，这恬意楼后面竟别有福地……只见几进深的庭院里曲径通幽，通向一个个跨院儿。那龟公带他到了最北角一个小院外道：“这就是小天师下榻的地方。”

蓝道行推开了门，动作熟娴，脸上挂着惯有的谄笑，毕恭毕敬地向小天师见礼。

陶良辅也看见他了，差点没郁闷地一头撞到炕上，完全无奈道：“哎，你还真是阴魂不散啊，我不去悦宾楼，你就直接找上门来了。”

周遭那些狐朋狗友便将蓝道行围住，想要将他驱赶出去，却被他一手一个扔出屋子去，动作麻利无比，毫不拖泥带水，显然是高手。这也是陶良辅烦透了他，却对他无可奈何的原因。

但这次的蓝道行不像原先那么没脸没皮了，他拱拱手道：“请小天师单独给贫道一刻钟时间，如果还没有让您回心转意，贫道保证再也不来骚扰小天师。”

陶公子已经烦透这条牛皮糖了，听说有机会让他消失，便对那些握着鞭子、提着砖头重新进来的狐朋狗友道：“都退下去吧，我和他单独说说话。”

狐朋狗友和几个妓女退出厅堂。

“给你一刻钟时间，计时开始。”也不让他坐，陶良辅没好气道。

蓝道行便不紧不慢道：“我有一样绝无仅有的好东西，要送给小天师。”

“哦？什么物事，这等稀罕？”像陶良辅这种公子哥，最怕无聊无趣，一听说是“绝无仅有”的东西，立刻来了兴趣。这才终于用正眼看他，自然也望见他架在臂弯里的青花瓷酒坛，道：“莫非是这玩意儿？”

“正是，”蓝道行道，“酒的名字叫百花仙酒。有诗赞酒道‘人无两度再少年，枯木逢春百花仙；金枪不倒寻春夜，梨花能压红牡丹。’这绝不是夸张……不管什么样的男人，哪怕是八十老翁或是精血衰竭之人，一旦饮用这酒，立显

龙马精神、男子气概。似小天师这般天赋异禀，又有神功护体的奇男子，即使小饮此酒，天啊！简直是天下女子的噩梦啊！！”

“果真有此妙用？”陶良辅从炕上跳下来，竟然光着脚走到他面前，抱着酒坛问道。

“千真万确！我哪敢欺骗小天师啊。”蓝道行笑道，“不信您今晚立刻试用一下，明天咱们再接着谈。”

“好好好！本公子领情了！”正在为不举而苦恼的陶公子，突然获此至宝，焉有不喜之理？欣喜之余，终于给蓝道行一点儿面子道：“在这恬意楼上放开玩吧，一应开销全算我的，咱们明天一早见。”

至于小天师夜里如何神勇，这个蓝道行无从想象，反正第二天一早，兴奋无比的陶公子，竟然跑到他睡觉的地方，一口一个“哥”的叫他……显然是效果不错！

神采飞扬地吃过早饭后，陶公子终于离开了恬意楼，回到阔别已久的天师府。顺理成章地，蓝道行跟着进入府中，暂时成为一名清客。

在焦急中等待了五天，陶良辅终于对他道：“我爷爷要见你。”

于是蓝道行终于见到了闻名天下的陶天师。陶天师去年已经过八十大寿了，白发苍苍，枯瘦无比，仿佛只剩下皮包骨头，但仍然对那百花仙酒很感兴趣，问他道：“这个酒从哪儿弄的？还有没有？”

蓝道行不敢怠慢，赶紧道：“这是小道一个朋友给我的，一共只有两坛……都给了小天师。”

陶天师把玩着剩下那一坛道：“你这个朋友在哪儿？能把他请来吗？”

“不能。”蓝道行很干脆地道，“他来不了。”

“为何？”陶天师颇为不悦道，“还有什么人是贫道请不来的吗？”

“天师息怒。”蓝道行赶紧道，“不是他不想来，而是实在来不了……因为他不自由啊。”

“当差？”

“不是，是坐牢。”

“哈哈哈……”陶仲文怀笑道，“原来如此，原来如此……”说着斜看蓝道行一眼道：“你可是要救他出来？”

“不敢隐瞒天师。”蓝道行叩道，“若我那朋友得您相助，必将秘方双手奉上……且永不吐露此事。”

“唔……”见他如此道，陶仲文满意地颔首道，“谅你们也不敢诳我，说吧，是关在哪里的大牢，贫道写个条子把他捞出来。”陶天师服侍陛下二十年，虽然从来不过问政务，但毕竟是天子最近的臣属，所以朝廷官员们还是很买账的。

“在北镇抚司关着呢……”蓝道行一脸天真道。

“这个这个……”陶天师差点没噎死，直翻白眼道，“你说什么？他在陆炳手里？”

“正是……”蓝道行小心道，“天师，你可要救救他啊。”

陶仲文沉默许久，才问道：“他叫什么名字？”

“沈默字拙言，是浙江今年的解元，因为被陷害至今困在牢里，求天师搭救，让他不要耽搁今年的春闱。”蓝道行把要求和盘托出。

“沈默……”陶仲文沉吟道，这个人他是听说过的，听阁老们提起过，听司礼监的大太监们提起过，甚至也听皇帝亲口提及过。综合这方方面面的说法，以他对大明朝堂冷眼旁观二十年的经验来看，此人应该不会就此陨落……他记得张璁、夏言，甚至严嵩，无一不是起起落落，仕途曲折，但这些人都做到了首辅，都长时间地秉承国政。

蓝道行跪在地上，忐忑不安地望着盘膝而坐的陶天师，只见他闭着眼睛一动不动，仿佛入定一般。

就在他快要绝望的时候，终于听陶仲文慢悠悠道：“好吧，让贫道试一试，成不成却不敢打包票。”

蓝道行惊呆了，他大张着嘴巴，想不到传说中鬼难缠的陶天师，竟然如此好说话。

第二十章
梅花香自苦寒来

出了正月，天气不再那么煞人的寒冷。

沈默轻轻推开窗户，目光投在院子里的柳树上，但北地春晚，柳条上仍然是光秃秃的，不由有些失望，轻声道：“春风又绿江南岸，明月何时照我还？”

话音未落，便听一个爽朗的笑声道：“快了快了。”沈默循声望去，只见陆炳满脸喜色地站在院子里，哈哈笑道：“拙言，好消息啊，陛下提前出关，第一件事便是点名要见你。”

沈默呆住了，惊喜之余竟然感觉好紧张，使劲咽口唾沫道：“什么……什么时候？”

“明日一早！”陆炳笑道，“好好表现啊，明天二月初三，若是一切顺利，正好什么都不耽误。”见他面色有异，奇怪地问道，“怎么了，拙言？”

“大人，我有点紧张。”沈默苦笑道，“圣心难测，我要是说了什么忤逆上意的话，会不会把我直接推出午门，咔嚓了呀？”

“不会的。”陆炳摇头笑道，“最多也就是一顿廷杖。”

“廷杖？”沈默塌下脸道，“那也够受的。”

“好吧。”陆炳走进屋道，“我给你讲讲，见陛下应该注意什么，忌讳什么。”

沈默赶紧给陆炳端茶倒水道：“谢谢大人。”

“头一条，说话一定要注意，要说吉祥话。”陆炳道，“陛下一心求长生，特别忌讳臣下说些‘死’啊，‘病’啊什么的。你比如说去年太医院徐太医给诊脉，当时陛下坐在榻上，龙袍垂地，徐太医迟不敢前进。陛下问他为什么不走过来。徐太医说：‘皇上的龙袍在地上，臣不敢进。’结果第二天陛下就下了一道手诏给内阁，表扬徐太医，你知道为什么吗？”

沈默想一想道：“是不是因为他说的是‘皇上的龙袍在地上’，而不是‘龙袍在地下’。不过这区别似乎不大吧？”

“区别大着呢！”陆炳道，“陛下说了，地上，人也；地下，鬼也。徐太医这话，最能体现他对君父的忠爱之情。”

沈默听了，当时吓出一脑门子汗。

“所以啊，宁可说话慢一些，要先把要说的在心里默念一遍，把那些不好的，容易引起误会的词语统统去掉，这样就安全多了。”陆炳语重心长道，“要不严阁老、徐阁老他们一个比一个说话慢，那都是给逼出来的。”

“‘谨言’第一个完了。”陆炳道，“再说第二个，陛下高屋建瓴，思虑深远，说出的话也十分高深，往往表面一个意思，实际上又是另一个意思。有的时候你得反着听，有的时候你得听半截，有的时候你得联想着听。总之呢，要是仅听表面意思，一定没有好果子吃。”

沈默头上又出汗了，十分艰难道：“我是第一次面圣，怎么知道哪句话该听，哪句又不该听呢？”

“这是要跟你说的第三条了。”陆炳压低声音道，“陛下生性聪明颖悟，多谋善断，且如今御极已超半个甲子，实乃亘古未有之明主……陛下拿出来问臣子们的事情，实际上心中已经打定主意了，所以你记住，陛下问你话，并不是征询你的意见，而是要看看你说的合不合他的心意。”

“大人，关键不在自己有什么看法，而是陛下心里怎么想的？”沈默轻声道。

“聪明！”陆炳伸出大拇指道，“就是这个意思！”

沈默心说，这样选出来的官员，除了应声虫就是马屁精，还能有实心干事

的吗？但现在他是泥菩萨过河自身难保，先把这一关过去再说吧！

第二日，卯时左右，天已经蒙蒙亮了，西苑到处张挂着的大红灯笼仍然点着，照亮着黑黢黢的宫殿楼宇，也照出长廊下曲曲折折的道路。

一支二三十人组成的队伍，从长廊尽头整齐地走来，到近处才看清，原来是一队身穿大红麒麟服的禁卫，后面跟着四个穿飞鱼服的锦衣卫，而四个锦衣卫中间，夹着个内穿湖蓝襦袍、外套羊皮夹袄的青年。那青年正是沈默。

就这样被裹挟着，走到一座宫殿外。领头的侍卫通禀一声，殿门便无声打开，侍卫头领对沈默道："你自己进去吧，至于北司的兄弟，还请在偏房等候。"

朱十三点点头，便带着手下离开了，那队大内侍卫也跟着头领继续巡逻去了，就剩下沈默一个，孤零零地站在大殿门口。

"进来吧……"里面传来个苍老的声音。

沈默乖乖地迈过门槛，进入殿中。

两个小道童将殿门又关上，沈默只见大殿之中，点着九排红烛，烛火闪闪烁烁，轻烟飘飘袅袅，时而爆出一声脆响，映衬着空旷的大殿越发清寂。

借着明亮的烛光，沈默看到大殿中央摆着个八尺多高的三足加盖八卦炉……上方按照八卦的图像镂空，从镂空处还不断向外氤氲出淡淡的白烟。

他正在打量那个铜炉时，便听炉子后面有人道："你过来。"

沈默便依言过去，只见一个须发苍苍的老道士，身穿八卦紫绶仙衣，手持拂尘，盘膝坐在紫色的蒲团上……看这老道的年纪，少说也得七八十了，与陛下并不相符。

看到他的犹豫，老道士淡淡道："贫道陶仲文。"

"原来是天师，学生失敬！"沈默赶紧行礼道。

"你坐下。"陶仲文并不抬头只是用拂尘指一下对面的蒲团，又吩咐小道童道："把炼丹炉生旺了。"

"是，师祖。"两个小道童便开始一起拉动风箱，那炼丹炉的火光骤亮，大殿里的声音也越来越大。

在那"呼哒呼哒"的风箱声，和噼里啪啦的烧火声中，陶天师从手边的水盆里，捻起一支清脆的柳条……看那上面还有绿叶呢，也不知是从哪儿弄的。老道士终于开口道："不要动，让贫道为你祛除晦气。"

沈默赶紧一动不动，眼睁睁看着老道将那水淋淋的柳条甩到自己脸上身上，如是九下之后，老头又让他用那盆中的水洗手、洗脸，然后将那柳条投到丹炉中，便算是完成祛邪工作。

见老头已经收功，沈默心中涌起强烈的改行冲动……早知道当道士如此厉害，如此轻松，我费那个劲读书做甚，一句“天师，请收下我吧。”忍了又忍才没说出口。

陶天师须发皆白，身形枯瘦，但一双眼睛却深邃明亮，仿佛可洞察一切世情，沈默的心理变化也没逃过他的目光，淡淡一笑道：“很羡慕吧？”

沈默微一错愕，登时知道这老头已经活成精了，跟他说什么废话都没用，便点头道：“确实很敬仰，甚至有拜师的冲动，只是不知您老收不收？”

“收，为什么不收？”陶仲文竟然出奇得痛快，这让沈默彻底糊涂了，强笑问道：“您老不是开玩笑吧？”

“当然不是。”陶仲文淡淡笑道，“你若愿意，贫道便收下你这个记名弟子。”

“原来是记名弟子。”沈默这才放下心，又听他接着道，“那天蓝道行求我，让我无论如何都要帮帮你。我才设法让陛下提前出关的……”

沈默赶紧又行礼道：“您老人家的恩情，弟子永生不忘。”

“看来是愿意给贫道当这个弟子了，”陶仲文快慰笑道，“贫道老怀甚慰啊，那就跟你有一说一，有二说二了。”

“学生……哦不，徒弟洗耳恭听。”沈默恭声道。

“贫道之所以帮你，是因为助人者人助之。”陶仲文苍声叹息道，“贫道今年已经八十一了，不瞒你说，老眼昏花，羸弱不堪，几年前就动了归隐田园、颐养天年的念想，却一直无法得偿所愿，你知道是为什么吗？”

“是否陛下的挽留太过恳切？”沈默轻声问道。

“那是一个方面。”陶仲文淡淡道，“但更重要的是，吾心有三忧，无法潇洒而去。”

“敢问是哪三忧？”

“一者，乃是‘居安思危’也。”陶仲文缓缓道，“自陛下御极以来，我道教便兴盛繁荣，至今已经如日中天三十年了……可以说是创下五百年来之最。”

“都是两代天师的功劳。”沈默拍马屁道。

“不是我俩的功劳，只不过陛下有道家慧根……千年以降，道佛两门的兴

衰，皆有帝王好恶而定，若赶上这代皇帝喜欢信佛，便像正德年间一样，全国毁道崇佛；若是下一代皇帝反过来，那就是现在这番光景。”

陶仲文不无清醒道：“我道家的核心是太极。太极者，生生不息也，却不是永远昌盛，而是存在一个盛极而衰、否极泰来的循环之中。皇上崇道，道门一洗先皇时的晦气，在全国毁佛除庙，是有些过犹不及了。其实佛门与我道家一般，都经历过数次法难，次次毁而复兴，破而后立。而复兴之后，带给道门的却是重重劫难，譬如会昌法难，唐武宗毁寺院四千有余，还俗僧尼二十六万之巨，禁佛不可谓不彻底，可宣宗一继位，佛寺即复，刘玄清、赵归真等十数道家真人命归黄泉，前事可鉴啊！”

虽然身为世俗之人，对佛道之争不甚了了，但沈默还是明白了陶天师的担忧，轻声道：“您老可是担心……将来佛家卷土重来，变本加厉地报复道家？”

“殷鉴不远啊……”陶仲文叹息一声，压低声音道，“老夫八十多了，随时可能撒手人寰，陛下修炼日久，功力精进，十年之内必然玄功大成，白日飞升。到时候新皇登基，就是我道门的大杀劫了。”

沈默心里不禁咯噔一下：“那天师的意思是？”

“我希望有人到时候能搭救道门一把，不要让我的徒子徒孙们变成无头之鬼……”说着，老天师竟给沈默俯身行礼，颤声道，“拙言，你能帮老夫吗？”

沈默忙不迭去扶老天师，哭笑不得道：“您老就是找人托孤，也要找阁老们，最不济也得是尚书侍郎之类，我这个戴着罪的小举人能济什么事？”

陶仲文坐回蒲团道：“阁老？严阁老跟我年纪差不多，谁能熬过谁还不一定呢；李默这人，起得快，跌得也快，我不看好他；至于徐阁老，本应是最合适的人选，可惜他是个老滑头，关键时刻肯定自保为重，指望他太不靠谱儿。”说着定定望向沈默道，“拙言你比他们都可靠多了。”

沈默苦笑连连道：“我的人品是没问题，但您未免把我看的太高了吧，区区十年时间，我不可能入阁为相，说话管用的？”

“切不可妄自菲薄，”陶仲文摇头笑道，“为师我擅长相面，观你的面相，天庭饱满，隆准高耸，双目锐利，眉插两鬓，正是少年得志之相，三十岁以前便可入阁为相！相信我，老夫的预测从不出错。”

沈默仍不大相信，老道却道：“如果十年后拙言你仍未入阁，咱们的约定作废，如果你入阁了，请不吝相助，可否？”

都这样说了，沈默自然点头应下。

“至于其余两件事，都是到时可顺手为之的小事了。”陶仲文轻声道，“一个是我那不成器的孙子，败家肯定要在他这一代，到时候还请看顾。”

“这个没问题。”沈默点头道，“学生一定尽力。”

“第三个么……”陶仲文脸上突然现出一阵忸怩之色道，“你能永远不泄露，自己才是百花仙酒的真正主人吗？”

沈默缓缓点头道：“我晓得了。”

经过净化，变成了干净人儿，沈默便告别了陶天师，被两个道童领了出去，沈默回头望去，只见殿额上悬挂着蓝底金字的“紫宸殿”三个字。

跟着小道士穿越一片错落有致的建筑群，进入名为“延年门”的宫门，绕过一座九条龙的琉璃照壁，便到了一处极为宽阔的庭院。

与别处皆用汉白玉和青砖铺地不同，这里是大片大片的花圃与药圃，精致的矮小篱笆之间，只有鹅卵石铺就的小道。不过与外面一样，这里的鹅卵石小道也是并排的三条，中间一条实际上是用白色玉石铺成的，那是只有皇帝才能走的御道。

现在沈默就沿着边上的青石道，跟着小道童一直走到了正北方的大殿门口。道童说明来意，门口的守卫便放行，上了汉白玉的台阶，由两个太监把沈默接进去，让他在前殿里先候着，就进去通禀去了。

沈默闻到上好的檀香味道，便偷偷转眼打量。只见偌大的大殿，正南面挂着三清道君的尊像，下面有祭坛供奉。祭坛对面还有一尊一人多高的三足加盖青铜香炉，那檀香烟气便是从这里面出来的。

看遍整个大殿，也没有龙椅。只是在祭坛前面，大殿正中，有一个白玉圆榻，榻下八方还镶嵌着八卦紫金砖，沈默不由胡思乱想道：“看来陛下真的很用功，时时刻刻逼着自己打坐。”

正在胡思乱想间，一个胖胖的穿着大红蟒衣的太监出来，朝沈默慈眉善目地笑笑道：“沈默是吧，陛下要见见你。”

“有劳公公了。”沈默拱拱手，跟着那太监从外间的大厅穿过回廊，到了一道厚厚的纱幔前，那太监便跪下了，沈默跟着跪下。

只听那太监细声细气道：“万岁，那个沈默来了。”说完却没人应声，就在

沈默以为皇帝是不是睡着了时，就听一记清脆悦耳的玉磬声从里面传出来。

太监见他还在出神，赶紧小声道："陛下答应见你了，还不请安？"

"罪臣浙江解元沈默，叩见吾皇，万岁万岁万万岁……"

陛下说要见，没说让他近见，所以沈默只能隔着厚厚的纱幔，根本见不到皇帝长什么样。沈默很清楚，如果自己真的没戏了，嘉靖也不会召见自己，因为此人极度排斥见大臣，不到非见不可，是不会召见的；既然召见自己，且还是单独召见，那就说明有戏，大大地有戏！

便听到里面若远若近的声音道："你就是那个沈默？"

"正是微臣。"沈默赶紧答道。

"沈默。"那个声音幽幽道，"字拙言，绍兴籍，嘉靖十六年五月生人，也就是说还不到二十岁。"虽然说话鬼里鬼气，但那种万人之上的气势，却体现得淋漓尽致，让人不敢怠慢。

沈默尽力平静回答道："臣是绍兴人，还差三个月二十岁。"

"嗯，"嘉靖帝缓缓道，"有道是初生牛犊不怕虎，此话诚不欺人，你当时不过一个小小的生员，朕破格超擢，让你当上了浙江的巡按……翻看大明朝两京一十三省，二十名巡按御史，哪个不是两榜进士出身，不是久经历练？只有你沈默，不过巡察浙江几个月，便以二九年华，秀才出身，当上了代天巡守的御史。此等殊荣，翻看成祖建极以后，可曾有过一例？"

"不曾有过……"沈默摇头道。

"那你还敢公然烧毁证物，让朕亲自吩咐下去的钦案断了头绪，"皇帝的怒气上来了，声音也变得冷硬起来，"你太让朕失望了！太对不起朕的栽培了！"

沈默没法答话，因为皇帝不问的时候，是不能说话的，这点规矩他还懂。

"朕本以为，你身为沈炼的学生，就算不对赵文华恨之入骨，也不可能和他串通一气！"皇帝的火气不消，说出的话也越来越难听，"你这个无君无师无父的东西，让所有人都失望了！"便听他厉声喝道，"说，你还打算让朕第二次失望吗？"

沈默赶紧摇头道："不敢。"

"说，你到底想保谁？"嘉靖帝阴冷不带一丝感情的问话，仿佛毒蛇般缠绕着沈默，只要稍不中意，便将他勒死。

"罪臣不过小小巡按，无品无级，微不足道，根本没本事保着谁，"沈默的声音越来越沉稳，到后面几乎是一字一句，"也绝不会偏袒回护任何一人！"

嘉靖帝似笑非笑道："赵贞吉的奏疏可不是这样说的，他说你从一开始，便阳奉阴违，与地方官勾勾搭搭，几次暗阻办案。最后竟然铤而走险，烧毁物证，被他抓了个正着。这件事，事实清楚，证据确凿，还有什么可狡辩的呢？"

"臣没有可狡辩的。"沈默却不为所动道，"臣一颗丹心，可鉴日月，不需要狡辩！"

"呵呵……理直气壮啊！"嘉靖帝被他气笑了，"是不是哪位大人物，教你只要死不承认，就可以化险为夷啊？"

"不是。"沈默摇头，"没有人教我说这话，是我自己要说的。"

"还是狡辩。"嘉靖帝淡淡道，"看来这里面的水很深啊，让你见了朕都不说实话，朕问你最后一次，你到底是谁的人呢？"

这话一出，沈默立马道："回陛下，普天之下，莫非王土。率土之滨，莫非王臣。大明朝所有官员都是朝廷的人，都是陛下的人。"

"幼稚。"嘉靖的声音有些缓道，"大明朝这么大，官员那么多，朕一个人是管不过来的，还是得分锅吃饭，分家过日子的……说说吧，你沈解元是在姓严的锅里捞食呢？还是姓李的？姓徐的？"

沈默倏地抬起了头，双目含泪，声音微颤道："回陛下的话——臣本布衣，庸碌幼稚，蒙陛下不弃，委以一省巡按，又受命协查倭寇侵袭南京一案。虽说协办官员应以主问官为尊，但臣更知道，臣的一切都是陛下给的，所以臣的一切所为，只听皇上的，只为大明朝着想，绝不会听他人指使，也没有任何人能左右臣的本意……"说到最后，脸上已经流满了泪水，只听他无比沉痛地说道，"至于此次未能察明钦案，让陛下失望。一切责任，归根结源，皆是臣一人之过，更与他人无关……但臣向陛下坦言，如果再遇到这种事情，臣的选择还是不会变……"仿佛受尽委屈的孩子，终于可以一吐心曲一般，说到最后，沈默已经泣不成声了。

嘉靖帝有些烦躁道："哭也没有用，烧了账册就是坐实了'私毁证物'之罪，别人要治你，朕也救不了！"

听了皇帝的话，沈默擦干泪道："臣……恳请陛下赐予刀剪。"

嘉靖帝不悦道："死能说明什么问题？"

沈默赶紧解释道："臣不敢置君父于不义，臣不过是有样东西要呈给陛下。"

里面没了声息，过一会儿帘子掀动，那胖太监端着个托盘出来，上面摆了

一把金柄小刀，还好心提醒道:“你可悠着点，在陛下面前动刀，稍有出格便会被乱刀砍死的。”

沈默感激地朝他一笑，便拿起小刀，在夹袄的底部割开一个大口子……然后从里面掏出个密封良好的油布包来，再割开夹袄的另一侧，又取出同样一个油布包。深深望着手中的东西，沈默长长吐出一口浊气道:“为了这东西，臣是几死还生，今日终于可以呈奏天子了！”

胖太监轻声问道:“这是什么？”

沈默缓缓打开油布包，一本蓝皮的册子便出现在他的眼前，胖太监不禁轻呼一声道:“账册？”这十分出人意外的一句，连帘子里的皇帝都是一怔。

只见沈默将两个包里的两本账册合到一起，长舒口气道:“启奏陛下，罪臣原浙江巡按监军道沈默，呈上于浙江巡抚别墅处所获的账册两本，其中一本是进账册，一本是出账册，敬请圣览。”

大殿里檀香缭绕，针落可闻，嘉靖帝也不叫那胖太监黄锦去接那个辞呈，而是定定问道:“为什么之前要骗朕，说那账本已经烧了？”

“回陛下，臣确实隐瞒了实情。”沈默沉声道，“但臣有不得已的原因……因为这账册牵扯到浙江一省甚至东南数省的局势，一旦处理不好，可能会使刚有起色的抗倭局面，转眼化为泡影，所以微臣愚见，这东西必须让陛下第一个见到，雷霆雨露，皆由君出，方可使东南不至于动荡，使大明不至于陷入内争，使群臣知道一切都简在帝心，皆由陛下乾坤独断！”

“当……”的一声，那厚厚的淡黄色帷幔便向两侧卷去。

沈默便看到一个铺有明黄蒲团坐垫的圆形坐几，坐几旁隔着个架在紫檀木架子上的玉磬，里面斜插着一根同样颜色的磬杵，那一记清脆的磬声定是从这里敲响的。

但视线也仅止于此了，他不敢再抬头。

但那蒲团上终是坐着人的，沈默便听那里发出更清晰的声音道:“你担心有人拿这个做文章，逼迫朕就范吗？”

“臣愚钝，”沈默赶紧低下头，“也许是庸人自扰，但只要有万一可能，臣就情愿这样做。”

“呵呵……”嘉靖帝忽然笑出声来，“年轻就是好啊，有冲劲没顾虑，脑袋里也没那么多乌七八糟的东西。”

沈默刚要松口气，却听皇帝继续：“但是年轻也有不好的地方，考虑问题不周全，你可想过这样的后果？先不说赵贞吉，单说他的老师徐阶，还有杨宜的同乡李默，不管你出于什么动机，藏起了这本账册，都已经在事实上得罪了二人，就不怕他们给你小鞋穿？”

“臣当然怕仕途阻断，甚至锒铛入狱。”沈默掷地有声道，“但臣更怕有人借此要挟君父，让陛下作出不得已的选择。为了维护主上的权威，微臣哪怕是粉身碎骨也不怕！”

“哈哈哈……”嘉靖帝放声笑起来，声中带着毫不掩饰的快意道，“朕果然没有看错人。”说着伸出瘦而修长的手。

黄锦便将账册呈上。

嘉靖将账册举得远远的，眯眼翻起来。起初面色尚算平静，慢慢地，两只眼睛变得冷沉沉……

时间缓缓流淌，直到地上的影子越来越短，皇帝才缓缓合上账册，脸色又完全平静下来。

嘉靖终于开口问道：“你看过这本账册吗？”

沈默咬咬牙，轻声道：“不敢欺瞒陛下，臣是看了之后，才发现万万不能外泄，只能交由圣裁的。”

嘉靖帝缓缓点头，脸上的神色甚是复杂，既有些赞许，又带着难以掩饰的怒气，转过头问黄锦道：“你知道这账册上记载了什么吗？”

黄锦嘟噜着胖脸憨憨道：“奴才不知道。”

嘉靖冷声道：“告诉你吧，是嘉靖三十四年全年，浙江的各项税收加派，提编寇饷的最终流向！”

“哼……”嘉靖鼻子发出一声怒哼道，“扣除解赴朝廷、移交藩王等用向不说，单说花掉的一百万两军费，真正落在军队身上的，不过是五十五万两而已，其余四十五万两，”说着重重一拍桌面道：“全都流进了他赵文华和胡宗宪的腰包！何等贪婪，无法无天啊！”

黄锦赶紧跪下道：“陛下息怒……”

“怪不得沈默不敢将此账册交出来，”嘉靖的胸口剧烈起伏，面色铁青道，“若是被捅出去了，这侵吞巨额军饷的罪名，神仙老子也保不住！他们全家都得人头落地！”

“这帮家贼、蠹虫、强盗、流氓、下三滥……”

只见嘉靖帝将双手负在背后，绕着那明黄色的蒲团一边兜圈圈，一边破口大骂，太监们噤若寒蝉地匍匐在地，唯恐成为陛下发作时的牺牲品。

过了片刻，嘉靖帝表情恢复了平静，缓缓道：“大道修之有易难，也知由我亦由天。”说着睁开眼睛，支起身子，甩着宽大的袖袍，飘然起身，来到沈默的面前道：“若非积行修阴德，动有群魔作障缘……你觉着胡宗宪和赵文华，算不算朕的魔障？”

“臣人微言轻，年少无知，不敢乱说。”沈默轻声道。

“讲！”嘉靖的声音明显高了些。

沈默一凛，赶紧道：“回圣上，微臣姑妄言之，依微臣之见，朝廷出现截留贪污者固然是魔障，但东南的倭寇却也是大魔障……”偷眼一看，见皇帝没有打断的意思，便接着道，“现在的难题是，要是把前者除掉的话，后者就会更加不可收拾；孰轻孰重，圣心独裁，微臣不敢妄言。”

“这还叫不敢妄言？”嘉靖帝揶揄道，“你已经说得够明白了。”

沈默赶紧道：“圣明无过陛下，微臣不敢狡辩。”

“呵呵……”嘉靖帝轻轻拍一下他肩头……

沈默轻声禀报道：“我大明朝人才济济，除了胡宗宪，肯定还有可以胜任的人选，但胡宗宪已经熟悉了东南，且展开经营一年有余，如果此时换将，新任官可能有自己的想法，很难做到萧规曹随……一旦推倒重来、人员更迭，造成人力物力上极大的浪费不说，军队也至少瘫痪半年，后果可能无法想象。”

“哼，”嘉靖重重哼一声，却也没否定这个说法，而是沉声问道，“那你觉着，朕该如何处置他们？”

“这个微臣真的不知道了。”沈默摇头苦笑道，“微臣只觉着很难很难……”他知道嘉靖帝是极端聪明的皇帝，所以如是坦诚。

果然嘉靖帝的脸上，流露出感慨之色，仰面望着殿顶，喃喃道：“你们回答不上来，就把问题往上一推，推来推去终还是落在朕的面前，朕又能推给谁呢？”

“微臣无用，不能替君父解忧，恨不能愧死当场！”沈默道。

“哎，要是你死了能解决问题，朕立马杀了你。”嘉靖帝笑道，“天下最苦莫过朕心，是宽亦误，严亦误，岂止是尔等迷哉？朕亦迷也……”

皇上一沉默，大殿里立刻安静下来，过了好一会儿，他才回到座榻上，也不盘坐，就那么伸着双腿坐在榻边，胳膊倚在蒲团上，眯起狭长的双目道："老子有云：'治大国，若烹小鲜。'你怎么理解这话？"

沈默大着胆子道："老子用烹鱼比治国。是不是说，君主治理国家，要像煎小鱼那样，不要常常翻弄……朝令夕改、朝三暮四，老百姓就会无所适从，国家就会动乱不安。相反，如果国策法令能够得到坚定不移地贯彻执行，就会收到富国强兵之效。如此，一切外在的灾祸，都不会形成长久的祸患。"

听他说完，嘉靖面上的纠结犹豫之色尽去，第一次真正地展颜笑道："黄锦，你觉着他答得怎么样？"

"奴婢才疏学浅，一般阁老们讲话都听不懂的。"黄锦赔笑道，"但沈解元的话，奴婢能听懂，也觉着很有道理。"

"哈哈哈……"嘉靖帝指着黄锦道，"沈默，你听到没有，在黄锦看来，你比阁老们还有学问呢。"

"黄公公谬赞了，"沈默苦笑道，"可能是大学士们说话太深奥了，我们这些普通人都听不懂。"

"没错，就是听不懂。"嘉靖帝首道，"一个个皮里阳秋，口蜜腹剑，心里一套，嘴上一套，整日就知道在朕的面前演戏，也不知是在给朕看耍猴呢？还是把朕当猴耍。"

"肯定是前者。"沈默和黄锦齐声道。

"当然是前者！"嘉靖拂袖起身，在蒲团坐定，满脸信心道，"这个大明朝，都在朕的心里装着呢，谁也耍不了我！"说着一挥衣袖道，"宣他们进来……"黄锦便出去宣旨。

嘉靖又对沈默道："到帷幔后藏好，朕让你瞧一次猴戏，看看好不好玩。"

沈默哪敢多说，赶紧起身，躲到帷幔后面。他刚刚藏好，便见那黄锦去而复返道："陛下，他们来了。"

嘉靖帝点点头，黄锦便出去："几位大人，请进来吧。"

然后就见三个身穿大红官袍、腰缠白玉腰带的官员，稍有先后地次第进来，面朝着皇帝一字排开，齐刷刷跪倒，山呼万岁。

嘉靖点点头道："都起来吧。"三人便谢恩起身，黄锦将一个锦墩端过来，轻声道："严阁老请坐。"那最先进来，年纪最长，胡子眉毛全白了的老头，颤巍巍谢过陛下，在那太监的搀扶下，缓缓坐在皇帝左侧下方。

另外两个官员只能站在殿中了，因为在侧面，沈默看不到他们的脸，但能猜到那个矮的应该是内阁次辅徐阶，高的就是李默了。

这时候严嵩开口了："老臣记得，上月陛下说，二月十五出关，今次竟然提前十天，看来陛下玄功大进，可喜可贺啊……"

嘉靖轻轻一捋袍袖，淡淡道："没有精进，不过是心烦意乱，无法入定，只好提前出来了。朕闭关这几日，有什么大事要禀报啊？"

"确有几件事情。"严嵩缓缓道，"首要的还是地震善后事宜，眼看着开春了，百姓却还在恐慌之中无法自拔，恐怕会无心耕种，导致夏粮不济，朝廷税赋无法保证。"

"内阁拿出章程了没有？"

严嵩早将事情交代给了徐阶，所以现在徐阁老开口，向陛下提出"派官员抚慰地方"、"减免税赋，劝乡绅免租免息"、以及"从全国征调医生药材，尽早防治疫情"等数条意见。

听徐阶把事情安排得有条不紊，嘉靖帝面色稍霁，颔首道："向各大户暂借这笔银子，等夏税一收上来，再连本带利一起偿还吧，只要钱上没问题，就准了。还有什么事？"

李默便言道："自去岁起臣受命审查京官，现已基本结束，正按例进行三年一度的丙辰外察，已经按例弹劾四品以下官员二百七十人，只待陛下批复，然有协办官员弹劾二品大员微臣职权之外，需请陛下定夺。"便将两封奏疏呈上。

李默在皇帝看奏章的时候义正言辞地禀报道："东南倭寇大举回潮，不仅将一些旧巢重新占据，还深入到内地几次扫荡。正月初十后，王师接连败绩。一时间东南四下起火，八方冒烟！百姓又陷水深火热之中。恰此臣举外察之际问内阁和地方提、督、抚，不是已经'海晏河清'了吗，倭寇又从何而至？"

嘉靖听了，合上手中的奏疏淡淡道："严阁老，李尚书的质问答一下吧。"

严嵩扶着墩子起身，颤巍巍道："回陛下，答李大人，老臣以为，倭寇既非天降，亦非地冒，究其深因，分明是除恶未尽，死灰复燃……"

"似乎去岁里，严阁老举荐的赵文华赵侍郎……哦不，现在是赵尚书了，还上书朝廷，宣称'水陆成功，海晏河清'，最后扬扬得意地载誉回朝，还被加官进爵。现在才过去两个月，江南又遍地狼烟。"李默咄咄逼人道，"他这不是谎报军情，欺君罔上吗？"

面对着李默逼到咽喉的利剑，严嵩却显得不慌不忙，他向皇帝叩首道：“李大人责怪的是，老臣看走了眼，实是难脱其咎！老臣近日思之再三，总觉得症结所在系于赵文华，正是他去岁提督剿倭大事，连连奏捷，载誉而归，满天之下都道他是个文能治国、武能安邦的栋梁之才。皇上信任于他，对他封官晋爵，万千恩宠加于一身。”顿一顿，满面沉痛道，“但事实上，现在倭寇死灰复燃，分明是他没有剿灭干净，就抽身回朝，其‘虚报军情，怙名钓誉’的罪责，不容狡辩！”

此言一出，满殿皆惊！

李默呆了，一直睁着眼的皇帝，眯上眼了，一直眯着眼的徐阶，睁开眼了……就连帷帐后面的沈默，也惊得合不拢嘴巴……

嘉靖帝望着陪伴自己二十年的首辅道：“以首辅所见，应当如何处置？”

“严加追究，予以重治！”严嵩斩钉截铁道。

嘉靖帝皱皱眉，似笑非笑：“赵文华是你一手提携起来的，朕没记错的话，他还是你的干儿子呢，今日首辅真要大义灭亲？”

严嵩一脸坦然道：“在微臣心中，只有皇上与社稷，如若惊动圣驾，扰稷，别说是臣的义子，就是亲儿子严世蕃，也绝不徇私留情！”

嘉靖帝见严嵩字字铿锵，掷地有声，大有将赵文华亲手送上断头台的意思，不由大为困惑……

皇帝当局者迷，但隐藏在帷幔之后的沈默，却一阵阵心跳加速，要捂住自己的嘴巴，才能忍住给严阁老喝彩！

李尚书要抢班夺权，严阁老自然不会坐以待毙，严世蕃大旗一挥，便在吏部衙门和李默的私邸，安下了许多眼线耳目，夜以继日地窥伺他的起居行动，对他的一举一动都了若指掌。

早就知道了今年议事第一天，对方便会从赵文华开刀。

严家父子很清楚，满朝文武都在等着看赵文华的下场，他现在就像严党的大旗，若是被砍倒了，严党人心就散了，很难再抵挡对方的攻势，所以必须咬牙顶住这一阵，保下赵文华这个不争气的。

其实他的手段说穿了很简单……既然皇上正在犹豫，那我便先顺着皇上之意对赵文华痛加诋毁，将其骂得体无完肤，似乎不千刀万剐诛灭九族，不能解皇上之恨！

嘉靖帝有一特点就是刚愎自用……当自己首鼠两端时，极其喜欢跟人拧着干。

严嵩像现在这样，先顺着皇上之意对其痛加诋毁，似乎不施之于极刑而不能解皇上之恨，待到皇上以为太过而生出恻隐之心时，严嵩便口一转，花言巧语，让嘉靖帝听来耳顺意舒，顿可大事化小，小事化无。

果然，嘉靖帝不知不觉入彀了，他觉着严嵩是见大事不好，要丢卒保车了，心中竟然对赵文华生出一丝怜悯之情……

再者，听了沈默对“治大国如烹小鲜”的生动解说，皇帝已然心中有数，是以并未真正生起气来。

心里打定主意，嘉靖帝便缓缓起身，走下御阶，坐在严嵩的锦墩上，望着跪在地上的老首辅道：“老首辅有点不近人情了吧？赵文华虽然有些名不副实，但在江南两年时间，风餐露宿，鞍马劳顿还是有的，大小二十多次胜仗也是实打实的，苦劳多一些，功劳也不少，如是便杀了的话，会不会让天下人寒心，再没有人愿意为朕卖命呀？”

嘉靖帝负着双手，眺望向窗外破碎的天空，那里有一群鸽子飞过，悠扬的鸽哨让皇帝的心情好了很多，他悠悠道：“解铃还须系铃人，谁欠的饥荒谁去还，让赵文华再下东南吧。”

听皇上这说，严嵩喜极而泣，从袖子里哆哆嗦嗦抽出一封奏章道：“启奏陛下，臣有赵文华请求再次提督东南的奏章！”

“哦？”嘉靖也不回头，就那么望着天空，淡淡道，“念。”

黄锦看嘉靖点头，便接过来，展开奏折念道：“……倭寇盘踞海外，进退自如，时聚时散，殊难捕捉。若想战而胜之，更需将帅和睦，戮力同心。

“然东南总督杨宜，才不服众，无能无方，偏又气量狭小，嫉贤妒能；浙江巡抚胡宗宪，苏松总兵俞大猷，虽有乐毅孙武之才，却受其节制，处处掣肘，难以施展，方使敌乘虚而入。否则何以臣仅还朝数月，东南百姓竟再遭倭寇涂炭？！”

“微臣本庸碌之才，蒙皇上不弃，忝列朝班，常思肝脑涂地，以报君恩之万一。眼看倭寇猖獗，君父心忧，臣寝食难安，思虑再三，斗胆恳请皇上罢黜杨宜，以解脱浙江文武之束缚，方可使上下齐心戮力，以彻底平定东南！微臣也不才，恳请再次出师，臣以身家性命担保，三年之内，必让千里海疆再无倭寇作乱，还陛下一真正之海晏河清！罪臣赵文华泣血拜上。”

嘉靖帝默默地听完了，天上已经见不到鸽子，这才回过头来，淡淡道：“怎么不早拿出来？”

“议罪过就是议罪过，如果拿出这封请缨奏章来，难免有干扰圣断的嫌疑，微臣是万万不敢的。”严嵩信口胡说道……事实上，皇帝气还没消的时候，拿出这东西一点用都没有。唯有此时，不仅能一锤定音，还能反咬一口。

沉吟片刻之后，嘉靖帝问那两位一品大员道：“二位卿家以为如何？”

徐阶干脆没有张嘴的欲望，因为他知道，李默一定会急不可耐地反驳，果然听他沉声道：“陛下，万万不可！赵文华在东南两年，刮地三尺，军民不胜其苦，官府不堪其扰，若是再让他回去，恐怕不用倭寇打来，东南自己就乱了！”

“李大人，说话是要负责的。”严嵩义正词严道，“你这是在攻击一位赫赫声名，且与你同为六部的上卿，这样说是不是欠妥当？”

“怎么个欠妥当了？”李默感觉今天想要把赵文华拿下，非得一硬到底，“年前赵贞吉在浙江查案子，已经查出仅仅一年之内，便有五十多万银子的军饷不知去向，这些钱到底流到哪里去了？恐怕有人比我更清楚吧！”

“李大人，有话不妨直说。”严嵩浑浊的双目突然寒光四射。

嘉靖帝这时已回到了蒲团前，刚想坐下，又站在那里，转身望着对峙的两大权臣，嘴角甚至挂着高深莫测的笑意。

李默知道自己一步不能退，咬着牙瞪圆了双眼道：“说就说，他赵文华贪污的银子，一多半都流到你严阁老这个祸国巨奸的口袋里了！”

“什么？”严阁老也不自辩，也不反驳，反而不着边际道，“‘姦’字怎么写？得有三个女人才行，谁不知我严嵩平生只有一个糟糠妻？身边再无任何女子！”说着呵呵一笑道，“倒是你正气凛然的李大人，除了正房之外，还有两个小妾吧？这个‘姦’字，老夫恕难受用，还是奉还给李大人吧。”

“你！你！你……”像徐阶一样，李默直到正面交锋的一天，才发现这千年老妖一般的严阁老，是多么的可怕……

李默被严嵩挤对得哑口无言，徐阶沉默着，但大家的目光都下意识望向了负手站在御阶上的皇帝，大殿里又是死一般的沉寂……

嘉靖帝面容如古井一般，让人看不出一丝端倪来。他幽深的目光在所有人眼前扫过，最后落在了严嵩的脸上，细细打量一阵，看得严嵩心里发毛，这才轻声道：“严阁老。”

“臣在……”严嵩赶紧答道。

嘉靖脸上的神色甚是复杂，双目却不转瞬地盯着他幽幽道:“朕这里有两本账册，你知道是什么内容吗？”

一听“账册”二字，严嵩心里咯噔一声，说话直接带上颤音道:“老臣……不知道。”

嘉靖帝玩味地打量着他的脸，淡淡笑道:“不妨自己看看！”

黄锦便将那两本账册，从皇帝身后取出，用托盘端着，送到严嵩的面前。

严嵩已经猜到上面的内容了，方才绝地反击的得意，倏地就无影无踪，取而代之的，是无边无际的恐惧。他忍不住冷汗直流，浑身发颤，若不是坐在锦墩上，恐怕早就瘫软在地了！

不管严嵩多不情愿，黄锦还是很快到了他身前，轻声唤道:“阁老，请看。”

“是……”严嵩终究还是拿起了账册，颤颤地翻开一页，看一眼接着抬头道:“皇上，字太小，臣老花眼太重，看不清。”

“眼镜。”嘉靖用下巴示意一下，便有个紫衣小太监，端着个精致的眼镜盒，奉到严阁老面前，细声细气道:“阁老请用。”

严嵩只好颤巍巍地打开眼镜盒，拿起里面的御用金丝珐琅眼镜，戴在眼睛上，深深叹出一口苍凉之气，只好翻看起这本足以致命的账册来。

冷冷望着虚脱了的严阁老，嘉靖帝缓缓道:“既然阁老准备慢慢看，那就拿回去，给你的儿子，还有干儿子们好好看看，”

“老臣……定带着严世蕃和赵文华，时常阅读，永世不忘。”严阁老再也提不起一丝力气，竟然瘫在地上起不来了。

嘉靖也不让人上前去扶，就这样任其瘫在地上道:“还有一样，就是赵文华弹劾杨宜的奏章。阁老，你认为要不要照准呢？”语气中带着毫不掩饰的揶揄。

严嵩跪在地上道:“擢黜之恩皆出自上，臣听陛下的。”

“呵呵……听我的？”嘉靖帝坐在蒲团上，闭上双目道，“照准了吧，然后吏部主持一下，尽快推选出继任者。”

李默道:“臣遵旨！”

“还有没有别的事？”嘉靖帝问道。

这时候，徐阶却开口了:“陛下，今天是初六，后天考官就要入考场了，请问陛下，考题是否已经出好，还有考官指定何人？”

“放心，考题已经出好了。”嘉靖微微点头道，“主考官吗？你为正，李本为副吧，至于同考官的人选，等明天你俩一起过来，跟考题一起交给你们。”

三位老臣继而伏在地上，山呼：“臣等告退！”便鱼贯而出。

大臣们都退下后，大殿里恢复了安静，嘉靖帝端坐在蒲团上，闭目养神。

片刻之后，皇帝睁开眼睛，对沈默道：“你怎么看今天的事情？”

“恕微臣之言，列位大人不一心。”沈默小声答道。

嘉靖帝问道：“朕来问问你，你觉着严阁老和李尚书两位，到底哪个是忠哪个是奸呢？”

沈默稍一寻思，便赶紧恭声道：“微臣斗胆，觉着二位大人就像两条河。”

“哪两条河？”嘉靖这下来了兴趣，坐直身子道，“说来听听。”

“长江与黄河……”沈默道。

“长江黄河？”嘉靖帝失声笑道，“呵呵……你未免将他俩捧得太高了吧？”

“陛下心怀九州四方，即使长江黄河也只不过是您心中的一部分。”沈默很有长进地说道，“但微臣和百姓眼中，代天掌管天下政务的大人们，就像长江黄河一样，关系着我们的日子能不能过下去，过得好还是不好。”

“这个比喻有点意思，”嘉靖笑道，“你觉着哪个是长江，哪个是黄河？”

沈默没有正面回答，而是轻声道：“不管是长江还是黄河，都灌溉了两岸，也都会泛滥成灾……”

嘉靖帝起身道：“你说得不错啊，你将来想做长江，还是黄河？”

沈默道：“微臣只知道为圣上分忧，陛下需要我做长江，臣就清澈见底，需要我做黄河，臣就立刻浑浊，毫不犹豫！”

嘉靖没想到沈默作此回答，不由哈哈大笑道：“小滑头。”

沈默有些忸怩道：“微臣只觉着两位老大人都有好的地方，也都有不好的地方，微臣不想像他们一样，微臣觉着也许可以更加改进一些。”

嘉靖帝颔首道：“长江后浪推前浪，一代更比一代强，这是应该的。”说着起身道，“不过现在说什么都太早，你若是考不中进士，一切都是白搭。”

沈默赶紧问道：“圣上的意思是，微臣还可以参加今年的春闱？”

“如果你愿意的话。”嘉靖淡一笑道，“去吧。”

（京）新登字083号

图书在版编目（CIP）数据

谁人试手补天裂/三戒大师著.—北京：中国青年出版社，2011.3

（官居一品；2）

ISBN 978-7-5006-9780-0

Ⅰ.①谁… Ⅱ.①三… Ⅲ.①历史小说—中国—当代
Ⅳ.①I247.5

中国版本图书馆CIP数据核字（2010）第255260号

中国青年出版社 出版 发行
地址：北京东四12条21号　邮政编码：100708
策划：刘霜　Liushuangcyp@yahoo.cn
特约监制：吉吉　特约策划：肖瑶
责任编辑：刘霜
编辑部电话：（010）57350508
北京中青人出版物发行有限公司
电话：（010）57350517　57350524
三河市君旺印装厂印刷　新华书店经销
700×1000　1/16　19印张　1插页　320千字
2011年3月北京第1版　2011年3月第1次印刷
定价：25.00元

本图书如有任何印装质量问题，请与出版部联系调换
联系电话：（010）57350526